クライテリオン叢書

絶望の果ての戦後論

文学から読み解く日本精神のゆくえ

浜崎洋介 編著

啓文社書房

まえがき

浜崎洋介

なぜ、今、戦後文学論なのか

「『まえがき』などすっ飛ばして、一気に本文を読んでください」と言いたいところですが、それでは礼がなさすぎます。そこで、まずは、本書を企画した意図について簡単に述べた上で、この特異な座談会についての感想を書いておきたいと思います。

まず、雑誌掲載時の座談会の題命が「対米従属文学論」であったことからも分かる通り、私の狙いとしては、日本と西欧との出会い、そして、アメリカとの葛藤に満ちた関係と、その後の従属の歴史を想い出しておきたかったということがあります。

というのも、その「葛藤」の記憶のなかにこそ、日本人のナショナル・アイデンティティを導く手掛かりが隠されているからにほかなりません。たとえば、それは、思春期を迎えた若者が他者と出会い、そのなかで摩擦や葛藤を抱え、そこで初めて「私とは何か?」と問いはじめる姿を考えてもらえば分かりやすいかもしれません。その葛藤のなかでこそ、日本人は、他者(西欧)に適応するために切り落としてきた自己(日本)への問いを、あるいは、他者に合わせようとして合わせきれなかった自己の残余のようなものへの問いを深めてきたのです。そして、そのような問いを歴史的に引き受けてきたジャンル、それこそが、近代文学―文芸批評の言葉だったのです。

外的なイデオロギーを無視できない政治の仕事、あるいは、外界を分析するのに忙しい学者の仕事とは違い、文学者の仕事は、他者との出会いの経験――戦前におけるヨーロッパとの出会い、戦後におけるアメリカとの出会いの経験――に対して、そこに「嘘」を交えない自然な日本語を与えるということでした。もちろん、それは、政治的、学問的に見れば無益で無用な営みなのかもしれません。が、その無用性を引き受けてきたからこそ「文学」は、近代日本人の内面を描くという「余裕」を持つことができたのです。

ただ、そうはいっても、そこで語られた内面が必ずしも強靭なものだったとは言えません。本書第二部に補論として収録した「観念的な、あまりに観念的な――戦後批評の『弱さ』について」(二〇一八年一月『すばる』初出)を読んでいただければ分かると思いますが、その内面は、時代が下るに従ってますます弱くなっていったのです。

かつて、夏目漱石が、日本の近代化が「外発的」なものであったために、近代の価値が私たち日本人の「内発的」な生き方にまで達せず、常に上滑《うわすべ》ってきたことを指摘していましたが（『現代日本の開化』）、それは、まさに「戦後」にこそ当て嵌まる指摘でしょう。

敗戦と占領という事実を引き受けなければならなかった戦後日本人は、その劣等感もあって、戦後民主主義や平和主義など、アメリカ仕込みの「外発的」な価値観に必死で適応しようとしてきました。もちろん、その「外発的」なものを「内発的」なものにしようとする努力の全てが欺瞞《ぎまん》だったとは言いません――それが戦後文学の摩擦と葛藤に満ちた歴史をかたち作ってきたのです――。しかし、その努力が「外発的」である限り、やはり、そこでの経験が、私たち日本人の「自然」な自信に結び付くことはなかったと言えます。

そして、それゆえに、戦後日本人の「弱さ」という主題は、江藤淳『成熟と喪失―〝母〟の崩壊』（一九六七年）、磯田光一『戦後史の空間』（一九八三年）、加藤典洋『アメリカの影』（一九八四年）など、日本人の内発性を考える文芸批評家たちによって繰り返し問い返されてきたのでした。が、不思議なことに、平成以降、この「外発的」なもの（アメリカ）と「内発的」なもの（日本）との葛藤という主題自体が消えてしまうことになります――その最後の「徒花《あだばな》」が、一九九五年の「敗戦後論争」（加藤典洋VS蓮實重彥・柄谷行人・高橋哲哉など）だったように見えますが、それに対する私の評価と、「内発的」なものの手触りについては、第二部「観念的な、あまりに観念的な――戦後批評の『弱さ』について」のなかでスケッチしています――。そして、その後に続くのが、今に至る「失われた三十年」、つまり、冷戦の崩壊とバブルの崩壊にはじまる日本の衰退と凋落の歴史だったのです。

それは、他者であるところのアメリカを他者として意識できないほどに、日本人の内面がからっぽになり、かつ、その内面と社会とを繋ぐ必然の糸＝歴史が見えなくなってしまったことと無縁ではありません。日本人がアメリカ製の「戦後レジーム」（九条―安保体制）を問わなくなった時期に、ということは、日本人が日本人自身の自己像を見失い、グローバリズムなどという虚構の夢にうつつを抜かしはじめた時期に、日本の凋落が決定的になったというのは、それこそ歴史的な事実として記憶されるべきでしょう。

しかし、それなら、今一度、戦後日本人の「葛藤」を思い出しておく必要があるのではないでしょうか。あるいは、こう言ってもいい、「内発的」なものを犠牲にして「外発的」なものに適応し続けた結果として、現在の日本人の頽落《たいらく》があるのなら、今こそ、その「失敗の本質」を、戦後日本人の精神史のうちに、しかと見届けておく必要があるのではないかと。そして、おそらく、それを徹底的に見届けることができたとき、この痛々しい過去回顧は、ようやく私たち日本人の未来に向けた一歩を用意することになるのではないかと。

アメリカとＥＵが後退し、その隙間を埋めるように中国、ロシア、インドが台頭し、いよいよ世界が多極化するなかで時代の見通しを失っている現在、だからこそ「常識」に還る必要があるのでしょう。自分自身の足元を見つめ、そこに見出されたおのずからの一歩にしたがって他者との距離を測り、そこにみずからの将来を見出すこと。この連続文学座談会が、その一歩を見出すためのささやか共同試論になることを願っています。

『表現者クライテリオン』と文学座談会

そしてもう一つ、座談会についての感想を含めて、この本の性格について述べておきたいことがあります。それはまず、この文学座談会が近年稀にみる率直さと正直さで語られていることです。今や、硬直したリベラリズムとポリコレ的空気、あるいは業界に対する忖度《そんたく》（著名な作家への気遣い）によって囲い込まれている文芸業界において、これほど忌憚《きたん》なき批評＝議論が読めるチャンスはまずないと言っていいでしょう。

逆に言えば、今や文芸業界には、そんな淀んだ空気を打ち破るほどの元気がないということなのですが、そこで私が考えたのが、自分が編集委員を務める雑誌『表現者クライテリオン』を、その「自由闊達な批評の場」として活用しつつ、文芸業界とは無縁の場所で活動している三人の大人——藤井聡氏（土木工学）、柴山桂太氏（経済学）、川端祐一郎氏（社会工学）——を誘い出し、ときに文芸評論家の富岡幸一郎先生にも参加いただきながら、徹底的に「素直」で「正直」な文学論を展開するということでした。

その成否については、本書で確認していただくほかありませんが、個人的な感想を記しておけば——自分で言うのはおこがましいのですが——「大成功」だったと思っています。端《はな》から「業界」などどうでもいいと思ってきた私でさえ、やはり、自分が育ってきた場所の垢はなかなか落とせないらしく、いざ、作品を論じる段になると、その文学史的な評価に引きずられて、作品そのものの素直な味わいから遠ざかってしまうことがいかに多かったことか……。たとえば、「第三の新人」の文学（特に安岡章太郎）を論じた際（第二章）、藤井聡氏によって発された「知らんがな！」の評価に対して私は、業界では絶対に耳にしないその「正直」な言葉にたじろぎつつも、ある種の解放感を覚えていたのは事実です。

しかし、考えてみれば、そもそも近代文学とは、アカデミズムや業界的評価から「自由」であるところに、その活力を保ってきた営みではなかったでしょうか。それは民衆のものであり、素人のものであり、さらに言えば、だからこそ「内発的」なものをめぐって自由な議論を守り、それによって私たちの信頼と共同性とを育む場所だったのです。

そして実際、『表現者クライテリオン』の創刊当初にはじまったこの文学座談会によってこそ、私たち自身の「共同性」も次第に育てられていったのでした。

誰一人として雑誌の将来を知らず、お互いのこともまだよく知らない編集委員の四人が、どんなに忙しくても隔月で必ず同じ本を読んで集まり――しかも、その本は、「情報」としては無価値な文学作品です――、ときに酒をまじえつつ文学談義を交わし続けること。

果たして、そこに現れてきたものこそ、「知性」を超えた時代感情であり、そこに育った感性や性格であり、さらに言えば、意見や解釈が食い違ったときに、それをどのような語り口で折り合わせていくのか、あるいは、どのような態度でお互いの距離感を保つのかという常識であり、礼儀作法だったのです。そして、その「議論の作法」に対する信用においてこそ（政治イデオロギーに対する信用ではありません！）、その後の『表現者クライテリオン』の結束と信頼は可能になったのでした。

以降、この文学座談会に味をしめた私たちは、ことあるごとに文学座談会を活用してきました。沖縄シンポジウム（二〇一八年八月）の際には与那国島まで足を延ばして、「沖縄文学論」を（大城立裕《おおしろたつひろ》『カクテル・パーティー』、目取真俊《めどるましゅん》『平和通りと名付けられた街を歩いて』）、福岡シンポジウム（二〇一九年六月）の際は、鹿児島の知覧の特攻記念館にまで足を延ばして「特攻文学論」を（吉田満『戦艦大和ノ最期』、島尾敏雄『出発は遂に訪れず』）、そして、中華未来主義を特集した際は劉慈欣《りゅうじきん》のＳＦ小説『三体』（二〇二〇年五月）を、コロナ騒動の時はカミュの『ペスト』（二〇二〇年七月）を、さらに、「日本を蝕む『無気力』と『鬱』」（二〇二一年五月）を特集したときは、ミッシェル・ウェルベックの『服従』を扱うなど、文学座談会は、その時々の雑誌の方向性＝クライテリオンを示す重要な企画となっていったのです。残念ながら、その全てを本書に収録することはできませんが、その原型である「対米従属文学論」が、今でも私たちの大切な財産になっていることは間違いありません——現在も、その延長線上で定期的に映画座談会を開いています——。

その点、もし『表現者クライテリオン』の「主張」ではなく、その「性格」を知りたいという人がいれば、是非、本書を繙《ひもと》くことをお勧めします。そこには、もはや救いようのないほどに賞味期限が切れてしまった「戦後」という時代に対して、底抜けに明るい「絶望」が語られていますが、それこそが、私たちの「戦後」に対する抵抗の仕方であり、またユーモア（気質に対する距離感）の示し方でもあることがお分かりいただけると思います。

最後になってしまいましたが、私のわがままな企画に対して、「是非、やりましょう！」と二つ返事で応じてくれた藤井聡編集長、忙しいなか私の思いつきに快く付き合ってくれた編集委員の柴山桂太さんと、川端祐一郎さん、歳若い文芸批評家の試みを寛大な目で見守ってくださった富岡幸一郎先生、また、これから先どうなるか分からない雑誌を引き受けながら、その創刊時から伴走してくれた啓文社の漆原亮太社長、そして、何といっても、クライテリオンの担当編集者である以上に、我々の仲間でもある近藤晶生さんに改めて感謝の意を伝えたいと思います。

近藤さんにとっては、この本が初めての書籍編集の仕事になるとのことですが、その意味でも、この『絶望の果ての戦後論』が多くの読者に恵まれることを願わずにはいられません。「絶望」の果てには何があるのか、それを皆さんと一緒に見届けることができれば幸いです。

令和六年（二〇二四年）四月九日

絶望の果ての
戦後論

文学から読み解く日本精神のゆくえ

目次

第四章 戦後的ニヒリズムへの「監禁」

大江健三郎「後退的青年研究所」「セヴンティーン」

第六章 高度成長後の風景

村上春樹『風の歌を聴け』
田中康夫『なんとなく、クリスタル』

・本書第一部は『表現者クライテリオン』二〇一八年七月号から二〇二〇年一月号に連載された「座談会　対米従属文学論」全十回のうち特別編を除く八回分を再編集して収録したものです。それぞれの稿の初出は各章の末尾に記載しました。
・第二部は『すばる』二〇一八年一月号「すばるクリティーク」に掲載された論考です。収録に際して若干の加筆修正を行いました。

第一部

座談会
対米従属文学論

座談会参加者略歴

藤井 聡 ふじい・さとし

1968年奈良県生まれ。京都大学卒業。同大学助教授、東京工業大学教授などを経て、京都大学大学院工学研究科教授。2012年から2018年までの安倍内閣・内閣官房参与を務める。専門は公共政策論。著書に『大衆社会の処方箋』『強靭化の思想』など多数。「表現者塾」出身。「表現者クライテリオン」編集長。

柴山桂太 しばやま・けいた

1974年東京都生まれ。京都大学経済学部卒業。同大大学院人間・環境学研究科博士後期課程退学。滋賀大学経済学部准教授を経て、現在、京都大学准教授。専門はイギリスを中心とした政治経済思想。著書に『静かなる大恐慌』。「表現者クライテリオン」編集委員。

川端祐一郎 かわばた・ゆういちろう

1981年香川県生まれ。筑波大学第一学群社会学類、京都大学大学院工学研究科博士後期課程修了。日本郵政公社、郵便事業株式会社、日本郵便株式会社を経て現在、京都大学大学院工学研究科准教授。共著に『名言読解日本語』『流行語で学ぶ日本語』。「表現者クライテリオン」編集委員。

富岡幸一郎 とみおか・こういちろう

1957年東京都生まれ。中央大学文学部仏文科卒業。在学中「意識の暗室」で『群像』新人文学賞優秀作受賞、評論家活動を開始する。現在、関東学院大学国際文化学部教授。著書に『虚妄の「戦後」』『天皇論 江藤淳と三島由紀夫』など多数。「表現者クライテリオン」顧問。

浜崎洋介 はまさき・ようすけ

1978年埼玉生まれ。日本大学芸術学部卒業、東京工業大学大学院社会理工学研究科価値システム専攻博士課程修了、博士(学術)。文芸批評家、京都大学大学院特定准教授。著書に『福田恆存 思想の〈かたち〉 イロニー・演戯・言葉』『小林秀雄の「人生」論』など多数。「表現者クライテリオン」編集委員。

第一章

「平和」への戸惑い

私たちは「アメリカの影」を振り払うことができるのか。
それを振り払うだけの「生き方」を信じられるのか。
戦後日本人の「価値感情」を問う連続座談会、第一回。

太宰 治「トカトントン」
大岡昇平「生ている俘虜」

『俘虜記』(新潮社)

『ヴィヨンの妻』(新潮社)

参加者
富岡幸一郎
藤井聡
柴山桂太
浜崎洋介
川端祐一郎

太宰治「トカトントン」

あらすじ

　ある日、太宰と思しき作家の下に、「一つだけ教えて下さい。困っているのです」という手紙が来る。手紙の送り主は、青森の中学を出て、横浜のある軍需工場の事務員として働き、戦後に地元に帰ってきた二十六歳の郵便局員の青年である。まず、あの音が聞こえてきたのは終戦の詔勅《しょうちょく》をラジオで聞いた直後だった。玉音放送を静粛に聞き、その後、体が自然に地の底へ沈んでいくように感じ、死ぬのが本当だと思ったその瞬間、背後の兵舎の方から、金《かな》槌《づち》を打つトカトントンという音が聞こえてくる。それを聞いた途端、厳粛な気持ちが一瞬のうちに消え去ってしらじらしい気持ちになり、その後に、何か物事に感激し奮い立とうとするたびにあの音が聞こえてくるのだった。

　その後、小説を書いてみようとしてもトカトントン、仕事に真面目に打ち込もうとしてもトカトントン、女性への恋心に浸ろうとしてもトカトントン、戦後の政治運動に希望を見出そうとしてもトカトントン……。新憲法草案を見ても、小説を読んでも、お酒を飲んでも、気が狂っているのかと思っても、自殺を考えてもトカトントン。この虚無さえも打ち壊してしまうトカトントンとはいったい何なのか？　しかし、それを問い質《ただ》す手紙に対する作家の答えは冷めたものだった、「気取った苦悩ですね。同情できません。聖書の言葉に従えば君の幻聴は止むはずです」。

なぜ、今、「対米従属文学論」なのか

浜崎洋介（以下、浜崎）　今回、この企画を私は、「対米従属文学論」と名付けて皆さんにお集まりいただいたわけですが、まずは、その趣旨から簡単に説明しておきたいと思います。

実は、文学において「対米関係」を考えるということは、江藤淳[*1]とか、佐伯彰一[*2]とか、加藤典洋[*3]なんかがけっこうやってきたことでもあるんですが、ただ、彼らの仕事は全て冷戦期のものなんですね。冷戦期とは、米ソの間のエアポケットに日本が収まっていられた時期とも言えますが、つまり、共産圏から自由主義圏を守るといった大義名分によって、アメリカが日本の庇護《ひご》国として振る舞うなかで、日本が自国の決定を留保できた時代、いわば日本の「甘え」が可能だった時代だと言えます。

しかし、冷戦の崩壊を境にして、アメリカの日本に対する態度が庇護国から収奪国へと次第に変わっていく。しかし、アメリカが超大国である以上、それでも「アメリカの影」[*4]に隠れていれば、安全保障上の脅威からは逃れることができるという日本人の思い

＊1　江藤淳（えとうじゅん）一九三二〜一九九九。文芸評論家。『成熟と喪失―〝母〟の崩壊』（一九六七）等。

＊2　佐伯彰一（さえきしょういち）一九二二〜二〇一六。文芸評論家。『日本人の自伝』（一九七四）等。

＊3　加藤典洋（かとうのりひろ）一九四八〜二〇一九。文芸評論家。『敗戦後論』（一九九七）等。

＊4　「アメリカの影」　加藤典洋の同名著書（一九八五年刊行、デビュー作）からの引用。

込みだけは依然として変わらなかった。しかし、中国の膨張とも関係しますが、ここ十年でアメリカは超大国から大国へと確実に変貌しつつある。それは、二〇〇八年のリーマン・ショックあたりから始まって、二〇一六年のトランプ大統領[*5]の誕生で決定的になった事態だと言ってもいいでしょう。

　とすれば、いま問題なのは、まさにこれまで論じられてきたような〈庇護国＝アメリカ〉の影といった問題ではなくて、むしろその「アメリカの影」がひいていってしまった後に、私たちにはいったいどのような価値感情が残されているのか、あるいは残されていないのかといった問題の方だと言えます。しかし、それを考えるには、これまでの戦後日本人の歩き方を一つひとつ確かめていくことが必要になる。その材料として、私は文学があるのだろうと考えているわけです。

　敗戦直後に日本人がどのような葛藤を抱えていたのか、また、そのとき抱えていた葛藤は高度成長[*6]とともにどのように解消され、意識されなくなっていくのか。実際、「戦後」から遠ざかれば遠ざかるほど「対米従属」と聞いても、「えっ、何それ」といった

＊5　ドナルド・トランプ　一九四六〜。二〇一六年十一月に行われたアメリカ合衆国大統領選挙にて勝利を収め、第四十五代アメリカ合衆国大統領（二〇一七〜二〇二一）。

＊6　高度成長　一般的に一九六〇年代ないし一九六〇年代を中心とする十数年間。日本はその時期に実質経済成長率年平均一〇％前後を記録した。

反応が普通になってきます。まさに、その堕落の経緯を文学という、個人的体験に根差した言葉を通じて見ていこうというのが今回の企画です。

あと、この企画を、どうしても、この雑誌でやりたかったのは、このような企画は、まずリベラル色が強い「文芸誌」では絶対できないだろうということがありますが、それと同時に、政治に忙しいだけの「論壇誌」でもできないだろうということがあります。この文芸誌と論壇誌の隙間を縫って、まさに『表現者クライテリオン』[*7]という独自の場でそれをやることの意味は大きいと考えています。

もう一つは、「文学」を文芸業界の独占物から、その「外」に、つまり大人の常識に開いていきたいという思いがあります。その意味でいうと、藤井聡編集長、柴山桂太さん、川端祐一郎さんという、まさに三人の大人の「常識人」が揃っているこの場ほどそれに適した場はありません。D・グッドハート[*8]の言葉を借りれば、「エニウェアーズ」（どこでも族）の色に染め抜かれているジャーナリズムやアカデミズムの世界では、我々の言葉の条件をその底の

＊7　『表現者クライテリオン』二〇一八年二月創刊。

＊8　デイヴィッド・グッドハート　一九五六〜。イギリスのジャーナリスト、作家。『The Road to Somewhere』（二〇一七）でイギリス社会の分断をエニウェアーズ（根無し草的なコスモポリタンエリート）とサムウェアーズ（地域に根ざして生活する庶民）の分断として描写。

底まで問い直すような仕事はなかなかできないということです。

そこで、僕（浜崎洋介）が司会役で、時々富岡幸一郎先生にもゲストで来ていただいて、この企画を進めていければと考えています。これが大まかな企画趣旨となります。

「トカトントン」と、戦後日本

浜崎　そこで、今日は、太宰治[*9]「トカトントン」と大岡昇平「生きている俘虜《ふりょ》」（『俘虜記』所収）をセットで扱いながら終戦直後の出発点について考えたいと思っているのですが、まずは、「トカトントン」から見ていきましょう。

太宰の戦後作品というと、「ヴィヨンの妻」[*10]とか「人間失格」[*11]などの無頼派[*12]イメージが強いのですが、太宰の根本感情は、むしろ「トカトントン」（昭和二十一年一月）の方に出ている。これは、以前に少し評判になった長谷川三千子[*13]さんの『神やぶれたまはず』[*14]という本でも取り上げられた作品ですが、敗戦から戦後の復興に至るまでの日本人の感情、心理状態を描いた小説として注目されます。

＊9　太宰治（だざいおさむ）一九〇九〜一九四八。青森県出身。津軽地方有数の大地主・地方財閥の家に生まれ幼少期は裕福な生活を送ったが、青年期から、自殺未遂、心中未遂（ともに心中を図った女性は死亡）を繰り返す。戦後は坂口安吾や織田作之助等とともに無頼派と称されたが、作品は多様であり『女生徒』（口語形式）や『走れメロス』（童話調）等幅広い文体を駆使した。『斜陽』や『人間失格』を著した後、一九四八年に玉川上水にて入水自殺。

＊10　「ヴィヨンの妻」一九四七年『展望』に初出。

＊11　「人間失格」一九四八年『展望』に初出。

＊12　無頼派　太宰治、坂口安吾、織田作之助ら終戦直後に人気を博した近代の既成文学全般への批判的な作風の作家たち。

＊13　長谷川三千子（はせがわみちこ）一九四六〜。哲学者。

戦前に日本浪曼派[15]にも属していた太宰は、戦前には戦争を支持するような言葉を多く残していますが、実際、昭和初期のデカダンスをくぐって後、戦争期に健康を回復していった太宰は、「走れメロス」[16]や『お伽草紙《とぎぞうし》』[17]など、〝国民のための〟傑作を書いていきます。あるいは「散華《さんげ》」[18]といった戦死者の美しさについて書いた小説まで書く。だけど、敗戦のショックとともに、太宰は再びデカダンスに落ち込んでいきます。そして、ご存知のように昭和二十三年六月に玉川上水に身を投げることになるわけです。

それでは議論を始めたいと思いますが、まずは藤井先生、いかがでしたか。

藤井聡（以下、藤井）　まず、この企画を当方は歓喜して迎えたのですが、こういうのを十代の頃からやりたくてしょうがなかった。「理系」というある種特殊な環境のなかで文学と付き合ってきた僕にとって、文学というのは生まれてこの方ずっと「一対一」（著者と自分）の対話でしかなかった。ですが読んだ後はいつもいろんな人と、しかも、それをしっかりと鑑賞した人と語り合いたいという衝動に駆られてきましたから、こういう企画は、本当にうれしい限り

＊14　『神やぶれたまはず　昭和二十年八月十五日正午』二〇一三年、中央公論新社より刊行。

＊15　日本浪曼派　一九三〇年代後半に保田與重郎らを中心に展開された、近代批判と古代賛歌を支柱として「日本の伝統への回帰」を提唱した文学運動。

＊16　「走れメロス」一九四〇年『新潮』に初出。

＊17　『お伽草紙』一九四五年、筑摩書房より刊行。

＊18　「散華」一九四四年『新若人』に初出。

です。

その上でまず申し上げたいのは、今回のこの「文学」の企画は、今の日本の閉塞感を、何とかして打ち破っていくための実践を考える上で極めて重要な「実践的、政治的な意義」がある、という点です。

個人的な話で言うなら、例えば官邸とか政府とか国会とかで、対米従属からの独立だとか、国土強靭化だとか、北朝鮮問題だとか、貧困問題だとかのいろんな問題を解消するには、究極的には「財政規律を撤廃し財政出動をすることが、その第一歩として必要だ」という話をしているのですが、そうするとおおよそ全ての官僚、政治家が「まさに藤井さんのおっしゃる通りだ」と言う。ところが、「そうなんです。そして、その財政出動をするには、財務省を中心とした『緊縮財政派』と戦って、勝利しないといけないんです。その戦い方を考えましょう」と水を向けた瞬間に、「いや、それは無理だ、藤井さん」と、皆、口にして、この話を終わらせようとする。そんなとき、僕はいつも「なんじゃこりゃ!?」となってしまう。まさに彼らの耳には、あの「トカトントン」が聞こえているわけです。

でも、この風景は見おぼえがあるんですね。松本人志[*19]の映画『大日本人』[*20]です。あの映画のなかで、最終的に「北朝鮮マン」のような怪物に日本が潰されそうになる。そこに日本の平和を守り続けてきたヒーローである「大日本人」が戦いを挑むのですが、良いところなくコテンパンにやられてしまう。と、そのときに米国製ウルトラマンがやって来て、北朝鮮をやっつけてくれる。そのとき、我らがヒーロー「大日本人」は、北朝鮮が怖くなって逃げちゃってたのですが、米国製ウルトラマンたちに無理矢理、彼らの自宅の夕食会に連れていかれる。で、「大日本人」は、米国製ウルトラマンたちが家族で内輪の話で大いにわいわい盛り上がっているなかで、気まずい思いで無口に下を向いて肩を小さくして食事する——というギャグ映画。今の日本のエライ人たちって結局は皆、身内のなかでしかエラソーにできない情けない「大日本人」そのものになっている。そしてその構図はまさに「対米追従」ですね。

そうした認識はやはり、大学や学会、さらには最近では参与と

＊19　松本人志（まつもとひとし）一九六三〜。お笑い芸人。
＊20　『大日本人』　二〇〇七年公開。松本人志の監督デビュー作で自身が主演も務める。

いう形で、産官学政の、いわゆる「日本国内のエライ人たち」――それも相当エライ人たち――と働いてきたなかで、否応なく形成されてしまったものです。結局、皆さんエラソーなことを言いながら、ホントに必要な戦いからは、ほっかむりをしてとっとと逃げてしまう。財務省とすらほとんど誰も戦わないわけですから、それよりももっと強大な米国と対峙《たいじ》しようなんて気概を持つ者なんてまるで皆無。この光景を見せつけられるたび、若い頃は激高してきたものですが（笑）、もう、日本中、上から下まで、右から左まで、もうどこにいってもそういう輩《やから》ばかりで、ほとほと疲れ果て始めていたのですが、そんな僕には松本人志的なギャグがちょうど良かった。そんなギャグがあれば、何とかこの絶望的な現状に対して適切な距離がとれそうな気がしたんですね。つまりギャグでもって、この戦後空間を笑い飛ばしたとき、初めてこの深刻な問題の深刻さを過不足なく全面的に認識し、戦う気概も保ちながら、冷静に付き合っていける――ように思えたんですね。

その意味で言うと、今回、「トカトントン」と『俘虜記』を初めて読んでみて、これはすごい、と思いました。この戦後日本における、対米従属という「最大の問題」の全体像を、比喩や寓話を使いながら、（心ある日本人なら）誰にでも分かるように分かりやすく描写してくれている。こんな素晴らしい話を酒の肴にして座談できるなんて、何とありがたい！　と思ったのが、今回の企画に対する、第二の、当方の率直な印象です。

『大日本人』はそのままギャグ映画、ではありますが、文学というものにも、結局はある種どこかで「笑い」と繋がることが必要なんじゃないか、というふうにも思います。とりわけ、絶望的な状況の全体的把握のためには、最終的にはどこかで「笑い」に繋がらないといけない、と思う。でももちろん、その笑いに繋がる前に、（例えば後ほど話題として取り上げる「俘虜記」の話で言うなら）「なるほど、我々はこの戦後空間のなかの、単なる俘虜に過ぎないんだ」ということを「認識」する必要があり、そして、その結果として、「我々は生きているのか？——否、我々は既に死んでいるのだ！」（大笑）というある種の「真理」に到達することが必要なのだと思う。そこに至って初めて、我々は——我々の内に秘めた

「実存」の下で——この深刻な絶望的状況を「笑い」に変えることができる。そしてそんな、「絶望的状況についての『真理』への到達がもたらす笑い」が生まれた瞬間に、逆説的にも我々はもう一回生き返れるのではないかと思う。つまり、「トカトントン」のラストで書かれる「聖書の言葉」を、もう一つ超えたところに、この企画の趣旨の本質があるのではないか、というふうに思います。

浜崎　実際、「トカトントン」は笑えますよね。完全に「コント」ですよ。たぶん太宰自身が意識していると思いますが。柴山さんは、どうですか。

柴山桂太（以下、柴山）　僕は文学を遠ざけてきたというところがあって——というのは、社会科学みたいな論理しかない世界にいると、こういう意味に満ち溢れた物語というのはけっこうしんどいんですよね。いろんな想像や解釈が思い浮かんで、なかなか読み進められないところがある。短編だとかろうじて読めるのですが、長編だと物語の筋が引っかかって、読めないということがあって。

それで言うと、『俘虜記』の方が論理的で読みやすいんですが、でも、やっぱり太宰はすごいと改めて思いました。ここまで寓喩《ぐうゆ》をもって語れるというか、多様な意味を物語のなかに押し込めるという才能、これは文学にしかできないですね。

というのも、この「トカトントン」という音は、結局、最後まで何であるか分からないわけですよね。トカトントンの音が主人公に、そして読者に与える意味は、物語の最後になっても明かされない。こうやってサスペンス感を引き伸ばしながら読者を巻き込んでいく叙述の形式は、昔からあるのですか。

浜崎　近代小説の場合、こういう宙吊りで終わるのがほとんどです。

柴山　なるほど。やはり文学は解釈を呼び込む装置なんですね。

それで、僕なりにこのトカトントンとは何かと考えたときに、これは生活感覚擬音表現なのかなと思ったんですよね。トカトントンというのは釘や金属を打つ音のことだから、それを建築に使うのか、鋤《すき》や鍬《くわ》を作るのに使うのか、いずれにしても何か生活上の必要があって打つわけですよね。戦争中は凄まじい理想というか、この戦争に理想があるとして、自分を追い込まなければ死ぬ意味を見つけられない人が、終戦で急にトカトントンの世界を強いられる。戦後の復興期は、トカトントンの槌音が満ち溢れていたんでしょうね。

　太宰が浪曼派だったと聞いてなるほどと思ったのだけど、戦前から戦中にかけて、民族が戦争に向かって巨大なエネルギーを発散し、現実を超えた何かに向き合って、結局敗北した。理想が破れて、急に現実に戻らねばいけなくなったということですよね。『俘虜記』でも同じことがテーマになってますが。

　この主人公は、戦争に負けた後で別の理想を一生懸命追おうとするんです。政治運動とか恋愛とか文学とか。日常生活を超えた精神的な高みに立とう、と。最終的にはスポーツまでやってみようとするのだけど、どこかで急に失速して、生活の槌音を聞いてしまった瞬間にその気力が萎えるという話です。

　これは戦後日本の寓意になっている。日本が対米従属に甘んじてきたということは、生活を最優先してきたということです。もちろん、生活は重要です。経済なしでは国は成り立ちませんからね。だから、生活の槌音が響く世界を軽んじてはいけない。だけど、そこだけで進んでいくと、対米従属になるんですよね。アメリカの軍事的支配下に甘んじていれば、そこそこの物質生活が保証されるわけだから。アメリカに逆らったから、あんな酷い目に遭ったのであって、アメリカに逆らわずにいれば平和と経済の安定が確保できるだろう。この身も蓋もない現実主義には、あらゆる浪漫を消し去ってしまう恐ろしさがある。このトカトントンという音は戦後七十年間、途切れることなく鳴り響いてきた。この物語は、日本人のその後を暗示していたと思いますね。やはり太宰はある種の天才で、高らかに鳴り響いている生活の槌音の内に、対米従属へと繋がる嫌な音色を聞き分けていたのではないか。

浜崎　そうなんですよ。それで思い出すのが、森鷗外[*21]の「普請中」[*22]という小説です。豊太郎とエリスのあの有名な「舞姫」[*23]の話が前提にあるんですが、そのドイツ人の女性がどうしても昔の恋人に会いたいということで日本を訪ねてくる。そのとき、渡辺参事官という日本人男性がホテルで応対するのですが、そのときも、ずっとトカトントンの音が聞こえている。で、鷗外はそれについて、「日本はまだ普請中だ」と言うんです。つまり、いま日本は建設中だから、騒々しくて落ち着かないけども、今は我慢のときだと。戦

＊21　森鷗外（もりおうがい）一八六二～一九二二。
＊22　「普請中（ふしんちゅう）」一九一〇年『三田文学』に初出。
＊23　「舞姫」一八九〇年『國民之友』に初出。

前期は、この「我慢」が効いていた。つまり、生活的なもの、経済的なものの裏には必ず、しっかりとした国家理念があって、それによって持ち堪《こた》えることができた。だけど、そんな理念も敗戦とともに滅び去ってしまう。すると、戦後のトカトントンはこの「我慢」の意味を完全に失うんです。そのとき、単なる生活主義が全面化する。

柴山　「斜陽」[*24]とか「ヴィヨンの妻」もそうですが、女のしたたかさみたいなものを描きますよね。生きるということにひたすら忠実であろうとする。それを好意的に書いているように読める。一方で、理想というものはなくていい、生活の騒々しさを受け入れて生きていいということの堕落を匂わせるようにも描く。そこに、太宰文学の持っている複雑性と面白さがあるように感じました。

浜崎　ついでに言うと、戦中世代である吉本隆明[*25]が、戦後に発見した「大衆の原像」[*26]というのも、ほとんどトカトントンの生活主義です。吉本は、それを「絶望的な大衆のイメージ」とも言うんですが、それは戦前に対する一つの反動ですよ。つまり、「日本浪曼派」なのか「トカトントン」なのかという二者択一を用意して、

＊24　「斜陽」　一九四七年『新潮』に初出。

＊25　吉本隆明（よしもとたかあき）　一九二四〜二〇一二。評論家、詩人。『共同幻想論』（一九六八）等。

＊26　「大衆の原像」　知識人の願望に基づいた「市民」を批判する際に吉本が用いた概念。「自分と家族が今日を生きることができ、明日もまた同じように暮らせることだけを望む存在」であり、政治イデオロギーに無関心なあるがままの大衆の姿のこと。

吉本はあえて、後者のトカトントンたる「大衆の原像」の方につこうとする。

思想と実生活

川端祐一郎（以下、川端）　僕は、大学生の頃に藤井先生や富岡先生に小説を勧めていただいて、少し文学に触れた時期があったんですが、これまであまり真面目に考える機会はなかった。でも今回、こういう機会をもらって改めて読んでみると、文学みたいな形式じゃないと表現しづらいものがあるということがすごく良く分かった。

藤井　そもそも川端君は物語の社会心理学研究者で、物語の心理学的影響についての学位論文を書いてますよね。

川端　文学はやっぱりパワフルだなと思ったのは、人間の感覚とか感情とか、思想も含めて、その両面性を描くんですね。「トカトントン」でいうと、前半で手紙の主がいろんな理想に燃え上がって、たびたび情熱を掻き立てられるのですが、そのたびに「トカトントン」という音色が聞こえてきて一気にしらけてしまう。「それでこれからどうしたらいいんだろう」という疑問が芽生えて作家に手紙を書き、最後に手紙の受け手の、ばしゃっと冷や水を浴びせるようなコメントで締められるじゃないですか。一見すると手紙の主が持っている理想の情熱的な盛り上がりをひっくり返しているような感じにも見えるんですけど、これは単にひっくり返された話ではないですね。

柴山さんの話にもありましたが、戦時中は理想に舞い上がっていて、大東亜共栄圏とか八紘一宇[*27]とかやっていた。それが生活感覚によって一気に現実に引き戻されていくときのギャップが、この小説では描かれている。そこで、おそらく太宰は、理想というもののくだらなさをきちんと理解しろということを言うと同時に、そういう理想みたいなものを持たずに生きることも不可能なんだよということも、半面として描き込もうとしている。

浜崎　この小説では、むしろ後者の感覚の方が強く出ていますよね。

川端　そうですよね。その両面性を、文学的表現を用いずに論理的に描こうと思ったら、まぁ二項対立のような図式で論理的に語ることもできるけど、それだけでは何かが足りない。僕の好きな比喩で言えば、ウィトゲンシュタイン[*28]は「本当に確かなもの、確実

＊27　八紘一宇（はっこういちう）　世界を一つの家にすることを意味する言葉。『日本書紀』の「八紘（あめのした）を掩（おお）ひて宇（いえ）にせむ」から取られたもので、戦前、戦中期にスローガンとして用いられた。

＊28　ルートヴィヒ・ウィトゲンシュタイン　一八八九〜一九五一。オーストリア生れの言語哲学者。

なものというのは、回転する物体の回転軸のようなものだ」と、『確実性について』[*29]という遺稿のなかで言っています。つまり、回転軸それ自体を取り出すことはできないのだけど、それを中心としてその周りを巡っている物体の運動全体が、その回転軸を回転軸たらしめているんだという言い方をしている。それで言うと、何か具体的な描写を通じないと、人間の貼り合わせの両面性みたいなもの、両面化されたところの真理というものが、描けないんだと思うんですね。そこにやっぱり文学の強みがある。

例えば、最後の手紙の受け手によるコメントがあります。苦悩する主人公に対して、「気取った苦悩ですね。」と言う。「僕は、あまり同情してはいないんですよ。……いかなる弁明も成立しない醜態を、君はまだ避けているようですね」と。それで「真の思想は、叡智よりも勇気を必要とするものです」と言って、唐突に聖書の一節を引用し、「身を殺して霊魂をころし得ぬ者どもを懼《おそ》るな、身と霊魂とをゲヘナ[*30]にて滅し得る者をおそれよ」というふうに言う。

これは一面では、「お前、いろいろ悩んでいるのは分かったけど、

＊29　『確実性について』　ウィトゲンシュタインの最晩年の一年半ほどに書かれた知識や確実性についての草稿をまとめて出版された。

＊30　ゲヘナ　罪人の永遠の滅びの場所、地獄を指す場所を意味する。

結局、自分が行動を起こす理由、ある明白な価値観とか情念を、外に求めてるだけやんけ」と言っているように解釈できます。つまり、自分の魂を、自分の外にあるものに従属させようとしているだけじゃないかと。神を正しく懼れるようになれば、お前が悩んでいる苦悩なんてちっぽけなものなんだから、もっと崇高なものに向き合いなさいということを言っていると読める。

でも、もう一面の解釈もあって、太宰は、「お前、悩んでいるのは分かったけど、もうちょっと人間を見てみろ」とも言っているのではないか。本来、人間というのはそんなややこしい理由でもって生きてるんじゃないんだと。そんな燃え上がる情熱なんかなくても、人は普通に生きているよと。八紘一宇の理想なんかなかったとしても、人は何とか自分の生活を切り盛りしていけるじゃないかと。それをお前は分かってないんじゃないか、ということを言っているような気もする。

そして、これはどちらも一面の真理なんです。後者の、生活感覚を重視する姿勢は、同時代の坂口安吾[*31]の「堕落論」[*32]なんかにも共通していると思う。戦前・戦中の日本人は安易に日本精神万歳

＊31　坂口安吾（さかぐちあんご）一九〇六〜一九五五。
＊32　「堕落論」一九四六年『新潮』に初出。

みたいな、形式的な美にあまりにもコミットしすぎたから、一番重要なことが分からなくなってしまって、結局肉体的にも宗教的にも、「神やぶれたまひぬ」という形で、アメリカに負けたじゃないかと。もっと人間というのはしょうもないものなのだから、そのしょうもない実像を見つめよと。でも、そう読めるのだけど、その反面で、正しい理想を持てないことの膿《うみ》は絶対どこかで出てくるぞということを暗示しているようにも読める。

戦前・戦中に空虚な理想に身を捧げすぎたのは一つの失敗だったのでしょうが、敗戦後の、特に高度成長以降の精神的な堕落は、どっちかというと、神を正しく懼れていないという問題ですよね。そういう、この小説が書かれた時代の三、四十年先に出てくるもう一つの矛盾をも暗示しているような感じがして、ある種の予言性を感じました。

柴山　でも、神の話は小説の最後まで出てこなくて、取って付けたような感じもします。生活というものに諸手《もろて》を挙げて進んで行くことの恥ずかしさみたいなものを一貫して強調していったあげく、最後に着地に困って、いきなり聖書を持ってきたみたいな唐突感がある。

藤井　結局、太宰自身が、この小説を書いた一年数カ月後に亡くなるわけですから、生活と理想の両者をがっちり繋ぐことができなかったように思います。いわゆる無限的なる理想、あるいは精神というものと、有限的なるこの肉体というものと二つをアウフヘーベン[*33]していくというか、生き生きと循環させていくことができなかった——そんなふうにこの小説から感じますね。

柴山　先ほど浜崎さんが言った森鷗外でいえば、「普請中」はそんなに嫌な感じがしない。明日の日本を建設するための音だっていう感じがするのだけど、トカトントンには、理想に敗れたということから来る恥ずかしさがどこか入っている。どうしてもトカトントンを受け入れられないという不安定さがありますね。

藤井　でも、男がもっと男らしかったらトカトントンくらい全然何でもないはず、ですよね。だって、生活というものと理想というものの単純な二分論で言うとすると、生活的＝肉体的なる存在が女性であり、理想的＝精神的なる存在が男性であるとするなら、生活的＝肉体的なものを許容しつつ、なおかつその限定的な空間

＊33　アウフヘーベン　ヘーゲルの弁証法の用語。対立する命題が総合され新たな次元の命題に引き上げられること。止揚。

のなかで精神を自由に解放していこうとすれば、「生活」なるものに恥ずかしさを感ずることもなく女性を救うことはいくらでもできるはずであって、同じように、日本だっていくらでも救えるはずなんだと思います。

柴山　それは全く賛成なのだけど、ただ、昭和二十二年の段階で既に「私」ってないんですよ。引いた感じというのかな。私小説というものが持っている「私」、真に生きるとは私の世界を生きることだと、自信を持って言い切れるような感覚が消えてしまっているという感じがする。この不安定感が持つリアリティというのは確かにあるんですよね。それは戦後一貫しているんじゃないかな。

浜崎　その通りです。ただ、この「引いた感じ」が最初に出てくるのは、日本人の「精神的空白」が露わになり出す昭和初年代からなんです。

柴山　それが何なのかはすごく気になってまして。書き手と「私」がちょっとずれてるんですね。太宰という作者の視点と、主人公の「私」がずれてしまっている感じがずっとして、それが何か不気味なサスペンス感を作り出しているというのが、この小説の不思議な魅力とも言える。この落ち着かない感覚は何だ、という。

浜崎　「不気味なサスペンス感」がある種のリアリティを持っているとすれば、太宰自身が、やはりこの「落ち着かない感じ」を生きていたんでしょうね。

藤井　だから結局、キリスト教というものを外部から持ってこないといけなかったわけで、キリスト教がなかったって、どこかで若い時期に自分の精神を肉体で鍛えておけば、それこそキルケゴール[*34]が言うような躓《つまず》きもなく、きちんと無限に近づけるような精神性を持てたはずですよ。これくらいは超えられるはずなんです。

浜崎　そうですね。さっき坂口安吾の話が出たけど、実は安吾はトカトントンをむしろ徹底しているところがあります。自分の肉体的思考を徹底したときに初めて、地に足の着いた思想が必要とされるだろうと。そのときに、私たちが、まさに「生活の必要」に応じて、ある思想を立ち上げればいいじゃないかと。しかし、だとしたら、たぶんこのトカトントンの「絶望」は、戦後十年くらいかけて徹底するべきだったんですよ。

＊34　セーレン・キルケゴール　一八一三〜一八五五。デンマークの哲学者。実存哲学の父とされる。『死に至る病』等。

藤井　「絶望」する前に「高度経済成長」して、浮かれちゃったんですね（笑）。

浜崎　そういうことですね。

文学と社会科学

浜崎　ところで、文芸批評家を呼んでおいて、富岡先生の言葉を聞かないわけにはいきませんね（笑）。

富岡幸一郎（以下、富岡）　まず企画として、最初に浜崎さんがおっしゃった現在の文芸誌があまり政治的なものをやらない。逆に論壇誌、保守もリベラル、左翼も含めて文学をやらない。でも「政治と文学」という議論は、実は近代文学のメインテーマであると同時に戦後文学のメインテーマですから、これをしっかり議論しないといけない。

一九八六年、二十代後半に『戦後文学のアルケオロジー』[*35]を出して、これは戦後作家論なのですが、ほとんど政治と文学の問題をテーマにしてやってきたんです。文学が捉えている政治、あるいは政治のなかに実は文学的なものがある。だから、この企画の

＊35　『戦後文学のアルケオロジー』富岡幸一郎著。一九八六年、福武書店より刊行。

面白さは、今の文芸ジャーナリズムとか論壇ジャーナリズムができなくなったことを、ここでできるんだというところに新「表現者」の醍醐味がある。

もう一ついえば、『発言者』[*36]も『表現者』[*37]も、西部邁[*38]先生という大きな存在があってやってきたわけです。だからどうしても西部先生の方向性のなかで、もちろん我々は自由に徹底的に議論してきたけど、西部邁の問題提起のなかでやってきた。先生が自裁されて、ここからどれだけもう一度距離を取れるか。それは西部思想を肯定するとか否定するという問題じゃなくて、雑誌として保守思想を原点にしながらも自由なスタイルを作っていかなければいけない。これはとても大事なことだと思うんですよ。その試みとして、この座談会は非常にいい。おそらく、先生がいたらできないですよ。僕も実は編集長としてこれをやりたかったけど、できなかった（笑）。

大きな意義がある。各世代の読みがあるし、現在からの作品の読みの可能性が出てくる。それから、小説というジャンルになりますが、本当に優れた小説は「時代を映す鏡」だと言われるけれ

＊36　『発言者』　西部邁が主幹となって発刊していた言論誌。
＊37　『表現者』　西部邁を顧問、富岡幸一郎を編集長に、『発言者』の後継誌として発刊された言論誌。『表現者クライテリオン』の前身に当たる。
＊38　西部邁（にしべすすむ）一九三九〜二〇一八。評論家、保守思想家。

ども、それだけじゃなく、時代が持っていたものの一番深いところにある動きというか、旋律を言葉で拾い上げるんですよ。さらに言うと、保守思想は単に伝統とか過去のものを保守するだけじゃなくて、実は未来を予測しますが、優れた文学も実はほとんどが預言者の言葉なんですよ。

柴山　保守思想と文学は、そこで一致するわけだ。

富岡　言葉の本質に突っ込んでいった人が、ある面では例えば社会科学であったり、いろんな分野であったりしますが、文学も同じで、小説家は優れた預言者なんですよ。

浜崎　そうですね。ただ、社会科学の合理的な見通しというものではなく、文学の予言は人間に対する徹底的理解から導かれる。人間とはこういう条件で生きているのだから、この状況ではこう行動するはずだみたいな。そういう「常識」に根差した直感的予言です。

藤井　社会科学はどうしても道具なので、その道具で行けるところしか行けない。ほとんどのところは行けるのですけど、組み立てないと行けないところがある。

柴山　物事を全て原因と結果で考えますから。線形思考なんですね。

藤井　そうなんですよ。直観とか文学的センスがない方でも操れる大衆化された精神性なんです。ところが文学というのは、センスがなかったら分からないですけど、分かる人にはめっちゃ分かるし、しかも分かった途端、凄まじく分かるんですよ。

柴山　それで言うと、バーク[*39]もトクヴィル[*40]も文学との関わりが深いんです。バークはもともと美学研究から出発しているし、トクヴィルは同時代のロマン主義[*41]文学に入れ込んでいた。

藤井　天才数学者と一緒で、まず答えが分かって、それで証明するだけなんですね。天才物理学者も数学者も、まず答えが見える。でもそれを分かるのに、場合によっては一世紀も二世紀もかかるんです。アインシュタイン[*42]だって直観が見えた後、それを証明するのにすごい年月をかけている。分かるという精神の方が大事です。

柴山　そういう意味では、文学と社会科学は、同じ所に行き着くはずなんですね。何かが「分かった」と思えるときって、論理で分かったというだけでなく、言葉の持っている寓意性を完全に摑ま

＊39　エドマンド・バーク　一七二九〜一七九七。イギリスの政治思想家、政治家。近代保守思想の父とされる。

＊40　アレクシ・ド・トクヴィル　一八〇五〜一八五九。フランスの政治思想家、政治家。『アメリカの民主主義』等。

＊41　ロマン主義　十八世紀末頃から十九世紀前半にヨーロッパで起こった芸術運動、精神運動。合理性を重視した古典主義に対抗して、個人の主観や感受性を重視した。

＊42　アインシュタイン　一八七九〜一九五五。

えたと感じられるときだから。

藤井　両者で役割分担、チームプレイをやらないとどこにも行けない。

富岡　だから、文学を社会科学者と文学者が一緒に読むというこの座談会は、興味深い大事な実践なんです。その上で、文学的直観で言えば（笑）、玉音放送を聞いた後に、「私」にトカトントンが聞こえるその直前に注目してもらいたい。

そこに、こういう一節があるんです。「死のうと思いました。死ぬのが本当だ、と思いました。前方の森がいやにひっそりして、漆黒に見えて、そのてっぺんから一むれの小鳥が一つまみの胡麻《ごま》粒を空中に投げたように、音もなく飛び立ちました。」この描写があるから「トカトントン」はいいんです。まったくの真実。それからトカトントンが鳴り出すんですよ。太宰という作家がその後も読まれている理由はね、その三行を書けるかどうかです。ディティールとよく言われますが、こういう細部の描写によってでしか伝わらないものがある。それが文学の面白さです。

大岡昇平「生きている俘虜」

あらすじ

一九四四年に召集され、フィリピンのミンドロ島で警備にあたった著者（大岡）は、マラリアで部隊から取り残された後、山中を彷徨《さまよ》っているときに俘虜となる。その後、著者はレイテ島の収容所に送られるが、そのときの体験をもとに、戦後、「俘虜収容所の事実を藉《か》りて、占領下の社会を風刺する」ために書いたのが『俘虜記』の各短編だった。

なかでも、米軍の捕虜収容所に暮らす日本人の生態をルポルタージュ風に描いた「生きている俘虜」は「兵士としての自由（つまり戦う自由）を捨てた（あるいは捨てさせられた）代償として、個人の自由（つまり生きる自由）を得た」日本人の精神的退廃を描き出した名編として知られる。そこには、庇護者たる米軍人の下で（配給された自由のなかで）「俘虜という新型の日本人」がどのような生態を示すことになるのかが詳細に描かれていた。

収容所内で彼らは、阿諛追従《あゆついしょう》とエゴイズムによって秩序を管理し、元将校たちに対する復讐的快感に身を任せ、A組とB組で互いに差別し合い、現状追認の言葉を述べあい、与えられた住居とコンビーフとタバコに満足し、相撲、縄跳び、毬《まり》投げ、トランプ、麻雀で暇を潰しながら、その過剰なカロリーによって太り始めていた。大岡は言う「一度俘虜の味を覚えた日本人は、戦いが不利になれば猶予なく武器を捨てるであろう」と。

極限状態から「生きている俘虜」へ

浜崎　さて次は「生きている俘虜」ですが、読者のために「生きている俘虜」を書いた大岡昇平[*43]と、それを収めている『俘虜記』について簡単に説明しておきます。

　大岡昇平は、成城高校[*44]時代に小林秀雄[*45]にフランス語を学びつつ、中原中也[*46]と交わるなど、既に若い頃から文学史の登場人物なのですが、その後も京都大学の仏文科に進んでジイド[*47]やスタンダール[*48]を研究するなど、いわゆる早熟のインテリとして出発しています。その後、川崎重工業に勤めることになりますが、戦争も大詰めになって、三十五歳で召集されて兵隊に行くことになる。そして、昭和十九年七月、フィリピンのミンドロ島に送られた大岡は、昭和二十年一月二十四日に米軍の一斉攻撃を受け、翌二十五日に俘虜になり、敗戦の年の十二月に帰還してきます。その後、戦後になって、この米軍に捉まる瞬間から帰還するまでの一年間の俘虜体験を短編小説として発表するのですが、大岡は後に、それらを改めてまとめ直して『俘虜記』として刊行します。また、それは、

＊43　大岡昇平（おおおかしょうへい）一九〇九～一九八八。キリスト教に感化され牧師になることを決意するも、小林秀雄に指導を受けてスタンダールの研究や、フランス文学の翻訳、文芸批評を試みる。兵士として太平洋戦争の一兵卒としてフィリピンのミンドロ島へ送られた経験を元に『俘虜記』や『野火』などを執筆。戦記物以外にも恋愛小説や歴史小説など幅広い作品があるが、いずれも知的な構成や批評精神旺盛な作風が特徴となっている。

＊44　成城高校　東京都新宿区にある名門高校。

＊45　小林秀雄（こばやしひでお）一九〇二～一九八三。文芸評論家。

＊46　中原中也（なかはらちゅうや）一九〇七～一九三七。詩人。大岡昇平、河上徹太郎らと同人誌『白痴群』を創刊。

大岡昇平の実質的デビューであると同時に、「戦後文学」（第二次戦後派）の第一声でもありました。

なかでも、兵士としての限界体験を書いた短編「捉まるまで」[*49]は実存文学としても有名で、ここで書かれたモチーフ――「死を目の前にして」なお「米兵を何故撃たなかった」という自己意識を超えた行動の謎――が大岡昇平の代表作『野火』[*50]に繋がることから、『俘虜記』と言えば「捉まるまで」のことを指すほどになるのですが、この『俘虜記』のモチーフは、それだけに限りません。後に大岡自身が「俘虜収容所全体を一つの戯画」として「日本人論」を考えようとしたと言う通り、特に後半は、アメリカ人に対する日本人の「戯画」として読むこともできます。

特に、この「生きている俘虜」は、その「解説」で「俘虜収容所の事実を借りて、占領下の社会を諷刺するのが意図であった」と大岡自身が言う通り、「生きている」だけの日本人俘虜の生態を、アメリカの庇護下＝支配下で戦争を忘れ、戦友を忘れ、堕落していく戦後日本人の姿と重ね合わせて批評的に描き出した作品だと言えます。

＊47　アンドレ・ジイド　一八六九～一九五一。フランスの作家。
＊48　スタンダール　一七八三～一八四二。フランスの作家、評論家。
＊49　「捉まるまで」『俘虜記』に収録されている短編小説。
＊50　『野火』一九五一年『展望』に初出。

まずは、藤井先生いかがでしたか。

藤井　いきなり物騒な物言いで恐縮ですが、あれを読んで久しぶりに死のうかなと思ってしまいました(苦笑)。十五の頃に太宰の『人間失格』を読んで陥った、というか精神に去来したあの感慨が蘇ってきました。でも即座に「あっ、これはあかん！」と思いましたね。もう僕も四十九で、十五の頃よりだいぶ強いですから、だから小説に「灼《や》かれる」ということはなかったですけど、その日半日くらいは「もっていかれ」ましたね。

柴山　「トカトントン」『俘虜記』、この二つをよく選んでいただいたなと思うのですが、テーマが通底していると思うのは、『俘虜記』前半で、捕まるまでの生きるか死ぬか、若い米兵を撃つかどうかの哲学的な心理描写は確かに素晴らしいですよ。素晴らしいのですが、後半の方が読んでいて面白かった。それは主人公はたまたま気絶しているところを捕まって、死にそびれてしまったわけですよね。それで収容所に連れていかれたときに、強烈な羞恥心を感じたと書いているんですね。囚人となった同胞たちの間には、ずっとよそよそしさがあったとも書いている。戦争直後の日本人には、生き延びてしまったことの恥ずかしさがあった、その感覚を大岡昇平は誤魔化すことなく書いている。

富岡　本当にそう思うんですよ。小林秀雄が復員してきた大岡に戦争体験を書けと言う。大岡さんは小林さんのフランス文学の弟子でしたから、よく戻ってきたと、お前の体験を書け、と言われて、これを書くんです。これはやっぱりいい作品です。この後に『野火』という有名な作品を書くんですが、『野火』より『俘虜記』の方が全然いい。というのは、実は、いま柴山さんがおっしゃったように、前半部分を小説化しているんですよね。つまり、緊張したミンドロ島での戦いの部分とか。後半はないんですよ。圧倒的に前半は面白いけど、後半の監禁状態のなかで人間がいかに堕落していくか、そこにいかに人間の本質が出るかを赤裸々に描いていて、そういう意味では『野火』によって、大岡昇平はあえて言うと、小説家として自己を決定することをしなくなっているんです。その後また、『レイテ戦記』[*51]とか書くんですけど。『俘虜記』の冒頭にダニエル・デフォー[*52]の「或る監禁状態を別の監禁状態で表わしてもいいわけだ。」と書いてある。これはまさ

＊51　『レイテ戦記』一九六七年から一九六九年まで『中央公論』に連載。
＊52　ダニエル・デフォー　一六六〇〜一七三一。イギリスの作家。『ロビンソン・クルーソー』等。

に「対米従属」としての戦後の日本です。

藤井　戦後日本そのもの、いや、今の日本そのもの。

柴山　思想的に大きな問題だと思うのは、前半は、抽象的な問題として言うと、どうやって個を滅却すればいいかという話なんですよ。戦争機械の一部となって、それでも消えない良心のありようを描いているのだけど、後半になって解放された瞬間に個が戻ってくるんですよね。そのことを大岡昇平はちょっと恥ずかしく思っているんです。

藤井　俘虜たちがアメリカから与えられるコンビーフを毎日食って、ちょっと太ってますしね（苦笑）。

柴山　二七〇〇キロカロリーの食料が与えられて、変に余裕ができた瞬間に、個人としての自我が復活してくることの戸惑いを描いている。これは「トカトントン」と通じるのだけど、普通の生活に戻っていく過程で、俗のなかを生きる人間の個というものが復活するんですよね。エゴイズムと言ってもいい。生活という下部構造、経済の問題だけでなく性の問題も含めて、そういうものを恥ずかしいと思う感じがよく表現されていると思います。特に『俘虜記』では性の問題が描かれていて、レイプのようなことをやった兵士たちが自分の経験をけろっと喋っている。戦争中はそれが普通だったのだけど、俘虜になって生活を取り戻してみると、罪の意識が出てくる。戦争機械の一部から個を持った普通の人間に戻るときの、いわば自分の存在が輪郭を取り戻した瞬間に急に戸惑ってしまうという、その微妙な感情の立ち現れを細かく描いている。これはすごいと思った。

藤井　まさにその問題なのですが、僕個人の話で恐縮ですが、僕の人格の形成というのは、この俘虜記状況に僕が置かれているんだということを認識していく過程だった、と言えるように思います。僕は小さい頃から、学校や家庭、テレビ等の場に触れながら、「何かおかしい」と感じ、この戦後日本という空間それ自身が、俘虜記が言うところの「俘虜収容所的なもの」であるということを、うっすらと認識していました。その後、文学や哲学を読んだり、そのうちそれこそ西部邁をはじめとした発言者・表現者の皆さんに会ったりするうちに、ここが「俘虜収容所」であるということを確信していきました。その過程において僕は、太宰的なニヒリズムにも陥りましたが、何とかこの「俘虜収容所状況」と付き合うための「武器」として、諸種の社会科学や様々な歴史観を学んで、さらには文学や映画や音楽とかいろんな道具を使って、自分自身の精神を、そんな「俘虜」状態から離そう離そうとしてきたんです。でも、そんなふうにして俘虜状況を認識していたはずの僕ですら、これを読むときつい。逆に言うと、そんな僕だからこそ、百パーセント理解できたような気分になったとも言えるのかもしれませんが、とにかく例えばコンビーフを食ってぶくっと太っているとか、どれだけ恥ずかしいねん、お前、と(笑)。ちょうど四十九くらいで読んで良かった。じゃないと、これ、完全にもってかれましたよ。

川端　同時にこの小説の面白いところは、俘虜であることから簡単に逃げられるとは思っていないところですよね。「生きている俘虜」で言うと、四人、脱走した奴がいて、その噂話をみんなでしている場面がある。四人のうちの首謀者から一緒に脱走しようと誘われた兵士がいて、その人はすごく冷笑的に、断ったと言っている。たぶんあの人たちが柵を越えて警備網を越え、飛行場まで行けたとしても、飛行機を操れるかどうか分からないし、そもそもそんな簡単にルソン島まで辿り着けるかも分からない。ルソン島に行ってもそこが無事という保証はないじゃないか、と悲観的に見ている。その上で、「あの人達がこの収容所にじっとしていられない理由があるのはわかります。しかしここにいる大部分の人達の気持はそうではないと思う。私も違うのです」と言う。この発言について大岡は、賛成だとも反対だとも、明瞭な結論は与えないんですね。むしろ、俘虜というものは結局は曖昧な存在であるという点を強調する。

藤井　なるほど、単に逃げればいいという話ではない。逃げようとすれば、赤軍派とか、馬鹿な左翼運動に近くなってしまう。だから俘虜状況とはいえ、そこで生きていかねばならないという感覚はあるんです。例えば、僕は昔、あっさり言うと太宰を読んで死のうという気分に相当浸ったけど、一週間、高校に行かないで引き籠もった後、やっぱり学校に出ていこうと思った。やっぱりここで生きていくことが必要だということを思い直した。

それで言うと、この本のなかで印象に残っているのは、一人だけいい奴が出てくるじゃないですか。大岡昇平が好きな奴がいるんですよ。あいつだけちゃんとしてるんですよ。僕は、僕の人生にもそんな奴が一人だけいた。小三、小四のときに親友になった札付きのワル。中学のときは五百人の学校のなかでもトップでワルイ奴だった。でもどういうわけか、彼とだけは話が合った。こいつがいたおかげで、俘虜状況のなかでも正気を保てた。そんな感じがするんですよ。

浜崎　ウシジマくん[*53]みたいな（笑）。

藤井　ホントそう（大笑）。こいつがいるというのが、大岡昇平が生きている理由かもしれない。

川端　その話がとてもよく分かるのは、もちろん「戦争反対」とか言うのは嫌いだし、勇ましく死ぬのは立派なことだと思うんですけど、実際、自分が戦争に行ったときに、天皇陛下万歳とか大日本帝国万歳を叫んで、そう簡単に度胸を持って死ねるかと考えると僕の場合は怪しいところがある。年齢とかにもよると思いますよ、二十歳くらいだったら何とか勢いで死ねるかもしれないけど、三十代になるとさすがにね。

＊53　『闇金ウシジマくん』真鍋昌平の漫画。二〇〇四年から二〇一九年まで『ビッグコミックスピリッツ』に連載。

富岡　大岡さんはこのとき、三十六歳。

川端　三十六ですか、それじゃあ、天皇陛下万歳では死ねないところがあるでしょう。それで「捉まるまで」の方で言えば、僕は自分の戦友が先にあそこで死んだなと考えると、なんか死ねる気がするんです。例えば特攻隊はもちろん立派だと思うんですけど、自分が飛行機に乗せられるとなったときのことを想像すると、八紘一宇の理念など守るほどのものかね、という気が正直しますよ。だけど、その前に何人かの自分の大事な戦友が先に行って死んでるとなったら、それだけを頼りに飛べる気もする。

「捉まるまで」の捕虜になる直前の描写で、一回、ジャングルに潜んでいるときに米兵が前を通りかかって、撃つか撃たないかという場面がありますよね。結局、大岡は撃たなかったのですけど、そのことについて彼はこう説明するんです。殺すのが嫌だという感覚があったのだ、と。この、殺すことに対する嫌悪感というのは平和時の感覚ですから、このとき自分は既に兵士でなかったことを示している。ただそれは、このとき自分が「一人」であったからだ、と大岡は言うわけです。戦争というのは、集団をもってする暴力行為であって、各人の行為は、集団の意識によって制約ないし鼓舞されている。もしこのとき、戦友が一人でも隣にいたら、私は私自身の生命の如何にかかわらず躊躇《ちゅうちょ》なく撃っていただろう、というわけです。

藤井　僕、それね、もちろん本当のところは分からないですけど、実は、すごく後悔していると思う。撃たなかったことを。だからこそ、これだけ反省を繰り返している。既に自分の友人たちの多くが死んでいるわけですよ。そこで、何で俺は撃てなかったんだって、情けなさも含めての反省だったんじゃないか。何で俺は撃てなかったのかとずっと思っているところはあったんじゃないのかなぁ。

川端　そうですね、その点、大岡は正直に書いていますよ。例えば彼は、自分はキャプチャ、つまり捕まったのではなくて、サレンダー、つまり降伏したのだと。俺は今まで「捕まった」とずっと言っていたけれど、結局よく考えたら、「降伏した」のと変わらないんだよな、と。

藤井　酔っ払ったついでに言うと（注：今回は酒を飲みながらの座談会

でした）、誰の身でも、これと似たようなことが繰り返されているんじゃないかと思うんですよ。もちろん、それは戦争といった、私と公を結ぶような大きな物語ではないですが、我々戦後の人間でも、例えば、誰それが万引きして捕まったとかどうだとかいうような小さな話でも、ずっと心に残って、大岡的な反省に繋がっていくようなことはあるように思います。

富岡　表現者クライテリオン創刊記念シンポジウムで、浜崎さんが、今は、時代や公と結び合わない「私」しかないから、それを描いても「便所の落書」になってしまうとおっしゃった。その通りですが、ただ一方で、非常に、ある種平凡な日常性のなかに自分が生きていて、生か死かといった選択もない日常の実存を通して見えてくる社会と世界と生活みたいなものを実際に描くという作家もいるんですよ。でも、これは相当、技術力が要る。でも、その意味では、藤井さんがおっしゃるように、誰のなかにだって基本的に文学はあるはずなんです。

藤井　生きるってそういうことですよね。

富岡　常にそういう事態を我々は戦乱のなかでも平穏のなかでも、

異常事態のなかでも日常のなかでも体験してるんですよ。それが文学を通して現れるんです。

藤井　現代人というのは、そういう実存を受け取る力が衰えているということなんですかね。書く力が衰えているということは。

「俘虜収容所」としての戦後日本

柴山　政治思想の観点からいっても、『俘虜記』で面白いのはやはり捕まってからの話なんですね。というのも、捕虜状態って不思議な状態なんですよ。例えばホッブズ[*54]は、社会が成立する以前の自然状態と社会状態を分けている。自然状態では万民が万民に対して狼として、まさに野蛮な暴力が支配している世界だけど、その後に、各人の自然権を主権者に委ねるという社会契約を結ぶことで野蛮状態が終わるという論理になっています。それによって平和と安寧《あんねい》を得て市民生活が始まる。

でも、俘虜記が描いている捕虜収容所の世界って、そのどちらでもないんです。この世界の秩序は、米軍監視の下でのとりあえずのものです。この社会では、旧日本軍の秩序は解体されている

＊54　トマス・ホッブズ　一五八八～一六七九。イングランドの哲学者。『リヴァイアサン』等。

んですね。上官とか下士官とか、かつての軍隊時代の階級は、全部なくなっている。その意味では、日本の社会契約はいっぺん解除されているんです。でも、野蛮状態に戻っているかというとそうじゃない。そこには秩序がある。アメリカ軍が高圧的な暴力で支配しているかというと、それも違っていて、アメリカは、終始「見えない力」として空間全体を間接的に支配しているんです。

例えば、「今本」という捕虜収容所長がいて、日本人でありながらアメリカの伝令を受け取るのを仕事にしているような男なんですが、この人が日本の捕虜と米軍の間を繋いでいて、この「傀《かい》儡《らい》政権」の下で一定の秩序が保たれている。これは市民状態じゃない。なぜかと言えば、大岡が正直に書いているけど、捕虜というのは横のつながりが絶たれているからです。日本人同士は常によそよそしい関係にあって、本当の意味での信頼は生まれなかったと書いている。アメリカの軍事的管理の下に微妙な秩序が保たれているんだけど、そこには、お互いの人生には深入りはしないという暗黙の約束のようなものがあるんです。つまり、野蛮状態でも市民状態でもない、「見えない力」を背景にした隠微な馴れ合いだけがある。これは、戦後日本が進んでいく道を先取りしているんじゃないか。

藤井　ホントおっしゃる通りです。『俘虜記』のなかにはこういう件《くだり》がある。支配されている集団に特有の政治という形態は「恣《し》意《い》」が支配する、論理じゃなくて、支配者の「恣意」が、政治の全てを支配するようになる——今の日本の政治や社会の状況を認識するにあたって、この記述は決定的に重要な記述なんじゃないかと思う。

当方の個人的な「実務経験」を踏まえて言うなら、今の日本（あるいは、その政治の中枢）はホントに、第一にアメリカを「忖度《そんたく》」し、アメリカの都合からやってはいけないこと、やるべきことをまず決める。もうこの時点で相当「恣意」的ですが、さらに酷いのが、その次。こうやって「やっていいこと」の範囲が決まれば、後はもう、俘虜側の支配者の「恣意」で全ての政治を行っている。これぞまさに「俘虜収容所」そのままなわけですが、こうなればもう、政治においては理性も議論もへったくれも何もかもなくなっていく、というわけです。

浜崎　「忖度」という言葉もありますが、ここで「阿諛《あゆ》」（こびへつらう、おもねる）って出てるでしょ。この肯定感ゼロの「阿諛」っていう言葉はなかなかいい。

藤井　ホント、いいですねえ（大笑）。

柴山　ただ、それでも俘虜状態がまだ現代よりましではないかと思うのは、全員がこの状態に羞恥心があるんですよ。面白いのは八・一五の以前と以後で捕虜の生活が変わるんですよね。八・一五以前は緊張感がある。塀の向こうでは日本人はまだ命がけで戦っているわけですから。原爆も落ちたらしいなどということを聞いて大騒ぎになったりしていて、飼い慣らされた状態にありながらも、まだある種の緊張感を保ち続けている。

しかし大岡は、八・一五の後に「堕落」が始まったと書くんです。しかも、その堕落は性的堕落から始まるんですね。兵隊のなかでも女性的な雰囲気を持った若い男に女の格好をさせて、みんなでそこに飛びつく。しかもその男もまんざらではない、みたいな分かりやすい堕落が始まっていく。

浜崎　それで面白いのは「演芸大会」[*55]という短編。そういえば、「ト

＊55　「演芸大会」『俘虜記』に所収。一九五一年『人間』に初出。

カトントン」でも最後にスポーツに熱中する話が出てきますが、「演芸大会」でもそう。何もかも失ってゼロになったときって、演芸やスポーツくらいしか楽しみがなくなるんです。でも、ここで一番重要なのは、そのなかでリアリズムが地を掃《はら》うという大岡の指摘です。リアリズムというのは自分自身の「現実」を冷徹に見つめることですが、俘虜たちはそれができないんですね。リアリズムを全部排除して虚構のなかで自分を慰めることしかできない。これって、戦後サヨク、あるいは、オタクの姿そのものですよ。

藤井　日本の現状そのものですね。

戦後的ニヒリズムの乗り越え方

藤井　僕は太宰とか大岡を読んだときに思い出したのが、実は佐野元春[*56]の「情けない週末」[*57]という曲なんです。「〈生活〉という　うすのろがいなければ　町を歩く二人に　時計はいらないぜ　死んでる噴水　酒場　カナリヤの歌　サイレン　ビルディング　ガソリンのにおい　みんな雨に打たれてりゃいい　もう他人同士じゃない　あなたと暮らしていきたい　〈生活〉という　うすのろを

＊56　佐野元春（さのもとはる）一九五六〜。ミュージシャン。
＊57　「情けない週末」一九八〇年リリース。

乗り越えて」という曲。この「男」は、〈生活〉というものにほとほと嫌気がさしている、そしてこの町の風景全体がバカバカしく見えている、ここまではトカトントンと同じです。俘虜記と同じです。特に「うすのろ」っていうのは、トカトントンそのものと言ってよい。だけどそこからが違う。そんなもの、全部雨に打たれてりゃいい、この小さくても、確かな手触りのある世界、そこに一人の女性がいる。そして、その女性と「暮らす」ことを通して、〈生活〉という「うすのろ」を乗り越えていく――この感覚さえあれば、トカトントンなんて乗り越えられるはずなんです。別にそれが女性でなくてもいい。労働でも、音楽でも、家族でも、なんでもいい。そんなことは、佐野元春というどちらかと言えばジャンクなポップ・ミュージシャンでも、分かっているんです。トカトントン的ニヒリズムに浸された戦後の俘虜状態、そのなかからでも身の回りの小さな関係性を拾い集めて、それを支えにしていくことができる。それさえ拾い集められれば、僕らは、太宰が最後に持ち出したようなキリストの力なんて、要らないはずなんです。

浜崎　その通りです。でも、まさに大岡昇平の乗り越え方が全くそれなんです。つまり、戦友との関係性なんですよ。後に書かれた『レイテ戦記』というのは完全に戦友のために書かれた大部の戦記なんですが、誰も頼みもしない、そんな面倒な仕事を、ただ戦友との関係の納得のためにやる。もちろん、そのなかには日本の軍部がいかに愚劣だったかという記述もあって、大岡は次第に左陣営に巻き込まれていくんですが、でも重要なのは、やっぱり大岡は左になり切れないということです。

富岡　マルクス主義の洗礼を一度も受けていない。

浜崎　それもありますし、そもそも小林秀雄が師匠ですしね。それで、「俘虜」になったことがあるという理由で文化功労者、文化勲章も拒否した人が、しかし、昭和天皇が亡くなったときには、「おいたわしい」と言ってしまう。この発言は左から相当に叩かれましたが、でも、だから昭和天皇という存在は、大岡昇平にとっては抽象ではなかったんですよ。その意味で言えば、大岡を支えていたのは、終始手触りのある関係性、戦友との関係性だったと言っていいと思います。

柴山　今の話、ちょっと別の角度から言うと、生き延びてしまった、あるいはいっぺん自分の存在を捨てたはずなのに存在を取り戻してしまったときの気恥ずかしさのような感覚を、戦後日本人は思想の方で昇華できなかったのかもしれませんね。

重要だと思うのは、大岡と太宰は、戦後第一世代の丸山眞男[*58]や川島武宜[*59]など、戦後民主主義の旗振り役となった進歩派知識人[*60]と同世代なんですよ。でも文学者の方がはるかに正直なんですね。丸山は日本の敗北を変に合理化するんです。日本に市民社会がなかったからとか、もっともらしい理由を引っ張ってきて。

浜崎　ただ、小説家も評論を書くと合理化しちゃうんですよ（笑）。でも、なぜか小説を書くと正直なんです。例えば、野間宏[*61]の「暗い絵」[*62]なんていう小説がありますが、それは彼が評論で書いている「左翼的なもの」とは全く違いますよ。人間の生きている矛盾のようなもの、それを正直に引き受けられないと、まず文学として残らないんでしょうね。その点、この座談会でも取り上げる予定の大江健三郎[*63]は分かりやすい。頭は完璧な「戦後民主主義者」だけど、身体が嘘をつけない（笑）。

＊58　丸山眞男（まるやままさお）一九一四～一九九六。政治学者、思想史家。『現代政治の思想と行動』等。

＊59　川島武宜（かわしまたけよし）一九〇四～一九九二。法学者。『日本人の法意識』等。

＊60　進歩派知識人　日本の伝統を克服すべき因習と捉え、戦後民主主義や非武装中立などを積極的に肯定した知識人。岩波書店の言論誌『世界』や朝日新聞を中心に活躍し、社会に影響を与えた。

＊61　野間宏（のまひろし）一九一五～一九九一。

＊62　「暗い絵」　一九四六年『黄蜂』に初出。

＊63　大江健三郎（おおえけんざぶろう）　第四章参照。

富岡　大江は初期のものが一番いいんですが、小説家としてはあんなに正直なのに知識人としてはなんであんなに嘘つきなのか（笑）。

柴山　丸山に「大東亜共栄圏の現実よりも戦後民主主義の虚妄に賭ける」という、何を言っているのか分からない言葉があるじゃないですか（笑）。でも、「大東亜共栄圏」という虚妄の理想のなかにも、日本人の存在感覚が否応なく賭けられていたはずですよ。だから、生き延びてしまった後に、罪の意識とか恥ずかしさとかが出てくるわけで。でも、丸山たち進歩派はそれを斬り捨ててしまった。

川端　その恥ずかしさを否定してきた左翼知識人も嫌ですが、それを右翼的に誤魔化すのもちょっと嫌ですよね。そもそも右翼的な精神を完遂した人は生き残っていないはずなので、言葉が残らないところがあるんですけど。さっきの脱走した兵士の話で言えば、脱走した奴らは単に逃げたかったわけじゃなくて、友軍に復帰しようとして、またアメリカと戦おうとしていたわけですよね。その気持ちは分かるけど、それは無謀だというのも確かでしょう。その両者の感覚を二面的に描いているという点で、大岡はものすごく正直だと思う。

柴山　大岡はどっちも容認していますよね。逃げる兵隊にも同情的なところがあって。

川端　だから、まさに「生きている俘虜」の最後で、この俘虜たちは「生きているのであろうか」という。「か」という言い方は明らかに反語的なニュアンスでしょう。でも、疑問形に留められる程度には、生きている可能性もある。

藤井　そこで右翼的に行っちゃう美しさもあるし、捕まるまで鉄砲を撃つという美しさもあるんだけど、この戦後的日常のなかではそれも意味がない。もちろん、三島のようなやり方もあるけど、でも、やっぱりそれは違う。

「トカトントン」に戻って言えば、一番長かったのが郵便局の女の話だったと思うんですよ。佐野元春ではないけれど、あれがポイントだったのではないか。あそこから自分を支える理想がどんどん短くなっていく。でも、本当はあそこでしっかりしていれば救われていたはずなんですよ、男であれば。あそこで、ニヒリズムに撃って返すということができなかったということが太宰の弱さというか。

「八月十五日」との対峙

柴山　話は変わりますが、ベネディクト・アンダーソン[*64]の『想像の共同体』[*65]に面白い一節があって、要するに、小説が国民を作ったんだと言うんです。十九世紀以降、国民意識を作っていく上で、新聞と小説が重要な役割を果たした。新聞というのは、国民が経験する体験そのものを全て一日の出来事として並列に並べてくる。小説というのは、そこで描かれる主人公が、その時々の国民を代弁しているところがある。日本でいうと、漱石[*66]や鷗外の描く主人公たちですね。彼らの葛藤は明治日本人の知識階級の象徴なんです。小説世界で描かれる「私」は、同時に「国民」でもあるという幸福な関係が、二十世紀前半くらいまではあった。

それで言うと、戦後文学の面白さというのは、「私」であることと「国民」であることの間にある種の亀裂が入ってくるところではないですかね。「トカトントン」や「俘虜記」も、ともに「私」を描いているのだけど、微妙に「国民」の健康的な姿とはくい違

＊64　ベネディクト・アンダーソン　一九三六〜二〇一五。アイルランドの政治学者。
＊65　『想像の共同体』　一九八三年刊行。ナショナリズム研究の古典。
＊66　夏目漱石（なつめそうせき）　一八六七〜一九一六。

ってしまっている。もちろん、漱石や鷗外の主人公も不健康なんだけど、その不健康さが当時の国民を代弁しているところがあったというか。

富岡　あるいは、それを求めようとするということですね。

柴山　だから、理想と現実がうまく表現されているのが国民文学というものだった。けど、太宰や大岡の小説は、総力戦による大量死という巨大な経験をしてしまった後の世界を描いているせいか、「私」と「国民」がずれてしまっている。その微妙な乖離《かいり》みたいなものを正直に表現するところが出発点となっている。

富岡　後はやっぱり敗戦と占領でしょう。敗戦と占領のなかで「国民」と「国家」が切り離された。日本国憲法前文そのものですよ。

柴山　今後、この文学座談会が進んでいくと、小説の主人公がどんどん「私」化していくじゃないですか。「国民」から切れていく。先回りして言うと、島田雅彦[*67]や高橋源一郎[*68]の小説を読んでも、「私」は本当にただの私なんですよ。

藤井　ある種の「国民」性を条件として引き受けていた人間が、その歴史や生活の基盤を失って、だんだん「私」の方に行っちゃう

＊67　島田雅彦　第八章参照。
＊68　高橋源一郎　第八章参照。

んですよね。
　でも、なんでそうなったのかと言うと、たぶん我々は八月十五日と対峙してないんですよ。八月十五日をしっかりと咀嚼《そしゃく》してこなかった。例えば、僕の大好きな山田風太郎[*69]の『戦中派不戦日記』[*70]というものがあるんですが、そこでは八月十五日の記述が一行なんですよ。でも、その一行が雄弁に物語っている。

川端　「八月十五日、炎天。帝国ついに敵に屈す。」、ただその一行。その前後の、十四日以前や十六日以後の日記はめちゃめちゃ長いのに。

富岡　それは、文芸評論家の河上徹太郎[*71]の言葉に近い。八月十五日の玉音放送のときに、日本国民は静寂のなかにいたと。それは非常に深い静寂で、あらゆる愚劣な議論は翌日から始まったという。

浜崎　河上が一九四六年に書いた、「ジャーナリズムと國民の心」[*72]の一節ですね。ちょうど、手元に資料があるので読んでおきます。「國民の心を、名もなく形もなく、たゞ存り場所をはっきり抑えねばならない。幸い我々はその瞬間を持った。それは、八月十五日の御放送の直後の、あのシーンとした國民の心の一瞬である。理屈

＊69　山田風太郎（やまだふうたろう）一九二二〜二〇〇一。
＊70　『戦中派不戦日記』一九七一年、番町書房より刊行。山田が昭和二十年に綴った日記。
＊71　河上徹太郎（かわかみてつたろう）一九〇二〜一九八〇。文芸評論家、音楽評論家。『日本のアウトサイダー』等。
＊72　「ジャーナリズムと國民の心」『戦後の虚實』に所収されているエッセイ。

をいひ出したのは十六日以後である。あの一瞬の静寂に間違はなかつた。又、あの一瞬の如き瞬間を我々民族が曾て持ったか。否、全人類の歴史であれに類する時が幾度あつたか。私は尋ねたい。御望みなら私はあれを國民の天皇への帰属の例証として挙げようとすら決していはぬ。たゞ國民の心といふものが紛れもなくあの一點に凝集されたという厳然たる事実を、私は意味深く思ひ起こしたいのだ。今日既に我々はあの時の気持ちと何と隔たりが出来たことだろう！」

藤井　生活感覚から言ってしまって恐縮なのですが、最近観た映画『この世界の片隅に』[*73]は、まさにそのシーンが全てなんですよ。絵が好きなだけの普通の女の子が、玉音放送後に怒りを露わに泣き崩れる。あんなシーンを描いたアニメ作品はなかったはずです。でも、「あの一瞬」さえ引き受けることができていれば、日本は立ち直る可能性はあったはずなんですよ。少なくとも僕は、その可能性をあの作品に見た。

柴山　主人公のすずが泣きながら、何のためにこんな苦労をしてきたんだと泣く。庶民の誰もが抱いていたであろう感情が一気に溢

＊73　『この世界の片隅に』二〇一六年公開のアニメ映画。片渕須直監督。

れ出る、あの瞬間は迫力があった。

藤井　僕が最も描かなければならないとずっと本能的に感じていたものが初めて普通の物語のなかに現れたんですよ。山田風太郎日記とか「トカトントン」に感じられていたものが、今の子供たちが見られるもののなかに現れたんですよ。それだけでも、あの作品は金字塔だと言っていい。

浜崎　アニメは虚構を虚構として描くものが多いけど、でも、語源は「アニマ」、つまり、絵に「生命」を吹き込む技術ですからね。成功すれば、『この世界の片隅に』のように、歴史や、命の持続感に食い込んでくるような迫力を持ちうる。

柴山　次回以降、「トカトントン」『俘虜記』にあった日本人の悔しさ、生き延びたことの恥ずかしさや戸惑いが、その後、戦後文学においてどう変化していくのかをじっくり考えてみたいですね。

川端　最初に藤井先生が、この企画に歓喜しておりますと言われましたけど、たぶん五回目くらいから怒りに変わってくるような……（笑）。

（表現者クライテリオン　二〇一八年七月号）

第二章

「戦後的日常」への頽落

――「第三の新人」をめぐって

「アメリカの影」のなかで始まった戦後的日常。
そこは、自由で開放感に満ちた空間であるはずだった。
が、「国家」という後ろ盾を失くしてしまった日本人は、
ますますぎこちなく、そして、ますます不自由になるばかりだった。
「戦後空間」の起源を文学に問う、連続座談会の第二回目。
果たして「第三の新人」の文学とは何だったのか?

小島信夫『アメリカン・スクール』
安岡章太郎「ガラスの靴」

『ガラスの靴・悪い仲間』安岡章太郎(講談社)

『アメリカン・スクール』小島信夫(新潮社)

参加者
藤井聡
柴山桂太
浜崎洋介
川端祐一郎

小島信夫『アメリカン・スクール』

あらすじ

敗戦国日本の英語教師たちは、英語教育改善のためにアメリカン・スクールを実地見学に出かけるが、そのなかに決して英語を喋ろうとしない伊佐の姿があった。彼は、日本人が不完全な調子で英語を話すことは恥であると考えつつも、アメリカン・スクールの女生徒たちの会話を小川のように「美しい声の流れ」だと感じる自分をも認めていた。伊佐は思う、このままでは「おれが別の人間になってしまう。おれはそれだけはいやだ！」と。

一方、もう一人の英語教師の山田は迷いなく英語を話し、あわよくばアメリカ留学のチャンスをものにしたいと願っている。アメリカン・スクールの見学も自分の英語力を示すチャンスだと考える山田にとって、「沈黙戦術」を取る伊佐は目障《めざわ》りな存在でしかなかった。

そのあいだにあって、女性英語教師のミチ子は、「山田は話にならない」と思う。が、不器用な伊佐を擁護することもできなかった。英語に堪能な彼女は、歩くときは運動靴で歩き、アメリカン・スクールではハイヒールに履きかえるといった器用さを持っていたが、「あるもの」を忘れてしまったことで、それを伊佐から借り受けなければならなくなる。と、そのとき転倒してしまったミチ子は、その「もの」をアメリカ人教師の前で落としてしまう。それは新聞包みで隠し持ち運ばねばならぬようなわびしく日本的な二本の黒い箸だった。

「第三の新人」と小島信夫

浜崎　「対米従属文学論」の第二回目ということで、今日は「第三の新人」の文学といわれる、小島信夫[*1]の『アメリカン・スクール』と、安岡章太郎の「ガラスの靴」を取り上げたいと思います。

　まず「第三の新人」というのは、第一次戦後派、第二次戦後派の文学者たちの後に出てきている文学グループを指します。第一次戦後派というのは、例えば野間宏、埴谷雄高[*2]、椎名麟三[*3]、武田泰淳[*4]あたりですが、主に戦前の左翼体験や戦争体験を書くことで戦後に登場してきた文学者たちです。第二次戦後派というのは安部公房[*5]、堀田善衛[*6]、三島由紀夫[*7]、あと前回取り上げた大岡昇平もそうですが、幅はあるものの、彼らも戦争を引きずっている。ただ「第三の新人」になってくると、左翼体験や戦争体験ではなく、むしろ戦後の日常をモチーフにして登場してくる文学者が多いんです。その意味でいうと、前回取り上げた大岡昇平の「生きている俘虜」のその先、要するに「生きている俘虜」の本土編という感じです。

　デビュー時期はそれぞれなんですが、芥川賞[*8]に限っていうと、

＊1　小島信夫（こじまのぶお）一九四五～二〇〇六。岐阜市生まれ。中学時代より文学少年であり、東大時代にはロシアの作家、ゴーゴリから強い影響を受けた。中国への従軍から復員し、教師を経て、「小銃」で文壇に登場。第三の新人と呼ばれた一人で、一九五四年には『アメリカン・スクール』で芥川賞を受賞。弱者の心理を風刺的、ユーモラスに描く作品が多い一方で、カフカ的傾向の作品も多い。

＊2　埴谷雄高（はにやゆたか）一九〇九～一九九七。

＊3　椎名麟三（しいなりんぞう）一九一一～一九七三。

＊4　武田泰淳（たけだたいじゅん）一九一二～一九七六。

＊5　安部公房（あべこうぼう）一九二四～一九九三。

＊6　堀田善衛（ほったよしえ）一九一八～一九九八。

＊7　三島由紀夫　第三章参照

安岡章太郎が一番早くて、『悪い仲間』[*9]と『陰気な愉しみ』[*10]という二つの短編で、占領解除直後の昭和二十八年（一九五三）に受賞しています。その後、昭和二十九年（一九五四）に吉行淳之介[*11]の『驟雨』[*12]が、昭和三十年（一九五五）に、小島信夫の『アメリカン・スクール』と、庄野潤三[*13]の『プールサイド小景』[*14]と、遠藤周作[*15]の『白い人』[*16]が、それぞれ芥川賞を獲っています。ちなみに参考までにいえば、石原慎太郎[*17]が『太陽の季節』[*18]で芥川賞を獲ったのも昭和三十年です。もちろん石原は「第三の新人」ではありませんが、昭和二十七年（一九五二）の占領解除から、「五五年体制」[*19]が完成するまでの復興期に出てきたという意味では、何かしらの同時代性はあると思います。

柴山　経済の方から言うと、五六年は経済白書が「もはや戦後ではない」[*20]と書いた年、つまり国民総生産が戦前の水準に戻った年なんですよね。そこからいわゆる高度成長が始まった。

浜崎　まさに神武景気[*21]の幕開けですね。五六年には家電を中心とする大量消費ブームが起きて、冷蔵庫、洗濯機、白黒テレビが三種の神器[*22]と呼ばれた時代です。どうやら大宅壮一[*23]が、テレビによっ

＊8　芥川賞　一九三五～。芥川龍之介の業績を記念して作られた、芸術性を踏まえた一篇の短編あるいは中編作品に与えられる文学賞。年に二回選出される。

＊9　『悪い仲間』　一九五三年『群像』に初出。

＊10　『陰気な愉しみ』　一九五三年『新潮』に初出。

＊11　吉行淳之介（よしゆきじゅんのすけ）　一九二四～一九九四。

＊12　『驟雨』　一九五四『文學界』に初出。

＊13　庄野潤三（しょうのじゅんぞう）　一九二一～二〇〇九。

＊14　『プールサイド小景』　一九五四年『群像』に初出。

＊15　遠藤周作（えんどうしゅうさく）　一九二三～一九九六。

＊16　『白い人』　一九五五年『近代文學』に初出。

＊17　石原慎太郎（いしはらしんたろう）　一九三二～二〇二二。

＊18　『太陽の季節』　一九五五年『文學界』に初出。文學界新人賞、

て「一億白痴化」[*24]すると言ったのもこの頃らしい。ただ何といっても注目されるのは、やはり、その背後にあった冷戦の激化と、アメリカによる対日政策の変更です。

昭和二十四年（一九四九）、大陸での中国共産党の勝利を契機としてアメリカは、初期の日本弱体化政策から、日本を反共の防波堤にする日本強化政策に舵を切ります。ドッジ＝ライン[*25]といわれる緊縮財政から積極財政に転換し、それが翌一九五〇年の朝鮮特需[*26]と相俟って、戦後復興の勢いが増していきます。そして、一九五一年の講和時に、東南アジア諸国に対する賠償を、アメリカの肩入れで減額してもらった日本は、まさに「アメリカの影」のなかで、戦後復興を果たしていくことになります。

その意味でいうと、「第三の新人」の文学は、戦後復興期の、ある種の解放感、自由感を描きながら、しかし一方で、それが「アメリカの影」によって可能になっているという奇妙な居心地の悪さ、不安感のようなものを描いた文学だといえるかもしれません。

なかでも小島信夫は、その不安感の要素が強い作家だといえます。実際、小島信夫は「第三の新人」のなかでも最年長で（大正

芥川賞受賞作。

＊19　五五年体制　一九五五年に社会党再統一とそれに応じる形で起きた保守合同（自由民主党結党）により成立。自由民主党が国政選挙で過半数を占めることで政権を維持する一方、社会党とその他野党で三分の一以上を占めることで憲法改正を阻止する体制――、改憲なし、安保路線継続の膠着（こうちゃく）した体制が続いた。

＊20　「もはや戦後ではない」　一九五六年『経済白書』の結語の一節。同年『文藝春秋』に寄稿された中野好夫の評論文のタイトルからの引用とされる。

＊21　神武景気　一九五四～一九五七。日本の高度経済成長の始まりに発生した好景気の通称。

＊22　三種の神器　電気冷蔵庫・電気洗濯機・白黒テレビ。戦後、豊かになった日本経済の象徴としてマスコミが使い広まった言葉。

四＝一九一五年生）、これは年齢的にはほとんど第一次戦後派の文学者たちと同じです。デビュー当時の小島信夫は、「第三の新人」と呼ばれることを嫌がっていたとも言われますが、事実、彼の文壇デビュー作は自身の北支、中国に行ったときの従軍体験を書いた『小銃』[*27]という小説なんですね。ただ、やはりその作風は、非日常的な「危機」を描いた第一次・第二次戦後派のものとは違っていて、非日常のなかに潜む日常、その不安感を描くというものでした。

戦後的日常を描いた小島の小説といえば、江藤淳が『成熟と喪失』[*28]のなかで扱った『抱擁家族』[*29]が有名ですが、今回取り上げる『アメリカン・スクール』は、まさに『小銃』と『抱擁家族』の間、非日常から日常へと移り変わっていく戦後空間を描いている作品です。

今日は趣向を変えて、川端さんからお願いします。

戦後日本人の三つの類型

川端　たぶんこの山田という人のパーソナリティについては、皆同

＊23　大宅壮一（おおやそういち）一九〇〇～一九七〇。ジャーナリスト、ノンフィクション作家、社会評論家。

＊24　「一億白痴化」『週刊東京』一九五七年二月号での大宅壮一の論考に初出。テレビの普及による国民の思考力の低下を憂うスローガンとなった。

＊25　ドッジ＝ライン　一九四九。戦後混乱期（戦後占領期）における日本経済の自立と安定のために実施された財政金融引き締め政策。

＊26　朝鮮特需　一九五〇年に朝鮮に勃発した朝鮮戦争により発生した特需。戦争自体は五三年に停戦したが、五五年頃まで大きな戦争関連需要があった。

＊27　『小銃』一九五二年『新潮』に初出。

＊28　『成熟と喪失―〝母〟の崩壊』一九六七年、河出書房新社より刊行。

じような感想を持つと思います。意識が高くて嫌な奴で、喜んで奴隷になりますという人です。一方で伊佐という不器用な人間がいるんですが、ミチ子さんという割と常識的な人もいる。まず感想としては、この三人の登場人物それぞれが、日本人の自意識やナショナルプライドの持ち方の多層性のようなものを分かりやすく象徴していると思いました。

最初の方で、「日本人は見すぼらしいから、スクールの見学に当たってアメリカ人に馬鹿にされないよう、身なり等には気を付けてください」みたいな注意喚起の描写がいくつかありますよね。アメリカン・スクールの前に座っていたら乞食みたいに見えるから、座っちゃダメとかね。つまりアメリカに対する「羞恥」のような感覚が、まずある。

しかしその後で、「何で我々の税金で作ってやったアメリカン・スクールで、ありがたく授業を拝聴して涙を流さねばならんのですか」と不満を述べる教師が出てきますが、これは「屈辱」の感覚ですね。そして次に山田が出てきて、「だからこの機会に我々の英語力をアメリカ人に見せつけてやるのだ」と、変な方向の「強

＊29　『抱擁家族』一九六五年『群像』に初出。

がり」へと捻れていきます。そこからさらに折れ曲がって、伊佐という教師が「日本人が外人のように英語を話すというのは何て恥ずかしいことなんだ」「英語を話すと俺が俺じゃなくなってしまうし、日本人は日本人じゃなくなってしまうじゃないか」と述べるわけですが、同時に「英語を話せば俺は俺じゃなくなってしまって恥ずかしい。しかし不完全な英語しか話せないのも恥ずかしい」という、「引き裂かれた自己」[*30]のような感情が表出されてきます。

そして今度は、アメリカ人の子供が授業で描いている絵を見て、下手だなと日本人教師が馬鹿にするシーンが出てきますよね。「ここは外見的には文明のある夢の国だと思ったけれど、中身を見てみると案外大したことはない」という趣旨の台詞も出てきます。要するに、アメリカ人の無教養さを見つけて皆で叩くという、「優越感」に流れていくんです。ところが最後に、ミチ子が決め台詞のように、「アメリカに対して強がったり、アメリカを馬鹿にしたりするのは、結局私たちが卑屈だからなんじゃないの」と問いかけるわけです。この問いかけは、ナショナルプライドの多層関

＊30　引き裂かれた自己　イギリスの精神科医、R・D・レインの同名著書（一九七一年、みすず書房）からの引用。

係のなかでいうと、一番正解に近いと私は思う。結局その「卑屈さ」さえなければ、アメリカとの感情的関係はもっと素直ですっきりしたものになったはずだということです。

『ドン・キホーテ』[*31]に出てくるサンチョ・パンサは卑しい農民の出身ですが、ご主人様であるドン・キホーテが、「サンチョよ、決して百姓の子であることを卑屈に思ってはならぬぞ。なぜかといえば、お前がそのことを恥に思っていないと分かれば、誰もお前に恥をかかせようとはしないからじゃ」という台詞があったのを思い出しました。感情の根本に「卑屈さ」がある限り、いくら強がってみせても結局は真の意味でのナショナルプライドのようなものは持てないし、相手からも馬鹿にされるということです。

浜崎　敗戦直後の日本人には、ナショナルプライドを持とうにも、どこに持つんだという問題があったんでしょうね。それで思い出すのは、大岡昇平「生きている俘虜」の「イマモロ」です。彼も軍国主義者から、アメリカに忠実な「阿諛」者に簡単に転向している。それは、アメリカ人に柔道を教えていることを自慢する県庁の役人も同じです。

＊31　『ドン・キホーテ』　セルバンテス著。前編一六〇五年刊行。後編一六一五年刊行。

川端　自分がアメリカ人に柔道を教えてやっているという、変な優越感ですよね。山田という教師も結局、今まさに浜崎さんがおっしゃったようにプライドの持ちようがないから、「俺だけは特別なんだ」という視点に立とうとするわけです。彼は、「我々は敗戦国民なんだから」と何度も言うんですが、これは日本人全体を「敗戦国民」と呼んで馬鹿にしつつ、実は自分だけは上から目線というタイプで、現代でもよくいます（笑）。

柴山　この三人はそれぞれが、戦後の「ナショナリズム」の表現なんですよ。

山田が体現しているのは、おそらく竹中平蔵[*32]に繋がってくる。つまり、愛国心を持つが故に英語を完璧に喋って、いわばアメリカ人以上にアメリカ人的に振る舞ってみせる、と。アメリカ人と英語で互角に喧嘩できることが日本人の愛国心だと信じているタイプですね。一方、伊佐は、英語を話さないということが愛国心だと考えるタイプです。根本に英語コンプレックスがあるのですが、そのコンプレックスを覆い隠すためにも人前で英語を頑なに話さない。だけど、彼我《ひが》のいかんともしがたい国力差には自覚的

＊32　竹中平蔵（たけなかへいぞう）一九五一～。小泉純一郎政権（二〇〇一～）で入閣。新自由主義的な政策を展開。

で、少女が話す英語を聞いて美しいと涙を流したりする。もう一人、女性のミチ子さんは現実とうまく付き合うことで自尊心を保とうとするタイプですね。英語を話せて、誰ともうまくコミュニケーションを図ることができるんだけど、自前の強い主張はなく、生活を第一に考えている。この三つのタイプは戦後の「対米ナショナリズム」というか、アメリカ人への態度の三つの類型を先取りしている感じがします。結局仕切るのは山田というのが、いかにも戦後日本ですね。山田は主観的には非転向なんです。戦争に負けたという悔しさが、彼の英語への情熱を駆り立てている。この山田型ナショナリズムから「悔しさ」を差し引くと、今の日本のエリートになりますね。一方で、伊佐型ナショナリズムも深化している。

藤井　伊佐型ナショナリズムは、嫌中嫌韓で、日本が好きだっていうだけのいわゆる現代の「ネトウヨ」、さらには商売のために保守を装う「ビジネス保守」に繋がっているのでしょうね。

浜崎　二つのタイプとも適応異常なんですよ。これを昔読んだとき、似ている小説を想い出しました。二葉亭四迷[*33]の『浮雲』[*34]です。こ

＊33　二葉亭四迷（ふたばていしめい）一八六四〜一九〇九。

＊34　『浮雲』第一編は一八八七年、金港堂より刊行。初めて言文一致体で書かれた小説。未完に終わった。

の小説も、お勢という一人の女性を前に、二人の男性のタイプが描き出されます。一人は、軽々と文明開化社会に適応できる本田昇、もう一人は全く適応できない内海文三。ただ、『アメリカン・スクール』が新しいのは、適応できない伊佐が、それにもかかわらず、アメリカンスクールの子供たちの歌声を美しいと思ってしまうところです。これは確かに文明開化当時にはなかったもので、戦後日本人は、それくらいには、アメリカを内面化していたということもできるのかもしれない。

柴山　明治のときと違うなと思うのは、よく敗戦・占領は「第二の開国」などと言われますが、「第一の開国」、つまり明治維新のときは西洋人が大量には来ていないんですよね。日本の知識人は書物や文物で西洋文明を学ぶんです。だからウェスタン・インパクト（西洋の衝撃）といっても、一部の留学組を別にすると、言葉を喋れないコンプレックスは明治の知識人にはあまりないじゃないですか。だけど戦後のアメリカン・インパクトの方は占領軍が来てしまっているので、目の前にアメリカ人がいて、知識人は英語を話さないといけない。伊佐だって英語教師だから知識人で、でも英語を話せないからものすごく恥ずかしい思いをするわけですよね。この、「コミュニケーションを取らなきゃいけない」という切迫感は、明治維新にはなかったものですよね。伊佐は、英語を格好良く話すのもダサいし、話せないのも屈辱だという微妙な状況のなかに置かれている。しかも権力関係でいえば向こうの力は圧倒的で、アメリカ人の女性が何気ない親切心で怪我を治してあげようとするのも、伊佐にとっては屈辱なんですよね。放っといてくれ、と。権力関係は非対称的なものなので、向こうは権力を振るっているつもりがなくても、こっちは猛烈にそれを感じざるを得ない。そういう嫌な感じがよく出ています。

川端　「人（外国人）が実際に目の前に来る」ことのインパクトってやっぱりあるんだなと思ったのが、前回の座談会でも話題に出た山田風太郎の日記[*35]です。昭和二十年の秋頃に進駐軍がやって来ますが、風太郎は戦中の日記では「鬼畜米英を、一人一殺で、ひとりでも多く殺さねばならない」と書いている。でも降伏後の日記で、「実際に進駐軍が来てみると、日本人は完全に参ってしまった」という言い方をするんですよ。何に参ったかというと、あれだけ

＊35　山田風太郎の日記　『戦中派不戦日記』のこと。

鬼畜鬼畜と言っていた米兵がいざ上陸して来てみたら、けっこうさっぱりした良い奴らだったと言うんですね（笑）。鬼畜だと思って戦って負け、しかもその相手が意外と文明人だったことの屈辱というか、どうしようもない根本的な敗北感。米軍が本当に過酷な独裁者だったら、まだ復讐心の持ちようもあったけれど、圧倒的に良い奴らだったので参ってしまった。

「自由」ではない日本人

藤井　この『アメリカン・スクール』で描かれている構図は、「戦後」には避けがたかったようにも思います。戦争に勝ったアメリカという「宗主国」に山田のように媚びる奴も出てくるし、伊佐のように反発する奴も出てくる。ただしミチ子のように過剰な反発も迎合もしない女性というのは一定数存在していた。いわばこうした「敗戦と占領の必然」を適切にきちんと描写している点で、この文学作品は重要なのだと思います。

自分の体験に被せて言うと、自分の学位論文の指導教授は、博士課程のときにアメリカに留学し、向こうで学位を取って出世して教授になって、最後はホワイトハウスに出入りするくらいの大物になって京都大学に教授で戻ってきた日本人ですが、とにかく日本的な後進性が大嫌いで、アメリカはこうなのに、日本はなんて野蛮なんだということを四六時中言っていた。しかも当時、僕は英語がほとんど喋れないのに、よくアメリカ人たちとの仕事もさせられていた。二十代、僕はそういう「山田」のような教授の下で毎日働いていたわけで、だから僕は伊佐の気持ちが痛いほど分かる。当時の僕はまさに伊佐そのものだったわけです（苦笑）。

それが一九九〇年代のこと、つまり、この小説の時代から四十年も経った時代のことだから、山田・伊佐構造はずっと残っていたのだなぁとしみじみといま思う。問題は、その構造からどうやって抜け出すのかということなんだと思います。僕はその答えの方向は、山田のなかにも、伊佐のなかにも、さらにはミチ子のなかにもあると思う。ただしそこで問われているのは、この三つの要素をマテリアルとしてどう組み合わせていくかということだと思う。その問題を、僕は二十代の頃、伊佐として（笑）ずっと考えていたわけですが、そこから脱却する契機をちょうど三十歳のときに得た。それはヨーロッパへの留学体験でした。

やっぱりヨーロッパで白人たちと一緒に仕事をべったりとやると、アメリカ人よりも「文明人」なんですよね。白人でもこんなにヨーロピアンとアメリカンでは違うんだと、当時は衝撃でした。そんな感覚を身につけてヨーロッパから帰国すると、アメリカという「宗主国」に対して、伊佐とも山田とも違うやり方というものがあるということが分かったんですね。何もアメリカは特別な国じゃない、普通の一つの外国なんだと普通に思うようになった。そして僕はアメリカに対するコンプレックスがあらかたなくなったわけです。

柴山　僕の感想を言うと、まず、とても嫌な小説ですよね。読んでいて息苦しい。読み進めるのに苦労するんですよ。描写もうまいと思えないし、小説の構成も自然に読み進められるようにできていない。この独特な空気感がこの小説の特徴なのかなと。構造としては、おそらく喜劇を狙っているんですよね。喜劇は、吉本新喜劇もそうだけど、キャラクターのはっきりした人が出てきてドタバタやる。伊佐が黒人兵に追いかけ回されて、銃で脅されたりする件は喜劇的なんだけど、でも全然笑えないんですよね。笑えない喜劇というのが、最初の感想でした。

　もう一つ思うのは、風景描写が全然ないということです。日本人の英語教師が延々と道を歩かされるシーンが典型ですが、どんな風景なのかほとんど描写がない。この小説は登場人物の心理描写は細かいけれども風景描写が全然ないんです。だから人工空間のなかに閉じ込められているような息苦しさがある。

　登場人物の行動も窮屈です。特に伊佐は、他の選択はないの？とイライラしますよね。別に無理について来なくていいはずだし、英語ができないならできないで、もっとうまく立ち回る方法はいくらでもあるはずでしょう。例えば、学校でこっそり隠れようとするんだけど見つかって、のこのこ連れて行かれて閉じ込められたりしますよね。あれは本当にイライラする（笑）。登場人物が、作者の設定したキャラクターのなかに閉じ込められている感じがして、それもこの小説の息苦しさの原因なんですよね。作者の狙いは何なのか。

藤井　この「うまく立ち回れない」感じというのは、その通りですね。ただ、大事だと思うのは、たぶん普通に日本人として、男として生まれて生きてきた人って、山田的に振る舞うか伊佐的に振る舞うかになっちゃうと思うんですよ。ヨーロッパの男と日本の男の違いって、ある種のスマートさ。日本人の社会的な振る舞いは基本的にマニュアル的。いわば、人間交際において心や感覚じゃなくて、理屈やルールで振る舞おうとする。それこそ、適切な振る舞いについての基準＝クライテリオンがないので、少しでも状況が変わるとほとんど動けなくなる日本の男が多い。だから、戦後の植民地空間のなかでは結局、山田か伊佐になっちゃう。それはちょうど、欧米のパーティの社交の現場で、日本の男たちはどう振る舞ったらよいか分からなくてドギマギしてるのに似てる。

浜崎　つまり、みんな「自由」じゃないんですよね。それはおそらく、近代日本においては、常に価値が外在しているからです。文明開化でも、アメリカナイズでもいいんですが、合わせるべき物差しが常に外にある。そうなると、内発性は見失われるので、結局、柔軟に動けない。これは、特に戦後酷くなったということはありますが、根本的には日本の近代化の問題でしょう。明治維新以来、日本人の「不自由さ」は基本的に変わっていない。

その意味で言うと、柴山さんのおっしゃる「嫌な感じ」というのは完全にその通りなんですが、この「嫌な感じ」のリアリティーを汲むことによって、小島信夫の文学は小島信夫の文学になったということがあります。逆に言うと、この不自然さ、不自由さこそが戦後日本人の姿であるが故に、小島信夫の文学は残っているのではないかということです。

ただ正直いうと、僕も小島信夫の小説がうまいと思ったことは一度もありません（笑）。江藤淳が論じた『抱擁家族』なんていう作品もありますが、こっちの方が息苦しさは倍増しています（笑）。ちなみに勘で言いますが、おそらく小島自身は伊佐の割合が大きい。実際、小島は高校の英語教師をしていましたが、伊佐の、やけに余裕がなくてオドオドした感じというのも、そのまま『抱擁家族』の主人公＝三輪俊介の性格とそっくりです。

川端　僕はほとんど、最初に述べたような観念的な感想しか持たなかったですが、嫌な感じがあるのは確かです。この小説には、ミチ子を除けば「素直な人間」が一人も出てこないんですよね（笑）。

黒人のアメリカ人は素直なのかもしれないですけど、日本人で素直な登場人物がいない。この小説に出てくる日本人はお互い張り合っているだけで、しかも振る舞い方や感情の持ち方の選択肢が少ない感じがします。張り合うにしても、自分が擁護している立場とは別のものがあるというのを認めて自由に会話をすればいいんだけど、それができなくて皆が自分のなかに閉じこもっている。それが観念的、抽象的な存在がいるだけという印象に繋がっていて、素朴な「人間」というものが登場しない。それでは確かに物語としては息苦しくなりますよね。

〈二者関係＝閉域空間〉からの脱出

柴山　先ほどの藤井先生のお話で面白いと思ったのは、ヨーロッパに行って救われたというところですね。閉域空間から逃れた瞬間に、急に山田でも伊佐でもなくなったという感じ。戦後の日本は結局アメリカとの二者関係のなかに閉じ込められているんですよね。他者はアメリカしかいないという。でも、外国はヨーロッパもアジアもいろいろあるわけじゃないですか。でも日本人がグローバル化と言うとき、想定されているのはもっぱらアメリカですよね。そういう精神の不自由さが、この小説で表現されているとはいえますよね。

藤井　そこをどう抜け出すかというときに、やっぱり伊佐から始めて、山田的側面やミチ子的な柔軟性を取り入れてジェントルマンになり、アメリカ＝宗主国の空間から自立していく、という道が必要なんじゃないかなと思うんですね。作者の小島はそれをイメージしていたのではないかと思う。というかやはり伊佐は小島自身を表しているように思う。

しかし現実には、山田のなかにも伊佐的なものがありながら、実はこの状況下で致し方なく、山田は山田として振る舞っているという可能性もある。だから、山田起点の自立の道もあるようにも思う。というのは、さっき話に出した僕の指導教授は、若い頃は完全にアメリカに心を売っていたように見えたんですけど、晩年は京都のまちなかの「町屋」を買い、町内会やお母さんのことを大事にしながら古風な日本的な暮らしを始めた。そして、その研究領域では世界的に認められた上で、日本の公共領域とまちづくりの研究と実践を始め、京都の古い街並みの活性化にも大いに貢献するようになった。僕自身も、公私にわたって彼のその振舞いに大いに影響を受けている。

その意味では、実は、山田でも、伊佐的な感性とミチ子的な柔軟さを入れることでジェントルマンになれるんじゃないかと思う。戦後に山田と伊佐しかいなかったとしても、彼らはともに努力をすればそれぞれのアプローチで自立した男になれるんじゃないかと思うわけです。

浜崎　今の話を聞いていて面白いと思ったのは、ミチ子は一番バランス感覚があって、山田も伊佐も、それを取り入れるべきだということになる。でもミチ子は女性ですよね。そうすると、山田も、伊佐も、やはりミチ子には直接辿り着けない。だとしたら、何を迂路《うろ》として見出すべきかという問題になります。そこで、やっぱり重要だと思うのは、藤井先生や柴山さんが言うように、アメリカと日本の二人称的閉鎖空間の「外」です。

僕の場合、アメリカに過剰なコンプレックスを抱く必要も、その裏返しで、日本の優越性にしがみつく必要も感じないのは、やはり「思想」を杖にしたことが大きかったのではないかと思います。ベルグソン[*36]でも、ハイデガー[*37]でも、ウィトゲンシュタインでも、何でもいいんですが、普遍的な「人間論」を腑《ふ》に落としておけば、アメリカも日本も、そのone of themの現れとして見えてくる。すると、余裕が出てくる。そこに内発性が生まれる余地ができるので、そのときになって、ようやくミチ子の柔軟性も自分のものにできるのではないかと。

川端　日本の未来を示唆しているところがある気がしますね。この小説は、さっき言ったように素直な日本人が出てこないという意味で息苦しさがありますけど、主要な登場人物のなかに「頑張らない日本人」はいないんですよね。山田も伊佐もミチ子も、方向は違いますが、頑張っている。ただ、物語のなかで描写はされるけれど名前が与えられていない、他の多数の教師がいますよね。彼らは要するに「頑張らない奴ら」なのかもしれない。それで物語の全体構造を見ると、山田はすごく積極的に「あれをやらせろ、これもやらせろ」とうるさいタイプですが、空回りしていて最終的に彼の要望は通らない。また、伊佐は伊佐で自分なりに思いは

＊36　アンリ・ベルグソン　一八五九～一九四一。フランスの哲学者。
＊37　マルティン・ハイデガー　一八八九～一九七六。ドイツの哲学者。

あるものの、結局何もできなかった。つまり「山田型」も「伊佐型」も、頑張る人間は両方とも敗北していて、そうなったときに、名前を与えられていない頑張らないタイプの日本人だけが残るという、不吉な未来を暗示しているのかもしれない（笑）。

藤井　ずれてしまうかもしれませんが、『アメリカン・スクール』というこの本のなかに「汽車の中」[*38]という小説があって、これがまたスゴイ。何がっていうと、終戦直後の大混乱期に超満員列車のなかの酷い描写が延々と続く。それはもうホントに酷いメチャクチャな空間。そして主人公は最後に「ここで一秒生き残っても、それが一体何になるんだろう」と呟く。たぶん、『アメリカン・スクール』で描かれた空間と、この「汽車の中」で描かれた汽車という空間は一緒なのだと思う。ただし、「汽車の中」の主人公はその状況を「透明な感覚」で見ている。いわば酒鬼薔薇《さかきばら》事件[*39]の「透明なボク」[*40]みたいになっている。たぶん、あの敗戦と占領で多くの国民は無気力になったのだと思う。一方で、山田とか伊佐は、川端君が言うように良し悪しは別にして頑張ってはいる。その意味では、可能性は残されている描写だと肯定的に評価するこ

＊38　「汽車の中」『アメリカン・スクール』に所収。

＊39　酒鬼薔薇事件　一九九七年。神戸連続児童殺傷事件。兵庫県神戸市須磨区で中学三年生の男子生徒が小学生五人を殺傷した事件。犯人の少年は酒鬼薔薇聖斗（さかきばらせいと）を名乗って報道機関に犯行声明文を送った。

＊40　「透明なボク」　右の事件で神戸新聞社宛に届いた犯行声明文のなかに「透明な存在であるボクを造り出した義務教育と、義務教育を生み出した社会への復讐も忘れていない」とあった。

とはできるかもしれない。

戦後文学と「リアリズムの罠」

柴山　ただ僕はやっぱりこの小説は好きじゃないんですよね。戦後直後の日本人、それもインテリの精神の不自由さを実に見事に描いているとは思うんだけれども、それ以上の感想はない。これは、当時から七十年経った今の我々だから言えることなのかもしれないんですが、読後感としては、小島信夫の人の悪さが際立つ。伊佐と山田は、ある意味では彼らなりに懸命に状況に抵抗しようとしているわけでしょう。でも、それは結局、型通りの反応にしかならないという突き放した描き方をする。レジスタンスを滑稽だと言っているようなところがあって、それが嫌なんですよね。

藤井　嫌かもしれないけど、日本の男どもは、頑張ろうとすれば頑張ろうとするほど、伊佐か山田にならざるを得なかった、ともいえると思うんですね。女子供まで空襲や原爆で殺されまくって鬼畜米英許すまじと息巻いてたくせに、最後まで戦わずに中途半端に降参しちゃって、挙句の果てに、負けた相手に妙に優しく占領してもらっちゃった。結果、それまで戦ってた男どもは山田のように媚びるか、伊佐のように子供じみた反発をするかしかなくなってしまったんだと思う。そして情けないことに、そういう状況が今も続いている。伊佐的なものは右から左までの構造改革論者となり、山田的なものはビジネス保守の流れに繋がっている。だから僕は、日本の一身の独立、一国の独立を考えるためには、所詮俺たちは伊佐か山田のように振る舞わざるを得ないのだ、というところから出発することを半ば運命として引き受けつつ、どうやって自立を獲得するかという道を一歩ずつ歩んでいく他ないんじゃないかと思うんですね。

浜崎　僕もはっきりいってこの小説は趣味に合わないですよ。でもこの息苦しさって、リアルじゃないですか。何度か読んでいるんですが、読むたび新鮮なんです。昔は、単純に「なんで、これが名作?」という感じだったんですが、そのうち「なるほど、この〝嫌な感じ〟が私たちを閉じ込めている閉鎖空間か」に変わってきた。簡単に解決策を示してしまうと、それこそ何かバカみたいな「ロマン主義」になってしまうこともあるのかと。

柴山　おっしゃることは分かるんだけど、でもリアリアズムの罠ってあると思うんですよ。これは国際政治学なんかでもいえて、リアリズムを追求すればするほど日本はアメリカから離れては生きていけないじゃないかということを突きつけられる。本当にそうなのかということを問うのが本当の政治学じゃないですか。おそらく文学も同じはずです。我々がそうだよね、と感じていることを小説世界で再現されたって面白くもなんともない。それって本当にリアルなの？　と深いところで読者を揺さぶるものがないと、わざわざ読みたいという気分にはならないですね。

浜崎　なるほど、三島由紀夫がどこかで同じことを言ってましたね。小島信夫は問題だけを投げ出すんだと。つまり答えを出す努力をしない、だから小島は二流なんだと。ただ三島みたいに性急に答えを示そうとすると、自刃《じじん》に向かっていく危険もありますが（笑）。

柴山　僕は社会科学の世界にいるせいか、緻密なリアリズム分析といわれているものの嘘をいつも感じるんです。アメリカに逆らって自主防衛なんてできないし、憲法を全て変えるなんてとてもできないから九条の条文をちょっとだけ弄《いじ》ろうとか。そういう「現実主義」って一見知性的に見えるけど、実はこれほど反知性的なものはないですよね。知性や想像力を「現実」という狭い箱に閉じ込めているだけで。

その意味でいえば、『アメリカン・スクール』がどんなに傑作なのだとしても、戦後文学がこの路線で行くと、必ず行き詰まるはずと感じてしまいます。

藤井　ただ今回のような機会にはちょうどいい小説なんじゃないかなと。作品の好き嫌いとはまた別で。そもそも「対米従属文学論」っていうのは、どうしようもない空間に生きているっていうことを日本人として目を背けずに再認識しよう、という話ですから（苦笑）。これはそもそも古典的な精神医療、サイコセラピーのアプローチです。もしも今の日本人が皆、どうしようもない隷属状況に日本が置かれていることを、過不足なく、冷静に認識、把握しているのなら、こんな文学はゴミ箱に捨てればいいわけですが、どうやらそうじゃない、というふうに思う。だから、こういう文学が、精神的病に冒された現代日本のためのサイコセラピーのためには必要なんだと思う。そもそも文学というのは体験であり、友達のようなもの。だから、「これこれこういう理由で悪い人物が、あそこにはいます」ということを「情報」として認識する社会科学と、そいつと「友達」として付き合うときの「嫌さ」、そしてとりわけ、そのときの自分の「情けなさ」を体験する文学とでは、質が違う。そんな「体験」は、これからの生き方の糧になりうるのであって、そこに文学の意味があるんじゃないかと、思います。

川端 どちらかというと、この作品自体は社会科学的な小説なのかもしれないですね。つまり分析的な小説ということで、描写はきっちりしているのだけど、これだけだと「だから日本はダメなんだ」みたいなシニシズムに繋がっていってしまう。

浜崎 柴山さんが、この路線で行くと戦後文学はキツイんじゃないかと言うのはその通りだと思います。「生き方」を模索しない文学なんて、そのうち誰も読まなくなりますよ。ただ例外なのが三島と大江です。どちらも「答え」を出そうとしてもがきますから。

安岡章太郎「ガラスの靴」

あらすじ

主人公の僕は、怠惰な大学生として、銃砲店で夜勤のアルバイトをしながら、昼間の学校では居眠りをするというような生活を送っている。そんな僕のもとに、ある日、悦子という女の子から電話がかかってくる。子供のようにぺちゃんこの胸、変に長い手足、人形みたいな身体の悦子は、「抱きよせるとき、僕の胸のなかで折れそうに」感じられる。

原宿の米軍軍医のクレイゴー中佐の家でメイドをしている悦子は、クレイゴー夫妻が三カ月ばかりバカンスに出かけるので、留守宅で一緒に過ごさないかと僕を誘う。それからというもの、僕と悦子は、接収家屋のなかで食糧を食い漁ったり、かくれんぼをしたりと、勝手気ままに過ごしていた。そんななか、ほどなくして二人はキスを交わすが、いざ肉体関係を結ぼうとすると、悦子ははぐらかす。それは、いかにも一時的な「ごっこの世界」に現実を持ち込むことを拒んでいるかのような態度だった。

が、ある日、突然帰って来たクレイゴー夫妻と鉢合わせしてしまった僕は、恐ろしさと恥ずかしさで逃げ出しながら、言いようのない屈辱感と自己嫌悪に駆られる。その後、悦子は、クレイゴー夫妻の予定変更で、夏休みが二日間だけ伸びたことを伝えにくる。そこでまた悦子を抱こうとした僕は、しかし、再び彼女に拒まれてしまう。そのとき僕は、何もかも喪《うしな》いつつあることを感じていた。

アメリカ的自由への憧れと不安

浜崎　続けて、安岡章太郎[*41]の「ガラスの靴」を取り上げたいと思います。

発表年は小島信夫『アメリカン・スクール』の三年前ですが、世代的には安岡章太郎の方が若いんですね。その点、感性的には、こちらの方が新しいんじゃないかという気はします。

安岡章太郎は土佐藩士の末裔《まつえい》で、親父が陸軍獣医の少将なんですが、親に連れられて、千葉や香川、ソウル、ハノイ、東京を転々とし、精神的な落ち着きを失ってしまったせいか、次第に劣等生になってしまいます。中学卒業後に三年浪人して、後に慶應大学の予科に入りますが、すぐに学徒動員で満洲に送られる。しかし、これも、すぐに肺結核で内地に戻され、そこに脊椎カリエスも重なって、結局母親に看病されながら戦中を過ごすことになる。ですから父の影がないんですね。その点、転勤族で「父権」がないという、戦後的核家族を先取っているところもあります。しかも、敗戦で父が失職したことから、次第に一家は困窮していき、その

＊41　安岡章太郎（やすおかしょうたろう）一九二〇～二〇一三。高知市帯屋町の名家に生まれる。陸軍獣医である父にの転勤に従い多くの転校を経て文学の道に進む。戦争体験や脊椎カリエスによる苦難を経て「ガラスの靴」を発表、芥川賞候補となる。個人や市民の内面を掘り下げた私小説的作品で「第三の新人」の一人として注目された。一九五三年、『陰気な愉しみ』『悪い仲間』で芥川賞受賞。社会的発言も積極的に行い、近代的な喪失感覚や戦後日本、日本近代への問いを追求した。

果てに母は痴呆になってしまい、父は母を連れて土佐に帰ってしまう。大学生だった安岡は東京に残されることになりますが、それはまさに、家族を失い、その背後にあった国家をも失いながら、物質的に豊かになっていく戦後社会のなかで、一人で「自由」を生きていくという安岡文学の原点のようなものを形づくることにもなります。

この「ガラスの靴」という小説も、接収家屋の番人をしながら食い繋いでいた頃の安岡自身の経験を基にしているのですが、ここにも、家族や国家から解放された解放感と、アメリカ的自由に対する憧れみたいなものが描かれる一方で、しかし、アメリカが作った枠組みのなかで「自由」を貪《むさぼ》っている自分自身への奇妙な居心地の悪さ、あるいは不安感のようなものが描かれています。このアンビバレントな感覚が、結論のない感じで提示されているというのが、まず小説の大枠でしょうか。

柴山　これも変な小説だなと思ったんですよね。なんでガラスの靴かというとシンデレラから来ているんですよね。夏休みにアメリカの軍人がどこかに行ってしまって、たまたま物を届けに行った主人公と悦子が恋仲になる。で、主人公は夏休みが終わったら僕たちの関係は終わるんだ、と勝手に考えているわけですよね。まずそこで何でかな、と思う。

夏休みが終わったら関係も終わると考えている理由がよく分からない上に、悦子に会いに行こうと思って食糧屋さんに入るシーンはもっと分からない。主人公は、食糧を買った瞬間に、「僕は店員に値段を払ったり聞いたりする時にいちいち恥ずかしいような気がするのだ」って書くんですよね。え、何で？　と。これを解釈するに、この人は、女と付き合って食糧品を買ってという普通の生活を拒絶しようとしているんですね。しかも、その拒絶に深い理由があるわけじゃなくて、自分で勝手にルールを決めているんです。どうも学生らしくて、待つことが仕事だと言っているくらいだから、ある種のモラトリアムを生きているつもりなんでしょう。でも、少しも共感できないんです。何にも責任を負わず生きることの漂流感を描きたいのかもしれない。それは勝手だけど、では何の資格があって普通の生活を見下すような描写を入れるのか。

前回の座談会（第一章）との繋がりでいうと、この小説はトカトントンの世界に生きているふりをしながら実はトカトントン的な生活を生きることを拒絶している、そういうインテリの精神世界を描いているんです。自分で勝手にルールを決めていて、自分のキャラと違っていると分かると逃げ出したりする。しかもわざわざ会いに来てくれた女の子に手を出して、ちょっと拒絶されたら暴言を吐いて追い返す。でも未練があるのか電話機を握りしめるシーンで終わるでしょう。なんだこれ、と（笑）。青春期の心理は誰しもこんなもんだといえるかもしれないけど、こうあからさまに描かれると不愉快ですね。

藤井　僕個人の感覚でいえば、この小説については、正直申し上げると――「知らんがな！」と思います。ちなみにこの「知らんがな！」という関西弁を標準語で丁寧に説明すると、「私は、こんな話は心底くだらないと思う、私には何の関係もない話ですから、こんなくだらない話に関わらせないでもらえますでしょうか」ということになります（笑）。もちろん、この小説に描かれている男のような奴は今の日本にはたくさんいるんだろうとは思いますけど、それは心底、「知らんがな！」です。

先ほどの伊佐ならまだ、真剣なところもあれば必死なところもある。でも、この主人公にはそれがない。アメリカが創り上げたファンタジー空間のなかで、ひと月間のランデブーというかファンタジーを愉しむ、というだけの話。単純に「知らんがな！」としか言いようがない。こういう奴らと付き合うしかないのなら「知らんがな」ではすまないのかもしれないけれど、こうじゃない方もたくさんいるわけで、こうじゃない方と生きていくだけで僕たちは十分に忙しい。だから、こういう奴らとの付き合いは、本来的にいえば純粋に時間の無駄なんじゃないかと思う。

「空白」としての戦後空間

浜崎　否定して終わり、というのもありといえばありなんですが(笑)、ただ問題は、これこそが「戦後」だということですよね。例えば、この「ガラスの靴」の感覚は、一部村上春樹[*42]なんかの世界にも繋がっている。その意味でも現代の若者像の原型が「ガラスの靴」のなかにあるのではないかと。

＊42　村上春樹　第六章参照

柴山　一面では、現代人のリアルを捉えているとは思いますよ。

藤井　今回、読んでみてあまり訳が分からないから、ネットでこの作品の感想を検索して読んでみたら驚いたんですが、ほとんど皆さん、評価しているんですよね。なんじゃこりゃ、と思いました。

浜崎　ここで書かれている「夏休み」って、要するにアメリカの庇護下にいるにもかかわらず、そのアメリカ人を他者として可視化しない「モラトリアム」だということでしょ。「ごっこの世界」*43そのものですよ。「日米安保」という屋根の下で戯れている戦後日本人の感性を先取っているともいえる。

柴山　それは分かるんです。でも、なぜそんなものを小説で再現しなければならないのか、と思ってしまいますね。しかも、これは女性が一方的に誘ってくるという話になっていて、この男は全く主体性がないか、あってもそれを描かないでしょう。

川端　これは、ある種の日本人男性にとって、一つの典型になっている女性のイメージなんでしょうね。「向こうから来てくれる、子供っぽい女」を理想像にしている男はけっこういると思います。

柴山　村上春樹の描く女性もこんな感じですよね。だから時代を先

＊43　「ごっこの世界」一九七〇年『諸君!』に初出、江藤淳の評論「『ごっこ』の世界が終ったとき」の引用。

取りしているというのはよく分かる。だけど、女の方ばかりが性欲を持っていて、主人公にはもともとそういう感情がなかったかのように描くのはフェアじゃないですよ。お前嘘ついてるだろ、という感じがする。

川端　確かに、ごまかしが多い人物ですね。僕が一番変だなと思ったのは、「ガラスの靴」という、要するにシンデレラを引き合いに出している話なわけですけど、別にこの主人公はシンデレラほど本格的な抑圧は受けてないのに悩んでるところです。後半で、女性の雇い主であるアメリカ人中佐に出会うシーンが出てきますけど、全然悪そうな人じゃなくて、主人公は別に怒られたわけでもない。勝手に悩まなくても、この人に話をすればある程度自由にさせてくれるような気もする（笑）。

浜崎　ただ、弁護するわけではありませんが（笑）、念のため、この小説を書いた安岡章太郎自身の自己理解も紹介しておきますね。「僕ら、自己形成期と戦争とがぶっつかった世代の者は、内心が空白なままに平和を迎え、戦後の新しい事態に素手で立ち向かっていく他はなかった。（中略）しかし果たして僕らは、戦争という暴力的な時代の外圧によってただそれだけで内心を空白にさせられていたのだろうか。原因は、単に戦争だけにあるのではなく、もっと大きな或るものによって、第二次大戦の起こるずっと前から、僕らは徐々に内部崩壊させられていたのではないか。」（『僕の昭和史Ⅱ』[*44]）。

だから、いってみれば、この小説は、まさしく「内部崩壊」している人間の生態を描いているというか、その「ニヒリズム」を主題としているということです。

藤井　僕は申し訳ないけれど個人的には村上春樹が好きなんですよ。いま読んだらどう思うか分かりませんけど、少なくとも二十代の頃の僕には意味があった。文章も美しいし、精神描写もセンシティブで、心の機微が描かれている。女性の描き方も美しいし、汚い人間は本当に汚く上手に描かれている。

でも、それに比べると、安岡のこの小説の主人公の男は本当にしょうもない。ただ単に品性なくつまらない男です。現実には、もっと真面目に生きているお百姓さんやサラリーマンだっていっぱいいるはずなのに、なぜわざわざこんなしょうもない男のくだ

＊44　『僕の昭和史Ⅱ』一九八四年、講談社より刊行。野間文芸賞受賞作。

らないシニシズムに付き合わなきゃいけないんだと思う。「戦後の大きな問題」にこのしょうもなさの原因を持っていくなと思う。時代なんて関係なくて、単にこの男がしょうもないだけなんだと思う。だって、こんなにしょうもなくなく生きているもう少しマシな男だって、この戦後日本のなかにもたくさんいると思う。

川端　戦後の問題ではなく、お前の問題だというのはよく分かる。一方で、こうも思います。先ほど安岡本人による解説を浜崎さんから聞いてなるほどと思ったんですが、心の「空白」という言葉が出てきましたよね。それでまず、この作品では占領による「空白」と、青年期の「空白」とが重なってしまっているせいで、分かりにくくなってしまっているところがあると思います。その上でですが、占領が創り出した戦後的「空白」感というものもやはりあって、この作品の空白感にはそちらも映し出されていると読むことはできるのではないか。

浜崎さんが今回の冒頭で、「第三の新人」の作品は「『生きている俘虜』の本土編」だとおっしゃいましたけど、まさにそんな感じだなと思ったのは、「生きている俘虜」のなかで大岡昇平は「俘虜というのは結局のところ中途半端な存在なのである」と書いていますね。「俘虜」というのは、何者でもないというわけです。軍人だけど戦ってないし、日本側にいるのかアメリカ側にいるのかもよく分からない。で、この何者でもない、全てが留保された空白状態というものは、確かに占領期の日本に創り出されたんだと思うんですよ。その意味では、この「空白」感というものは描くに値するのではないか。藤井先生がおっしゃるように、物語そのものについては「お前の問題だろ」というのが入ってくるからややこしいんですが（笑）。

「パブリック」なものの欠如

柴山　この主人公は要するにエゴイストなんですよね。誰とも深い関係を結ばないと勝手に決めている。唯一、塙山という友人らしき人が出てくるんですが、これまたどうしようもなく下品。俺はどうしたら良いんだ、と尋ねる主人公に「気をつけろ。女の嘘はどんなに単純なものでも、それが嘘である限り、お前は騙されたことになる」とか偉そうなことをぬかす。もうこの気取った会話が嫌なんですよ。なんでわざわざ、こんなことを書くんだろうと思う。

浜崎　これは、もしかすると前近代的「勧善懲悪」を一掃して、「あるがまま」を描こうとした坪内逍遥[*45]以来の近代文学の理念に直接突き刺さってくる問題かもしれません（笑）。

　ただ、藤井先生の言葉をお借りすると、文学を友達だと考えて、「あるのかないのか」のリアリティーでいえば、この世界はやっぱり「ある」んでしょう。そのリアリティーだけで残っているともいえます。さらにいえば、作品が残るか、残らないかを僕らは選べないのだとすると、その残ってしまっている事実を前に、その世界の背後にはどんな歴史があり、どのようにすれば、そこから脱出できるのかを僕らは考える必要が出てくるわけです。ネット上での評価は、良いものが大半だったとのことですが、ということは、やはり「ガラスの靴」的な感性は、未だに私たちの世界を覆っている感性だということもできます。

　ただ、念のために言っておけば、私自身も「第三の新人」の小説は、どうしても肌に合わない（笑）。小説としてもうまいと思

＊45　坪内逍遥（つぼうちしょうよう）一八五九～一九三五。

い何を意味しているのか。

かというと、たぶん「第三の新人」の方なんです。これはいった

の方が圧倒的じゃないですか。だけど、今どっちが読まれている

えない。だって、どう考えても、大岡昇平の『俘虜記』や『野火』

藤井　この作品にはパブリックな問題が何も出てこない。いや、パブリックなものを拒絶しています。そこが、どうしても許せない。とはいえ確かにこういう人が多いという現実に、我々は向き合わないといけない。彼らは絶対協力しないし、それどころか、どちらかというと我々を潰しにくる。でも、その現実の意味は知らないといけないなということはありますね。

柴山　あと、この小説の主人公は自己分析ができていないんです。悦子の皮膚が青い液体のようだとか、全然魅力的に描いてないいんです。じゃあ、なんで悦子に惚れたんだという自己分析はまるでない。書いていないところで何か分析をしていると匂わせる描写もないいんです。ただ女の方から誘われて、どうしようもなく自分のなかに性欲が高まってきたという、その感情の動きだけ妙に克明に描いている。しかし、この自己分析の欠如って、ちょっと気

になりませんか？

浜崎　「第三の新人」は、志賀直哉[*46]の系譜として語られることがあるんですが、どういうことかというと、志賀直哉にも実は自己分析がないんです。つまり、描かれるのは快（自然）か不快（不自然）かだけなんですよ。それを基準として「私」の身辺事情を描く。要するに私小説です。ただ、この私小説的感性が日本人は大好きで、おそらくこの起源は、『枕草子』の「春は　あけぼの　やうやう白くなりゆく山ぎは　少し明りて紫だちたる雲の　細くたなびきたる」にまで遡ります。ここにも思想や自己分析は全くありません。

柴山　あえて文明論に引き付けると、自己分析の欠如こそ、戦後日本人の象徴なのかもしれないですね。この小説は、快と不快を描いているとして、その原因は全部自分の外側から来ている。自分から求めていないんだ、ということにしている。本当は、主人公もけっこう楽しんでいるんですよ。赤ずきんちゃんごっことかね（笑）。でも、なんで楽しいのか？　ということを直視しないで、女の幼稚さに付き合わされているんだみたいな了解の仕方をする

＊46　志賀直哉（しがなおや）一八八三～一九七一。

んです。で、俺は待つのが仕事だとか言って恰好付けている。

浜崎　それはまさに戦後日本人ですね。そもそも「夏休み」という設定自体が受動的ですが、それは「日米安保」が受動的であることと相即しています。

柴山　快と不快は全部アメリカから来るということなんでしょうね。ハンバーガーと映画と音楽は全部アメリカから来るし、ベトナム戦争に付き合わされる不快もアメリカから来る。

浜崎　クレイゴー中佐が帰ってきて、いきなり「現実」が立ち上がるところなんて、「安保条約破棄するかもよ」とか言ったトランプが大統領になって、いきなり「現実」が立ち上がってくることにも似ている（笑）。「現実」を覆い隠せている間だけは、モデル体型の女の子といちゃつくこともできるけど、アメリカ人の現前とともに全ての幻影を失うという。

藤井　でもそんな男はやっぱりおかしいと思う。例えば、中学生の男の子だって、付き合ってる女の子がいれば、そいつの将来、どこまで面倒みれるかくらいは考えることができる。下手したらその女の子の両親とうまくやっていけるかすら考える。それが男女関係というものだと思いますよ。そもそも女性と付き合うということは、いろんなものを背負うことなわけですから。でもそれがこいつはゼロなんですよね。普通に生きていたらそう思うはずですよ。だからこういう人間に対しては、シンパシーの湧きようがない。

「べき論」を語らないという欺瞞

川端　柴山さんが言われた「自己分析のなさ」は気になりますね。文学史についてよく存じ上げないので浜崎さんへの質問も兼ねて言うのですが、明治時代から自然主義文学[*47]ってあったじゃないですか。ロマン主義とは対極的なものとして。で、昔の人が田山花袋[*48]の作品なんかを読んだときって、「だから？」と思ったと思うんですよ。ただ確かに、自己の可能性を肯定的に描くロマン主義に対して、もう少しくだらない、目の前の現実と自意識のようなものをあるがままに描いてみるのも大事なんじゃないの、という問題提起として自然主義があったというのは分かる。そして当時の自然主義文学には、もう少し自己分析が入っていたような気が

＊47　自然主義文学　フランス自然主義の影響の下、人間や社会の通念を否定し、現実を「露骨」に描こうとした。島崎藤村、田山花袋の他、徳田秋声、正宗白鳥ら。やがてこの潮流から私小説が生まれることにもなった。

＊48　田山花袋（たやまかたい）一八七二～一九三〇。

する。もちろんその分析の向きは、パブリックなものではなく、自分に向けられているので狭いんですが、しかし分析自体をしないとなると、自然主義ですらない。それで、戦後にこういう分析の欠如した小説を書く意義というか、なぜそういう「第三の新人」の作品がすごいと讃えられたのかというのを、文学史的にどう理解すればよいのでしょうか。

浜崎　僕に言わせると、自然主義文学というのは、近代日本で初めて自覚された「ニヒリズム」なんです。信じるべき価値を見失った人間の「煩悶」の表現といってもいい。例えば島崎藤村[*49]の『破戒』[*50]は、まだ被差別部落の問題を扱っているので、パブリックなものにも繋がっていますし、能動的な方向性も打ち出している。だけど、後に日本の自然主義文学の代表となる田山花袋の『蒲団』[*51]なんかは、完全に自分の世界に閉じ込もっていきます。

ただ、何であんなに暗い、面白くもない小説が圧倒的な影響力を発揮したかというと、やはり明治四十年代の時代背景を考える必要があります。近代国民国家の建設というパブリックな目標は、例えば日清戦争[*52]（明治二十七年）あたりまでは信じられていた。でも、

＊49　島崎藤村（しまざきとうそん）一八七二〜一九四三。
＊50　『破戒』一九〇六年、自費により刊行。
＊51　『蒲団』一九〇七年『新小説』に初出。
＊52　日清戦争　一八九四〜一八九五。
＊53　日露戦争　一九〇四〜一九〇五。
＊54　日比谷焼き討ち事件　一九〇五。東京市麹町区（現在の東京都千代田区）の日比谷公園で行われた日露戦争の講和条約であるポーツマス条約に反対する国民集会をきっかけに発生した

その後に戦われた日露戦争[*53]（明治三十七年）で、その目標は達成したという感慨とともに、その虚脱感が日本人を襲うことになります。西洋に追いつけ追い越せで、死傷者二十万人以上出した戦争で、蓋を開けてみれば、そこには何もなかった。そこで日本初の大衆暴動である日比谷焼き討ち事件[*54]なんかも起こってくるわけですが、まさにそんな時代のなかに登場してくるのが自然主義文学なんですね。だから、彼らは「幻滅時代の芸術」[*55]（長谷川天渓）[*56]や「無解決の文学」[*57]（片上天弦）[*58]などということを旗印にした。今までは、夢を追ってきたし、解決を求めてきたけど、そんなものは全部嘘だったんだと。その「現実」をまずは見つめ、自己分析を含めた形で、それを「露骨なる描写」で抉《えぐ》ってみせようと。

それと比較すると、後の大正期に出てくる志賀直哉を含む白樺派[*59]の「私小説」は、例えば生田長江[*60]が「自然主義前派」だと批判したように、確かに自然主義の「絶望」や「自己分析」を潜《くぐ》っていないところがあります。でも、それは、もしかすると「第三の新人」も同じかもしれない。つまり、「煩悶」なき「無解決の文学」だということです。

暴動事件。

＊55　「幻滅時代の芸術」　一九〇六年一〇月『太陽』に発表された評論。自然主義文学を擁護。

＊56　長谷川天渓（はせがわてんけい）　一八七六～一九四〇。文芸評論家。

＊57　「無解決の文学」　一九〇七年発表の自然主義を論じた評論。

＊58　片上天弦（かたがみてんげん）　一八八四～一九二八。文芸評論家、ロシア文学者。中期以降は本名である片上伸の名で活動。

＊59　白樺派　武者小路実篤、志賀直哉、有島武郎など同人誌『白樺』を中心とした文学運動の一派で、個性の尊厳、理想主義的な人道主義を掲げた。『白樺』創刊は一九一〇年。

＊60　生田長江（いくたちょうこう）　一八八二～一九三六。評論家、作家。文芸評論の他、ニーチェの翻訳等の仕事がある。

藤井　そういうのを解るとした上で、そこに嘘が入っていると僕が思うのは、じゃあ全部自然というか、肩の力を入れずありのままいこうとしたときに、「べき論」が入らないことってあり得ないと思うんですよ。そこに、「べき論」を書かない変な意図が入っているような気がして、そこが気持ち悪い。つまり、素直に見せかけて全然素直じゃない、っていうのがこの小説であり、この作家なんじゃないかと思う。

確かに、当時、八紘一宇という大きな「べき論」はなくなったのでしょう。でも、それがなくなったから僕たちに「べき論」がなくなったんだというのは、結局身の丈の「べき論」がなかったからであって、そういう意味でいうと、戦前戦中もずっと嘘つきだったと思うんですよ。八紘一宇を語っていた人も、何もない世界を描くんだという人も、絶対心のなかには、身の丈の「べき論」があったはずで、目の前のツィギー[*61]みたいな女の子に対しても、ここまで来てくれているんだから、何か言ってあげないといけないかなと少しは思っているはずなんです。でもそれが一ミリも書かれていない。だから、この作家はその真実を「隠蔽《いんぺい》」している

＊61　ツィギー　一九六〇年代に一世を風靡したモデル。痩せた体型から小枝を意味するツィギーの愛称で呼ばれ、スウィンギング・ロンドンと呼ばれる若者文化の顔となった。

わけで、この小説それ自身が「嘘つき」なんだと思う。

柴山　田山花袋らの自然主義について、僕はよく知らないですけど、どこか自分の情けなさというのを正直に書くところがあったんじゃないですか。

でも、僕がこの小説で感じる嫌悪感というのは、例えば悦子に拒まれた後の描写なんです。悦子は鏡のところに行って服の乱れを直す。その後ろ姿を眺めて、「痩せた悦子の後ろ姿の、あわれな貝殻骨の間にできた服のシワがやりきれない悲しさだった」と。僕はこの一文を書ける神経が分からないんですよ。

この描写って、あまりに不健康すぎませんか？　田山花袋の場合はそのダサさにまだ笑えるところがあったように思うけど、これはもう全然笑えないでしょう。このエゴイズムは何なんだという、その意味での衝撃はありましたよね。

浜崎　もしかすると、これは日本に「男の子」がいなくなったという議論に直結しているかもしれません。女の子に対して常に受動的に振る舞うというのは、それこそ能動的に振る舞えば、そこに責任が生じるし、こっちが傷つくかもしれないからでしょ。だからそれを回避しようとする。「ごっこ」さえ主体的に演出できない。これが戦後の文化系男子なんですね（笑）。

柴山　でも、この小説の主人公が戦後日本人の典型なのだとしたら、そんな国は滅びてしかるべきじゃないですか。それがリアリズムなのだとしても、そのリアリズムは僕はやっぱり嫌ですね。

「軟文学」を超えて

川端　僕は文学史的背景が気になったのでまたお聞きしますが、明治時代に島崎藤村とか田山花袋の自然主義があった一方で、明治の文学ってものすごく多様性があったじゃないですか。森鷗外や夏目漱石などいろいろいましたよね。それで戦後に、「第三の新人」のような虚無的な作品がまとまって出てきたのだとして、同時代にそれとは別の、いわば我々が好きな方向の（笑）、小説があったかどうかが気になるのですが。

浜崎　そうですね、当時の大きな作家だと、やっぱり三島と大江。それから、これも「べき論」は描かないんですが開高健。しかし、漱石や鷗外のような、何というか、終始日本人の「生き方」に気を配っている作家、「倫理」を描き出そうとする作品は少ないですね。

それで思い出しましたが、本誌前号（表現者クライテリオン二〇一八年七月号）に寄稿してくれた前田英樹[*62]さんが、最近『批評の魂』（新潮社）[*63]という本を出されたんですが、そのなかで「いかに生きるべきか、という文学以前の裸の問い」を生きたのは、実は小説家ではなくて、文芸批評家の方だったというようなことを書いてあって、なるほどなと。しかも、この「いかに生きるべきか」という問いは、河上徹太郎言うところの「士《し》大夫《たいふ》の文学」、つまり「士魂」に繋がっていて、それは「内面」を描くいわゆる「軟文学」ではなく、例えば吉田松陰[*64]、福澤諭吉[*65]、岡倉天心[*66]、そして内村鑑三[*67]の系譜の「硬文学」を要求するのだと。

僕がほとんど「現代小説」を読まなくなってしまったのも、まさしくそれが理由かもしれない。

柴山　僕が戦後文学に近づかないのもそれが理由です（笑）。

浜崎　さらにいえば、「第三の新人」の主人公たちは、みんな「弱者」なんです、「内発性」を見失った「弱者」。冒頭で紹介しましたが、

＊62　前田英樹（まえだひでき）一九五一～。批評家。
＊63　『批評の魂』　二〇一八年、新潮社より刊行。
＊64　吉田松陰（よしだしょういん）一八三〇～一八五九。
＊65　福澤諭吉（ふくざわゆきち）一八三五～一九〇一。
＊66　岡倉天心（おかくらてんしん）一八六三～一九一三。
＊67　内村鑑三（うちむらかんぞう）一八六一～一九三〇。

各地を転々とする家に生まれた安岡は、母とだけは親密な関係を結ぶ一方で、友達もいない劣等生として思春期を過ごす。これは、いかにも戦後核家族に育った一人っ子の典型ですよ。初期・安岡は、「外」からの圧迫を受けたくないがために、常に「柔らかい個人主義」*68のようなものを盾とする。それで、距離をもって、世界を眺めようとする。ただ、それは彼が「弱いエゴイスト」であることと同義です。

安岡についていえば、後期の『流離《りゅうり》譚《たん》』*69などでは「父」を描き出すことになりますが、少なくとも初期作品では、このような劣等生、「弱いエゴイスト」ばかりを描いています。

藤井　でも、文学を読む層は特定の層ですよね。必ずしもこれが日本全体を表現しているわけではない。現代人全体の精神は、文学よりも映画や漫画などの大衆娯楽の方により濃厚に現れているように思う。その意味では、これが一部で評価されているというのは、むしろ逆に、日本のある種のインテリたちの病理を示しているともいえる。先ほど、身の丈の「べき論」って言いましたけど、べき論ってどうしても形而上と確実に繋がりますから、それがな

*68　柔らかい個人主義　一九八四年、中央公論社より刊行、山崎正和『柔らかい個人主義の誕生』の引用。

*69　『流離譚』　一九七六年『新潮』に初出。一九八一年刊行。

いというのは、「第三の新人」は超越性を無視した文学だともいえる。でも、ある種の超越性がなければ、わざわざ読むのが面倒な文学なんか誰も読むはずがない。にもかかわらず一部のインテリたちがこれを読むということは、やはり彼らが病んでいるという他ないように思う。

柴山　全くその通りで、言葉の持つ寓意の力で「現実」を開いていかなければ、文学なんて誰も読みませんよ。今の若い子で何か問題意識のあるのは、文学じゃなくて社会科学の方に来ちゃうでしょう。その方が全体状況を理解できる気がするから。でも、文学には社会科学なんて目じゃない力が備わっているから読むんですよね。特に、超越性は論理では語れないから、それを寓意の力で示してくれる文学に本当は優位性がある。「現実」をただ再現するだけなら、社会科学のモデル分析で十分です。

浜崎　おっしゃる通りです。前回、評判が良かった太宰治や大岡昇平の文学には超越性への問いがあったんですよね。「トカトントン」の最後には『聖書』が出てくるし、『俘虜記』の後に大岡が書いた『野火』には「神」への問いが出てきます。でも逆にいえば、そのような超越性に対する反動として出てきたのが「第三の新人」だったということもできますが。

いずれにせよ、この超越性への問いは再び回帰してきます。次回、三島由紀夫の回では、戦後空間を脱する超越性について議論できればと思っています。今日は、ありがとうございました。

（表現者クライテリオン　二〇一八年九月号）

第三章

「戦後的日常」の拒絶

『仮面の告白』の成功から三年後、占領が解除される一九五二年の八月十五日、
三島由紀夫は一つの短編小説を書き終える。
その名は『真夏の死』。果たして、三島は、「真夏の死」によって、
戦後日本の何を引き受けようとしていたのか。
そして、その後に書かれた『憂国』は、戦後日本の何を否定しようとしていたのか。
今、改めて、三島由紀夫の可能性を問う。

三島由紀夫『真夏の死』「憂国」

『英霊の聲』（河出書房新社）

『真夏の死』（新潮社）

参加者
富岡幸一郎
藤井聡
柴山桂太
浜崎洋介
川端祐一郎

三島由紀夫『真夏の死』

あらすじ

主な登場人物は、米国商社の日本代理店を任されている生田勝と、その妻である生田朝子である。ある夏の日、朝子は六歳の清雄と、五歳の啓子、三歳の克雄と、夫の妹にあたる安枝と、伊豆半島の南端に近いA海岸の永楽荘に遊びにきていた。事件は、朝子が永楽荘で午睡をしているときに起こった。海で遊んでいた清雄と啓子が波にさらわれてしまい、それを助けようとした安枝も心臓麻痺に見舞われ、一時に家族三人の命が奪われてしまうのだ。

その後、夫と妻は微妙にすれ違っていく。勝は「男には仕事がある」という態度で、妻の感傷癖を面倒がり、一方の朝子は、死んだ子供たちの夢を見なくなり、平和な朝を迎える自分の忘れっぽさと薄情が次第に恐ろしくなってくる。一人残された克雄を愛しつつ、なんとか悲劇を忘れまいとしながら、しかし、次第に退屈な日常のなかで「享楽」さえ欲し始めてしまう朝子。その後、しばらくして、もう一人の子を妊娠・出産した朝子は、事件から二年後の晩夏、再び〈子どもを連れてA海岸に行ってみたい〉と言い出す。勝は反対するものの、結局、妻に押し切られてしまう。海を前に、放心した顔で何かを待つように彼方を見つめる朝子を見て、勝は〈何を待っているのか〉と聞こうとするのだが、その瞬間、聞かずとも分かるような気がして、繋いでいた克雄の手を強く握り返すのだった。

三島由紀夫を貫く二つのモチーフ

浜崎　前回は、戦後的日常を描いた「第三の新人」の文学を扱ったんですが、今日はその正反対、三島由紀夫[*1]の文学を扱います。三島となると、読んでいる人も多いと思うんですが、ただ、読めば読むほど、単なる肯定も、単なる否定も難しいと思えてくる作家です。

というのも、三島を肯定するなら、三島が死んでまで否定してみせた一九七〇年以後の日本を生き延びてしまっている私たち自身の存在を問わないわけにはいかない。他方、三島を否定するにしても、彼の戦後批判の鋭さと論理的一貫性だけは認めないわけにはいかない。また、後で話題になるかもしれませんが、「文化概念としての天皇」[*2]というアイデアにしても、単なるナショナリズムの枠組みでは捉えきれないところがあります。と、まぁつくづく語りにくい対象なのですが（笑）、今回は、彼の小説を題材に、戦後日本人が、いかにして戦争を忘れ、対米従属体制のなかに埋没していったのかを見ると同時に、三島由紀夫が、そこからどう

＊1　三島由紀夫（みしまゆきお）一九二五～一九七〇。東京四谷（現、新宿区）に生まれる。十代前半から小説を発表し、一九四四年、小説集『花ざかりの森』を刊行。同年、東京帝国大学法学部に入学。一九四六年に川端康成の推薦で短編『煙草』を発表、早熟の新人として認められ、長編『仮面の告白』（一九四九）で作家としての地位を確立した。一九六〇年代後半に「文武両道」を唱えるようになると、自衛隊に体験入隊し「楯の会」を結成。一九七〇年十一月二十五日、「楯の会」の学生森田必勝ほか三名とともに自衛隊市ヶ谷駐屯地にて決起を呼びかけた後、総監室で割腹自殺した。

＊2　「文化概念としての天皇」『文化防衛論』により示された概念。菊（美）と刀（武）を包摂する文化の中心的存在としての天皇。

抜け出そうとしていたのかといったことを議論できればと思っています。

ただ、議論に入る前に、読者のために、少しだけ三島文学の性格を整理しておきます。

三島の小説を読むと、次の二つの主題、すなわち、「戦前における死への憧憬」と、「それでも生き延びてしまった戦後的生の虚脱」という大きなテーマが浮かび上がってきます。

戦前の三島は、天皇から銀時計を賜ると同時に（学習院の首席卒業で）、『花ざかりの森』[*3]（昭和十九年）一冊を上梓し、最後は戦場で散華するということを考えていました。つまり、「死」への憧憬とその計画です。日本浪曼派の保田《やすだ》與《よ》重郎《じゅうろう》の言葉を借りれば、三島は「英雄と詩人」が交点を結ぶ場所での「偉大なる敗北」を考えていたということです。

しかし、実際は、昭和二十年五月、父に伴われて入営検査を受けた三島は、「肺浸潤《はいしんじゅん》」という誤診を下され即日帰郷してしまう。このことが後になって、彼のトラウマになってくるわけです。つまり、死ぬはずだったものが死ななかった、と。

＊3　『花ざかりの森』　一九四一年『文藝文化』に初出。執筆は十六歳のときだった。

藤井　入営するはずだったものが、誤診で帰る羽目になった、ということですか。

浜崎　そうです。ただ、誤診なら誤診で、再度検査を受けることもできたのかもしれませんが、このときに、付き添っていた父親が、三島の手を取って走って逃げたらしいですね。

そのトラウマから、戦後における三島文学の主題が導かれます。一つは、現実の彼岸にある「死」を奪われながら、あるいは、その絶対性を奪われながらニヒリズムを病んでいく「戦後的日常」という主題。そして、もう一つが、そんな「戦後的日常」を否定することができる絶対的瞬間としての死を賭した行動、あるいは、現実には表象不可能な「英雄と詩人」の「美」という主題です。

そして、今日、私たちが取り上げる小説も、まさしく、この二つのモチーフによって書かれています。

「戦後的日常」と「死」

浜崎　まずは『真夏の死』から見ていきましょう。見落とせないのは、末尾に記された擱筆《かくひつ》の日付です。三島は、普通そんなことはしないんですが、この作品では「一九五二年八月十五日」と明記されています。つまり、『真夏の死』は、GHQの占領解除によって建前上「独立国」になった年の、初めての「終戦記念日」に書き終えられているということです。もちろん、それは意識的な演出でしょうが、それなら三島は、この小説で、あの大東亜戦争で死んでいった死者たちの記憶、戦後七年間の占領のなかで、戦争と死者たちの記憶が、どのように変化していったのかということを問おうとしていると読むこともできるのではないかと。

今日は、せっかく三島の専門家でもある富岡先生にゲストでいらっしゃっていただいているので、まずは、富岡先生からお話ししていただければと思います。

富岡　三島由紀夫は、私にとってライフワーク的な作家です。昭和四十五年十一月二十五日、三島由紀夫が自決をした日、私は中学一年生でした。あれは、ちょうど十二時くらいに市ヶ谷の陸上自衛隊の東部方面総監室（今の防衛省）に「楯の会」[*4]の五人が入り、憲法改正を訴えて、三島が自決し、それに続き当時二十五歳の森田必勝[*5]が自決をしたという事件でした。実は、私はそのときはま

＊4　「楯の会」　三島が民間防衛組織として一九六八年に結成。三島の遺言により一九七一年に解散。

＊5　森田必勝（もりたまさかつ）一九四五〜一九七〇。

だ三島由紀夫のことを知らなかったんです。私は家に帰って、ニュースを見て「これはいったいなんなんだろう」という驚きがありました。もしあの事件がなければ、私はここにいないし、おそらく文学にも関わっていなかっただろうと思っています。今年(二〇一八)はあの事件から四十八年目になるんですが、あれから三島文学とは何かという問いを常に持ち続けています。

『真夏の死』は一九五二年(昭和二十七年)に書かれているということですが、これは三島が世界一周旅行から帰ってきて、小説の舞台でもある伊豆に缶詰になって書き上げたものです。当時、いわゆる「お土産小説」という、海外の経験をもとにして書くものがあったんですが、彼はそういうことはせずに、伊豆という純然たる日本の土地を題材に取り上げた。

ここにも三島の生涯を貫く「死」という問題が秘められている。設定としては、まず最初に、家族三人の死という悲劇が来るわけです。そういう悲劇が、次第に日常という時間のなかで馴化《じゅんか》されていくことを非常に丁寧に描くものになっている。

もちろん、三島が一番描きたかったのは最後のシーン、夫の反対にもかかわらず、もう一度悲劇の場所である海辺へと戻っていくくだりです。朝子は海をじっと眺めている。夫はそれに対して、「お前は何を待っているんだい」と問う。ここで朝子は、明らかに「悲劇」を待っている。つまり、もう一度あの悲劇の瞬間が訪れるのを待っている。それで夫は恐ろしくなって、海難事故で唯一助かった克雄の手を強く握るわけです。朝子にとって重大なものは、圧倒的な死の出来事としての悲劇で、それは彼女の存在の核そのものだった。一方、夫との日常的な時間は、むしろほとんど虚偽であり、その意識が日常のなかで堆積していく。そこでもう一度、出発点としての悲劇の場所へと戻っていくというわけですね。

これは、明らかに三島自身のことを語っている。つまり、自分は戦争で死ぬのだと決意して、十九歳で『花ざかりの森』という豪華な単行本を上梓し、戦地に赴き、まさに浪漫派の若き天才少年作家として散華するのだと決意した三島自身です。ところがその死は、さきほど言及していただいたような兵役のことや、八月十五日のポツダム宣言の受諾によって、消されてしまう。三島は敗戦の八月十五日を「絶対の青空」と呼んでいますが、その場所を自らの原点として考えている。『真夏の死』では末尾に八月十五日と記載されていたということですが、ここで改めてその場所に立ち戻っているんだと思います。

ただ、戦争に負けたこと自体は実は三島にはさほど衝撃じゃなかったんじゃないかという気もする。敗戦を挟んで恋愛関係の破綻があり、また彼が可愛がっていた妹が、敗戦直後にチフスで亡くなってしまう。当時は、この二つの出来事の方が彼にとって大きな衝撃であって、はっきり言って敗戦という事実には深い衝撃は受けなかったと、三島自身が告白しています。

ところが、三島は戦後に作家として再びデビューし、文壇へと出て、注目されていくわけですが、まさに『真夏の死』の朝子と同じように、戦後の日常的な時間のなかで、次第に「八月十五日」に回帰しなければならないという、原点回帰にも似た感情が出てくるんですね。それを『真夏の死』という作品に託したという気がします。三島は、私小説作家ではないんですが、ある意味では彼自身の精神を投影した作品が、虚構の形で書かれた。『金閣寺』[*6]や

＊6　『金閣寺』一九五六年『新潮』に初出。

『豊饒《ほうじょう》の海』[*7]のような長編でも同じです。『真夏の死』にもまた、巧緻につくられた「虚構」を通して、彼自身の八月十五日を「告白」しているんじゃないか、と思います。

浜崎　『真夏の死』は、まさに「戦後」に対する三島自身の感情を描いた〈仮面の告白〉[*8]だということですね。この「告白」について、藤井先生はどうお思いになりましたか。

戦前と戦後をどう繋ぐのか――八月十五日で「待つ」ということ

藤井　まず僕自身の経緯から申し上げると、僕は三島由紀夫に触れたのは、発言者塾[*9]の二回目くらいに講師で富岡先生がいらっしゃって、三島の話をされたときだったんです。当時僕は『金閣寺』くらいしか読んだことがなかったんですが、「どうやら三島由紀夫はすごいひとだ」と思い、帰ってからすぐに読んで、たまげたんです。

そのとき、富岡先生が一番すごいとおっしゃっていたのが『豊饒の海』だったのですが、まずは「憂国」や『英霊の聲』[*10]を読んでから、その後に『豊饒の海』を読みました。そのとき、僕は「小

＊7　『豊饒の海』　四部から成る長編小説。一九六五年から一九七一年にかけて『新潮』に断続的に連載。市ヶ谷駐屯地での自決は最終巻の入稿日だったことが知られる。

＊8　〈仮面の告白〉　三島由紀夫の同名小説（一九四九年刊行）からの引用。自伝的な小説。

＊9　発言者塾　西部邁が開いていた私塾。

＊10　『英霊の聲』　一九六六年『文藝』に初出。

説を読むのはやめよう」と思ったんです。それくらいに精神をもっていかれてしまった。一度経験しておくことは絶対に必要だけど、ここにずっと留まっていると、僕は自分の人生を歩むことができなくなってしまうのではないか、三島が全て虚構だと言ってのけてた戦後空間を生きることができなくなると考えて、僕は離れようと思った。さきほど浜崎さんがおっしゃったように、僕は三島由紀夫を否定したわけですよね。

三島が亡くなったとき、僕は一歳一カ月で、その意味では、ほとんど三島の死没後に生まれたと言ってもいいような世代です。だから三島に「この世の中が終わっているんだ、腐っているんだ」と言われ、戦後を否定されたとしても、その後に生まれた僕としては仕方がないという想いもある。例えば三島は『英霊の聲』では、戦後空間というものが如何に裏切り者だらけのとんでもない場所なのかを描く。その通りだと思いながらも、「それでも生きていくしかない」と思ったわけです。それが三十一歳、三十二歳くらいのときでしょうか。

しかし、それによって、ある種、僕自身の生き方の覚悟が決まったようなところもあります。三島が亡くなった四十五歳のときに三島と同レベルに立ち、四十六歳のときに彼の問題を克服していない限り、この戦後空間で生きている意味はないと思った。僕はいま四十九歳なので、その意味で言えば、一応四年分は「三島くん！」という状況になってなくてはいけないわけです（笑）。

その意味で言えば、三島由紀夫は、僕にとって一つの座標軸を与えてくれた作家で、前回の「第三の新人」たちとはぜんぜん次元が違います。僕は十五歳のときに太宰治を読んで、自分の精神が初めて形づくられたように感じましたが、三十歳を超えたときに、その精神が三島によって立てられたという思いがあります。そして、今でも三島とどう対峙するかという問いをもって生きているという意味では、まだ「三島圏」に生きている感じもある。

その上で、『真夏の死』について言うと、やっぱり最後のシーンで何かを待っている朝子の表情が印象的でした。それを見たら、ボンクラの阿呆旦那でも、何かを薄々感づいてしまう。彼は、戦後日本のエリートのように、本当にくだらない男なわけですが（笑）、そういう奴でも、薄々何かを感じとれるほどに朝子の表情には何かがあるわけです。

では、朝子は何を待っているのか。八月十五日というのは玉音放送も含め、日本人全員で嘘をつくことを決め（やがっ）た日なわけですよね。本当なら忍び難きものは忍べない、耐え難きものは耐えられないのに、忍び耐えるということにした。しかし、そのとき同時に、ある次元において死んでしまったものもあったはずなんです。少なくとも、女性は戦後の方が嘘であり、本当の感情は八月十五日にこそあったということに気づいている。三島はそれを描きたかったんじゃないかと思うわけです。

このくだらない戦後空間に産まれた子供を抱きかかえたまま、心中するともなく、ただ待っている。待つということは、次の人生の契機を待つとも言えるし、戦前との断裂をもう一度統一させるその契機を待っているとも言える。ただ、それが何かははっきりとは分からない。しかし、だからこそ、我々は八月十五日を、ある種の負の永劫回帰[*11]（同じものが永遠に繰り返し生じること）のようなものとして捉え、この問題を解かない限りは次には一歩も進めないと覚悟する必要があると思うんです。つまり、「嘘でありな

＊11　永劫回帰（えいごうかいき）
ニーチェの提唱した概念。初出は『ツァラトゥストラかく語りき』。世界にはじまりも終わりもなく、全ての事物は永遠に繰り返す。キリスト教的な目的論的世界観を否定する世界観として提示された。

がらも、今、実際に生きている戦後」と、「当時の現実でありながらも、今はフィクションのようなものになってしまった戦前」の両者をどう繋ぐのかという問題を問い続ける必要があるんです。戦後のあらゆる問題は、最終的にこの八月十五日の問題に突き当たるし、対米従属文学論も、それに対するアプローチの一つですが、まさに、その問いに向き合って、戦前のようにここで自害するわけでもなく、戦後の馬鹿な旦那のように出世をして享楽的に生きるわけでもなく、ただただ何らかの契機を待ち続けている――彼女のラストのあの姿はそういうもののような感じがしました。

三島由紀夫の「リアリズム」

柴山　富岡先生や藤井先生の熱い感想の後に言うのは恐縮なんですが、僕は三島由紀夫の小説を読むのはほとんど初めてで、代表作のいくつかを学校で読まされたような記憶はあるものの、ちゃんと読んだことはなかったんです。その分、今回は楽しみにしていました。

で、結論から言うと、今回『真夏の死』を読んで、あまりに面白くてびっくりしました（笑）。今まで、僕が三島を遠ざけていたのは、あの鮮烈な死によって三島が過剰に神格化されていることに対する反発があったと思うんですが、しかし、今回読んでみて驚いたのは、まず普通に面白いということです。前回の「第三の新人」の小説がほとんど読めなかったことと正反対で、小島信夫『アメリカン・スクール』も安岡章太郎「ガラスの靴」も、短編であるにもかかわらず何度も挫折して、読み切るのが本当にきつかった。それに比べると、この小説は「最後はどうなるのかな」と読んでいって、一気に読み終えられたんです。

小説の冒頭、いきなり自分の家族が三人も死んで、そこから夫と妻の感情の変化が克明に描かれていく。しかも、描き方が非常に理知的で、評論を読んでいる気にさえなります。三人の家族を失った家庭で、男は何を考え、女は何を考えるのか。俗っぽい小説なら喪失の悲しみばかりを強調しますが、三島は、「悲しみ」という感情以外のもっと複雑な感情を描く。妻は妻で夫の無神経さに苛立つし、夫は夫で妻の悲しみが特権的だと見なす。そういう夫婦の微妙なすれ違いは、それぞれの置かれた人間関係の違いから来ているために説得力があって、「これこそ小説だな」と思わせる。社会科学はこういう微妙な心理の描写は絶対できませんが、これこそ、人間に対する徹底した認識論ですし、こういうものこそ真にリアリズムと呼ばれるべきだろうと思いました。

もう一つ、僕の三島イメージが変わったことがあります。『金閣寺』なんかを学校で読まされたときの漠然とした印象で、三島は個人の心理を描く作家だと思っていたんですが、『真夏の死』では、夫婦のどちらもが「社会的動物」として描かれている。夫は夫で子供が死んでも仕事があり、妻は妻で子供の死を悲しんでいるけど、描かれているのは他人との関係や繋がりなわけです。例えば妻は、だれもが慰めの言葉をかけてくれるなか、あるとき慰めの言葉をかけてくれない若い男に対してちょっと嫉妬したりして、急にそこから享楽の方へと向かっていく（笑）。

それから女性の心理で「なるほどな」と思ったのが、子供を失ってからの方がむしろ生活が充実し始めるところですよね。身近な人間が死んでいるということを自覚すればするほど、むしろ生活に緊張感が出始めてくる。それは、戦後の日本人のなかにあった普遍的な感情なのかな、とも思いました。つまり、自分の家族が亡くなったということが、生き残った人々の生活に緊張を強いた。そういう現実を、寓話的な舞台装置のなかで再現している。男の方は仕事があるので死の記憶を引きずっていないんだけど、女の方はひたすら引きずりながら、残った子供を育て、生活をしていかなければならない。彼女は仕事はしていないものの、友人との付き合いはある。そんな状況のなかで、喪失という経験をどのように内的に馴化していくのか、その内的経験をどのように納得していくのかということを描いたものとして、実に普遍的だなと思いました。

もう一つ、妻の朝子が享楽を求めだすのを「復讐の熱情に似たものがあった」と書いている場面がありますね。あの出来事への復讐のようなものとして享楽の方へと振り切っていく。これは戦後の日本人も同じで、戦後の享楽的な文化も、当初はその核に、朝子と同じような、悲しみに対する復讐心のようなものがあったんじゃないかな、と。

そういう終戦直後の日本人の内面のドラマのようなものを多面的に描きえていることに対して、はっきり申し上げて、大変尊敬しますね（笑）。それをエンターテインメント性を失わずに結婚前の二十七歳で表現できるということは信じがたいことだな、と。

川端　三島由紀夫の小説を「リアリズム」だと柴山さんが言われたのは面白いですね。僕も、三島を最初に読んだ頃の何冊かのうちに『潮騒』[*12]なんかが含まれていたこともあって、もともと理念的・理想主義的な右翼文学者というイメージは強くはなかったんです。だから、発言者塾で富岡先生に薦められて『豊饒の海』を読んだときも、偏見なく読み始めた記憶があります。三島の作品全般についての印象を言うと、柴山さんもおっしゃっていましたが、とにかく描写の技術力がすごい。三島の作品って、それぞれゴールがはっきりしていて計画的というか設計主義的に筋書きを作っているようなところがありますが、にもかかわらず、ものすごい力で草をかき分けてそのゴールに向かっていく迫力に引き込まれてしまう。

あんな死に方をした人ですし、『行動学入門』[*13]や『文化防衛論』

＊12　『潮騒』一九五四年、新潮社より刊行。

＊13　『行動学入門』一九六九〜一九七〇年に『Ｐｏｃｋｅｔパンチ　Ｏｈ！』で連載。文藝春秋より一九七〇年に書籍化。

みたいな作品を書いていることから、すごく理念的な人だと思われている作家ですが、僕が三島の小説を読んでいつも思うのは、ビジュアルなイメージがものすごく鮮明に伝わってくるということです。例えば『真夏の死』でいうと、僕が三島らしいなと思ったのは、夏の暑さの描写ですね。海や空の景色をバックに、日本の夏の暑さがとてもリアルに表現されている。これはおそらく、さきほどの浜崎さんの話と繋げると、夏の暑さや青空を象徴的に描くことで、炎天の下で敗戦を迎えた「昭和二十年八月十五日」のイメージを喚起しているんでしょう。

またこの作品は、一九五〇年代くらいの日本にあったであろう感覚を、よく掬《すく》っている作品なのではないかと思いました。私ぐらいの世代でも、四〇年代の敗戦直後の混乱はよく描かれているので想像がしやすいですし、三島が右傾化する六〇年代の緩み始めた日本の姿は現代に繋がっているので分かる気がするんですが、改めて考えると、その転換期となった五〇年代の日本についてはあまりイメージがないことに気づく。『真夏の死』にはおそらくそれが隠喩的な形でうまく表れていて、戦争で死んだ人たちのことを急速に忘れていくのと同時に、それに対する後ろめたさをも幾分抱いているという、微妙な時代心理を描いている感じがしました。だから、その後の三島の作品のように露骨に「戦後」と戦う小説にはなっていないんですよね。

歌謡曲が好きなので思い出したんですが、藤山一郎の『青い山脈』という歌が一九四九年に出ていて、「辛い過去は拭い去って、前を向いて頑張っていこう」というような曲なんです。実際そうやって戦争の記憶は薄れていったんでしょうけど、そういう戦後の分岐点を前にして迷いを抱く人もいたはずで、その感覚が『真夏の死』では描かれているのだと思う。

もう一つ、三島由紀夫の描き方が鋭いと思うのは、妻の朝子が抱いている「忘却の後ろめたさ」ばかりを前面に出すのではなくて、彼女が享楽を謳歌しようとするような面も描いていることです。朝子の気持ちも、あちらに行ったりこちらに行ったりと揺らいでいるんですよね。重要なのは、そうやっていろいろな感情を仄《ほの》めかしているのに、夫の勝がそれに気づかないということです。女性が感じ取っている複雑な時代の気分のようなものを、しっかり捉えて明瞭な言葉にするといったことを男性がすべきなんでしょうけど、それができなかったのが戦後だということでしょう。

『真夏の死』の「比喩」——戦後日本の〈国民／国家〉

浜崎　『真夏の死』が重要なのは、もちろん、それが一九五二年八月十五日に擱筆されているということもあるんですが、もう一つは、それが三島の「転機」でもあるということです。

一般に三島の第二の処女作と言われているのが、自分のロマン主義的性格を自己解剖的に描いた『仮面の告白』なんですが、それが書かれたのが一九四九年、つまり『真夏の死』の三年前なんですね。その意味で言えば、『仮面の告白』で自分のロマン主義を自己相対化し、改めて戦後という時代を引き受けようとして書かれたのが『真夏の死』だったと言えます。そしてほぼ同時に、「生」を引き受けたからには、それを美しく造形すべきだということで、三島は「古典主義」を唱え始めるんですが、それが次第に崩れて行って、『金閣寺』と、長く退屈なニヒリズム小説『鏡子の家』を経て、一九六一年の「憂国」に至って再びロマン主義に先祖返りすると同時に、右傾化していくことになるんですね。

そして、もう一つ重要なのは、『真夏の死』には戦争の記憶が一切出てこないことです。戦後たった七年しか経っていないときに、これは相当不自然なことですが、その一方で「真夏の死」と聞いて読者が何をイメージするかということを三島は絶対に計算に入れていたはずです。とすれば、この小説は、やはり「比喩小説」として読むべきなんですよ。

何の「比喩」かと言うと、それは国家と国民の「比喩」です。米国商社に勤めている生田勝は、日本国家、対米従属している国家の「比喩」です。対して朝子は、おそらく日本国民、多くの犠牲を強いられながら、国家による掌《てのひら》返しで取り残されてしまった国民感情の「比喩」ですね。「平和」な日常のなかで、戦争のことを記憶しておかなければと思いつつも、それを忘れていく国民。過去に対する復讐心のなかで、戦後の「平和」を享楽していく国民。しかし、最後の最後で、このニヒリズムに耐えられないかもしれないと思った女は、再び八月十五日の海に行き、「私はここでいったい何を見、何を体験したのか」と思い出そうとする。

しかも、ここで決定的に重要なのは、朝子が事件現場にいなかったということです。宿で午睡をしていて、子供が流された瞬間を目撃していない。にもかかわらず、そのときのことを思い出そうとしている。これは、三島が戦争の現場にいなかったこととも通じていますが、そこに具体性と抽象性とが交差する『真夏の死』の特異な手触りがあります。

藤井　しかし、我々も八月十五日を経験していない戦後世代だとすると、この朝子と同じ立場ですよね。そして、その朝子に希望が宿っているんだとしたら、僕らにとっても希望は残されているのかもしれない。

富岡　この小説が昭和二十七年八月十五日に書かれているということは、四月二十八日の講和条約の発効の後ですよね。朝鮮戦争が三年近く続いて、軍需で戦後復興が始まり、日常というものが色濃くなっていく。戦後において日本が変わっていく時代ですよね。

浜崎　そのとき国家は、戦争の記憶や感傷を引きずっている女は面倒くさいから、付き合いたくはないんですね。で、どんどん前に行こう、と。

富岡　浜崎さんはあえて国家とおっしゃったけど、それを三島自身が突き詰めていって、『英霊の聲』という作品では、天皇の人間宣言というよりラジカルな問題が湧きあがってくるわけですよね。

再び、八月十五日で「待つ」ということ

藤井　やはり日本国民として「待つ」というところから始めないとしょうがなかったと思うんです。例えば「待つこと」を描いたものとして、映画『この世界の片隅に』があります。あの主人公の女の子は、普通にぼうっとしている子。だから彼女は全てに対して受け身で、いつでも「待って」いる状態にある。だけど、八月十五日だけは激烈な感情を出して、玉音放送を聞いてものすごく悔しがる。その瞬間のイメージは、おそらく三島がいう「紺碧の空」であったり、太宰がいうところの「トカトントン」とも繋がるところがありますが、それを「過ちは繰り返しません」という言説に回収させるでもなく、終戦において日本国民のホントの感情を描いた初めての大衆娯楽なんじゃないかと思うんです。

ただ、『この世界の片隅に』がどう終わるかというと、その辺

の女の子がついてきたので（ここでも彼女は「待つ」態度なわけですね）、しかたなく連れて帰って育てていく、というもの。そういう、家族というものへの回帰なわけです。これは『真夏の死』とも似ているんだけど、『真夏の死』が八月十五日に戻ることで、アメリカや日本という国家という世界史的なものと、自分の血肉を分けた子供という私的なものが繋がっていく。しかし、『この世界の片隅に』のラストはあくまでも、「国家」が立ち現れる現場に回帰せず、ただただ「暮らし」に戻っていく。でも、そんな『この世界の片隅に』であっても、あの八月十五日だけは、何もかもを受け身で待っている主人公の女の子ですら、敗戦に対してあれだけ激しく嗚咽《おえつ》した。その彼女の涙は明らかに日本という国家とアメリカという国家の国家対国家の世界史的な戦いと繋がっている。つまり、八月十五日を普通に描写すれば、国家、家族、大地というものとの「接続」が見えてくる。もちろんその「接続」が垣間見えるのは『この世界の片隅に』ではその一瞬間だけで、後は日常の暮らしが延々と描写されているわけですが、終戦から七十年以上経っているので、その「接続」を「待つ」くらいの態度は整いつつあるのかなと思いました。

柴山　今の話を聞きながら考えがまとまってきたんですが、この小説は、勝と朝子の両方の心理を緻密に描いているんですが、でも、最後に子供が生まれて、朝子が「海を見たい」と言ったあたりから、急に朝子の内面描写が消えるんです。男の方の内面は描写されているんだけど、女が急に行動をし始めたときから、その行動の動機を説明しなくなる。

しかも、この物語は、桃子という子供だけが、事件後に生まれるわけですよね。だから、最後の場面は桃子という新しい子供に、敗戦の象徴としての海岸を見せに行ったとも言える。この女性は生活者なので、子供ができれば、その子供を新しい生活のなかで育てていかなければならない。これは実に象徴的で、戦後の人間が一九四〇年代の混乱を抜けたあと「トカトントン」の日常的世界へと行くんだけど、八月十五日にはあの海岸を訪れる。そして、子供とともに水平線をただ見つめる。男の方は不吉なものを感じてビビっているんだけど（笑）、女は放心したように、「何事かを待っている表情」をして海を見つめている。この終わり方って、やはり素晴らしいと思うんですよね。まさに戦後というものが始まった瞬間に立ち戻る、生き残った者は何度も原点に戻らないといけないということの寓意的な表現ですよね。

藤井　日本人がよく触れるような「八月十五日的なもの」と言うと、広島の原爆ドームや長崎の平和公園、ひめゆりの塔などがありますよね。八月十五日というとだいたいそういうものが出てきますが、全てが左翼の物語に回収されていって、朝子のような視線がありうることが隠蔽されている。これに対する強烈な苛立ちで、いわゆる三島の右傾化が始まり、「憂国」や『英霊の聲』という小説を書いて、「お前たちに八月十五日の光景を見せてやろう、まずはこれをぼうっと見てから考えろ」という仕事をしたんじゃないかと思います。

「戦後」を切り裂く「死」のカタストロフィ

浜崎　八月十五日の光景というのは、おそらく「死の光景」なんですよ。でも、人はそれにどう向き合えばいいかが分からない。人が「死」を引き受けたり、引き受けられなかったりする際に立ち上がる生の不安がどのような形をしているのか、それを見せてやろうということだと思うんです。実際、桃子が生まれた後に、まさにその台詞が出てきます。

「［朝子が］守ろうとしたのは、死の強《し》いた一瞬の感動が、意識の中にいかに完全に生きたかという試問である。この試問は多分、死もわれわれの生の一事件にすぎないという残酷な前提を、朝子の知らぬ間に必要としたのである。もしかすると彼女は、子供たちの死を見た瞬間に、悲嘆がおそうその以前に、すでに彼らの死を裏切っていたのかもしれない。」

ここには、死を劇的に絶対的に引き受けたいのだけど、その死さえ生の相対的な一事件にすぎないのかもしれないという不安が顔を出している。しかし、だからこそ八月十五日に海岸に行って、そこにあった「死」の形を見定めようとするのではないかということです。

柴山　朝子は家族が死ぬ瞬間を自分の眼で見ていないんですよね。だから、海岸に立ちながら、自分の子供たちが波に攫《さら》われる瞬間を必死に想像しようとする。

川端　浜崎さんと柴山さんの指摘で気がついたんですが、要するに徴兵に行っていない三島と、子供の死の現場にいなかった朝子というのが重なっていて、行っていない人間がむしろ必死で忘却に抵抗したということですよね。

桃子が生まれてから朝子のキャラクター描写が変わるというのは僕も感じましたが、一番印象的だったのは妊娠したときの描写です。

「とうとう彼女の肉体の内部に芽生えた現実は、永くその力を見くびった人への復讐をした。それは生育し、動いた。内部の現実に使役されるということの感情生活は、受胎することのない男にとっては、ただ思想を抱いた男だけが知っているところのものである」

妊娠中の女性にとっては、肉体的な現実が全てを押し流していくわけですが、その感覚は男には分かりにくかろうということです。そして、「我々の生には覚醒させる力だけがあるのではない。生は時には人を睡《ねむ》らせる」とも説明される。「生の現実」が人をある意味で「睡らせる」ということが、妊娠をした瞬間から始ま

っている。なるほど、これも戦後の「現実」を比喩的に描いていい

るんだなといま気づきました。

富岡　確かに昭和二十年八月十五日の敗戦が大きなテーマになって

いますが、実は「何かを待っている」ということ、何らかのカタ

ストロフィを待っているということは、三島のなかでは一貫した

テーマです。十五歳のときに彼が書いた「凶《まが》ごと」[*14]という詩があ

る。毎夕、少年が窓辺に立って、凶悪なことが訪れるのを待って

いるという、まさに禍々《まがまが》しさに憧れるロマンティシズムの精神の

姿を描いている。だから、三島は、「死」のような日常を切り裂

く悲劇、「人を眠らせるような生」の本能を真っ二つにするよう

な大きな災いを待ち続けていたとも言えると思います。

浜崎　最後のシーンって、すごくアンビバレントですよね。いま富

岡先生が指摘されたカタストロフィを待っているという感覚は間

違いなくある。一方で、藤井先生が指摘されたように、「待つ」

ということが、死を引き受け直すというニュアンスも孕《はら》んでいる。

この「生と死」の間で揺れ動いている日本人の姿を描いたのが、

まさに『真夏の死』なんでしょう。

＊14　「凶ごと」　三島十五歳の作品。「十五歳詩集」のなかに収められており、他の詩集とともに『三島由紀夫少年詩』（一九九一年、冬樹社）として出版されている。

富岡　『真夏の死』を書いたときは三島は二十七歳ですから、三島自身もこれから生きなくてはならない。『金閣寺』は、主人公が金閣に火をつけて「一ト仕事を終えて一服している人がよくそう思うように、生きようと私は思った」と終わるんですよね。昭和四十一年ぐらいまで、三島自身も生きようと思っていたわけですよね。

浜崎　その代わり、それは金閣に火をつけた上で、生きようと思い直すんですよね。つまり、「美」が消え去った後の、ニヒリズムに侵された戦後を引き受け直そうとする。

藤井　さきほど川端君が引用をしたところで、朝子は懐妊して、生が動いていると思うことで、ニヒリズムからの脱却が始まっていくわけですよね。それは場合によっては、自分のこれまでの生のカタストロフィ、崩壊とも言えると思うんです。生そのものが、私のなかにいると。ただ、これは男には分からない感覚だとした上で、こう続きます。

「受胎することのない男にとっては正しい思想を抱いた男だけが知っているところのものである。」

つまり、思想を持てば、我々はニヒリズムから脱却できる。思想を持つということは、現実の生のあり方のカタストロフィ、崩壊でもある。男性でも、思想を持った男性だけが、女性と対等に同じ地平を歩むことができるのかもしれない、ということを示していする気がします。すると、この主人公の男は思想のない馬鹿ですが、もしこの男に思想があったら、朝子と同じ地平に立って、何かが始まったかもしれない。一言声をかけたり、肩を抱き寄せたりというようなコミュニケーションがあったかもしれない。異形のバケモノとして怯えるのではなく、朝子を「一人の女」として扱うには、深い思想がないといけない。そのときに初めて朝子を男として引き受けることができる。その意味で、この一行っていうのは、思想こそが戦後から脱却して筋を通そうとする男にとって、唯一の道であることを示しているのではないかとも思いました。

三島由紀夫「憂国」

あらすじ

近衛歩兵一聯隊所属の武山信二中尉は、仲人の世話で新妻の麗子を迎え、四谷青葉町に新居を構えて、教育勅語の言う「夫婦相和シ」の訓《おし》えに叶った清廉な新婚生活を送っていた。が、そこに突然の事件の報《しら》せが入る。昭和十一年二月二十六日の朝に起こった二・二六事件である。新婚の身を労《いた》わられたのか、親友の青年将校たちから蹶起《けっき》に誘われなかった武山中尉は、それゆえに難しい立場に立たされる。明日にでも「叛乱軍」討伐の勅命が下るだろうと考えた中尉は、「俺にはできん。そんなことはできん」と懊悩《おうのう》しつつ、ひとつの決断を下す。親友たちへの誠と、天皇への忠とを両立させるためには自死しかないと考えるのである。そして、中尉は、それを新妻の麗子に伝えるが、すでにどんなことがあろうと夫の後を追う覚悟ができていた麗子はたじろがず、ともに死ぬことを受け容れる。そして、死までの短いあいだ、共に濃密な性（生）の時間を営んだ二人は、身支度を整えて遺書をしたためる。その後、麗子は夫の切腹に立ち会い、それを見届けてから自らも咽喉《のど》を突き、後を追う。

中尉の遺書には只「皇軍の万歳を祈る」とあり、夫人の遺書には両親に先立つ不孝を詫び、「軍人の妻として来るべき日が参りました」云々とだけ記されてあった。武山信二中尉は享年三十歳、麗子は二十三歳、華燭の典を挙げてから半年に満たない歳であった。

「戦後」へのアンチテーゼ

浜崎　ところで、まさに藤井先生が指摘されたように、「戦後的日常」における男（国家）と女（国民）の不均衡が露わになっているのが『真夏の死』だとすれば、逆に、その完璧な均衡を戦前において描きだしているのが、次に取り上げる「憂国」です。

簡単に背景を説明しておきます。この作品が書かれたのは一九六〇年十月ですが（発表は六一年）、ここから分かることは、三島自身も取材して歩いた六〇年安保のゴタゴタの約四カ月後、つまり、岸内閣の後を受けた池田勇人内閣によって憲法改正を伏せた形での所得倍増計画が打ち出され、自民党が総選挙で圧倒的な議席を確保していたとき――まさに、戦後体制が完全に固まっていくとき――に、この小説が書かれているということです。

また、一九六〇年というのは、三島の文学的履歴に照らし合わせても重要で、さきほども言ったように、『鏡子の家』で戦後のニヒリズムを描いた三島は、翌年の一九六〇年以降、急激に右傾化していきます。その皮切りとなったのがこの「憂国」ですが、その後に、当時は極右扱いされていた林房雄[*15]を改めて評価した『林房雄論』[*16]を書き、『英霊の聲』を書きます。また、一九六七年には自衛隊に体験入隊し、一九六八年には『文化防衛論』を発表すると同時に、「楯の会」を設立していくというように、三島由紀夫は政治的意見を積極的に表明すると同時に、実践にも足を踏み入れていきます。

これこそ「生（性）と死」の具体的な描写が圧倒的な作品で、「あらすじ」では何も伝わらないのですが（笑）、藤井先生、この三島の短編はいかがでしたか。

藤井　まず、「憂国」を読んで思うのは、あまりに世界が違いすぎるということです。僕は本当は「こっち側」で生きたい、生きていくべきだと思っている。でも、この小説に触れると明らかに「あっち側」にこういう世界が、凄まじいリアリティを伴ってホントに強烈に存在している、ということを認識させられる。だから痛くて痛くてしょうがなくなります――つまり僕は、そのとき、僕自身が『真夏の死』の旦那のようなくだらない人間であることが明らかになった気にさせられてしまう。若い頃は「あっち側」に

＊15　林房雄（はやしふさお）一九〇三～一九七五。
＊16　『林房雄論』一九六三年、新潮社より刊行。

確かに自分もいたはずなのに、この世の中で長く生きさらばえているうちに、「こっち側」の薄汚い人間になってしまったような気分になる。だから、八月十五日を振り返るということと同じで、こういうところにしばしば立ち戻ってから現実に舞い戻る、という作業をしておかないと、生きている意味がなくなってしまう――率直に言ってそんなふうに感じました。

浜崎　僕も久しぶりに読み返したんですが、やっぱり鳥肌が立ちましたね。三島自身が書いていますが、この世界は「紙の上」でしかあり得ないものですが、そうであるがゆえに、対米従属的な戦後空間の対極の世界を、なお一層、言葉の力だけで立ち上げることに成功している。だから、現実との落差を見せつけられる気がして心がざわつくんですね。そこから、「じゃぁ、お前は、自分としてどう生きるつもりなんだ」と問われている気さえしてきます。

富岡　それは僕も感じたね。僕は数十年ぶりに「憂国」を読み返したんです。僕自身も四十五歳になったときに感慨深かったんですが、それから還暦まで自分は何をやってきたんだろう、と（笑）。

昭和四十三年九月の新潮文庫の自著解説のなかで三島は次のように語っています。

「『憂国』は、物語自体は単なる二・二六事件[*17]外伝であるが、ここに描かれた愛と死の光景、エロスと大義との完全な融合と相乗作用は、私がこの人生に期待する唯一の至福であると云ってよい。しかし、悲しいことに、このような至福は、ついに書物の紙の上にしか実現されえないのかもしれず、それならそれで、私は小説家として、『憂国』一編を書きえたことを以て、満足すべきかもしれない。」

この小説は、まさに紙の上で書かれた「至福」ですよ。あるいはロマン主義者・三島の短編としての結晶でもあったし、大義というものが完全に喪失されてしまった戦後の日本人と世界に対するアンチテーゼでもある。

ちなみに、この小説は昭和三十六年（一九六一年）に刊行されているのですが、昭和三十五年十月十二日に日比谷公会堂で右翼の青年、山口二矢《おとや》に社会党委員長の浅沼稲次郎が暗殺される。[*18]不思議なことに、山口二矢について三島はあまり言及していないんで

＊17　二・二六事件　一九三六年二月二十六日、陸軍の青年将校らが岡田啓介内閣総理大臣、斎藤実内大臣らを襲撃した上、首相官邸・陸軍省・参謀本部などが集中する東京の麹町・三宅坂一帯を占拠し、「国家改造」を要求したクーデター。

＊18　浅沼稲次郎暗殺事件　一九六〇年、日比谷公会堂で日本社会党党首だった浅沼稲次郎が演説中に、十七歳の右翼少年、山口二矢に刺殺された事件。山口はその後東京少年鑑別所内で首吊り自殺した。

す。ただ、これは僕の仮説なんですが、書かれた時期が特定できないので確かなことは言えないが、この小説はあの事件の衝撃から書いたのかなと思うんです。

三島由紀夫の「大義」が向かう先

柴山　僕は三島由紀夫についても、この作品の成立背景についても知識がほとんどないんですが、最初に思ったのは、すごい実験小説だなということです。というのも、これは本当に複雑な構成になっていて、視点が次々に入れ替わるんですよね。男の視点になったり、女の視点になったり、全体を俯瞰《ふかん》する視点になったりする。切腹の描写は完全にカメラを回しているかのような描写ですよね。作者が神の視点から登場人物のなかに出たり入ったりするのは小説一般の特徴ですが、それにしてもこの作品は視点の切り替えがスピーディーで、とても前衛的な印象を受けます。思想内容よりも、まずはそういう実験性を感じるような手法の斬新さにびっくりしました。ところどころ評論が入ったりするんですが、「どの視点から言ってるんだ」と（笑）。すごく新しいことをやろうとしたんだろう、ということがよく分かります。

もう一つは、けっこう謎の多い小説なんですよね。三島由紀夫のイメージを一切抜いて、純粋に作品だけをみると——例えば翻訳をして、何の情報も持っていない外国人が読むと——いろいろな謎を挙げると思うんです。例えば、奥さんともども、はじめから主人公たちは死ぬ気満々じゃないですか（笑）。もちろん、我々は二・二六事件の時代背景を知っているから、小説世界にはすっと入っていけますが、リテラルに読むと、なぜこんなに死ぬ気満々なのかと疑問に思うはずなんです。それから、『真夏の死』では、夫婦は二個まったく別の存在で、ディスコミュニケーションが発生しているんですが、「憂国」の二人のあいだにはまったく透明で、一体なコミュニケーションが交わされているわけですよね。それはなぜなのか。

さらに言うと、この小説では「大義」がたびたび出てくるんですが、いったいその「大義」がどこに向かっているのかは、まったく説明されていないんです。「大義」は友情に向かっているのか、そうだとすると友情のために奥さんと自裁するのはどう正当化されるのか。あるいは「大義」は天皇に対して向かっているのか、そうなると天皇に対する「憂国」の恨み言を発するのはいいのか。超越的な「大義」がどこへと向かっているのかということは、この小説の内部では明らかにされていないんですよね。

そして、僕が一番びっくりしたのは、最後は浄瑠璃《じょうるり》的に男と女が同時に心中するのかと思っていたんです。しかし実際は、男がものすごい苦しい死に方をして、その光景を女がひたすら見ている。女は全てが終わった後、身支度を整えて死ぬわけですよね。このシーンはいったいなんだ、と(笑)。

浜崎　なるほど、その「大義がどこに向かっているのか」という問題は、三島由紀夫を考える上で非常に重要ですね。これは、僕個人の考えですが、三島由紀夫の「大義」は、天皇や国家から導かれてくるのではなくて、個人的な「夢」、もっと言えば三島自身が夢見たエロティシズムの身元保証のようなものとして呼びだされている可能性があります。

例えば、天皇への「義理」と、仲間に対する「人情」を両立させるためには「死」しかないという近松門左衛門[*19]以来の美学が導

＊19　近松門左衛門　元禄文化を代表する劇作家。代表作『曽根崎心中』をはじめ、『生玉心中』『心中二枚絵草紙』など多くの心中物を残した。

かれる。そして、この「死」の必然は、天皇と仲間に対する義務感に支えられているので、ある種「パブリック」なものを孕んでいる。しかし、その「パブリック」なものによって導かれた「死」の実践は、夫婦という「プライベート」な関係に受け渡され、「死」の対極にある「性」のエネルギーを通じて実現されることになる。つまり、「憂国」が描いているのは、「パブリック」と「プライベート」の交点であり、また「生（性）と死」の交点なんです。そしてまた、二つの交点が一致するところに「大義」が仰ぎ見られている。しかし、だとすれば、この「大義」は、単なる「パブリック」なものではありませんから、三島由紀夫が夢見た個人的なエロティシズムだということにもなりかねない。それこそが三島の危うさであると同時に、魅力でもありますが。

　また、柴山さんがおっしゃった、妻が夫の死をじっと見つめているという点も重要で、ここで三島は、女に「眺める意識」を、そして男に「行動する肉体」を分担させている。もし、「意識」と「行動」を一人の人間において描こうと思うと、自意識の無限後退という醜いものを呼び出してしまう。だから三島は、それを防ぐために、「意識」と「行動」を男と女に振り分けたんです。それによって、人間の「生と死」の全体を描いて見せようとする。

柴山　そうか、ここでは男と女の間のディスコミュニケーションが発生しないように意図的にしているんですね。それがあると、別の解釈が入ってしまいますからね。

理想の「夫婦」のかたち

藤井　この夫婦は、あらゆる価値判断に関して、ずっと徹底的にコミュニケーションをしているはずなんです。何か疑義が挟まることも絶対にあって、そうすると調整が入るはずですよね。調整を入れるときは、短期的な対処ではなく、その背後にあるものを全て解きながら、調整を果たしているわけです。僕にとって夫婦というものはそういうものであり、これは極めて当たり前の状況なんじゃないかな、と。もちろん、今の多くの夫婦がどうなってるのかは分からないですが（笑）、本来日本の夫婦は、こういうものではないのかと思うんです。

富岡　「これらすべて道徳的であり、教育勅語[*20]の『夫婦相和し』の

＊20　教育勅語　一八九〇年。「爾臣民父母に孝に　兄弟に友に　夫婦相和し　朋友相信じ　恭倹己れを持し　博愛衆に及ぼし…」とある。

教えにも叶っていた」と本文にあるんですが、そういうことですよね（笑）。

浜崎　なるほど、そう考えると、これは乃木将軍と妻・静子の殉死[*21]の姿ですね。

それで思い出しましたが、三島は死ぬ前に「革命哲学としての陽明学」[*22]という文章を書いていますが、乃木将軍も陽明学、つまり武士道の徒ですよね。しかし、こういう行動哲学がないにもかかわらず、戦後に、そのような夫婦関係を書き割り的にならないように書くということがどれだけ難しいことかと思います。この夫婦の形が、理想的なイデアとしてあるという点で、この小説は、近代リアリズムを裏切っているとも言えるのかもしれない。

富岡　絵空事だとは思わないけれど、三島自身も「紙の上」と言っている。三島も含めて、戦後を生きてきた日本人の家族像を考えると、まさに「紙の上」のことですよね。

柴山　二つの小説を読み比べて面白かったのは、『真夏の死』はリアリズムじゃないですか。生活のなかで出てくる男女間の微妙なすれ違いについて、実に緻密に書かれている。だから、三島にと

＊21　乃木将軍と妻・静子の殉死　一九一二年、明治天皇崩御に伴い夫婦共に自刃。

＊22　「革命哲学としての陽明学」一九七〇年『諸君!』に初出。『行動学入門』（一九七四年、文春文庫）に所収。

 っては男女の機微の違い、ズレについては百も承知なんですよね。でも、「憂国」では一気に反対側の世界に飛んでいってしまう。

この小説は、別に夫婦関係を描きたいわけではなくて、昭和十二年という舞台装置のなかで、戦後の人間が忘れてしまったある種の超越性を描きたいわけですよね。つまり、生きるということの先にあるものを描きたい。この夫婦は、儀式的に身を清め、性行為を行い、最後には自害する。超越性を召喚する儀式でも執り行うかのように死んでいくんですね。

三島由紀夫の〈絵空事＝ロマンティシズム〉

藤井　僕は三十歳の頃に三島に灼《や》かれて、「これが一番いいんだ」とすら思ったんですが、この三島の世界に留まり続けるのは危険だと思い直し、今まで生きてきました。今もう一度読み返すと、道しるべとしての一つの極としては未だにあり続けているんですが、だからといってこのように生きるかどうかということについては、僕は違うとも思うわけです。

僕が三島に勝てるポイントは一つしかないと感じているんです

が、それは何かというと、三島は、三島自身が言っていた「リアリティのない絵空事」ということをやったということです。この小説は、一つのシミュレーションになっていて、実際に三島は後の十一月二十五日に切腹をしたわけです。その美しき切腹を果たすために、自衛隊にまで赴き、「楯の会」を結成し、可能な限りの舞台装置を仕立てたわけです。絵空事に過ぎないと自分で言っておきながら、結果的にそれを実践した。このことに、四十九歳の僕は、四十五歳の三島に対して青さを感じるんです。僕が勝てるとしたら三島の青さに比べた老獪《ろうかい》さしかなくて――プロレスで言うと、かのジャイアント馬場[*23]さんが長《た》けていた「インサイドワーク」[*24]と言うんですが（笑）――老獪さで三島に勝つしかない。

川端　いま話に出た「絵空事」というのは、三島由紀夫を理解する上で一番の肝になっているように思います。三島には実は、「大義」がどこに向かっているのか見えにくいという重大な問題がある。作品のタイトルは「憂国」ですが、そもそも三島は「国を憂いていた」のかという疑問が僕にはずっとあります。国を憂いているのならば、政治なり経済なりの問題を一つひとつ解決していくの

＊23　ジャイアント馬場　一九三八～一九九九。プロレスラー。
＊24　「インサイドワーク」　試合運びや駆け引き、反則スレスレの技など、狡知に長けた技術。

でも良いわけですが、三島はそうではなかった。三島由紀夫の本心は、「憂国」というよりも、「至純」とか「至誠」という言葉が多用されることからも分かるように、純粋さに対する愛好だったんだと思うんですよね。確かに彼は、左翼の学生運動がいかに非現実的なのかを言ったり、平和憲法を批判したりしていて政治的にはリアリストっぽく映る面もありますが、やっぱり「ロマンティシズム」の方に注目した方が三島は理解しやすい。

しかし、他方で、三島由紀夫を単なる耽美的なロマンティストとして理解して終わるわけにもいかない。三島ファンには、「最期の行動主義は理解できないが、とにかく彼の文章は美しい」というようなことだけを言う人もいる。彼の作品に一切の「憂国」のモチベーションを見出そうとしないわけですが、僕はそれも違うなと思う。

例えば三島と林房雄の対談があって、林は「和魂洋才でいこう」と言う。洋才、つまり西洋発の近代文明には敵わないので、和魂を失わずにそれを取り入れる努力をしようと言うんですが、三島はそれを否定するんです。和魂洋才のような折衷《せっちゅう》は成り立たない、と。もちろん三島も「洋才」を拒否するわけにはいかず、日本もそれに巻き取られざるを得ないという現実は認めるんですよ。これに抵抗するのは無理だとはっきり言っている。でも彼が言うのは、抵抗は無理だと分かっているけど、日本のどこかに、かつての熊本の神風連[*25]のような一種の気狂いでいいから、「純粋な日本」を守るべく行動する人が少しは居てくれないと困る、ということです。洋才を正面から拒絶するような生き方は自分にはとても真似できないのだが、そういう人たちがどこかに存在する／存在したという事実があるだけで、洋才に圧倒される他ない現実を許すこともできる、という言い方をする。三島も、美意識で現実社会を動かせるとは思っていない。自分の美意識が社会に広く共有されるとも思っていない。それでも彼は、「誰かやってくれよ」としきりに言うんです。僕は、この感覚は無視できないと思う。

我々の社会が持っているエスニシティやナショナリティは、ある層を見ればいろいろ具体的な現実の積み重ねで成り立っていて、それを分析するのが社会科学でしょう。しかし一方、それとは別の層で、三島みたいな究極のロマン主義も、ナショナルなものを

＊25　神風連　一八七六年、廃刀令への反対運動として熊本で乱を起こした士族の一派。敬神党とも言う。

成り立たせる要素になっているんだと思うんです。

この「憂国」の最後の切腹シーンに、「針金のような意志」という表現が出てきますよね。針金のように細くてもいいから、至純を求める意志なり行動なりがなかったら、実は国も成り立たないのではないか。三島のようなロマンティシズムは、単なる気狂い、単なる個人的な美意識として切り捨てるわけにもいかなくて、僕らのような普通の人間もどこかで三島的なものに引っかかるところがある。三島の言い方を真似ると、「俺はできないけど、三島由紀夫のような人もいてくれた方がいいな」という感じですね。

三島文学の「世界性」と「普遍性」

柴山　僕の感想も近くて、この小説はいかにも日本的な装置のもとで夫婦の殉死を描いているけど、エスニックな手触りより、普遍的なことを書こうとしてる気がする。

実際、三島はどこかでジョルジュ・バタイユ[*26]への親近感について書いていましたよね。この小説は明らかにバタイユを意識しているように読めます。バタイユが描くエロティシズムは、『眼球譚』[*27]が

＊26　ジョルジュ・バタイユ　一八九七〜一九六二。フランスの哲学者、思想家。
＊27　『眼球譚』　一九二八年刊行。

そうなんですが、フランスのカトリシズム的な伝統における法の侵犯としてのエロティシズム、禁止を破ったところに現れる不道徳な性愛関係ですね。

でも、「憂国」の場合は、不倫ではなく普通の夫婦関係ですよね。肉体的な快楽と苦痛を弁証法的に綜合したところに出てくる至福や至高性を描こうというときに、ヨーロッパの装置とは違う形で、しかし同じことを表現できると示そうとしたというところに、三島由紀夫の世界的視野を感じますね。

明治時代に「日本人はキリスト教徒じゃないのにどうやって道徳を語るのか」という西洋人の疑問に対して、新渡戸稲造[*28]は武士道を持ち出した。三島由紀夫も別の仕方で、西洋の問題が日本にもあることを示そうとしたんだと思います。ニヒリズムを超えるには超越性しかない、そのためにはエロティシズムという回路も必要だ。だけどそれはヨーロッパの回路とは違って、日本の文化的要素のなかから――まさに教育勅語的な世界のなかから――超越性を表現できるということを示そうとしたのだろう、と。だから、三島を単なる右翼と考えてはいけない。西洋に対して日本的

＊28　新渡戸稲造（にとべいなぞう）一八六二〜一九三三。

なエスニシティを対置するだけではなく、それを突き抜けた普遍性を表現しようとしたという点で別格ですね。

富岡　三島文学を評価していた人たちが、三島の自決以降、「自分の美意識を貫いた」「三島はロマンチストだ」という発言をして、そちらの方へと三島を囲い込もうとした。本当は国家に対する叛逆でもなく、三島の個人的なマゾヒズムやエロティシズムだということがしばしば言われた。その意味では、川端さんがおっしゃったように、三島は、単なる「憂国」のナショナリストではない。そちらに全てを集約させることもできないわけです。

その一方で、三島のなかにある美意識やロマンティシズムを究極まで追い詰めると、やはり個を超えた美しかないんです。それは柴山さんのおっしゃった「超越性」ということですね。そうすると問題は、そのような超越性は日本のどこにあるのか、と。カトリシズムであれば神の存在、あるいはジョルジュ・バタイユが言ったような、神を侵犯するということの聖性のうちに超越性を求めることができた。三島もまた超越性を探し求めようとしたんですが、日本の場合は天皇が出てくるんです。次第に天皇というものが明確に一つの極点として出てきていると思います。

三島由紀夫と「保守思想」——天皇と国語について

浜崎　おっしゃる通りです。しかし、だからこそ、三島は自分の美意識によって天皇を呼び出しているとも言えるんですよね。つまり、「死に至るまでの生の高揚」というバタイユ的なエロティシズムのためにだったら、天皇まで道具にしてしまうというところがある。その意味では、この「憂国」は、実は最高の「不敬小説」かもしれないわけです（笑）。

例えば福田恆存[*29]との対談「文武両道と死の哲学」[*30]の最後で、三島は「忠義は相手の気持を分かる必要ないよ。（中略）握り飯の熱いのを握って、天皇陛下にむりやり差し上げるのが、忠義だと思うんだ」と言うんですが、それに対して、福田が「召し上がらなかったらどうする」と聞く。すると三島は「お解りでしょう」と言って笑ったあと、「僕は、君主というものの悲劇はそれだと思う。覚悟しない君主というのは君主じゃないと思う」と言い放つんです。ここまで来ると、北一輝[*31]なんかとも重なってきますが、つま

＊29　福田恆存（ふくだつねあり）一九一二～一九九四。評論家、劇作家。

＊30　「文武両道と死の哲学」一九六七年『論争ジャーナル』に初出。

＊31　北一輝（きたいっき）一八八三～一九三七。二・二六事件の理論的指導者。軍法会議で死刑となり刑死。

り、それはほとんど「天皇あっての自分」ではなくて、「自分のための天皇」ということになりかねない。

　このことは、さきほど藤井先生が指摘された問題とも繋がっていて、つまり、彼の天皇は理念なんです。もし三島を乗り越える必要があるのだとしたら、三島が「理念」的でありすぎたところで、どう「現実」に足を置いて踏ん張れるのかということなのかもしれません。

藤井　『Ｐｏｃｋｅｔ パンチ Ｏｈ！』[*32]に連載していた『行動学入門』で三島は、ぜんぜん戦後はダメだけど、そのアンチに天皇さえいてくれたら、と書いている。一方、西部邁が天皇について語っていたことの一つに、「こんだけ世の中腐ったらもう天皇だってぐちゃぐちゃだよ」ということがある。僕はこの三島由紀夫と西部邁のどちらにもすごくリアリティを感じる。

　だから、当たり前すぎて恐縮ですが（笑）、要するにバランスがとても大事なわけです。確かに何かの理念を追い求めることは大事なんだけど、だからといってそれに全部を被せるというのは（陛下に対する）不敬になってしまう。実際、今の天皇陛下は全て

＊32　「Ｐｏｃｋｅｔ パンチ Ｏｈ！」　平凡出版（現マガジンハウス）より一九六八年から一九七六年まで発行されていた月刊男性誌。

を被らされていて苦しんでいるわけじゃないですか。今のリアルな天皇問題についてはご負担を減らして差し上げることが必要だと思っているんですが、そういう僕からすると、三島の態度というのは、きわめて不遜で、臣民としては間違っているように思う。西部先生のように「天皇なんてダメなんだ」と言うべきかどうかはさておくとしても、やはり西部先生的なところも踏まえて、「陛下にもご苦労はおありだ」とも思いながら、バランスを保っていくということが保守思想としては普通だと思うんです。

浜崎　つまり、天皇も「伝統」のなかの一つの価値なんですよ。天皇を超える価値をどこに見るのかということが、むしろ「保守」にとっては大事だということです。

藤井　そうなんです。でもそんな「価値」がどこにあるのかと言えば、結局は例えば『真夏の死』の朝子にとっての一歳の女の子であったり、映画『万引き家族』[*33]における「フェイク（にせもの）の家族」の間の愛情だったりするのではないかと思う。もちろん、そんなものを刹那刹那に「消費」することを続けていても意味はないと思う。でも、もう戦争に負けてしまったんだから、そうい

＊33　『万引き家族』二〇一八年公開。是枝裕和監督。カンヌ国際映画祭のパルム・ドール（最高賞）を受賞。

うミクロなものを拾い集めて、大きな物語と調和させていくような格好で、現代の倫理を確立していくという方法はあるのではないか、折口信夫[*34]が言ったように、我々は神々の戦いで負けたのだから、その戦いの負けを引き受けるというのは、そういうことであろう、と。三島はそういう可能性を追求することを放棄してしまったのではないか、というようにも思います。

川端　三島由紀夫は、藤井先生が言う倫理とは対極的なことを言う人物で、さきほど浜崎さんと藤井先生が「不敬」とおっしゃっていましたが、明らかにこの人は不敬ですよ。

一同　（笑）。

川端　『英霊の聲』なんて完全に天皇バッシングですからね。そういえば、西部先生か富岡先生に教えてもらった話で、自分で読んだわけではないのでどこに書いてあるかも知らないんですが、楯の会の弟子たちが三島に、「先生はそれだけ日本主義を唱えているのに、なぜ家は洋風建築で、洋服を着て、洋酒を揃えているんですか」と突っ込んだことがあるらしい。それに対して三島は、「俺は小説を書いて、日本語を守るという仕方で、この国を守ってい

＊34　折口信夫（おりくちしのぶ）一八八七〜一九五三。民俗学者、国文学者。

るんだ」と返答したという。それを最初に聞いたとき、僕は「言い訳くさいな」と思ったんですが（笑）、大人になってから考えてみると、そういう方法でしか守れない「日本」もある気がしてきました。

さきほど柴山さんが描写の技術の話をされましたよね。確かに切腹のシーンはものすごくビジュアル的な迫力がある。それと同時に、例えば刃が腹の奥の方へ達するときの肉体感覚のように、主観がすごく直接的に響いてくるようなところもありますね。腹を切っている人が主観的にどう感じているかということは映像では十分に表現できないはずで、小説だからこそ美しく迫真的に描けるんでしょう。ちょっと些末な例を挙げてしまいましたが、要するに日本人が日本語で書いたり読んだりしているからこそ伝わるのであろうものがあちこちに含まれていて、三島が日本語で小説を書くことで守ってくれた「日本の何か」は確かにあるように思うんですよね。

富岡　今の日本語の話は重要で、それは「国語」ですよね。

藤井　我々は三島由紀夫を偉大な作家として神格化せずに、普通に愛《め》でればいいんだろうと思うんです。全員限界があるんだから、そうすれば全部問題ないでしょうから。

三島由紀夫の大東亜代理戦争 ――続く「近代の超克」の思想戦

柴山　僕の場合、三島を神格化しなくてすんだので、少し違う視点も持つんですが、もしかすると三島は、西洋の眼を意識することによって、大東亜戦争以降の思想戦を続けたのかもしれないということです。というのも、大東亜戦争は、まさに近代の超克[*35]で、ヨーロッパ文明と日本文明の技術力の戦い以上に、思想の戦いでもあったわけでしょう。

富岡　そうか、それは言えるなぁ。

柴山　近代の超克は、ヨーロッパでも問われていたんです。技術文明と民主主義文明の崩壊とどのように向き合うのか。ヨーロッパではハイデガーが登場し、日本では西田幾多郎[*36]が登場する。だけど日本は敗戦で、その問いは押し流された。ニーチェ[*37]が示した問題、どうしようもない末人[*38]状態をどう乗り越えるかという問いは、生き方の問題であり文学の問題でもあるわけで、例えばバタイユ

＊35　近代の超克　一九四二年に『文學界』で組まれた特集、及びその中の座談会の題名。

＊36　西田幾多郎（にしだきたろう）一八七〇～一九四五。

＊37　フリードリヒ・ニーチェ　一八四四～一九〇〇。ドイツの哲学者。

＊38　末人（まつじん）　ニーチェが神が死んだ（最高価値を失くした）近代社会に溢れるとした人間像。創造性、冒険心を失くし、安楽に生きることのみを求める人間。

は中世のゴシック精神に行ったり、裏返しのカトリシズムに行ったりする。

三島もひたすら文学上の実験を繰り返しながら、一人で大東亜戦争を続けていたのかもしれない。思想の分野で、日本の舞台装置を使いながら、日本人に伝わるようにしつつ、同時に西洋人にも分かるように執筆をしていたわけですよね。その証拠に、僕は三島由紀夫自身が主演を務める「憂国」の映画版を観たんですが、シーン一、二、三の書き割りが全て英語なんですよ。映画自体はさほど面白いものではなかったんですが、音楽がワーグナー[*39]の「トリスタンとイゾルテ」[*40]なんです。ご存知のように「トリスタンとイゾルテ」は純愛の話ですが、ヨーロッパ人が永遠の愛を思い出すような音楽を使いながら、映像は完全に日本の能舞台のもとで切腹をしたりする。そういうところである種の超越性を表現できるんだ、と言おうとした。その意味では、やはり彼の野心は、単純な日本主義を超えたところにあったと考えるべきだと思うんです。

藤井　確かにおっしゃる通りですね。つまり、『文化防衛論』にお

＊39　リヒャルト・ワーグナー　一八一三〜一八八三。ドイツの作曲家。
＊40　「トリスタンとイゾルテ」　一八五七〜一八五九年にかけて作曲された楽劇。一八六五年に初演。

ける「防衛」という言葉の背後には実は、激烈なる「文化戦争」があった、ということですね。なるほど、確かにそうですね。要するに、日本が戦争に負けて、ありとあらゆる局面で対米従属が進行していくなかで、未だに文化戦争という局面ではまだ完敗を喫したわけではない、というよりもむしろ、我が方は文化においては敵国に相当打撃を与えているとも言えますね！

例えば、フランシス・フォード・コッポラ[41]とジョージ・ルーカス[42]が三島の映画『Mishima』[43]を作製していますよね。緒形拳が三島に扮して、最後は駐屯地に行って切腹をする。八〇年代にあのコッポラとルーカスに作品を作らせたわけですから、文化戦争において相当敵国に打撃を与えている（笑）。

富岡　ノーベル文学賞を取らなかったとしても、その自決と厖大《ぼうだい》な国語によって、まさに文化戦争を死後も戦い続けている。実際にフランスでは高い評価がなされているし、三島の『近代能楽集』[44]や『サド侯爵夫人』[45]といった芝居も繰り返し上演されている。

柴山　しかも英語やフランス語も訓練して、外国人相手に説明することを厭わずやった人ですよね。さきほど三島は個人的な美を追

＊41　フランシス・フォード・コッポラ　一九三九〜。アメリカの映画監督。『地獄の黙示録』等。

＊42　ジョージ・ルーカス　一九四四〜。アメリカの映画監督。『スターウォーズ』シリーズ等。

＊43　『Mishima』　一九八五年公開。

＊44　『近代能楽集』　一九五六年、新潮社より刊行。

＊45　『サド侯爵夫人』　一九六五年『文藝』に初出。

求しようとしたという話がありましたが、一方で、その「美」ということが、ヨーロッパ人が描く「美」よりも、日本の「美」の方が優れている、あるいはより普遍的であるということをなんとか証明しようとした。「憂国」という作品は、その試みが最も成功していると言えるのではないか。だから外国人も含めて、この作品に引っかかるところがあるのかな、と。

浜崎　さきほど「憂国」は、日本人でないとうまく呑み込めないという話もありましたが、それは事実の半面で、もう半分は、設定さえ分かってしまえば、外国人でも素直に入っていける世界を三島は創り出しているということです。『サド侯爵夫人』が、フランスで上演されたときなんか、「これを書いたフランス人は誰だ」と評判になったという話もあるほどです。

事実、「憂国」もそうですが、どんな戯曲も構成が完璧ですよね。全てが二項対立的に構成されていて、それらが交点を結んでいったその先はあえて不可視の領域として空白に残される、といった形になっている。これは、西洋的な弁証法を媒介にしながら、その果ての「絶対知」[*46]（神）を描かないという否定神学的な態度に

＊46　絶対知　ヘーゲルの『精神現象学』において論じられる概念。「絶対の他的存在のうちに純粋に自己を認識すること」。

も通じている。そこが、あざといと言えばあざといんですが（笑）、非常に西洋的で構築的な作家であることは間違いないでしょう。

富岡　三島は「天皇陛下万歳」と言って自決をしたので、日本主義だと思われていますが、むしろ彼は西洋派ですよ。オスカー・ワイルド[*47]の『サロメ』[*48]だし、バタイユだし、そういうところは西部邁と似ているのかもしれないですよ（笑）。

柴山　近代の超克をどう果たすかという問題はずっとあるんですが、その思想を哲学的に表現するのではなく、「美」という価値の優劣が露骨に問われる文学という世界において、最高度に表現するという戦いを挑んだという意味では、やはりとてもすごいし、こういうものが世界文学として残るだろうという直感がどこかにあるんですよね。

川端　しかも三島がやっている思想戦って、絶対に学者にはできない思想戦ですよ。

富岡　やはり三島は日本の文学界の雄と言っていいと思います。手弱女振《たおやめぶ》りを徹底したことで。

浜崎　さて、そろそろ時間なんですが、怖いのは、この回（第三章）

＊47　オスカー・ワイルド　一八五四〜一九〇〇。アイルランドの詩人、作家。

＊48　『サロメ』　一八九三年パリで出版されたワイルドの戯曲。三島は生涯『サロメ』を愛読し、一九五〇年に二十五歳で「オスカア・ワイルド論」を発表、一九六〇年には『サロメ』の演出も行っている。

が絶頂なのではないかということでして（笑）。戦後文学は、ここからどんどん崩れていきますが、引き続きお付き合いいただければと思います。

藤井　今日の議論は最後にすごいところに到達できて良かったです。三島先生はやはりさすが、ですね（笑）。

（表現者クライテリオン　二〇一八年十一月号）

第四章

戦後的ニヒリズムへの「監禁」

戦後的ニヒリズムに監禁された「後退青年」に、その先に生きるべき道はあるのか。
いや、そもそも戦後において「後退青年」を拒む道はあるのか。
左翼の「弱さ」と、右翼の「強さ」を描き分けながら戦後文学の先端を
走り続けた大江健三郎に再び問う、そして勝手に問う、
「われらの狂気を生き延びる道を教えよ!」と。

大江健三郎「後退的青年研究所」
「セヴンティーン」

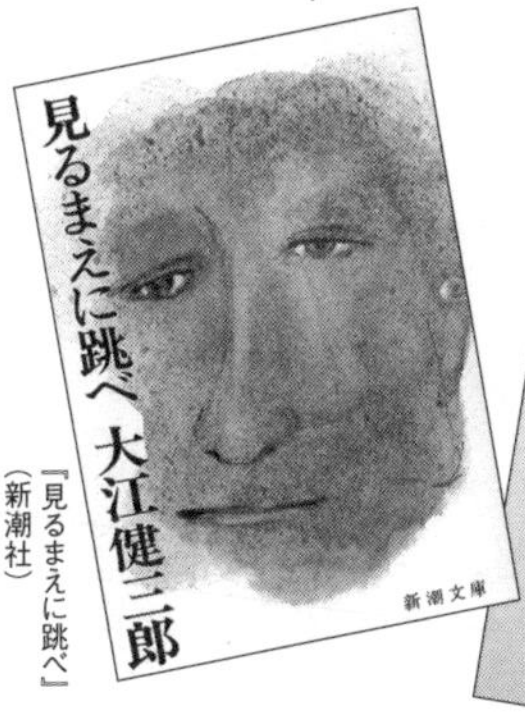

『見るまえに跳べ』(新潮社)

『性的人間』(新潮社)

参加者
藤井聡
柴山桂太
浜崎洋介
川端祐一郎

大江健三郎「後退青年研究所」

あらすじ

学生の僕は女子学生とともに、アメリカ人心理学者のゴルソンが開いたオフィス、いわゆる「後退青年研究所」でアルバイトをしている。仕事は、極東の反共宣伝の基礎研究のため、朝鮮戦争後に政治的思想で挫折した日本の青年たちの心理を調査する手伝いである。

ある日、本国からの指令もあって、ゴルソンは僕にデータ量を増やすように命じる。そこで僕が思いついたのが、偽の告白遊びをすることだった。それは自分たちの嘘でアメリカ人の報告書を作るというある種の優越感さえ演出できる遊びのはずだった……が、僕が連れてきた七番目の演技者のA君の告白が、あまりに恥知らずだったため、アルバイトの女子大生はオフィスを辞めると言い出してしまう。A君の告白は次のようなものだった。

自分は日本共産党の元東大細胞だったが、密告によってスパイの嫌疑をかけられ、拷問で第二関節から先の小指を失い、党から除名された後、情報を警察に売ろうとするものの、それさえ信用されず、今、自分は、孤独な学生生活を送っている——。その後、この告白が偶然、新聞に載ったことを知ったA君は、僕に取り消しを求めに来るが、袖のなかに覗くA君の小指は第二関節から先がなかったのだった。その後、ゴルソンは「このテープの学生こそ、典型的な後退青年でしたよ！」という快活な言葉を残して、アメリカに帰っていく。

大江健三郎のイメージ・ギャップ

浜崎　大江健三郎[*1]と言うと、どうしてもイメージから入ってしまうことが多いと思うんですが、ノーベル文学賞を受賞した偉大な文学者とか、戦後民主主義者を擁護する岩波知識人[*2]とか、弱者へのいたわりに満ちた平和主義者とか（笑）。

柴山　善良な知識人の代表みたいな。

藤井　僕もそう思ってました。高校のとき、大江の「飼育」[*3]とか「死者の奢り」[*4]とか読んでも特に何かピンと来るものはありませんでしたが、やっぱり「五十のおっさん」になってから読むと違いますね。上から目線で恐縮ですが、率直に言うと「なかなかいいんだなぁ。こんなやる奴だとは思ってなかったです！」っていう感想でした（笑）。

浜崎　そうなんですよ、特に初期から中期はいいんです。五、六〇年代の大江健三郎というのは対米従属レジームに最も抵抗した作家と捉えることもできるんです。

柴山　そうか、なるほどね。

＊1　大江健三郎（おおえけんざぶろう）一九三五〜二〇二三。東京大学在学中、『奇妙な仕事』（一九五七）でデビュー。以降、『飼育』（一九五八）で芥川賞を受賞し、「第三の新人」を飛び超えて、第一次戦後派文学の後継者として期待された。一九六七年、代表作とされる『万延元年のフットボール』により歴代最年少で谷崎潤一郎賞受賞、一九九四年には日本文学史上において二人目のノーベル文学賞受賞者となった。戦後民主主義の支持者を自認し、国内外における社会的な問題への発言を積極的に行った。

＊2　岩波知識人　進歩派知識人が特に岩波書店発行の『世界』などを中心に活躍したことからこう呼ばれる。

＊3　「飼育」　一九五八年『文學界』に初出。芥川賞受賞作。二十三歳のときの作品。

＊4　「死者の奢り」　一九五七年『文學界』に初出。

浜崎　ただ大江が保守と違ってるのはその抵抗の拠点です。保守はやっぱり、戦前との連続性や日本全体の歴史ってとこから考えますが、大江の拠点は、戦後において「日本人が自立した」という思い込みなんですね。これは反米左翼そのものの思い込みと同じなんですが、例えば、一九四九年の中国大陸の共産化と朝鮮戦争に端を発して日本ではサンフランシスコ体制[*5]が整えられていきますが、このいわゆる「逆コース」[*6]の過程のなかで、「戦後の可能性」が封じ込められていくという感覚を大江は持つわけです。

　そこで面白い話があって、大江は、四国の田舎の新制中学[*7]に一九四七年のときに入学するんですが、そのときにですね、いきなり修身[*8]の時間が廃止されて、その代わりに新教科が登場したらしいんです。それが、なんと新憲法の時間だったという（笑）。

藤井　修身が憲法に!?　面白いですね〜。

浜崎　それに衝撃を受けた大江は、新憲法を道徳として受け取ってしまうわけです。つまり平和憲法の理念をそのまま日本人の道徳的なアイデンティティとして受け取っていくと。

藤井　「定言命法」[*9]ですね。

＊5　サンフランシスコ体制　一九五一年に結ばれた対日講和条約であるサンフランシスコ平和条約と、それと同時に結ばれた日米安全保障条約によってできた日本の外交体制。主権回復を認められた一方で軍事的には反共として西側諸国に組み込まれてアメリカの軍事基地が国内に残存することになり、従属的な体制が整っていった。

＊6　逆コース　戦後に行われた「民主化・非軍事」政策に逆行する一連の政策。GHQは一九四七年頃から反共的な政策を行い、社会主義運動の取締りや警察予備隊の創設などを行っていった。

＊7　新制中学　現行の六・三・三制の教育制度における中学校。一九四七制定、施行の学校教育法に基づく中学校で、大江はその第一期生となった。

浜崎　そうなんです。ただ、一九五〇年代から次第に親米保守化していく日本に対する違和感というものを人一倍強く持った文学者だからこそ、大江の小説は、決して単純な政治的イデオロギーの道具にはなっていない。その点、日本の現実に対する違和感を描き出す大江の言葉は、左右の立場を超えたある種の普遍性を持ってしまうところがあるんです。

実際、大江は、五〇年代、六〇年代にかけて現実肯定に流されていく左翼の堕落と欺瞞を徹底的に描きますし、その一方で、現実適応を一切拒みながら過激化しどん詰まっていく新左翼や右翼の不可能性、この問題も描き出すと。で、今日取り上げる「後退青年研究所」と「セヴンティーン」という小説が、まさにそれなんですね。

藤井　「後退青年研究所」では萎えまくっているのに、「セヴンティーン」では、ただ勃起しまくってましたね（笑）。

浜崎　そうなんですよ（笑）。で、まず「後退青年研究所」で驚くべきなのは、その予見性です。これが発表されたのが、一九六〇年の三月なんですが、ってことは、ご存知のように、六〇年安保[*10]

＊8　修身　戦前に小学校で行われた教科。ＧＨＱにより軍国教育の元凶と見做され廃止された。

＊9　定言命法　カントが実践理性批判のなかで提唱した倫理の概念。対照となる条件付きの命令は仮言命法。

＊10　六〇年安保　一九六〇年に岸信介とアイゼンハワーの間で結んだ新安保条約に反対した運動。一月に調印が行われ、同年四～六月に運動は激化。七月に岸が退陣、池田勇人内閣が成立すると急激に運動は退潮した。

が最大の盛り上がりを見せながら敗北していくのは、その直後ですから。

藤井　あー、なるほど！

浜崎　そこから考えると、この小説は、六〇年安保後の日本人のエリート学生が、どのように理想を失い、堕落し、現状追認していくか、大江の言葉を借りれば「深淵の暗黒の沈黙」に引きずり込まれていくのかを見事に予見していると言うことができます。ゴルソンと同じ社会心理学を勉強された川端さん、どうでしたか。

アメリカに飼われる日本――「後退青年」の憂鬱

川端　そうですね、社会心理学とはあまり関係のないコメントになるのですが（笑）、たしかに六〇年安保後の運動家たちの挫折を予見しているとも言えるとは思うものの、その挫折はもう少し早い時期から既に用意されていたものなのかなと思いました。例えば「朝鮮動乱の後の一時期に多くのアメリカ人たちが、日本の学生の屈折した心理に関心を持ち始めた」っていう記述がありますすね。やっぱり最初の浜崎さんの解説にあったように、大江健三郎ってのは一九五〇年前後の、日本が急速に変わっていく感じを描こうとしたのではないか。アメリカと講和条約を結び、朝鮮戦争も休戦となった頃の、一つの時代が終わって緊張感が途切れるような感覚に関心があったのではないかと思うんです。まぁその意味では、六〇年安保の後も同じように緊張感が切れて後退青年がいっぱい出てきたのでしょうから、学生たちがどん詰まりに陥っていくという点では同じことです。

藤井　そういう意味で予見性は感じますよね。

川端　おそらく大江の関心があったのは、朝鮮戦争があり、日本の再軍備が始まり、サンフランシスコ講和条約を結びという、要するに「戦後」というものが終わりかけた時期の、日本人が何か大事なものを失っていくという感覚じゃないでしょうか。とりわけアメリカに対する敵愾心《てきがいしん》を失っていくという感覚ですね。この小説って、読んでいてすごく嫌な感じがするわけですよ。アメリカ人の社会心理学者が、日本のしょぼくれた学生を研究対象にしてるわけでしょ。しかも派遣されてきているのはアメリカの三流学者です。

藤井　しかも二十代でしょ。

川端　時代の転換期に挫折感を抱えた日本の学生が、アメリカの三流心理学者の研究対象にされているというのは、何と言うか「アメリカに飼われている国」っていう感じがものすごくして気持ちが悪い。まず、それが第一の印象ですかね。

藤井　やっぱりその社会心理学ってのがポイントで、要するに心理学っていうのは思想性を剝奪して、心のメカニズムを物理学的に解釈しようとする学問ですから、そういう意味で我々が完全にモルモットと化してるわけで、戦争の雄々しさとか、特攻隊だとか、玉砕だとか、天皇陛下万歳だとか、敗戦の玉音放送の悔し涙だとか、そういうものが全部、完全に無視されて無機質に客体化されてるわけですね。

柴山　この時代の心理学はけっこう酷い実験をやってますよね。有名なミルグラム実験[*11]とか。

藤井　そうです。ちょうど第二次世界大戦の大衆現象というものを、物理学的に解釈しようとする学問だったんですね。

＊11　ミルグラム実験　一九六二年にアメリカのイェール大学の心理学者スタンレー・ミルグラム（一九三三〜一九八四）がアイヒマンらナチス戦犯の心理に興味を持って試した実験。アイヒマン実験とも言われる。被験者は生徒役が問題を間違えるたびに電気ショックを与えるように指示される（実際には電流は流れておらず、生徒役は苦しむ演技をする）。多くの被験者は実験者に言われるがままに致死量の電気ショックを与えた。

川端　それと五〇年代は行動主義[*12]から認知革命[*13]へと移り変わる時期で、要するに心の中身はメカニカルなモデルで表現できるはずだと考えられ始めた時代です。

藤井　まさにその通り。だから我々の誇りとか何もなくて、単なるメカニズムとして解釈されてしまうっていうのがポイントです。しかも、この小説では、そんな心理学を振り回すのが、二十代の、失職しそうな三流の青二才心理学者なわけです。まさに救いようのない地獄、ですね。

川端　しかもこいつ、最後の方では、データは別に適当でいい、この告白が偽物であってもいいからとにかくデータを送って研究成果にするんだみたいなことを考えてますよね……。

柴山　出世したいんですよね。

藤井　いわば、今風に言うなら、最初から、俺は「小保方[*14]で良いんだ」って言ってんのと同じですよね。だから小説としては、すごいちゃんとしたモチーフですよね。

川端　そういう意味で二重三重に、日本がいかに地位の低い国になってしまったかっていうのを描いているわけですが、同時に大江

＊12　行動主義　人間の心理的側面を人間の心的、内的要因によらずに行動という外形から研究する心理学のアプローチ。二十世紀前半に力を持った考え方、手法であったが認知革命により退潮。

＊13　認知革命　人間の心的過程を情報処理の観点から捉えることで心理学の研究アプローチを大きく変えることになった知的運動。コンピューターの発展とそれへの期待によってできてきた手法であり、心理学以外の社会科学諸学問にも波及した。

＊14　小保方晴子（おぼかたはるこ）一九八三〜。元理化学研究所の研究員。二〇一四年、STAP細胞の論文発表により「リケジョ」としてメディアに大きな注目を浴びたが、後にその論文の不正が発覚。さらに大きな話題となった。

はやっぱりそれが気持ち悪いと思ってたんでしょう。この作品のなかでも、アメリカ人ごときが日本の傷ついた青年の傷に指を突っ込んでひっかきまわすことができるなどと思っているなら、とんだ料簡違いだよと一応言わせていますよね。大江もこの時代の青年にとっての「解決策」を描けているわけじゃないんだけど、ちょっとはアメリカに対する抵抗を見せとかないと何か本当に危ないことになるんじゃないか、という気分があるように思える。

藤井　だからある種、この主人公は、手の届く範囲でのテロルを敢行しようとするわけですよ、嘘をついて。アメリカの心理学論文を、俺たちの嘘で塗り固めて、裏でせせら笑ってやろうと企てるわけです。ところが、日本人の運動家としては恥ずかしくて到底口にすることなんてできないような恥ずかしい「裏切り」についての「嘘話」をした一人の学生が、実はその「嘘話」は、嘘じゃなくてほぼほぼ「実話」だったってことが発覚する。なんでそんな恥ずかしい話をしたのか訳が分からないわけですが、でもやはり、その学生も憂さ晴らしか何かのために、誰かに言ってみたかったんでしょうね。

柴山　そう、だから本当は後ろめたくて言い出せなかったんだけど、「これは告白遊びだ」と言われて心理的なハードルが下がって、それでつい本当のことを話してしまったんでしょうね。

藤井　そうそう。そこがね何とも言えずうまい仕掛けですね……。

「出口なし」における実存的不安

柴山　僕は大江健三郎を読むの初めてなんですけど、物語の力がとにかくすごいですね。

藤井　文章がまたすごいですよね。

柴山　物語の重層性というのかな。いろんな仕掛けがあちこちに張り巡らされていて、短編なのにまったく過不足ない感じを受ける。普通に面白いですよ。後味は悪いんだけど（笑）。

浜崎　そう、このうまさはタダものではない。これは、よく言われることなんですが、学生時代にデビューした作家は社会経験が少ないので、普通、他者や政治が描けないんですよ。だけど大江は数少ない例外で、若くしてこのグロテスクな人間心理を完全に書き切れている。こういうのを天才っていうのかもしれないですけど。

藤井　それホントですね、この人まさに天才です。これいくつのときに書いたんですか。

柴山　一九三五年生まれって書いてあるから、二十四か二十五じゃないですか。すごいですね。

川端　僕の場合、読んでいて好きになる小説は時代のイメージや雰囲気みたいなものがクリアに摑めるものなんですが、この作品はやっぱり五〇年代くらいの日本の「出口の見つからなさ」みたいなものがすごく表れている感じがします。例えば青年たちが、藤井先生がおっしゃったように一種のテロを仕掛ける、つまり偽のデータを握らせるという形で「飼い主」に抵抗するわけですけど、抵抗と言ってもたかだかそれくらいしかできないわけですよね。そのこと自体に、何かどん詰まり感がある。それから七番目のA君っていうのが、ホントは左翼挫折体験を持っているんだけどそれを隠して生きていて、ただまぁ今回は自分なりに強い思いがあって告白するわけですけれども、それが新聞に載るとなるや否や慌てふためいて、思い出したくもないし周りに知られたら困るんだと言うわけです。あれだけ青春を注ぎ込んだ学生運動のことをひた隠しにしながら生きていくしかないという、出口のなさというか窒息しそうな感じっていうのが、すごく良く描かれているなと。

柴山　大江健三郎が持っている極端な不安感というか、実存の手応えのなさみたいなものが強烈に印象づけられますね。これに比べれば以前にやった「第三の新人」は明らかにカッコつけ過ぎのように感じます。本当は実存の真ん中に穴が空いているんだけど、「おれ関係ないから」とそれを直視しようとしないみたいな、スカした感じがある。

藤井　でも大江の方が、どちらかと言うとサルトル[*15]に近い書き方ですよね。

柴山　そういう実存的不安みたいなものを正直に表現しようとしている感じがあるんですよ。これは「セヴンティーン」の方がもっと出てたんだけど、「今の時代に俺、全然はまってないじゃん」という違和感や不安感が、五〇年後の現代と完全に地続きなんです。

＊15　ジャン・ポール・サルトル　一九〇五～一九八〇。フランスの哲学者、作家。代表作『存在と無』は20世紀中葉に実存主義ブームを起こした。

今回の二つの小説を比較すると「セヴンティーン」と違って「後退青年研究所」の主人公は、最初から最後まで傍観者なんですよね。自分の政治信条についてはまったく書いていない。周りにいる後退青年たちをひたすら観察している。それどころか対人恐怖症なんじゃないかと思える場面もあって、最後の方でA君と会話した後、A君の暗い人生がありありと想像できた瞬間に急に怖くなって逃れるようにバスに飛び乗りますよね。身近な青年たちが地獄に落ちていく、その光景にすごくびびっている。不安で仕方なくて、俺はそうなりたくないと逃げて、何とか自分自身を守ろうとしている。実存の不安から必死に目を背けようとしているところに、戦後日本人の精神がありありと示されているという面白さがありますね。

「完全に負ける」ということ　――六〇年安保の意味

藤井　そこでね、今まさに柴山さんがおっしゃった通りで、ある種の状況に対して、大江健三郎が実存として、そこの精神の状況を、正確に正直に吐露しているということだと思うんですけど、じゃあ、大江健三郎は何に直面したかって言うと、これは変な言い方ですけど、やっぱり「真の敗戦」に直面したということだと思うんですよ。

八月十五日に負けて一旦ポーっとして、（太宰治の）「トカトントン」で描かれたある種の「放心状態」になるんだけど、やっぱり戦前から生きてきた大江の時代の人々から、あるいはもっと年上の人からすると、「イヤ、こうなったけど、俺はまだホンマは負けてないぞ！　ホンマはまだまだ行けるんやぞ！」と、心は折れてなかったんだと思うんです。それで、とにかく戦後豊かになるということで、また勝ってやるぞと、違うフィールドでアメリカに勝ってやるぞということがあったと思う。そうやって日本人は一応頑張って生きてたのが一九六〇年までの十五年間だったと思うんですけど、おそらく六〇年に、安保闘争に敗北することで本当にアメリカに心をへし折られるんだと思うんです。

つまり安保闘争っていうのは、潜在的にはアメリカとの戦いだったんだと思うんです。ただ、そのときには、ＷＧＩＰ（ウォー・ギルト・インフォメーション・プログラム）[*16]だか何なのか分からないで

＊16　ＷＧＩＰ　日本人に大東亜戦争は侵略戦争だったという歴史観を植え付けるために行ったとされるＧＨＱの施策。江藤淳が『閉ざされた言語空間』のなかでその存在を指摘した。

すけれど、あからさまにアメリカに反対することが空気的に難しかったから、マルクスとか何とかを使って、アメリカに負けたという現実に対して、何とか抗《あらが》ったたっていうのが、安保闘争だったわけです。だけど、真実を嘘と偽りながら話した、安保闘争を闘ったたっていうこの小説のなかのA君って、もう完全にアメリカに負けてますよね。どういうふうに負けてるかって言うと、安保闘争って「アメリカこの野郎！」って話だったはずなのに、アメリカそっちのけで内ゲバやっちゃって、アメリカと戦ってる者同士が疑心暗鬼になって争い出して、小指を切られて、アメリカに対する絶対に負けまいというパッションというか、気概というか、敗者の矜持っていうものを完全になくしてるわけですよ。それで今や、小指切った、本来なら同胞だった日本人に対してムカつきながら生きてる、っていう話。しかもそのムカつきの溜飲を下げるために、あろうことか、アメリカの三流心理学者の調査っていう機会を、嘘だって偽りながら使ってるんですよ！　しかもその話が新聞に大々的に出ちゃう！　もうこれほどの屈辱というか、敗北はない。よくもまぁ、こんな恥ずかしい完璧な敗北を、大江は描き出したもんだなぁと改めて感心します。でも、これくらいくらいの凄まじく完璧な敗北を日本は米国に喫したってことを、大江は描きたかったんでしょう、六〇年に。これは前回の沖縄論を語ったときと同じなんですけど、要するにこれ以後、サヨク運動家たちの「敵」がアメリカから日本政府になるんですよ。それくらいこのとき、アメリカに完全敗北を喫したってことなんですよね。それ

浜崎　そうなんですよね。

藤井　ここでね、もう何か……それを主人公は傍観してるんですよ。この視点って村上春樹そっくりですね。

浜崎　おっしゃる通りです。しかも、春樹は傍観を気取り始めさえする。

川端　藤井先生がおっしゃったように、六〇年安保はアメリカとの闘いだったと言える面があるわけですが、大江健三郎自身の問題にも繋がると思うので言っておくと、六〇年五月の国会強行採決以降の、運動の最終局面は、「強行採決は民主主義に反する！」というスローガンで盛り上がったんですよね。つまりあのとき、「アメリカの体制に吸い込まれていくことへの怒り」が国民的広がり

を持って表現されていたわけではないんです。

藤井　本来はそれがエネルギーの源泉のはずなのに、潜在意識の……。

川端　マルクス主義についても、それを本気で掲げて運動していたのはおそらくごく一部の人たちでしょう。六〇年安保は大きな社会現象になりましたけど、多くの人が「岸信介[*17]のやり方は民主主義的じゃない」という程度の、一種の綺麗事でもって安保に反対しているんです。ここに根本的な、戦後民主主義の弱さや貧しさが表れているように思います。

柴山　ねじれみたいなもの。

浜崎　かけ違いですね。

川端　結局、戦うときの武器が「民主主義」という弱々しい理念しかなかったじゃんと。

藤井　そう、だからここのポイントは、大江健三郎は次の「セヴンティーン」でより鮮明になるわけですけど、大江健三郎の主人公の視点っていうのは、一九六八年生まれの僕と完全に一緒なんですよ。生まれたときからそういう敗北の状況があって、それが当

＊17　岸信介（きしのぶすけ）一八九六〜一九八七。

たり前だみたいなことに世間ではなってるけど、でも何か強烈な違和感を、実存的違和感を感じてるんですよ。「もう空気全体が、何もかもおかしい!!」っていう違和感。それを分かってくれるのはほとんど誰もいない。僕の場合は唯一、どういうわけかプロレスとロック好きの音楽教師だった一番上のお姉ちゃんだけが、僕の子供の頃の実存的不安とか実存的憤りを、なんとなく雰囲気で察してくれていたように思いますが、それでもはっきりとは理解してもらえなかった。ただこの小説において、秘書が、A君の話を聴いた瞬間に辞める。そりゃそうですよ！「こんなおぞましい仕事、これ以上もう、続けられるか!!」って話です。

浜崎　（笑）そうなんですよ。

藤井　この女はね、ずっと黙ってる女でしたけど、やっぱり全体をしっかりと観てて、全体の構造を分かってるんですよ。

浜崎　観てるんですよ。この文学の座談会をやってると面白いのは、女性ってのが常に中心にいて、そのバランス感覚のなかで、ある決定的な判断をしてるんですよね。

藤井　『アメリカン・スクール』もそうでしたよね。

柴山　女性には「歴史」がない、ってことですかね。誤解されそうな言い方だけど……（笑）。

浜崎　でも、それは言えてる。歴史的負荷がないから判断がぶれない。

柴山　歴史的な大状況がどうであろうが、健全さを保つことができるという意味でね。

天皇と憲法 ――大江健三郎の漂流

浜崎　ここでもう一回、歴史に戻しちゃうと、「平和憲法」以外で大江健三郎がこだわるモチーフが、実は、もう一つあるんです。それが、「天皇」なんです。

面白いのは藤井先生がさっき八月十五日が大江にとっては決定的なんじゃないかって言ったけど、それと同じことが言えます。例えば『遅れてきた青年』っていう小説があるんですが、では、何に遅れてきたのかというと、それは「陛下の勇敢な兵士として死ぬはずの戦争」なんですよ。戦争に遅れるというのは、真の英雄になり損ねるということであり、自分と国家との内的な連続性、その感覚を自分はもう持てないのかもしれないっていう恐怖に繋がっている。だから、その感覚を奪い去ってしまった昭和天皇への愛憎が大江のなかで渦巻くわけなんです。

藤井　これはもう玉音放送に対する愛憎ですね。

浜崎　そう、『みずから我が涙をぬぐいたまう日』[*18]っていう小説なんかは、天皇コンプレックスそのものですよ。

藤井　忍び難きなんて忍べるわけねぇじゃねぇか！　ってことですよ。

浜崎　そうなんです（笑）。それで、大江は反天皇に向かっていくんですが、反天皇となったとき、どこに日本人のアイデンティティがあるかっていうと、平和憲法ぐらいしかない。しかも、それでどうにか戦後日本人は生き返ると思ってたのに、五〇年代に入ったら安保条約が結ばれる。それでまたちょっと話が違わないかと思ってたら、瞬く間に「日米安保」によって「平和憲法」の方が押し込められていく、監禁されていってしまうという。

藤井　もともと彼は、それこそ「楠木正成」[*19]として、花とともに散りたかったんでしょう。でも、戦争に負けちゃって、混乱しちゃ

＊18　『みずから我が涙をぬぐいたまう日』一九七一年『群像』に初出。

＊19　楠木正成（くすのきまさしげ）一二九四～一三三六。『太平記』で暗君後醍醐天皇に付き従った忠臣として描かれる。最後は劣勢のなか、湊川の戦いに敗北し自害。

ったから、しょうがないから今度は平和憲法ってのを崇高なものにしとこぉっ！　って思うわけですよね。でも、そんな平和憲法も変な欺瞞が入ってるから、どんどん振る舞いがおかしくなっていっちゃうわけですよね。だから、もうどうしようもなく、漂流してるんでしょうね、この人。

浜崎　近代小説ってのは、ほぼ漂流してるんですが（笑）、でもこの大江の漂流って不気味じゃないですか。一つはさっき藤井先生もおっしゃってたけど、アメリカの行動心理学って言うのかな、そのメカニズムのなかに全部が捕らえられてしまう日本人という不気味さ。で、もう一つは、それを道具にして、アメリカを出し抜いてやろうとした奴が、結局何するかっていうと告白遊びでしょ。だからアメリカさんが何か言ってきたらそれに合わせていくらでも告白遊びができてしまうという、いかにも東大エリートっぽい過剰適応。「虚言癖」と紙一重の優秀さとでも言うか、もう何の歯止めもないんです。

藤井　でもそれって、平成っていうか今の若い子たちの振る舞いとそっくりですよね。もう世の中、正義もへったくれもないんだから、斜に構えながらふざけて毎日をやり過ごすしかないっていう。

川端　ふざけてる上にこれ、要するに「アメリカ人が聞きたい話を喋ってあげますよ」って感じなんでしょう。

浜崎　しかも、それさえ本当かどうか分からないっていう（笑）。

藤井　ただでもやっぱりおそらく、本当だったたっていう。小指がないんだから。

敗北の敗北のまた敗北——戦後的ニヒリズムの完成

柴山　別の視点からいくと、大江の描く傍観者性が面白いのは、そうすることで日米の意識の非対称性がはっきり現れるんですね。

この小説で描かれるアメリカって、支配者じゃないんですよね。このアメリカ人は支配するつもりで来ているんじゃなく、単なる腰掛けで来ているんです。それも同性愛者で、日本に相手を探しに来ているような節もある。主人公は、このアメリカ人が何を考えているかさっぱり分からなくて、同性愛関係になれば少しは分かるかもしれないなんて考えたりしている。ここには戦後日本人のアメリカ観というのかな、「宗主国」が何を考えているのか分からないという不安感を先取りしたものがありますね。

一方、アメリカ人も日本人のことを全然分かっていないし、分かろうともしていなくて、ほとんどモルモットくらいにしか思っていない（笑）。このアメリカ人は仕事で来ているだけで、日本人や日本文化を深く理解しようなんてまったく思っていないんですね。在日米軍みたいなもんですよ。単に命令だから来て、任務が終わったら本国に栄転したいだけ。この圧倒的な意識のすれ違いというか、非対称性のリアリティを、この小説は見事に描いているという気がしますね。

浜崎　まさに、アメリカ人と日本人の非対称性が象徴的に出ているのが、「このA君こそ、典型的な後退青年でしたよ！」っていうやけに明るい言葉ですよね。

藤井　そこなんですよ！　そこが一番のポイントですね。

浜崎　しかも、告白は嘘だったと言ってるのに。

藤井　だから、アメリカ人は日本に対して先入観があって、それは何かって言うと、「どうせお前ら、俺らに反抗してたけど、反抗できへんから今、魂売ってる情けない奴らなんやろ？　それがお前らの後退ってことなんやろ？　俺はそう思って、今、日本に来てるんやけど、なかなかみんな本音言いよらへんかったけど……ようやく本音言う奴が出てきたぞぉ！」っていうことなんですよね。それで、A君は最終的に小さい声で「そうです……」って言っちゃったわけですよね、ある意味。だからそういう意味でね、敗北の敗北の敗北になってるわけですよ。凄まじい敗北ですよ。そりゃ女、キレるわ、みたいな。

柴山　そうか、米側は日本側の事情を全てお見通しだったかもしれないですね。日本人の心理の動きを、ほとんど直観的に摑んでいる可能性がある。

浜崎　要するに、「ごっこの世界で戯れてしまっているようなお前らってホント後退青年だよね。分かった、分かった、ニヒリストなのね、あんたらは」って言ったわけですよ。でも、これがリアルだってことは、我々はこの空気を生きてるってことだし、吸ってるってことでしょ。しかし、ここまでダメになってしまうと、まさに漂流しちゃうわけで、天皇なのか憲法なのか、私たちの守るべきものの優先順位さえ分からないというね。

藤井　ある意味この六〇年のA君の告白が世の中で共有されてしまった時点で我々はもう、死ぬしかないですよ。というか、既に死んでるんですよ、もう日本人が。日本というものの精神が、この小説のラストで死んだってことですよ。だから我々は今、死んだのに生きてる。つまり、もうゾンビですよ、完全に（笑）。だって、負けて、親も殺され、愛する人も殺され、故郷も潰され、こん畜生って思ってる気持ちも殺され、ただ単に、足の裏舐めて生きていきます、っていう話ですから。この小説の「後退」っていうのは、「何の反抗もしません、というか反抗する気持ちすら全くないです」っていうことなわけです。しかも、アメリカからは「どうせお前らそんな感じだろ？」とすら思われてる。つまりもうどうしようもないくらい心底侮られ、舐められているわけで、しかもしかも、それをアメリカ人同士で嘲り笑いたがってすらいるわけですよ。だから、新聞に書きたかったわけです。これこそ戦後レジームの実像ですよ！　つまりこの小説は戦後レジームそのものの物語なんです。戦後レジームってのは日本人が、もう歯向かいません、ムカつく気持ちすら全く一切ありません、って言い、世界中がそんな日本人を見ながらせせら笑う、っていう構図を意味してるわけです。

浜崎　それでいうと、今回、改めて「後退青年研究所」を読んでいて思い出したのが、加藤紘一[*20]ですね、自民党リベラルの。当時の東大生としては、ありがちなことなんでしょうけど、やっぱり、彼も六〇年安保に参加している。でも、後に「今のあなたは親米ですよね」とか田原総一朗[*21]に突っ込まれると、加藤は「私も現実を知りまして」なんて照れてるわけ。これ、よくありがちなパターンなんですが、つまり若い時は左翼だったけど、大人になって現実を知れば、そこに追随していきますと。でも、これが戦後日本の典型的出世パターンですよ。A君ほどではないとしても、A君的なるもの、それが日本中を覆っているということを見抜いているという点で、やっぱり大江健三郎の嗅覚は鋭い。

＊20　加藤紘一（かとうこういち）一九三九〜二〇一六。元宏池会会長。山崎拓、小泉純一郎と結成したYKKでは代表格であったが、森喜朗内閣の不信任決議の際に「加藤の乱」を起こし失敗。その後は自民党内、政界での影響力を失っていった。

＊21　田原総一朗（たはらそういちろう）一九三四〜。ジャーナリスト、評論家。一九八七年よりTV番組『朝まで生テレビ！』で司会を務める。

大江健三郎「セヴンティーン」

あらすじ

十七歳になったばかりの俺は自瀆《じとく》する以外に充実感を感じることのできない徹底的に無力で孤独な青年だった。全学連の口真似をして皇室や自衛隊を批判するものの、論争では自衛隊で看護婦をしている姉にまったく敵わない。その腹いせに姉の顔面を蹴り上げるも、高校の教頭で、日頃アメリカ風の自由主義を口にする父親からは、「もう姉さんから大学の費用を受けとれないぞ」と言われるだけだった。さらに、かつては政治を熱く語っていた東大卒の兄も、就職した現在はモダンジャズと模型飛行機に夢中になっていて何も言わない。

俺は家でも学校でも、打算と無関心のなかに置かれていた。が、八〇〇メートル走で小便を漏らした俺を見て、それを教師への反抗だと受け取った同級生——「新東宝」という渾名《あだな》を持つ——から、右のサクラをやらないかと誘われたことから、俺の運命は変わっていく。

逆木原国彦という右翼のボスの演説を聞いた俺は、他人の無関心も意に介せず、ただ日の丸だけを背負って堂々と攻撃的に怒号するその態度に天啓を受ける。そして、その約二カ月後、右翼団体に入団した俺は、本部の宿舎に移り住み、女を知り、右の本を読み、空手と柔道に熱中し、周囲からの評価の変化も手伝って、かつて感じたことのないような自信と充実を得る。かくして俺は、天皇陛下の赤子としての全きオルガズムに包まれていくのだった。

大江健三郎＝藤井聡説？——「中二病」の普遍性

浜崎　続いて「セヴンティーン」に入って行きたいと思います。実は、この「セヴンティーン」、以前やった三島由紀夫の「憂国」と同じ一九六一年一月の発表なんです。その意味でも、「右」を描いた二つの小説が、この年に出揃っているのは興味深い。これはもう、藤井先生からいくしかないかな（笑）。

藤井　これはもう僕の十七歳とほぼ一緒ですよ。家族環境から何から何までほぼ一緒です。唯一違うのは、僕は姉を蹴ってはいないっていうところくらい（笑）。やっぱり重要なのはね、自慰をずっとしてる男が一応初めて、娼婦ですけど、勃起して性交ができるわけですよ。やっぱりね、人間の実存からして、特に男の実存からして、自慰はやっぱりちょっとイカれてて、どっかで性交を、セックスをちゃんとする、女性に対して勃起をして、ちゃんと果てるっていうのが、人間として自立した大人となるための、「倫理の根幹」だと思うんですよ。自慰じゃなくて。

川端　冒頭から勃起してますね。

藤井　そうそう（笑）。ここで重要なのはセヴンティーンなので馬鹿なんですよ、こいつ。完全に馬鹿で、右翼になる理由ももう完全に馬鹿な理由で、ただ本能的に勃起したくて、そうだ、こんな日本皆殺しにしてやる！　みたいなことで右翼になる。これ読んで思い出したのが、村上龍[*22]の小説の『コインロッカー・ベイビーズ』[*23]のハシとキクっていう奴らなんですけど、こいつらと同じで、とにかく日本を、この戦後レジームを全部ぶっ潰してやる！　みたいなふうにこの主人公は思ってるわけです。大江も、この小説の十七歳の主人公のことを馬鹿だと思っていて、こんな馬鹿な理由で右翼になっていくなんてダメだ、っていう陳腐なことを言いたかったんだと思うんですけど、僕は全然違うふうに思う。僕はね、ここで勃《た》って女でイったと、娼婦であっても曲がりなりにもセックスをしたと。それでそこで僅かな知性を使って、右翼がいいんだ、ってことになって、右翼になっていくわけですけど、お漏らししながら運動場を走ってる野郎に比べれば、そんな右翼であってもずいぶんと立派になったと、高く評価できると思う！　右翼の衣がいかに馬鹿だとしても、右翼の衣を着て、みんなを威

＊22　村上龍　第五章参照
＊23　『コインロッカー・ベイビーズ』一九八〇年、講談社より刊行。

圧できる状況になってるんだから、オナニー中毒野郎よりはずいぶんと立派ですよ。

　しかも、重要なのはこいつがまだ十七歳だ、ってこと。こんな馬鹿右翼で既に四十歳や五十歳だったら、正真正銘の馬鹿ってことになりますが、まだ十七歳なんだから、ここからあれこれ考えて発展していけば、かなりの男になることは可能な年齢です。セックスして右翼になって他者を威圧するだけで満足しないで、ここでさらにもう一ひねり頭を使えば、「勃起しながら平和憲法大事だ」って思ったり、「やっぱりあのとき敗北したのは俺たちの戦略ミスであって、今度は本気でアメリカをぶったおさなけりゃいかん」って思ったり、さらには「でもアメリカにはやっぱりヨーロッパ文明も混入しているから、勝負するにはその点をガッツリと理解して冷静に戦略立てにゃいかんだろう」とか、さらに高次の問題を読み解けるはずなんです。少なくとも、この十七歳は、そんなより高次の段階に駒を進める「入り口」には立ってるんですよ。大江本人は、彼のセヴンティーンの後に実際に東大に入って、インテリになって得体の知れないサヨクになっちゃって失敗しちゃったわけですが、この「セヴンティーン」で描かれている十七歳の状況というのは、このどうしようもない地獄のような戦後日本で、まっとうな大人になるために、つまり、成功と失敗という言葉を使うなら、日本人として「成功」する人生を歩むために絶対に通過しなければならない、ほとんど考えられうる唯一の出発点なんじゃないかと思うんです。

浜崎　なるほど。僕もいろんなことを思いましたけど、ホントそうですね。この孤立無援状態での性と暴力の衝動。思春期っていうと、今や「中二病」って馬鹿にされるけど、でも、この感覚を失ったら青年でさえない。男はちゃんと「中二病」を通るべきなんですよ。

藤井　いいんですよ！　中二病になって、オナニーしまくれよお前ら、ってことです！

一同　（爆笑）

浜崎　でも、だから、そこから問題になるのは、「おれ」が右翼のコスプレに走っていくことでしょ。で、読み返してて思ったのは、実は、ここに描かれている心性って、日本的のポピュラリズム現象[*24]（大衆現象）と相当似てるものがあるんじゃないかって思ったんですよ。

つまり、表面は「平和」に見えるものの、その実、ますます人々はバラバラになり、言うに言えぬ孤立感を抱え、無関心と打算のなかに捨て置かれていったというとき、例えば在特会[*25]の桜井誠[*26]なんかにも経歴的に似たようなものを感じますが、一つのコスチュームプレイに身を託して、自分をどうにかしようっていうのは、ネトウヨも含めて非常にリアルだなと。ただそのコスチュームプレイだと内発性（自然）と、知性（意識）と、言葉の三角関係のなかで自分をバランスよく立ち上げるってことにうまく成功しないわけですよ。

藤井　ただ、これは十七歳が言うセリフなんですよ。でも、桜井さんのことを批判するとしたら、自分いくつやねんっていう話ですからね。これはさらに言うと、ビジネスで何とか紀とか書いてるような人たちとも繋がってくるわけですけども、自分らいったい、いくつやねんっ、ちゅう話なんですよ。

だから、十七歳はコスプレしててもまぁいいと思う。だって、

＊24　ポピュラリズム現象　大衆社会において刺激の強い発言やパフォーマンス、単純なスローガンなどにより大衆の人気を獲得して政治的な力をつける政治家が出てくる現象。人気主義。一般的にポピュリズムとも言われるが、西部邁等は、その語が十九世紀末のアメリカで、農民などが自分たちの権利主張のために立ち上がって結成された人民党（ポピュリストパーティー）に由来することから、人気主義を真っ当な人民の力で政治に訴えるものと区別するために「ポピュラリズム」と呼ぶべきとした。

＊25　在特会　在日特権を許さない市民の会。二〇〇六年に結成。在日韓国・朝鮮人が不当に特権を得ていると主張し、デモ等の抗議活動をしている。

＊26　桜井誠（さくらいまこと）在特会設立者。二〇〇六年の設立から二〇一四年まで同団体の会長を務めた。

世間と戦い始めたわけじゃないですか。その戦いは、全世界を巻き込む戦後レジーム全体との戦いにすら繋がってるんですから。そしたらやっぱり右翼の衣ぐらいないと、十七歳のひ弱な男の子は戦えないですよ。だからね、世間と真面目に対峙してたから、あぁやってオナニーもするし、物理の授業で宇宙の無限に触れて卒倒もするんですよ。もう僕と一緒じゃないですか、ほとんど。僕も小三の頃、ビッグバンのことを考えてほとんど夢精するかのごとく勃起してましたよ。もう、気が狂わんばかりに、この日本の戦後レジームの腐った世の中で、ビッグバンってすげえなみたいな、無限で、しかも光の速度で宇宙の年齢かけて旅してもまだ果てに着けないとか、そういうところに、この全てが嘘にまみれた戦後レジーム空間のなかで唯一真実があったんですよ。だからね、大江健三郎と僕はもう一緒ですよ、もうこれ。彼の方がちょっと年上なだけで。

柴山　大江とものすごく気が合いそうですね。

一同　(笑)

藤井　十七やったらね。でも今やったらもう無理(笑)。

思わず「右翼」のなかに入り込む大江健三郎

川端　大江健三郎と一緒というよりも、この主人公のモデルは山口二矢ですよね。社会党の浅沼稲次郎を演説会の壇上で刺し殺した少年ですが、大江は山口二矢のような右翼をおそらく批判的に描きたかったんでしょう。ただ……。

藤井　そう、描きたかったんですよ。でも大江自身が真面目すぎて、ちゃんと書いてしまったんですよ。

浜崎　そう、入っちゃったんですね。

藤井　(笑)。イタコになってしまった。

川端　大江のもともとの意図としては、最近の若者の「右傾化」を左翼が批判するのと同じようなアプローチで、右翼的な愛国者を批判しようとしている。例えば最初、主人公がオナニーしてる場面が出てきて、風呂場でオナニーしてるときは自分が強くなったような気がしてたんだけど、風呂場から上がって冷静に鏡を見てみたら……。

藤井　髪の毛ボッサボサだし、ガリッガリでもう……(笑)。

川端　キンタマも伸びてるしみたいな感じで全然強くない。そして学校でもものすごく屈辱的な体験を重ねるわけですよ。女の子に馬鹿にされるし、八〇〇メートル走の途中でおしっこ漏らすし。さらに言えば、この主人公ってちょっと飛躍が過ぎるところがありますよね。突然お姉ちゃんの顔面を蹴り上げるとか。いきなり蹴んなって思いますよね（笑）。

藤井　そんなんようやるわ、ですね（笑）。

川端　物理の授業で無限の宇宙の話を聞いて授業中に気絶するとか、走りながらおしっこ漏らすとか、ちょっと変ですよね。そして彼が右翼になっていく過程については、たぶん意図的なんだと思うんですけど、あんまり深く描いてないわけですよ。深い理由はなく、突然右翼に行っているという感じです。これはおそらく、山口二矢のような右翼青年ってのは支離滅裂な奴なんだぜというのを大江は描きたかったんでしょう。ところが読んでいて受ける印象はそういう大江の意図とはずいぶん異なる。二つあるんですが、一つは、最初の方で家族の描写があるじゃないですか。あれを読むと、主人公＝山口二矢は確かに変な人物なんですけど、本人が狂っているというより環境がそうさせてると思ったんですよ。だってこんな変な、アメリカ的自由主義者のお父さんがいるわけでしょ。

柴山　この親父は最悪ですよ。

藤井　最悪ですね（笑）、クズ中のクズですよ。お姉ちゃん、つまり自分の娘の顔面蹴られても、ちょっと嫌味言うだけですからね。

川端　それでお兄ちゃんはちょっと前までは政治的意見も持っていたけど、今は模型いじりをやっているだけ。ひょっとしたらこのお兄ちゃんは、「ものづくり」みたいなものに閉じこもっていく日本人的な視野の狭さの比喩なのかもしれない。お姉ちゃんはまぁ常識はあるんだけど女だし、やっぱり自分のモデルにはならないと。それで夜中に離れの部屋で猫と戯れたり、宇宙の無限を思ってたら、そりゃ変な方向にも行くわなという話です。それと、普段の行動や右翼団体への加入の経緯に、飛躍があったり支離滅裂なところがあったりするわけですが、十七歳なんてまぁ誰しも支離滅裂だよなと。

藤井　だってタイトル、「セヴンティーン」だから。セヴンティーンはこんなもんですよ、だいたい。

川端　そう考えると、あまりにも大江が人物像を正確に描いてしまっているがために、大江本人の意図に反して、主人公＝山口二矢を簡単には馬鹿にできなくなってくるという不思議な小説なんですよね。

大江健三郎の「頭でっかち」なところ

柴山　「後退青年研究所」の主人公は傍観者だったんだけど、「セヴンティーン」ではようやく傍観者を脱するんですね。主人公が決意して行動しようとする。傍観者の段階ではただ弱いだけの存在で、周りの優等生やイケてる女子学生にただビクビクしてるだけだったのが、右翼団体に自分の居場所を見つけて行動主義者へと大変身する。この物語には妙な力があって、ダメな子だと分かっていても同情してしまう。そもそも全体がユーモア小説ですよね。村上龍の『69』[*27]の先がけとも言うべき、馬鹿な男の子の青春小説みたいな。かわいらしいことに、この子、自分の部屋で蟻を飼ってたりするでしょう。

＊27　『69 sixty nine』一九八七年、集英社より刊行。

藤井　（笑）。メチャメチャいい奴ですよ。

柴山　近所の野良猫が堂々としていてうらやましいと憧れたり。で、撫でてたら爪で思いっきり引っかかれて怪我したりする（笑）。で、あと、売春宿のシーンでも、特攻服を着て行くんですよね。で、相手の女性が特攻服におそれをなしてかしづいている姿を見て、「女を征服したぞ」みたいな幻想に浸ったりする。馬鹿なんだけど、かわいらしいと言えばかわいらしい。この少年を大江は、安全地帯から批判するんじゃなくて、明らかに同情的に描いていますね。とてもユーモラスな存在として描いている。

藤井　だから、大江批判をするとしたら、真面目な人だからちゃんと描いてしまっているわけですけど、さっき川端さんも言ってたように、大江はそういう右翼をバカにしたかったというモチーフを感じるんですよ。決して右翼を肯定しようとしてるようには見えない。

柴山　天皇と一体化したいみたいな心理描写は図式的過ぎますよね。右翼の描写も戯画的で。

藤井　だから、そういう大江の精神にある頭でっかちな悪いところが出ちゃって、そこが肥大化して今の大江健三郎という存在、いわゆる「平和ボケジジイ」みたいなのができ上がってると思うんですけど、でも本当は彼は、こういうことを分かってた子なんですよね。もっと身体性に入り込めば、もっと身体性と知性をアウフヘーベンできれば、もっとちゃんとした知識人になれたはずなのに。

俯瞰と身体の回路の不在 ——どんづまり感

柴山　読み終わって感じたんだけど、これ、未完っぽいですよね。続きがあるんですよね、たしか。

浜崎　そう、「セヴンティーン」の後編として「政治少年死す」[*28]が書かれています。

柴山　この子の不幸な末路を描くんじゃないですか、たぶん。

浜崎　その通りです。さっき川端さんも指摘してくれましたけど、これは大日本愛国党[*29]の山口二矢がモデルなので、その結末も同じなんですよ。つまり、テロを起こして、逮捕され東京少年鑑別所の独房で「遺書」を残して首つり自殺を図ると。

＊28　「政治少年死す」一九六一年『文學界』に初出。

＊29　大日本愛国党　一九五一年に赤尾敏が結成した右翼政治団体。赤尾は戦中より親米英反共の政治家だった。

柴山　どう見ても、この少年は不幸になりそうですもんね（笑）。そう考えたときに、後半を読んでないから不確かなところもあるけど、やっぱり不満を感じるんです。この子は自分の弱さを克服してね、間違っているかもしれないけど行動主義者として生きることを決意したわけでしょう。右翼の暴力を自分の背後に持つことで、みんなが自分にひれ伏したのが快感になってどんどんのめり込んでいく。別に右翼思想に本気で共感しているわけではなく、ただ生きることの充実感、自分という存在を確実なものにしてくれる場所が欲しかったんです。でも、この少年は後半で挫折して、最後は死んじゃうんでしょう。それを聞いて思うのは、大江健三郎は政治をどう捉えているのか、ということなんです。傍観者のままではダメ、だけど行動主義者になったら必ず失敗する。じゃあ、他にどんな選択肢があるんだろう。

傍観主義も行動主義も、戦後日本人の政治意識の両極としてあるわけです。一方で、日米関係の対等性などフィクションだと見抜くような冷静な傍観者としての立場がある。もう一方で、右翼でも左翼でもいい、何か一つのイデオロギーに飛び込んで身体をぶつけてみたら、たいした理想に行き着かずに挫折を余儀なくされてしまった。そうなると、あと何が残るのか。大江はこの後、戦後平和主義に行くわけですよね。それって典型的な……。

藤井　そこが限界なんですよね。これは大江だけじゃなくて戦後日本のある種大量の東京大学を中心とした左翼知識人の全ての、多くの部分を象徴してるわけですよ。彼らは先ほどの成功／失敗の図式で言うなら完全に「失敗」した人生を歩んでて、それが今のメディア界を牛耳《ぎゅうじ》ってるわけで、今の日本の空気の腐りっぷりの構図を彼は意図せざるうちに描いてしまってるんですよ。で、僕は、もう一度繰り返しますけど、この「セヴンティーン」のところから、先ほどおっしゃったセットの小説では自滅して死ぬってことですけど、その末路は大なる確率であるんだけど、もしもこの男の子にもっと知性があって、もっと素敵な大人が周りにいたり、もっと素敵な哲学書なり、もっと素敵な文学に触れていれば、あるいは、田舎の百姓とか漁師のところで二、三年暮らして彼らの南無阿弥陀仏《なむあみだぶつ》な日本的霊性に巡り合っていたりとかすれば、全然違う未来があったはずです。大江は右翼批判の目線で戦後日本のアイロニーを語ろうとしているわけですけど、ここを起点にちゃんとした道を繋げば、日本再生の道が描けるはずなんですよ。同じことばかり言ってて恐縮ですけど（笑）。

柴山　分かります。政治の挫折についての大江の描き方は、物語が面白いから読めちゃうんだけど、冷静になるとやっぱり共感できないんです。

「プライベート」から外に出られないということ

柴山　それと、さっき浜崎さんが「憂国」と同じ時期にこの小説が書かれたというのを聞いて腑に落ちたことがあります。至高性の現れとしての天皇を描くときでも、三島はある種パブリックなものの究極として描いたりしてるけど、大江の場合はプライベートな感情の真ん中に空いた穴を天皇で埋めました、という少年の話を書くわけですよね。

つまり、大江の政治性って徹頭徹尾、「私」なんじゃないかと思うんです。この人はおそらく「私」から一歩も出られないんじゃないか。「私」にこだわって失敗する少年をユーモラスに描くことはできる。でも、結局「私」を開いていくことはできずに、たぶん閉じたままでずっと行くんじゃないかという予感があって。

藤井　社会科学的に言うと、ナショナリズムって極めて複雑かつ難しい概念だと言われてますけど、身体性としての民族性と、形而上学的論理・ロジック性としてのステートというものがあって、両者の弁証法的統合、アウフヘーベンによってナショナリズムってものが立ち上がるわけじゃないですか。そのアウフヘーベンに失敗してるんですよ。

浜崎　そこで、ちょっと大江の履歴に言及しておくと、実は、初期・大江は、まさに柴山さんが指摘された、プライベートなものの閉塞をどうやって打ち破ることができるのかという形で試行錯誤を繰り返していくんですね。それで「後退青年研究所」と「セヴンティーン」という逆ベクトルの小説を書くんですが、それでも「私」の外に出て行く回路がなかなか見つからない。一方に監禁されているどうしようもない状態を描き出し、他方で、そこを暴力的にこじ開けるテロと政治を描き出すと。それをずっと並行して書いていって、しかし、これがどうにも絶望的じゃないかって感覚が高まってきたとき、この外への回路が偶然に現れるんです。それが、脳に障害を負った子供の誕生なんですね。

藤井　なるほど、そこで身体性を回復するんですね。

浜崎　そうなんです、ただ重要なのは、脳に障害を持った大江光《ひかり》（長男）を育てていくなかに、大江自身は一つの実存的な手応えを見出していくんだけど、後期の『静かな生活』[*30]なんかでは、もうほとんど、どうでもいい私小説みたいになっていくんですよ。

藤井　だからナショナリズムのスケールには行かないんですね。

浜崎　行かないんですね。一応「私」の外には出るんだけど、それも「家族の絆」止まり。あるいは行っても「民主主義を超えたものへの祈り」みたいな感じになるわけです（笑）。

柴山　この小説を読んだ後、大江の『沖縄ノート』[*31]という新書を読んでみたんです。こちらはもう、まったく読めないんですよ（笑）。主観的な感情を詩的な言葉でいろいろ綴っているんだけど、このときの沖縄の客観的な状況とか、歴史の複雑な動きなんかがまったく見えてこない。身近な沖縄の人のなかに、想像でぐっと入っていって、そこから政治を立ち上げようとするんだけど、まった

＊30　『静かな生活』一九九〇年『文藝春秋』に初出の連作小説。

＊31　『沖縄ノート』一九七〇年、岩波新書より刊行。『ヒロシマ・ノート』（一九六五）の姉妹作品。

く繋がっている感じがしないんです。「私」がただ肥大化しているだけという印象で。

浜崎　そう、大江の小説と社会評論の落差は酷いでしょう。無意識過剰で小説家やっている人間が、意識でものを書こうとするとどうなるかの見本ですよ。ただ、それに関連して言うと、確か絓秀実[*32]の『革命的な、あまりに革命的な』[*33]だったと思うんですが、三島が一番嫉妬していたのは大江だった、みたいな話があるんですよ。

藤井　三島よりも全然実存的ですよね。三島はやっぱりフォルムですよ。

浜崎　そうなんです、ファシズムについての認識は三島の方が遥かに上なんですが、しかし、ファシズムを身体的に書けてるのは大江であると。

柴山　身体と言語が絡まり合っているような感じですね。

川端　でも逆に言えば、ファシズムの身体性の方ばかりをひたすら書いているっていうところに大江の弱みがあるはずでもある。例えばさっきの「後退青年研究所」の最初の数行は、教科書にして

＊32　絓秀実（すがひでみ）一九四九〜。文芸評論家。
＊33　『革命的な、あまりに革命的な』二〇〇三年、作品社より刊行。

学生に読ませたくもなるような、実存思想のエッセンスが簡潔に詰まった名文だと思うんですけど、やっぱり実存哲学だけでは政治的には行き詰まる。三島は三島で行き過ぎかもしれませんが、彼のようにコスプレ的フォルムや大義に身を委ねる勇気を持つことができなかったっていうのが、大江の一つの弱点ではあるのではないか。

藤井　さっきナショナリズムっていう言葉を使って大江の限界を指摘しましたけども、例えばもっと個人的なことを言うと、ペルソナは仮面だっていうだけの話ですよ、彼がおかしいのは。だって鎧《よろい》を馬鹿にしてるわけじゃないですか、右翼を。でもパーソン、ペルソナ、人格っていうのは仮面と不可分だっていうごくごく当たり前の認識さえ大江にもう少しあれば、彼は右翼という鎧を含めた人格形成だとか、政治的論説を編み出すことができたはずなのに、仮面を馬鹿にして、単なるコスプレを馬鹿にしてるに終わってるんですよ。ペルソナを馬鹿にしちゃダメなんですよ。

川端　我々が生きている社会は、あまりにも複雑なので、皆がある種の仮面をかぶることで一応回ってるわけです。そのことを素直に語ればいいだけですよね。

藤井　だから大人じゃないんですよ。子供のままなんですよ。

浜崎　おっしゃる通りです。それって最初期の「飼育」を読むと、より明白ですよね。この小説は、打算的で暴力的な大人と、無垢《むく》で無邪気な子供の二項対立なんです。それまで仲の良かったはずの黒人兵（四国の森に落下傘で降りてきたアメリカ兵）に少年が人質にとられるんですが、それを助けようとして、少年の父親が鉈を振り下ろす。すると、黒人兵が少年の手を持って自分の頭を庇《かば》おうとするんですが、鉈は、少年の腕もろとも黒人兵の頭をかち割ってしまう。そのときから、自分のなかから無垢であるものが失われてしまったという話を大江は書くんですね。これってつまり、さっきの文学的な無垢や実存と、三島的なフォルムや政治的な仮面を繋ぐ通路がないっていう話なんですよ。

藤井　そうですね、そこの断絶が戦後日本の地獄ですよね。

戦後知識人と大江健三郎

柴山　戦後文学者の系譜は僕、よく知りませんけど、この後はみんな大江の路線に入っちゃうんじゃないですか。「私」の感情をひたすら掘り下げて、それと政治を繋げようとする。戦争は人が死ぬからイヤとか、核は怖いとかね。そりゃそうだけど、そんなこといくら言ってもどうにもならないから、「私」の感情を超えたところで国家がどうあるべきかを考えようとなるはずなんだけど、そっちには行きたくない。「私」の快・不快や、「私」の経験から出発していくらでも政治が語れる。それが文学者の特権だ、みたいな話になるんだと思う。

藤井　その通り。現代人そのものですね。戦後日本人。

浜崎　現代のインテリそのものです。

柴山　そうなるとポストモダン[*34]まであと一歩ですよ。「私」のナイーブな感情を、もっともらしい理屈でぐるぐる巻きにするだけ。

藤井　脱構築[*35]で、全部仮面だから全部脱いじゃって、スキゾ[*36]で逃げちゃえ、みたいな。

川端　戦後的知識人の代表である大江の、限界のようなものがよく分かるなと感じた場面を思い出しました。九・一一のテロの後で、NHKが世界中の学生を衛星で同時中継して学生討論をやるとい

＊34　ポストモダン　一九七〇年代に建築の分野から起こった思想、芸術における運動。哲学の分野ではフランスの哲学者ジャン・フランソワ・リオタールが『ポストモダンの条件』（一九七九年）でこの語を用いたことから広まり、一九八〇年代にはポスト構造主義とも呼ばれるドゥルーズ、デリダ、フーコーらの哲学を指す用語として流行し哲学界を席巻した。

＊35　脱構築　フランスの哲学者ジャック・デリダが用いた哲学的手法。西洋の伝統的な哲学（形而上学）の、統一的な全体性という考え方や二元論による説明を批判して、その枠組をゆるがせ、ずらしながら新たな構築を試みる哲学的思考法。

＊36　スキゾ　浅田彰（あさだあきら）（一九五七〜）の著書『逃走論―スキゾ・キッズの冒険』で流行した言葉。スキゾフレニア（統合失調症）の意味で、物事に執着しないパーソナリティを指す。

う番組を作ったんです。たしかアメリカ、ヨーロッパ、中東の学生と、日本のスタジオに集まった日本の学生が意見を交換し合うんですが、その番組のコメンテータが大江なんです。日本やアメリカの学生は案の定、綺麗事を繰り返すだけで全然面白くなかったんですが、番組のなかでエジプトの学生の家にＮＨＫが取材に行くシーンがあって、なんとその少年が自宅の部屋で見ているのが神風特攻隊のビデオなんですよ。しかも彼はその特攻隊の白黒の記録映像を見ながら、命を捨てて国を守ろうとする姿に心を打たれて「感動的です」とか言っている。たしかその直後にカメラが日本のスタジオに戻って大江の顔がアップで映ったんですけど、絶句していて何もコメントできないんです（笑）。ここで何の言葉も出てこないのを見て、やっぱり戦後文学というものは結局、この二十一世紀の危機の時代に引き出せるような言葉を残せなかったんだなと明確に感じましたね。

藤井　「セヴンティーン」のところから、今の大江路線に行ったから、落合陽一[*37]とか古市憲寿[*38]とかっていうのに繋がってるんですね、完全に。

＊37　落合陽一（おちあいよういち）一九八七～。メディアアーティスト、メディアアート等研究者。

＊38　古市憲寿（ふるいちのりとし）一九八五～。社会学者、作家。『絶望の国の幸福な若者たち』（二〇一一）等。

浜崎　宇野常寛[*39]も含めて、ホントそう。

柴山　とはいえ、ここまで議論が盛り上がるくらい、大江の小説に力があるってことは確認しておいた方がよくて、三島とは逆ベクトルで何か大事なことを書いてるというか、書こうとしているっていうのはあるんですよね。

藤井　だって僕、読みながら勃起しそうになりましたよ、こいつが勃起してる精神描写を読んでたら。読んでてあぁやばいなぁと、淫靡《いんび》な気持ちになりましたよ。

川端　今日、何回「勃起」って言いました？　全部カットせずに文字起こししましょう。

浜崎　これ載せられるんか!?

一同　（笑）。

（表現者クライテリオン　二〇一九年三月号）

＊39　宇野常寛（うのつねひろ）一九七八〜。評論家。『ゼロ年代の想像力』（二〇〇八）等。

第五章

戦後的ニヒリズムの臨界値

一九六〇年代から七〇年代にかけて、世代を異にする二人の文学者が、
ほとんど同時に、「対米従属」に染まり切った「戦後空間」の〝外〟を目指して歩き出す。

一人はベトナムへ、一人はドラッグの世界へ。

果たして、そこに「戦後」からの脱出口はあったのか。

高度成長後における「生の実感」を問う。

開高 健『輝ける闇』
村上 龍『限りなく透明に近いブルー』

『限りなく透明に近いブルー』（講談社）

『輝ける闇』（新潮社）

参加者
藤井聡
柴山桂太
浜崎洋介
川端祐一郎

開高健『輝ける闇』

あらすじ

　小説は、十七日間の日記の形で示される。新聞社の海外特派員としてベトナム戦争を取材している私は、サイゴンから五十キロの最前線のアメリカ軍基地にいる。アメリカ人大尉のウェインと戦争状況について話すほかは、ひたすら飲んで、食って、昼寝をして、本を読んで、将棋を指して、映画を見るだけの日々。その後、クーデターの噂を聞きつけ、急いでサイゴンに戻ることになるが、しかし、目の前で繰り広げられるのは相変わらずの退屈な日常だった。私は、バーで働く素蛾（トーガ）を請け出し、彼女と一緒に一夜を過ごしたり、ベトナムの小説家たちの集まりに顔を出したり、ゲリラの少年が銃で処刑される場面を見て興奮したりする。が、次第に私は、「観察者」でしかない自分自身にうさん臭さを感じはじめ、「当事者」でもない自分が、なぜここにいるのかが次第に分からなくなってくる。

　そして、そんなとき、たまたま戦死者名簿のなかに、かつて最前線の野営地で語らったパーシー軍医の名を見つけた私は、突然、自分のなかで何かが動き出すのを感じる。その後、すぐさま最前線行きヘリコプターへの搭乗を申し込み、その九日後、南ベトナム政府軍（アメリカ）と北ベトナムがぶつかる最前線の戦闘に巻き込まれることになる。小説の最後は、私がバッグも捨てて森のなかを必死に走りまわるシーンで閉じられる。

開高健の「転機」──ベトナムと『輝ける闇』

浜崎　まず「開高健」[*1]と聞くと、その小説を思い浮かべる人と、藤井先生のように、釣りとか食とか酒などのエッセイを思い浮かべる人がいると思うんですけど（笑）、今日は改めて「対米従属」という観点から開高健の小説作品を取り上げたいと思います。

世代で言うと、開高健は前回（第四章）でやった大江健三郎よりは五つほど上なんですが、でも、六〇年代末から七〇年代までの歴史のなかで「対米従属」ということを考えようとすると、その頃に、一つの「転機」を迎えようとしていた開高健の作品が俄《にわ》かに重要性を持ち始めることになります。

ただ、その「転機」を理解するためにも、やはり初期からのモチーフを確認しておきましょう。例えば出世作の「パニック」[*2]とか『日本三文オペラ』[*3]なんかが分かりやすいんですが、開高健のモチーフのなかには、人為を超えた強大な集団的・生物的なエネルギーに対する羨望にも似た感動という主題が一つあります。そして、もう一つのモチーフとして、にもかかわらず、そこから隔

＊1　開高健（かいこうたけし）一九三〇〜一九八九。一九五六年から現在のサントリーでコピーライターとして働く。一九五七年『新日本文学』に載せた「パニック」でデビュー。翌年には「裸の王様」で芥川賞を受賞し、そのまた翌年には『日本三文オペラ』を発表した。その後ルポライターとして朝日新聞にてルポを連載。一九六四年、朝日新聞社の依頼で臨時特派員として戦時下のベトナムへ赴き、その経験を元に『ベトナム戦記』（一九六五年）『輝ける闇』（一九六八）を刊行。釣りやグルメにも精通し、多彩な才能を発揮した。

＊2　「パニック」一九五七年『新日本文学』に初出。一九五九年、パトリア書店より初版刊行。

＊3　『日本三文オペラ』一九五九年、『文學界』に初出。同年文芸春秋社より初版刊行。

てられて、打算と虚栄に満ちた戦後社会のなかに閉じ込められていくことの憂鬱といった主題があります。もちろん、その背後には、戦後の闇市時代を無我夢中で生き延びた開高自身の「生の手触り」の記憶と、その反対に、日本が経済的に立ち直り、社会が平和になっていくとともに、その「生の手触り」が遠のいていってしまったという開高健の無力感や焦燥感などがあります。

そして一九六〇年代、開高健は一つの「転機」を迎えます。この「平和と民主主義」のなかで繁栄していく戦後日本を脱出しようとするかのように、東京オリンピックが開かれる一九六四年、朝日新聞臨時海外特派員として南ベトナムに渡り、ベトナム戦争[*4]を取材することになるのです。それを元に書き上げたのが『ベトナム戦記』[*5]というルポルタージュが一つと、もう一つが、今回取り上げる小説『輝ける闇』なんですね。

『輝ける闇』の「長さ」と「退屈さ」

柴山　今、開高健の文学的な背景を聞いて、この作品の背後を流れる虚無感のようなものが少し理解できた気がしたんですが、正直

＊4　ベトナム戦争　一九六四～一九七五年まで南北ベトナム間で行われた統一戦争。東西冷戦の代理戦争。
＊5　『ベトナム戦記』　一九六五年刊行。

な感想を言えば、そんなに面白いとは思えなかったですね。

まず、物語の筋がないので、読み進めるのがつらいということがある。ベトナム戦争の実態を知らない当時の読者に、戦場の現実を伝えるという意味では歴史的意義はあったのでしょう。ただ、それから五十年、六十年経った現在の時点から見ると、ほとんどインパクトはないんですよね。印象的な会話とか風景描写がいくつか見られるものの、ものすごい現実を突きつけられてこっちの世界観が変わるというほどでもない。言い方は悪いかもしれませんが、三十過ぎたおっさんがベトナムまで出かけていって、現地の女性を買って、飯食って、戦場を取材する。そんな記録をだらだら綴られてもねえ、というのが正直な感想です。

なぜインパクトがないかというと、これが日本人の戦争でなくて「アメリカの戦争」で、開高はただそれを覗き見ているだけだからでしょうね。アメリカ人にとっては国民的経験なので、例えばベトナム戦争を主題とした映画はどれも真に迫っている。戦争がいかに兵士を狂わせ、国家に癒しがたい傷を残したかが、これでもかと印象づけられるんです。でもこの小説はいったい何を描こうとしているのか、僕にはよく分からない。そもそも、こんなに長く書く必要はあるのだろうかというくらい、それぞれのシーンの描写が長いんですよね。その描写は五感を総動員するという形で進んでいく。色とか匂いとかですね。だけど、出来事の意味は考察されない。死体の姿とか匂いを描写するんだけど、戦闘の全体状況はよく分からない。過剰に意味づけしないで、自分の体験を主観的にスケッチしていくという手法は、ニュー・ジャーナリズム[*6]というのかな、当時は実験的だったのかもしれないけど、今の時点で読むと悪い意味で古く感じてしまう。

浜崎　そうですね、『輝ける闇』の「退屈さ」はおっしゃる通りです。ただ擁護するわけではないんですが、この長さにもたぶん意味があって、もしかすると開高健は、起伏なく延々に続く描写にこそ、自分自身のリアリティを込めたかったということもあるのかなと。

おそらく日本の読者には、ベトナムに行ったんだから、それを面白おかしく書いてくれとか、あるいは東西冷戦のなかでソ連かアメリカの視点を代弁してくれという期待もあったと思うんですよ。でも、そのような期待に開高健は応えない、というか、たぶ

＊6　ニュー・ジャーナリズム　一九六〇年代後半にアメリカから始まったジャーナリズムの運動。それまでの客観性重視の取材、表現ではなく、取材対象に深く関与して主観的に描写することを重視した。

ん、応えられない。というのも、それは、柴山さんが今おっしゃったように、開高自身が「傍観者」だからです。つまり、『輝ける闇』のモチーフというのは、「アメリカの戦争」に、「非当事者」である日本人がノコノコと出掛けて行くことへの何とも言えない「うしろめたさ」であり、それゆえの「精神的頽廃」なのではないかと。

例えば、こういうセリフがありますよね、「誰かの味方をするには誰かを殺す覚悟をしなければならない。なんと後方の人々は軽快に痛憤して教義や同情の言葉をいじることか。残忍の光景ばかりが私の眼に入る。それを残忍と感ずるのは私が当事者でないからだ。（中略）私は殺しもせず、殺されもしない。（中略）私は狭い狭い薄明の地帯に佇む視姦者だ。」

これは、相当に自虐的な言葉ですが、しかし、戦争という過酷な状況のなかに身を置いてもなお、アメリカというガラス越しにしか現実を見られない状況、どうしても「当事者になれない戦後日本人」の疲労感や無力感というのは、こういうものなのかなと。『輝ける闇』の「退屈さ」とか「歯がゆさ」とはそういうものではないのかという気もするんですよ。

柴山　だけど、この人の「性描写」って、嫌になるくらいしつこくないですか（笑）。

浜崎　そうですね（笑）。ただ、これも最近フランスで話題のウェルベック[*7]の『服従』[*8]なんかと似てて、ニヒリズムに沈んだ人間が、そこである種の「生の手触り」を蘇らそうとすると、性的なものに逃げるしか回路がない、みたいなことがあるのかもしれません。

柴山　なるほど。だけど物語上の必然性もなく、ただイヤらしいだけの場面を延々と読まされてもねえ、というのはありますね。

ベトナムの分かり難さと、「傍観者」のあやふやさ

川端　僕もあまり文学を読んでいるという感じがしなくて、政治的なことへの言及が多い社会派の日記のようなものとしてしか読めなかった。だから僕の感想はわりと凡庸なベトナム戦争観みたいなものになってしまいます（笑）。

去年出たエイミー・チュア[*9]という人の『ポリティカル・トライブス』[*10]という本があって、人間というのは小さい部族集団を作っ

＊7　ミシェル・ウェルベック　一九五六〜。フランスの作家、詩人。
＊8　『服従』　二〇一五年刊行。
＊9　エイミー・チュア　一九六二〜。アメリカの法学者、弁護士。
＊10　『ポリティカル・トライブス』二〇一八年刊行。

て「敵と味方」に分かれて争うようになる本能を持った動物なのだが、アメリカのインテリたちは長らくそういう人間の部族化本能のようなものを無視してきていて、そのせいで国際政治も国内政治も表面的にしか認識できておらず、大きな失敗を経験してきたという話です。ベトナムについても、共産主義と自由主義の対立だけ見ていては分からなくて、ベトナムの複雑な部族社会や、中国人に国内経済を支配されながらもそれに抵抗してきた長い歴史といったものをよく踏まえずに戦争に深入りした結果、大失敗に至ったと。それはまぁよく指摘されることなんですが、そのことを念頭に置くと、この小説の不必要なほどの冗長さも、ベトナムという複雑な国の理解し難さを、意識的にかどうかはともかくとして象徴しているのかなという感じはしました。

例えば、物語全体の見通しが悪い一方で、やたらいろんな人が出てきますよね。娼婦も出てくるし、農民も出てくるし、いきなり作家の集まりに呼ばれて行ったら、三文小説家みたいな人が何人もいて文壇のようなものが存在したりとか。ベトナムがどういう国なのかイマイチ伝わってこないんですが、逆に言えば単純なフレームにとらわれていないということでもある。また物語中でも例えば、ベトナムにはたくさんの政党や社会運動グループがあって、彼らはみんな反米であるという共通点はあるのだが、小集団が乱立しているので全然まとまらないんだという、ベトナム人の話が出てきますね。それで結局、ある程度の規模でまとまることができたのがコミュニストのグループだけだったから、表面的には共産主義対資本主義みたいな構図に見える戦争が起きているのだと。

それともう一つ、「傍観者」的日本人の問題で面白いなと思った場面がありました。筆者がアメリカ兵に銃を持たせてもらったとき、これさえあればビールの缶を開けるように簡単に人を殺せるような気がしたと言う。つまり人殺しの道具であるというリアリティがとても希薄だと。でもそのくせ、戦地を移動するときに「お前も銃を持て」って言われると断るんですね。その断った自分に対して筆者はちょっと反省をしていて、あやふやな「中立」という立場にしがみつき、自分一人だけはなんとか手を汚すまいとする、お上品で、気弱なインテリ気質が自分を付けまわしているのだ、と自虐的に書く。つまり、戦争をリアルに感じることなくおもちゃ感覚で眺めている一方で、いざ武器を持てと言われたら怖気づくという、戦後日本人の二面的な感覚がよく表れている。

「戦後空間」への抵抗のヌルさ　――「大学生」としての開高健？

藤井　僕は、いつも一緒で恐縮なんですけど、ホンマこいつ俺と一緒やなぁと（笑）。この人釣りするじゃないですか、で、最後の戦闘シーンに立ち会うところに行ってしまうというところもたぶん、同じプロセスでそこに到ったんだろうなぁと思うんです。

要するに、このニヒリズムの空間、戦後の無気力空間のなかでは、ほとんどのニホンジンたちは飼い慣らされた大衆人、マスマンとして、面白おかしく生きていくことができるのかもしれないけど、一部の人々は実存に目覚めるというか、実存のもとで生きていくということを子供の頃から忘れることができずに、その実存をそのまま携えながら生きていこうとするわけです。そんな例外的な人々は、浜崎さんも言ったように、なんとかこのなかで「生の手触り」を取り戻そうとする欲望を持つ。それは生まれた以上、本来なら人間が持つ最も強烈な欲望のはずなんですが、そこを去勢されてしまっているのが、戦後社会の『俘虜記』的なニヒリズムだと思うんですね。そんな去勢された戦後空間のなかで、開高健はまずは、七転八倒しながらその虚勢に抵抗しようとする。

ただ開高の抵抗の仕方はどこかぬるい。おそらく、僕も含めた「普通の釣り人」にとって釣りは相当に真剣なものではありますが究極的にはやはりあくまでも息抜きで、生の実践の本番はどこか別のところにあるわけですが、彼の場合は、「息抜き」だけで、特にどこかに「生の実践」があるわけじゃないようなところがある。要するに、「嫁さんが居るのにベトナムに行って娼婦を買って、それで喜んでる」程度のふざけた話を深刻ぶって書いているところがある。男の生き方として、ぬるいとしか言いようがない。これがさらに村上龍の『限りなく透明に近いブルー』だと、ヘロイン[*11]だとか乱交パーティーだとかいうふうに徹底していくんですけど、世代の問題もあってか、この人は、そこでも中途半端なんですよ。

例えば、ベトナム人の通訳に東京の話をするのは失礼だと思う

＊11　ヘロイン　大麻などと同様の抑制系（ダウナー系）の薬物。一九六〇年代に特に流行した。

から、質問されたけどやめたとかいう場面があるでしょ。で、最後には、いろいろと他の外人よりは優しくするから、あなたは信用できる、とかいう言葉までベトナム人から勝ちとってるんですが――東京という捕虜収容所空間で、のうのうとご飯食べたりしている自分に対して、結局何か後ろめたい気持ちを持っている。だから東京にいられなくなって、結局、ベトナムに逃げていくんだけど、そこでも「他人の戦争」を「視姦」するだけで、命がけでベトナムのことを助けるわけでもない。素蛾（トーガ、ベトナム女性）を請け出して、彼女と寝て、ほんでまた捨てて、結局嫁さんと帰るわけでしょ。もうめちゃくちゃ。私事で恐縮ですが、この程度の責任感の水準、逆に言うとおふざけの水準は、僕の人生でいうと、だいたい大学時代くらいの水準ですよ（笑）。特にドラッグを吸うとか吸わないとか、友達と愛欲の話で戯れていたり、インド人のストリッパーが出てきたりしたじゃないですか。あの小汚い空間とそっくりの空間が京都大学にはあるんですよ。西部《せいぶ》講堂[*12]です！

浜崎　なるほど、ロックとヒッピーのアジール（聖地）、西部講堂で

＊12　西部講堂　京都大学吉田キャンパスにある施設。イベントが不定期で開催される。全共闘の拠点の一つであり、また多数のロックミュージシャンがライブをしたことからロックの聖地ともなった。

すね（笑）。

藤井　僕にとっては、学生時代を過ごした西部講堂の空間とここで描かれている世界が一緒に見えた。僕は学生のとき、西部講堂でずっとバンドやってて、あの空間に漬かってた。開高の方が先輩ですが、僕が漬かってたあの西部講堂空間を作り上げたのは先輩方ですから、そういう意味で言えば、開高が描いたものと、僕の西部講堂体験っていうのは、同じものだったわけです。だからよく分かる。あぁ、大学生って、こんなモラトリアムな感じだったなぁ、っていう（笑）。

浜崎　言われてみると、このモラトリアム感覚は完全に大学生のものですね。

藤井　ホント大学生。だいたいインドが好きやったりして。僕もアホでしたからインド大好きで、新婚旅行で行ったくらいです（笑）。

浜崎　特に目的もなく、与えられた力を持て余している感じ。別に行かなくてもいいんですよ、ベトナムなんて。にもかかわらず「生の実感」を探しに行ってしまうという。

藤井　過剰なんですよ。

浜崎　過剰なんですね。だけど大人なら、まさにそこから批評的な回路を通じて社会にアタックする道を考えるべきなんですが、戦後社会のどこを探してもそんな道はなさそうなので、飛躍して、一気にベトナムまで行ってしまうという。

「生の実感」を求めて——ベトナムとアウトドア

浜崎　しかし「生の実感」ということで言うと、思い出すのは、開高健自身が生まれ育った大阪を舞台にした『日本三文オペラ』という初期作品です。

戦後の大阪には、旧陸軍の砲兵工廠のあたりに鉄屑がいっぱい落ちていたらしいんですが、それを目掛けて、浮浪者とか在日朝鮮人とか、つまり、当時アパッチ族[*13]とか言われていた人たちが群がって、ぶんどってきた鉄屑を売るということがあったらしいんですよ。で、開高健は、一時期、そんなところにも潜入しながら小説を書くんですね。この浮浪者街をベトナムにすれば、それは、そのまま『輝ける闇』になりますが、その意味じゃ、そうでもしないと生きている気がしないほどに、もともと、開高健自身は、

＊13　アパッチ族　終戦直前の空爆で焼け野原となった当時アジア最大の兵器工場、大阪陸軍造兵廠跡の周辺に住み、夜な夜なその鉄屑を集めて不法に売り捌いた朝鮮人のグループ。当時八百人ほどいたとされ、八カ月で警察により掃討されたが暴力的で過激な抵抗もあり新聞にたびたび取り上げられた。

生存の実感が薄い人なのかもしれない。

ただ、その感覚は現在にまで繋がっていて、ＩＳ[*14]に憧れた北大生とか、本当にイラクに行っちゃったミリタリーマニアだとかいましたよね。つまり、今でも、生のリアリティの欠如のようなことは言われるけど、まさにそれが高度成長以降に全面化していったのではないかということです。そして、その「生の手触り」を取り戻そうとする欲望のなかに、例えば、七〇年代のヒッピー現象だとか、八〇年代のオウム現象[*15]なんかが現れてきたのだとすると、開高健のベトナムとアウトドアというのは、その走りではなかったかと。

例えば、これは『輝ける闇』の続編『夏の闇』の方に出てくる描写なんですが、印象的な「釣り」のシーンが出てくるんですよ。

「『かかった、かかった、かかった！』

『ほんと⁉』

私が叫び、女があやしみながら叫び、オールを捨てて立ちあがった。ボートがにぶく、右に左にゆれた。更新された。私は一瞬で更新された。私はとけるのをやめ、一挙に手でさわれるように

＊14　ＩＳ　元々アルカイーダ系の過激派組織でＩＳＩＳを名乗っていたが、二〇一四年にイラク・シリアをまたがる地域に勢力を拡大し「イスラム国（Isramic State）」の建国を宣言。現地の人々の過激な処刑方法や、外国人の処刑動画の拡散などが報道された。二〇一五年一月には日本人二名も殺害。北大生は二〇一四年十月に「イスラム国」に参加するため隣国トルコに渡航しようとしていたが、警察が家宅捜索で旅券などを押収して阻止した。

＊15　オウム現象　一九八七年に設立された宗教団体「オウム真理教」は世間で流行し、多くの信者を得た。テレビなどのマスメディアにも頻繁に登場し、幸福の科学等とともに新宗教ブームと呼ばれた。

なった。全体が起きあがり、ふちが全体にもどり、眼が見えなくなった。戦慄が体をかけぬけ、そこへすべてが声をあげて走りより、冷酷も、焦燥も、殺意も消えた」。

そして「あなた、ふるえてるわね」と女が声を掛けるんですが、それに対して「最初の一匹はいつもこうなんだ。大小かまわずふるえがでるんだよ。釣りは最初の一匹さ。それに全てがある」と答えるんですね。ここで興味深いのは、実はこのときの感覚と全く同じ感覚が『輝ける闇』でも描かれていたことです。少年ゲリラの公開処刑のシーンを覚えていますよね、あそこでも、「私」はものすごく震えてたでしょ。あのときまさに「私」は「更新された」ていた可能性があるんですが、しかし、二回目に処刑を見たときは、彼はもう……。

藤井　何の感動もなく、普通に飯食ってるんですよね。

浜崎　そう、処刑を見た後に普通に食ってるんですよ。「視姦」の方にずっとハマっていくんですね。これはけっこう、抜け出し難いニヒリズムではないかと。

川端　そういう、「生の実感」をめぐる格闘のプロセスだというふうに解説されると、なるほどと思う面がありますね。作品を通じて伝えたいことがクリアじゃないというのも、実はこれは、何かを探しに行ってる感じの作品だからですかね。中途半端で弾け足りていないところがあるにしても、生と死、エロスとタナトス[*16]の両面がやせ細っていく戦後日本の空間から抜け出して、その両方があるのではないかと思われる「ベトナム」という場所を訪れて、買春しながら敵兵に追われるみたいな状況に身を投じてみようというのは、分かるところがあります。あと、大岡昇平の『俘虜記』みたいな戦記物と比べると、この作品は心理描写も繊細じゃないし起伏がないんですが、ひょっとしたら、そのおかげで戦後日本の「ニヒル」な感じがよく伝わってくるとも言えるかもしれません。

大東亜代理戦争としてのベトナム戦争 ——戦後日本人の国際感覚の欠如

柴山　もう一つ思うのは、ベトナム戦争って、本当は日本人にとっても他人事じゃない戦争じゃないですか。大東亜戦争の延長線上にあるわけで、アジアの覇権を握ろうとする戦争に日本は敗れた

＊16　エロスとタナトス　フロイトが精神分析で用いた概念で、人間が持つとされる二種類の欲動のこと。生への欲動と死への欲動。古代ギリシアの性愛の神エロース、と死の神タナトスから取られている。

けど、勝ったアメリカの戦争はその後も継続する。五〇年代には朝鮮戦争があり、六〇年代にはベトナム戦争がありますが、どちらも日本が撤退した後の空白地域における共産圏とアメリカ圏の勢力争いなわけです。朝鮮半島は北緯三十八度線の分断が固定されることで戦闘が終わったけど、ベトナムの方は北緯十七度線で南北を分断したにもかかわらず情勢は安定せず、なし崩し的に戦闘が継続して、アメリカは恐るべき消耗戦を強いられた。日本の地位をアメリカが奪い、そのアメリカが遂行する戦争を日本は間接支援していた。その意味では朝鮮戦争にしても、ベトナム戦争にしても、日本人は当事者意識を持ってしかるべきだった。東アジアの秩序がどうあるべきかについて、ずっと考え続け、主体的に関わり続ける責任があったはずなんです。

だけど、このとき日本では「ベトナムに平和を」運動だったんですよね。戦争に行きたくない、憲法の枠内に引きこもりたいっていう。でも、韓国はベトナム戦争に出兵してるわけですからね。アメリカに積極的に協力する道を選んで、その結果、今に続くベトナムとの遺恨を残すことにもなっている。日本はどうすべきだったのか。もちろん現実政治にはいろんな要素が絡むのですっきりした答えは出ないかもしれないけど、少なくとも文学の世界では想像力を羽ばたかせて、「アメリカの戦争に日本人は関係ない」と思っている読者を揺さぶる何かを表現する道もあり得たんじゃないかと思えて仕方ない。だけど、この作品に描かれているのは他人の戦争、あくまでも遠いところで起きている戦争なんです。これは開高の問題というより、戦後日本人の国際秩序感覚が恐ろしく麻痺していたということなのかもしれませんが。

川端　作品中にもそういう描写がありましたよね。アメリカ兵から「日本人はこの戦争をどう見ていますか」と尋ねられて、筆者（主人公）が答えるんですよ、「十人中七人は不公平な戦争だと見ている」と。要するに、「アメリカは民主主義的なフェアプレイの国だと思っていたけど、この戦争はアメリカという強い国がベトナムという弱い国を爆撃している構図で、それってなんか不公平だよね」程度の感想しか日本人は持っていないんだというわけです。筆者は日本の新聞報道を見て知った日本人のベトナム戦争観を紹介しているだけで、正確かどうかという疑問もあるんですけど、これぐらいレベルの低いベトナム戦争観しか持てなかったというのは、事実だったのではないかと思いますね。

藤井　柴山さんと、川端君がおっしゃった通りなんですよね。ただ、これは、戦後レジームそのものの問題だと思うんですよ。それと闘いながら、どう若者が目覚めていくか、それをどう覆していくかという物語が一応ここにはあるんだと思うんですよ。結局この人は失敗するけど、例えば、今、川端君が言ったシーンがあって、それに対してアメリカ人が「赤を止めるために、俺たちは闘ってるんだ」と言うんですが、そのときの臭いと、ベトナム人が米帝と闘うというときの臭いが同じだということを彼は知っているんですよ。それに対して、その臭いが自分たちにはないことも知っている。要するに、立場を取らないで視姦している自分に対する自責の念が表明されるんです。それは小説的に表明されているだけなんですが、少なくとも自責の感があるということは、彼は日本の自主独立の入り口には立っているんですよ。その点、開高は大江と一緒だと思うんですよ。やっぱり若いときはそこの入り口に立っているんだけど、結局そこから先に行かない。だからいつも結論がしょぼいんですよ！

浜崎　これは戦後文学全体、特に「小説」の問題かもしれませんね。

藤井　結局、ああだこうだ言って、女で気持ち良くなっとるだけやんけとか、戦争行っても結局お前は、敵に撃たれるかどうかビクビクしながら、ほとんど何の役にも立たない水筒かなんかを弾よけにお腹に入れて歩いてるだけやんけとか。もうちょっと一皮剝けばもっと前に行けるのに、結局行かない。全てがヌルいんですよ、こいつは（笑）。

一同　（笑）。

藤井　「なんかベトナム戦争って不公平で、フェアじゃないよねー」とか言う奴が九割九分いる戦後日本のなかで、自責の念を持っている時点で相当に誠実ではあるとは思うけど、結局、ベトナム行って逆に失礼なことをしてるわけです。なんか、どうしようもない中途半端さというかヌルさがあって、そこまで行くんやったら、もっと行けよと！　もし、ここまで行く若い男の子がいたら、僕は期待も込めてボロクソ言いますよ、そいつのこと。「お前のしょぼさを徹底的に証明しつくして、お前にお前のホントの醜い姿を見せつけてやるぞ！」って言う感じで（笑）。

「小説」のヌルさと「批評」の覚悟——無意識と意識とのトレードオフ

浜崎　そういえば僕も、ＩＳ行くっていう学生にボロクソ言ったことがありましたね（笑）。
　ただ、この座談会をやっていて、いつも思うことなんですけど、それって小説家の限界なのかもしれません（笑）。いい小説って、どこかで「批評意識」を括弧に括っていないと書けないというところがあって。つまり時代的な無意識を掬い取る「小説的リアリティ」と、意識的な「批評性」って、どこかトレードオフの関係になっているんじゃないかと。

柴山　なるほどね。この作品を書いたときの開高は三十八歳ですから、物事が見えていないというより、逆に見えすぎているからこういう書き方になるのかもしれない。

浜崎　そうそう。だけど、わざわざ「匂い」とか「手触り」とかに執着していて、一応無意識的なものにこだわろうとするでしょ。それに対して、さっきの柴山さんの話とも関係するんだけど、べトナム戦争に「主体的な関わり方」を示したのが、実は福田恆存なんですよ。

ベトナム戦争に際して、福田は明確に「アメリカを孤立させるな」と言うんですね。それは東西冷戦下での自由陣営の一員としての自覚であり覚悟なんですが、要するに日本は「第三者」じゃないと言うわけ。これは間違いなく「私たちの戦争なんだ」という言い方で、後には韓国を見ろとさえ言う。ただ、これは福田の批評意識を介して辿り着いた結論であり認識なんですよ。そうすると、これは見たもの、触ったもの、感じたものから一度抽象にのぼった上での言葉なので、それが小説家にできるかというと……相当怪しいと(笑)。

そうすると、やっぱり経験的なレベルで、戦後における「非当事者性」の問題を描こうとすると、結局、大江や開高健レベルで止まってしまうという感じもありますよね。

川端　ただこの作品、あんまりネガティブに言わなくてもよいのかなと(笑)。戦争のリアリティに対して鈍感だよなということも含めて、筆者が抱いた自責の念の萌芽みたいなものを、あちこちで感じるんですよね。藤井先生の言う「しょぼさ」に筆者自身が気づいている節は、やっぱり随所にあったように思う。

藤井　そうなんですけど、やっぱりある種、地獄の扉を開いて、地獄に行ってしまったなと思うのは、さっきの福田恆存の話で言えば、やっぱり開高には「決断主義」[*17]がないんですよ。決断すれば、身体は一個だから、どこかで責任を取らざるを得ない。ところが彼は決断しない。決断しないから、責任も取ろうとはしない。だから、どこかの時点で認知的不協和[*18]のメカニズムが働いて、自責の念を永遠に持ち続けることも難しくなってくるんだと思うんですよ。で、最後に、チャンとかいう娼婦のお兄ちゃんが戦争にとられるときも、「逃げるんだぞ」とか言うわけですよね。

柴山　言ってましたね。

藤井　言ってたでしょ。で、これは戦争じゃないんだとか、何の意味もない屠殺場と化してるとか言う。それはまぁそうなんだけど、一方で「赤」を叩くんだと言う米軍大尉に対しては、ある種の「羨望」さえ感じてるわけでしょ、この人は。でも、それを感じているんなら、戦争を「屠殺」と言ってしまっては、辻褄が合わなく

＊17　決断主義　ドイツの政治哲学者カール・シュミットによる政治学上の概念。シュミットによれば、例外状態（通常時の法が失効するような緊急事態）において主権者は敵と味方の区別の決断を迫られる。このようなときに現れるのが政治的なものである。

＊18　認知的不協和　自身の認知と異なる矛盾する認知を抱えた状態に不快感を持ち、その矛盾する認知の定義を変更したり、過小評価したりして自己正当化することを表す社会心理学の用語。アメリカの心理学者レオン・フェスティンガーによって提唱された。

なる。だから結局、欺瞞が始まってしまうわけです。

柴山　僕もそれを感じましたね。それ以外にも、道義的にちょっとどうなのかなと思うところがたくさんあって、例えば、現地で女性を買って、そのお兄さんと仲良くして「俺は楽しんでいる」とか、よく言えるよなと思う。

藤井　それで気まずくなるんですが、当ったり前ですよね。

柴山　この人、自分が日本人であるということを全く引き受けてないんじゃないかという感じがあって。個人の資格で行ってるでしょう、ベトナムに。

浜崎　まさに、主人公自身がそういうことを言っていましたね、「私は国家や民族や教義、すべてから自由に、完全に自由に穴のなかで蟻に食べられるままになっていた」みたいな感じで。まさに、日本人であることの宿命のようなものを引き受ける気がない。

柴山　だけど、ベトナム人から見れば日本人ですからね。お前さんは個人の自由を謳歌しているつもりかもしれないけど、毎日を必死に生きているベトナム人からすれば、この日本人はいったい何しに来たんだ、ってなもんでしょう。現地で女を囲って、高い酒を飲んで、戦場の前線に行ったら目の前でベトナム兵が死ぬ。俺の代わりに死んだんだみたいな調子で書いているけど、客観的に見ればはた迷惑なことこの上ない。この人の自意識にはちょっと付き合いきれないっていう感じがする（笑）。

その点、自意識がない分、村上龍の方がずっと好感を持てる。

藤井　さらに言うと、もっと無関心な村上春樹の方がいいと、あるいは、オタクの方が……。

柴山　なまじ社会の現実と関わっていない分、欺瞞も少ない。

藤井　最初から釣りしてればよかったのに。

一同　（笑）。

村上龍『限りなく透明に近いブルー』

あらすじ

舞台は基地の町・福生《ふっさ》にある通称「ハウス」（横田基地周辺の元米軍住宅）である。占領期の米軍住宅は一種の治外法権地帯でドラッグ・パーティーや乱交パーティーが開かれていたが、その後も安く借りられる一軒家としてヒッピーたちの巣窟となっていた。

十九歳のリュウは、恋人のリリーの家で特に何をするでもなく過ごしていたが、夜の仕事にリリーが出て行ってからは、友人のオキナワやヨシヤマやカズオ、レイ子やモコやケイたちとドラッグに浸り、基地のアメリカ軍人たちと乱交パーティーを繰り返す。ハシシの焚かれた部屋で「犬のように絨毯《じゅうたん》を這い転がって一人一人くわえて回」りながら、部屋のあちこちで体をくねらせる三人の日本女性。それをただひたすら見続けるリュウは、「ここは一体どこなのだろうとずっと考えて」いる。リュウとリリーは、ドラッグをキメたままドライブに出かけ、別れ話を持ち出されたヨシヤマは逆上してケイを蹴り上げ、その後に自分の左手首を切り裂き病院に運ばれる。次第に、仲間はハウスから去っていき、リュウは感情や感覚を失って「からっぽ」になっていく。「リリー、俺帰ろうかな、帰りたいんだ。どこかわからないけど帰りたいよ」と呟くリュウは、「黒い夜そのもののような巨大な鳥」に自分が押し潰されてしまう幻覚を見る。氷のように冷たく醒めた視線が次第に狂っていく。

高度成長後の「ブルー」

浜崎　では、いよいよ、その「自意識」のない村上龍[*19]の方に移りましょうか（笑）。

村上龍は、今も現役の作家なのでたいした説明は必要ないかもしれませんが、簡単に文脈だけ整理しておきます。村上龍を「対米従属」という視点から考えると、実は、昔から「戦後空間」に対する違和や破壊意志のようなものを描いてきた作家だと言うことができるのかもしれません。例えば、代表作の『コインロッカー・ベイビーズ』とか、『愛と幻想のファシズム』[*20]とか、『五分後の世界』[*21]なんかも、全て戦後空間に対する圧倒的な否定、あるいは、あったかもしれない「もう一つの戦後」を構想するような小説になっています。

で、今日取り上げるのは、まさに、そんな村上龍のデビュー作『限りなく透明に近いブルー』なんですが、発表は、まさに高度成長が終わった後の一九七六年です。その後の村上龍の作品がSF的で虚構的なものが多いのに比べて、これは主人公「リュウ」

＊19　村上龍（むらかみりゅう）一九五二～。一九七六年にデビュー作『限りなく透明に近いブルー』で群像新人文学賞と芥川賞を受賞。暴力やエロティシズムの生々しく力強い描写を通して、現代の社会問題を鋭く突く作品を多く発表。代表作に『コインロッカー・ベイビーズ』『愛と幻想のファシズム』など。多才でマルチな活動を行い、映画『限りなく透明に近いブルー』では自身が監督を務める。様々なメディアを通じて政治経済や社会問題に積極的にコメントしている。

＊20　『愛と幻想のファシズム』一九八四～一九八六年にかけて『週刊現代』に連載。一九八七年刊行。

＊21　『五分後の世界』一九九四年、幻冬舎より刊行。

の視点から、基地の町＝福生での青春を描いた私小説風の作品になっています。

ちなみに、開高健との比較で言えば、高度成長以前の空気を知っている開高健は、自分が閉じ込められている「対米従属空間」のことを「闇」と表現していたんですが、高度成長以降にデビューした村上龍は、それを「限りなく透明に近いブルー」と表現することになります。つまり、そこは、脱出したい「闇」ではなく、どこまでも曖昧で透明なんですが、なんだか「悲しいブルー」、あるいは「青春」だというわけです。

これは、村上龍を一番リアルタイムで読まれてきた藤井先生からいきましょうか（笑）。

「戦争小説」としての『限りなく透明に近いブルー』——青春の破壊願望

藤井　村上龍は、村上春樹とともに、僕の青春時代の超重要な作家だったんですよね。当時の恥ずかしい話をすると、やっぱり憧れましたね、『限りなく透明に近いブルー』には。

要するに、ニヒリズムを心の底から味わっていて、学問だとか、芸術だとか、いろんなものに取り組んでいくんだけど、やっぱり大学生くらいになると「性」にも興味が出てくる。で、この小説ではそれを徹底的にやりつくすわけじゃないですか。乱交パーティーとか、LSD[*22]とか、ヘロインとか。生きている甲斐もない人生のなかで、若者は生の輝きが刹那的にあるだけでもマシだという気分になっている。それは僕も浸ってた気分だし、多くの若者も浸ってた気分だと思うんですよね。それを徹底的にやってたというのは、当時はすごく憧れましたよね、恥ずかしながら。

実際、この戦後空間のなかで、普通にお利口さんに勉強して、お利口さんにサラリーマンになって、お利口さんに結婚して、お利口さんに死んでいく、という何の実感もない地獄のような世の中で生きていくくらいだったら、セックス・ピストルズ[*23]の人生のように、持てる欲望を徹底的に解放して死んでいくのが良いくらいに、当時の僕は思ってましたね。

でも、時間が経つと、それって続かないんだなぁと。実際、この主人公も、どんどん行き詰まって孤独になって、廃人になっていくでしょ。さらに、最初は自分が遊んでやってるんだという気

＊22　LSD　幻覚系（サイケデリック系）の薬物。一九六〇年代にヒッピー文化の隆盛とともに流行し、強力な幻覚作用は音楽や絵画などの芸術にも大きな影響を与えた。

＊23　セックス・ピストルズ　一九七五年結成のイギリスのパンク・ロックバンド。王室批判、既存のロック批判など、反体制的で攻撃的なロックの象徴的な存在となった。途中加入のメンバーであるシド・ヴィシャスは恋人を刺殺した容疑をかけられたまま二十一歳で薬物の大量摂取により死去。

持でやってても、客観的に見れば結局、黒人どもの遊び道具に使われているだけで、やっぱり自分が単なる性のオモチャであるということにも気づいてしまう。そこで僕は、もっとニヒリズムが深い村上春樹の本に傾倒していくことになったんですけども――。

ただ、どちらにしろ、これが「正しい若者」の原点であることに変わりはなくて、だから、問題はこのエネルギーを次にどこに振り向けていくのかということなんですよ。今では、穏当な人生の歩み方もあるんだろうと思うんですけど、僕は、やっぱり、こういうのになんか心動かされた人の方が好きですね。当時、僕がこいつはホントの友達だと思ってた奴は皆、そんな奴らでしたね。

柴山　実は、僕も村上龍は好きだったんです。二十代の頃は片っ端から読んでいました。龍と春樹でW村上と言われていましたが、僕は村上龍の独特の感覚、今おっしゃったような、偽物を鋭く嗅ぎつけて容赦なくたたき壊すようなエネルギーに強く励まされていました。ただ、今回、何十年かぶりかにこの座談会の文脈のなかで読み直してみたら別の発見があって、この作品はやっぱり傑作なんじゃないかと思いましたね。

この座談会って、ある意味で、ずっと「戦争文学」を読んできているじゃないですか。その流れでこの作品を読んでみると、これもまた戦争を描いた、描こうとした文学だなと感じたんです。確か大岡昇平のときに言ったんですけど、戦場の兵士って戦争機械の一部になってるから、自意識が働く余地がないんですよね。目の前にどう動くか分からない現実、生きるか死ぬか分からない現実があって、その状況をひたすら切り抜けようとする。この小説の乱交パーティーで、主人公が米兵の黒人に犯されてるシーンっていうのも、一種の戦場みたいな感じで、ひたすら不愉快ですよね。黒人のモノを口に突っ込まれて、ゲロ吐くっていう描写もあって（笑）。

藤井　その汚物に血が混じってピンク色になってましたよね（笑）。

柴山　もちろん本物の戦場とは次元が全く違うんだろうけど、ドラッグとセックスでひたすら自意識を飛ばして、肉体的な快と不快が見分けが付かないほどに渾然一体と化した状況をひたすら描いているこの小説は、どこか戦場を思わせる部分がある。これを読んだときに、村上龍は戦争の代わりにこういうシーンを描いているんじゃないか、リアルな戦争がなくなった後の「戦争文学」を書こうとしたんじゃないかと思いました。

主人公は、ひたすらこの状況に適応しようとしているんですよね。パーティーが始まると、もう意識を働かせる暇もない。一方で、この状況はおかしいと思ってるんだけど、ドラッグのせいで意識が麻痺しちゃって、それを論理化する余裕も能力もない。ひたすらサバイブしようとする。まあ、好き好んで乱交パーティーやってるんだから、生き延びるも何もないんだけど（笑）、ただ、意識の片隅ではこの状況のおかしさに気づいていて、突然、プールに飛び込んでみたりする。

そして最後に、彼女に「帰りたいんだ」ってつぶやくじゃないですか。この一言がものすごい効くんですよね。でも、帰る場所なんてない。八〇年代に向かっていくなかで、戦争の影みたいなものが消えて、高度成長という国家プロジェクトも一応達成されて、後は消費社会の欲望だけが渦を巻いているという時代に、戦争が逆説的にもたらす生きる実感みたいなものを描こうとすると、こういうやり方になるのかな、と。

藤井　さらに、そのドラッグのシーンがめちゃくちゃで、昔の回想が挿入されるんですよね。おばあちゃんの話だったり、富山の話だったり。後は、子供の頃にどこかの草原でスゴイ痛みを感じて、そのときに曖昧模糊とした状況じゃなくて、何か生の実感、実存を、痛みによって、自分と他人の区別がはっきり分かる様子というか。なんて言うか……。

柴山　そういう状況だからこそ逆説的に……。

藤井　そう、人間の生の一番根本にあるのが浮かび上がってきて、そこにものすごく、ぐーっと引き込まれるんですよね。

柴山　どうしようもない状況のなかで「感じている」んですよね。それでいて、主人公にはどこか冷静なところがあって、状況に完全に没入はしていない。そうならないよう、無意識に抵抗しているんですよ。

　女に暴力を振るうヨシヤマっているじゃないですか。暴力振るって優しくするみたいな典型的なDV男なんだけど、このどうしようもない人物がけっこう重要なんだと思うんですよ。さっきの僕の言葉で言うと、この人は戦場で頭がおかしくなった奴なんです。ベトナム戦争の映画でも正気を失った人物がよく出てくるけど、あれと同じで、この人物が狂っていく様を描くことで、かえってこの戦場の凄まじさが出てくる。主人公も引いてるわけですね、「こうなったら終わりだな」という感じで。

だから、これは一見すると不道徳極まりない世界を描いているようでいて、実は道徳を描いているというか、不在のなかで見えてくる道徳のかすかな実在みたいなものを描いているということもできるのではないか。

「ポストモダン的虚構」の拒絶――村上龍のエネルギー

浜崎　『限りなく透明に近いブルー』が、実は「戦争小説」ではないかという指摘は面白いですね。ただ、それもやっぱり、七六年の「戦争」というのが重要なんだと思います。

実は、それで思い出すのが、リオタール[*24]の『ポストモダンの条件』[*25]が出たのが七八年だったということです。というのも、例えばドライブしながら、リュウがリリーに自分が夢想する宮殿について話すシーンがあるじゃないですか。「見る物と考えていたこ

＊24　ジャン・フランソワ・リオタール　一九二四～一九九八。フランスの哲学者。
＊25　『ポストモダンの条件』一九八六年、水声社より小林康夫訳で刊行。

とをゆっくりと頭の中で混ぜ合わせて……記念写真みたいな情景を作り上げるんだ」とか言って。でも、これってなんか「引用の織物」によるポストモダン建築みたいじゃありません？　あの国、この国から、お気に入りの意匠を集めてきて、それで僕の幻想の宮殿、遊園地を作るんだと。

だけど、一方でリュウは、それを破壊したいと言うんですよ。しかも「戦争」でそれをあっという間に廃虚にしたいと。このポストモダン的な「虚構」に対する破壊願望というのは、その後、『コインロッカー・ベイビーズ』なんかにも完全に引き継がれてますよね。

藤井　そうそう。これは最後にリリーが語るセリフですけど、ネヴアダの砂漠に並ぶミサイル、ICBM[*26]を空想しながら、「爆発しろって、爆発してくれって」と言いますよね。これなんて完全に『コインロッカー・ベイビーズ』と同じですよ。まさに「お前ら全員皆殺しだ、ダチュラッ！」ってやつですね。

柴山　でも、なぜか嫌な気分にはならないんですよね。破壊衝動を書いているのになぜか希望さえ感じるという。これって小説家の

＊26　ICBM　大陸間弾道ミサイル（Intercontinental Ballistic Missile）。アメリカで最初に実践配備されたのは一九五九年、アトラス。

才能ですよね（笑）。

藤井　しかも結局、単なる破壊には向かわないで、そのパッションをまた何かに昇華しようとすることにもなる。『コインロッカー・ベイビーズ』では本当に破壊しちゃいますけど、それがそのまま当時のオウム真理教の破壊かというと、やっぱり違っていて、何かあのエネルギーをポジティブな方向にも使えるような気がするんですよね。

「頽廃」という名の「聖性」――アンチ・レジームの魅力

川端　実は、僕は村上春樹も村上龍も、学生時代にこんなもの読んでたまるかと思っていたので（笑）、ほとんど読んだことがなかったんです。春樹は誰かに言われてちょっと読んだくらいで、龍は全く読んだことがない。今回、初めて読んだんです。

で、さっき浜崎さんが言われたみたいに、ポストモダン風の小説なのかなと思って読み進めてたんですよ。セックスとドラッグが繰り返される頽廃的な日常がひたすら描かれていて、ああ要するに倫理や道徳なんてクソ食らえみたいな話かと思っていたら、途中から男が泣きながら（叶いそうもない）将来の夢を語り出したりするし、最後のシーンでは主人公が、自分を押し潰そうとする巨大な「黒い鳥」の幻覚を見て「これと戦わねば」となる。つまり全体としては「脱出」の願望を描いているんですよね。世の中に「生の実感」を得る術というのは本来たくさんあるはずなんですが、心や言葉によってそれを見つける回路が戦後日本からほとんど失われているので、過激な形で肉体の方に行くしかなくなっている。でもその状況は、巨大な黒い鳥に押し潰されるような、息苦しいものだと。

先ほどの開高の作品も肉体を志向して「性」と「戦争」を探しに行き、村上の作品も、ドラッグ乱交パーティーで戦争のように肉体をぶつけ合うことで生の実感を見出そうとする。どちらも出口を探して脱出しようとしているという意味で、八〇年代的ポストモダンとは実は正反対の小説ではないかなと。

ただ、その上で、これは藤井先生に訊いた方がいいのかもしれないけど、僕はここまで性とドラッグの描写を詰め込まれると、「いや実際、そこまでの頽廃ってある？」みたいな感じで白ける面もあるんですよ。小説だからもちろんリアルでなくても良いんですけど、七〇年代、八〇年代の雰囲気を知らない僕からすると、ここまで徹底した頽廃っていうものに、憧れを持てるもんなのかなぁっていうのが正直分からないんですね（笑）。徹底というか、ひたすらセックスとドラッグを繰り返されると、ある意味ベタなモチーフだなっていう感じもしちゃうんですよ。

藤井　確かに、なんかあざといっていうか、ここまではさすがにいやろっていうところは当然あるんだろうけど、だけど、あの時代の二十歳前後の若者だと、これぐらいはやりたいよなぁという気分があったですね。

柴山　村上龍は、確かにドラッグとセックスの頽廃を描いているんだけど、どちらかというと開高健の性の描写の方がイヤらしいんですよ。でも、村上龍には、高みから墜ちていく俺様の自意識、といった意味での頽廃感ってほとんど感じないんですよね。

川端　確かに村上龍の描写は、ニヒルな感じは不思議としないです。

柴山　風景描写みたいにして描くわけじゃないですか、乱交シーンを。これは頽廃を描こうとしているというより、何かの寓意って捉えておく方がいいじゃんないかな。

藤井　その頽廃や不道徳シーン自体が限りなく透明に描かれているんですよね。当時の俺たちが感じてた世界の有り様、レジームそのものが全て嘘にしか見えないのだとすると、ニヒルな気分で、こういう不道徳なことをすることが「善」になるわけです。なんか不道徳こそが「善」であって、かつ、その不道徳をやるときは、開高健が記者仲間とエッチな話をするような、ああいう六本木のサラリーマンがやるようなのはすっごい嫌なんですよ。

柴山　僕も嫌ですね。

藤井　あれはレジーム側のエッチなんですよ（笑）。でもこれはアンチ・レジームというか、反レジームの「逆神」というかね。

柴山　よく分かります。

藤井　現実そのものが「逆神」だから、そこの逆を行くと、神になるというか……。

浜崎　聖性を帯びるんですよね。

藤井　そうそう。聖性を帯びるんですよ。そういう気持ちもあるんです。ただ、黒人のごっつい男にあんだけ「掘られる」と、痛いし、逃げたいし、辛いしっていうのはあるんだけど（笑）。けど、ここまでせんと聖性を帯びることはないということもあると思うんですよね。

柴山　あと、この寓話のモチーフは完全にロックから来てますよね。ドアーズ[*27]の歌詞なんかも引用されてるし。特にサイケデリック・ロックの精神世界を小説にした、みたいなところがあると思うんですよ。

藤井　そうです、そうです（笑）。

柴山　その意味ではリアリズム的なんだけど寓話的というか、ある種の精神風景を描いているんだろうなと、前から思っていました。

浜崎　もちろん寓意もあるんだけど、一方で、ヒッピーの現実感覚を伝えているところもあるのではないかと。もちろん、僕も、伝え聞いたり、映画で見たりするレベルですけど、ヒッピーの世界って家出してしまった中高生とか、「金の卵」[*28]（中卒）で東京に出て来たものの、そこからドロップアウトしてしまった子とかがけっこういたりして。今で言うと、渋谷で屯《たむろ》する女子高生とか、トー横キッズみたいなものかもしれないけど、彼らは行く当てがな

＊27　ドアーズ　一九六五年にロサンゼルスで結成されたロックバンド。独特のサウンドとランボーやニーチェ等から影響を受けたとされる詩の世界観、ボーカルのジム・モリソンのカリスマ的ステージングなどで人気を博した。モリソンは二十七歳で心臓発作により死去。薬物やアルコールの影響を囁かれているが真偽は不明。

＊28　金の卵　一九四八年の学制改革により九年間に延長された義務教育を終えてすぐに就職する中卒労働者のことを指す言葉。高度成長期で労働者不足のなか、大卒よりも低賃金、長期間勤続可能なため、多くの企業が重宝した。

いんで、仲間づてに集団を作って、そこを根城にしていく。しかも、当時は、今と違って、都会と田舎の落差がものすごいから、そこでカルチャーショックの渦に巻き込まれていった一部の若者は、帰る場所がないということも手伝って、どんどんラディカルになっていくというのは分かる気がします。

柴山　それで言うと、この小説に出てくる女の子たちって、正気になるとやけにまともなことを言うんですよね。さっきまで乱交パーティーしてたのに、急に実家に帰って親の家業を継ごうかな、とか言い出したり（笑）。

川端　「結婚はしたい」とかね（笑）。

藤井　昭和の人なんですよ。

柴山　まさに昭和（笑）。だから、ちゃんと「サムウェアーズ」なんですよ、皆。

藤井　今は、もっとえぐいかもしれませんね。

高度成長後の『悪の華』――善／悪が逆転した時代の「戦い方」

浜崎　そうですね。でも、この小説自体は、やっぱりモダンなもので、さっきの「聖性」の話にも通じますが、もしかすると、龍の小説は、ボードレール[*29]の『悪の華』[*30]に似てるのではないかと思ったんですよ。というのも『悪の華』って、一八五七年に出てるんですが、それはフランスが完全に資本主義化したというか、ブルジョワ化した時期なんです。それで、ブルジョワたちが、この腐敗した世界を「善」だと言うのなら、俺が歌う詩の世界は「善」ではない「悪」であると。すなわち、そこに『悪の華』が誕生するわけですが、まさに、その延長線上に、自らの頽廃の「聖性」を描くフランス象徴主義[*31]が登場してくるんです。

柴山　なるほど。

浜崎　その点、『限りなく透明に近いブルー』というのは、高度成長後の『悪の華』ではないかと。ただ逆に言うと、だからこそ、この小説が書かれた一九七五年前後って、それくらい大きな日本の転換点だったということが言えるのかもしれない。それまでの「善と悪」、「現実と非現実」の関係が逆転してしまったというか。そこで、まさに高度成長後の「虚構感覚」というか、ポストモダン的なものが全面化していったとき、こういう形でしか「聖性」

＊29　シャルル・ボードレール　一八二一～一八六七。フランスの詩人、評論家。

＊30　『悪の華』　一八五七年初版。その後第二版が一八六一年に、第三版が一八六八年に刊行。

＊31　フランス象徴主義　自然主義などのリアリズムに対して感情を象徴によって表現しようとした十九世紀後半に起こった芸術運動。ボードレール、マラルメ、ランボーなど。

が発揮できなくなってしまったのかもしれないと。

藤井　それでね、この本はそういう格好で、逆張りを通してアンチテーゼを出すことで、本当のホーリーなもの、聖性を帯びている。だけどこれって、ホントに凄まじい戦いじゃないですか、社会そのものに対して。でも、その戦いをできるだけ、汗臭くなく、やりたいわけですよ。「頑張ってんねん。俺は、世の中のためにやってんねや！」みたいな感じではなく、スタイリッシュにできる方が、楽しく、正しく、かつ、効果的に生きていけると思う。しかも、スタイリッシュって言いながら、何となくクリスタルにやるわけでもない（笑）。

村上龍がどの程度自覚しているかは分からないんですけど、少なくとも、この小説の世界で言えば、後書きで「この話を小説にします」っていう手紙をリリーに向けて書いてるわけですよね。つまり、最後に「今、俺は何も変わっちゃいないよ」と言うってことは、どうしようもない不道徳な暮らしを基地の周辺でやっていたところから、小説を出すくらいのところまでは社会的存在にはなったけど、今も、俺は何も変わっていないよと。つまり、今もＩＣＢＭで、この世界をぶっ壊したいと本当は思っているんだけど、その代わりに小説という代替表現を見つけたんだよと。社会的に了承された普通の仕事しながらでも、若くて能力がなかったあのときの感覚は持続できるし、ドラッグと乱交パーティーの反社会的行為にしても、もっと大人の作法で、社会的に許容された空間のなかでできるんだぞと。ってことは、この手紙は、ある種の希望のメッセージだと思うんですよ。「実は、こんな戦い方もあるんだぞ」と。別に、中核や革マル[*32]に行って、国会に卍固《まんじがた》めせんでもええんやと（笑）。

川端　なるほど。だから、さっき柴山さんも言われたように「寓話」として描かれているという話だったら、つまり小説というより神話やおとぎ話のようなものとしてなら、ここまでのドラッグとセックスの徹底をあえて描くのも分かります。女たちが黒人の米兵に抱かれる様子とか読んでると、何の意味付けもしようがないじゃないですか。対米依存どころの話ではなく、あの完全に何の意味も物語もなくなった状態っていうのは、リアルな世界ではなかなか行き着けないと思いますが、それを神話として描くことで示

＊32　中核、革マル　一九五七年結成の革命的共産主義者同盟は三度にわたって分裂したが、第三次分裂によって革共同全国委員会に残ったグループが中核派、離脱したグループが革マル派と呼ばれる。

されるものは確かにある。だとするとやっぱり、それぐらい徹底した寓話を使わないと転換できないくらい、七〇年代の日本に行き詰まった感じがあったということなんですかね。

一九七二年という転換点――「ニヒリズム」の臨界値

浜崎　確かに僕の見立てでも、戦後文学で決定的なのは、七二、三年なんですよ。

川端　連合赤軍[*33]あたりっていうことですか。

浜崎　そう、連合赤軍事件の年ですね。六八年に全共闘の「革命」騒ぎがあって、七〇年に三島由紀夫の自決がある。そして七二年には「日本の山河を魂」としていたはずの川端康成[*34]の自殺があって、「あさま山荘事件」[*35]によって、新左翼の内ゲバが明るみに出ると。

で、文学史的に言うと、その頃に出てくるのが、西部先生とも対談されていた古井由吉さん[*36]や、あと後藤明生[*37]といった「内向の世代」の文学なんです。「内向の世代」の小説というのは、文字通り外部の社会問題をオミットして、例えば男と女の世界だけを

＊33　連合赤軍　一九七一年に赤軍派と京浜安保共闘が合流して結成した過激派組織。

＊34　川端康成（かわばたやすなり）一八九九～一九七二。ノーベル文学賞受賞の三年後にガス自殺。

＊35　あさま山荘事件　連合赤軍は活動に行き詰まるなかで一九七一年の年末から「山岳ベース事件」にて同志十二名をリンチで殺害、さらに追い詰められるなかで起こした一九七二年二月の「あさま山荘事件」はテレビで生中継され世間の注目を集めた。これらの事件は革命運動が世論の支持を決定的に失うきっかけとなった。

＊36　古井由吉（ふるいよしきち）一九三七～二〇二〇。

＊37　後藤明生（ごとうめいせい）一九三二～一九九九。

描いていくみたいな感じの小説なんですが、実は批評の方も、七二年以降に吉本隆明や江藤淳などの社会批評を含んだ形での文芸批評が後退し始めて、秋山駿[*38]とか柄谷行人[*39]とか、あるいは蓮實重彦[*40]とかの「新人」が登場し始める。そして、この流れのなかからポストモダニズムが出てくると。

ただ、ここで面白いのは、例えば『限りなく透明に近いブルー』を「風俗小説」だと言って全否定した江藤淳なんかが、しかし、リュウが「黒い鳥」に感じていたのと同じような不安感を、時代に対して抱いていたことです。例えば、一九六九年に江藤はこう書くんですよ、「焦燥の根源は『体制』の『共謀』よりはもう少し奥深いところに、私たちの外によりは内にある。……周囲に存在す文学や思想に関する概念が、にわかに断片的・人工的なものに見えだし、私の過激な情念とそれらとのあいだには黒々と虚空が見えた。……要するに世界は、『私』という概念をも含めて剝落しつつあると見えた」（「歴史・その中の死と永生」）と。そして、七二年には、開高健の『輝ける闇』の続編である『夏の闇』が、そのニヒリズムを一層深化させた形で書かれることになると。つ

＊38　秋山駿（あきやましゅん）一九三〇〜二〇一三。文芸評論家。『想像する自由』（一九六三）等。
＊39　柄谷行人（からたにこうじん）一九四一〜。『意味という病』（一九七五）等。
＊40　蓮實重彦（はすみしげひこ）一九三六〜。文芸評論家、映画評論家。『表層批評宣言』（一九八五）等。

まり、この「戦後空間」は、七〇年代初頭に、抜け出し難いまでのニヒリズムを完成させてしまったのではないかということです。しかし、だとすれば、果たして、村上龍の描く「聖性」で、この「黒い鳥」は打ち払うことはできるのか、そういう疑問が出てきてしまうんです。

藤井　村上龍は、所詮、不道徳行為を書いているだけの話ですからね。開高健のような、ある種の不誠実さはないにしろ、だからといって、これで「戦後レジーム」の空間が打破できるのかというと、それは全然別だと思うんですよね。ただ、でも、男としての態度はまずはこれだろうという感じがしますよね。後は、これを使って、どう大人にしていくか。だから、やっぱり「青春小説」でしかないんですよ。ここからの出発だと思うんですよね。

川端　ただこの作品、「青春小説」と言いながら、社会の全体像を批判しにいくような、一種の社会派小説でもありますよね。最後のシーンで「黒い鳥が飛んでいる」と言うリュウに、リリーが窓の外を眺めながら「鳥なんかいないよ、あなたは狂ってる」と返すと、リュウは「リリー、あれが鳥さ、よく見ろよ、あの町が鳥なんだ」と言うわけです。夜の街を眺めながら、あの街こそが俺にとっては鳥なんだと。それで「鳥は殺さなきゃだめなんだ、鳥を殺さなきゃ俺は俺のことが分からなくなるんだ」と言うのは、あの街をミサイルでぶっ壊したいということです。単なる青春小説だと、ここまで社会全体に対する破壊願望っていうのは出てこないかなぁと（笑）。

「破壊願望」は「保守思想」に接続できるのか ――「成熟」への問い

藤井　それがやっぱり、青春の男の子の心のコアだと思う。この世の中ぶっ潰してやるんだと。だって欺瞞に満ちてるわけだから、この世の中が。だから、若い頃は、ＩＣＢＭでぶっ潰すぐらいの表現しかできないんだけど、でも、それを後に大人として、保守主義思想的に、漸次伝統文化を使いながら、少しずつ変えていくっていうのが保守思想だと思うんですよ。保守思想はこのパッションがない限り、日本ではあり得ないと、僕は逆に思うんですよね。

浜崎　そうですよね。ただ、このパッションを持っている保守思想家が日本にどのくらいいるのかっていう（笑）。

藤井　我々はもちろん、そうたらんと、そうあろうとするわけで。それ以外あり得ないですよね。

川端　破壊願望に近いパッションを持った「青春」と、それをうまく形にする「成熟」の両面が必要ってことですよね。その意味で今回、村上龍の作品の方が開高健のものより良いと思ったのは、息の詰まる状況からの脱出こそがテーマなのだということが明快なところですね。開高の方は、ちょっとベトナム戦争を体験してみましたみたいな、中途半端に社会派を演じた感がある。

藤井　そうそう。なんか、ちょっとオヤジな感じがするんですよ。

川端　社会性はどちらにも感じますけど、村上龍の方が気持ち良いのは気持ち良いですよね、破壊願望に中途半端さがなくて。

藤井　非常に優れた小説だと。

柴山　ただ、一つ問題があるとすると、村上龍のこのやり方はいつまでも続けられないですよね。ギリギリの戦争状態みたいなものを描き続けるって、恐ろしく消耗するでしょう。現に、村上龍はもうこの路線では書いていないですよね。道徳の「不在の在」を逆照射することはできる。だけど、大人になるとやはり道徳の「在」を描く方に行かざるを得ないし、読者としてはそれを凡庸でない仕方で描いたものを読みたいじゃないですか。

つまり青年の世界から中年とか老年の世界の方に行かなきゃいけないと思うんです。

藤井　そうなんですよ。

柴山　この座談会で扱ってきたのは作家の若い時期の作品で、皆、それぞれ素晴らしいものだと思うけど、青年期が終わった後、道徳の手触りみたいなものに形を与えていこうとすると、なかなかうまくいかないところがあるのかなぁ、と思ったりもします。

藤井　そこが小説っていうのはまた別なのかもしれないですね。批評とかの方が。

浜崎　まさに、江藤淳が『成熟と喪失』って書いてますけど、「成熟」を問おうとすると、どうしても「批評」になってしまうんですよね。特に戦後はその傾向が強い。

ということで、ますます「成熟」から遠ざかっていくような気もしないではないんですが（笑）、次回以降、いよいよ、村上春樹とバブル八〇年代の文学に突入していきます。今回も、白熱した議論、ありがとうございました！

（表現者クライテリオン　二〇一九年五月号）

第六章

高度成長後の風景

八〇年代に向けて、この国の文学は一気にその「色」を洗い流し始めていた。
が、その「透明」に向かう「気分」は二つあった。
一つは、「色のない私」に淡い儚《はかな》さを見るメランコリックな気分。
もう一つは、「色のない私」に軽やかさを見るバブルな気分。
果たして、この二つの「気分」は、対米従属空間のなかでどう生み出されていたのか。

村上春樹『風の歌を聴け』
田中康夫『なんとなく、クリスタル』

『なんとなく、クリスタル』（河出書房新社）

『風の歌を聴け』（講談社）

参加者
藤井聡
柴山桂太
浜崎洋介
川端祐一郎

村上春樹『風の歌を聴け』

あらすじ

　僕が文章を学んだデレク・ハートフィールド（架空のアメリカ人作家）の本を手に入れたのは中学三年の夏休みだった。彼は言う「完璧な文章などといったものは存在しない。完璧な絶望が存在しないようにね」と。しかし、その意味が理解できたのはずっと後のことだった。正直になろうとすればするほど、正確な言葉は闇に沈んでいくというジレンマを抱えながら、二十代最後の年を迎えた僕は、しかし、今、語ろうと思う。

　東京の学生だった一九七〇年の夏、僕は港のある街に帰省し、ジェイズ・バーで友人の鼠とビールを飲む。あるとき、酔ってバーの洗面所に倒れていた四本指の女を介抱し家に送り届ける。その後、何度かデートを繰り返すが、その間に僕の記憶は明滅する。付き合っていた仏文科の女学生がテニス・コートの脇にある雑木林の中で首を吊って死んだこと。新宿で最も激しいデモが吹き荒れた夜に知り合ったヒッピーの女の子との思い出……。

　夏が終わりに近づくと、鼠は大学を辞めたことを僕に告げる。理由を問うと、「さあね、〔…〕時が来ればみんな自分の持ち場に結局は戻っていく。俺だけは戻る場所がなかったんだ」と語る。今、僕は結婚し東京で暮らしている。毎年のクリスマスに鼠は小説のコピーを送ってくる。「幸せか？　と訊かれれば、だろうね、と答えるしかない。夢とは結局そういったものだからだ」。全ては風のように通り過ぎていく。

「透明」に向かう八〇年代文学

浜崎　まず、いつものように文脈整理から始めます。政治的騒乱と高度成長の六〇年代が終わり、七〇年代後半から次第に「白けた日常」が始まります。そこに登場してくるのが、そんな「白けた時代」の空気を反映させながら、しかし、対照的な「気分」を描いた二つの小説、村上春樹[*1]の『風の歌を聴け』と田中康夫の『なんとなく、クリスタル』でした。

ここでキーワードになるのが「透明」という言葉です。村上龍の『限りなく透明に近いブルー』の「透明」は、かろうじて「ブルー」なんですが、村上春樹の『風の歌を聴け』の「風」や、田中康夫の『なんとなく、クリスタル』の「クリスタル」には、やはり「色」がない。つまり「色のついた私」から「色のない私」へ、その「色」が抜けていくときの儚《はかな》さや、切なさや、軽やかさといったものを描いたのが八〇年代前後の小説だったと言えます。

しかし、興味深いのは、それが九〇年代からは、次第に「耐えられない透明さ」に変化していくことです。つまり、「色のない私」

＊1　村上春樹（むらかみはるき）一九四九〜。一九七九年、『風の歌を聴け』で群像新人文学賞を受賞しデビュー。『羊をめぐる冒険』（一九八二）、『ノルウェイの森』（一九八七）、『海辺のカフカ』（二〇〇二）等、多くの作品で数々の賞を受賞。平易な文章で難解な物語が繰り広げられる作風は、国内だけでなく国外からも高く評価されており、人気も高い。現在日本を代表する作家の一人。

に対する焦燥とか不安感なんかが高まってきて、これが、あの酒鬼薔薇聖斗の「存在の耐えられない透明さ」[*2]なんかに繋がってくるわけです。

これを「対米従属」の視点から整理すると、要するに、対米依存による高度成長(対外的緊張・決断を他国に預けたままでの経済成長)によって、「日本的なるもの」がどんどん脱色されて「誰でもない私」(透明)になっていくことに対する奇妙な解放感と、しかし、それゆえの不安感とでもいった感情だと言えるのかもしれません。実際、八〇年代には、アメリカに対する負債感やうしろめたさはほとんどなくなっていますが、その点、今日取り上げる村上春樹は、まさに「透明である私」の空虚感を描いた作家であり、田中康夫の方は、「透明である私」の軽やかさや、明るさを描いた作家だと言えるのではないかと。

まず、村上春樹ですが、阪神淡路大震災[*3]とオウム真理教事件[*4]のあった一九九五年に刊行された『ねじまき鳥クロニクル』[*5]あたりから、「透明」ではない「色」、つまり、日本の歴史的な負荷を積極的に描き始めることになりますが――本人は、それを「デタッ

＊2　「存在の耐えられない透明さ」　酒鬼薔薇聖斗(少年A)のブログのタイトル。二〇一五年開設。

＊3　阪神淡路大震災　一九九五年一月十七日、兵庫県南部を震源地としてマグニチュード7・3の地震が発生。家屋倒壊や火災などで六四〇〇人以上が犠牲になった。

＊4　オウム真理教事件　一九八九年坂本弁護士一家殺人事件、一九九四年松本サリン事件、一九九五年地下鉄サリン事件など数々の事件を起こし、二十九人が死亡、およそ六五〇〇人が被害に遭った。

＊5　『ねじまき鳥クロニクル』　一九九二〜一九九三年にかけて『新潮』に初出、第一部が一九九四年、第二部が一九九四年、第三部が一九九五年に初版刊行。

チメントからコミットメントへ」というふうに言っています――しかし、それ以前の、初期・村上春樹は、よく言われるように、「歴史が終わった後の空虚感」とか、「後期資本主義社会の気分」とか、「大きな物語を失った後の日本人の孤独」とかいった感情を背景にしながら、「何かを喪《うしな》ってしまった後のメランコリー」といったものを文学的主題としていました。

で、今日取り上げるのも、まさに八〇年直前の一九七九年に群像新人文学賞[*6]を受賞した、初期・村上春樹的の代表作にしてデビュー作である『風の歌を聴け』ということになります。

柴山　これデビュー作なんですか!?

浜崎　そうなんです。内容のない物語を、ただ「語り」によって支える技術には既に「成熟」を感じさせますよね。

たぶん、この四人のなかで一番村上春樹が好きなのは藤井先生でしょうから（笑）、今日は、藤井先生からいきたいんですが、いかがでしょうか。

＊6　群像新人文学賞　講談社が刊行する文芸誌『群像』が主催する新人文学賞。公募による純文学の賞。一九五八年に創設。

村上春樹という「逃げ場所」――初恋の「気分」について

藤井　課題本は、できるだけ僕は座談会の直前に読むようにしてるんですけど、この本は日程を間違えて前回の座談会の直前に読んでたんですよ。だから二週間前ぐらいに読んじゃって……そのときでも、すごいなんか昔すごく好きだった女の子と会ったような気持ちがあったんですよ。でもね、不思議なことに、今は、もうそのときの気分はほとんどないんですよ。

柴山　同窓会をしたときには盛り上がったんだけど、二週間したらあれ？　みたいな（笑）。

藤井　そうそう、その通り。だから初恋の女の子に同窓会で会った次の日とかってテンション高いじゃないですか。でも、後で、なんであんなに盛り上がってたんだったっけと。それで今、改めてストーリーを聞いていて、ああそうだったと。それで、またちょっと盛り上がるんですが、逆に言えば、僕にとって村上春樹ってのはそんな存在で、それ以上でもそれ以下でもないんですね。ただ初恋って、それでもやっぱり、すごい大きなことだと僕は思うんですよ。例えば、ヴィトゲンシュタインの『論理哲学論考』[*7]を読み終わった読後感も完全に初恋のそれだったんです。だから最も哲学的であり、最も宗教的なものは、身体的にいうと初恋なんですよね。それと村上春樹の小説っていうのは、完全に一緒なんですね。

で、これどういう構造になっているかというと、まず、この対米従属文学論でずっと論じてきたように、我々が生きているこの戦後空間というのは、捕虜収容所そのものなわけです。でも、まだ若いうちは、ここが捕虜収容所なんだってことを知らない。だけど、とにかく周りにいる人たちが皆、目が腐った捕虜のような人々しかいないし、なんとも言えない腐臭がずっと漂っている。そんな日本に対して、もう耐えがたいほどの違和感というか、途《と》轍《てつ》もない絶望感っていうのを、うんざりした気分を深く持ってしまう。だからそれに対して、こないだやった村上龍の小説のなかで書かれてたような、ミサイルで世界を潰したいっていう願望が出てくる。『コインロッカー・ベイビーズ』の「ダチュラ！」ってやつです。だけど、本当は破壊なんてしたくないんですよ。だ

＊7　『論理哲学論考』一九一八年執筆、一九二二年にドイツで刊行。

って、自分が生まれ育った地域や国のことをみんな、好きなんだから。そうしたらどうするかっていうと、もう「逃げる」しかないんですよ。

でも逃げ場所なんてどこにもない。

そのときにもう目の前に、自分の手触りのある空間のなかで逃げ場所っていうのは、女の子しかいないんですよ。そこが初恋なんです。初恋っていうのは、初めて自分の精神の居場所を見つけた体験なんですよね。その意味で言えば、僕にとって村上春樹っていうのは、初めて僕の精神が躍動してもいい、女の子以外の世界だったんです。

川端　「トランスポーテーション」ですね。物語に入り込むんです。

藤井　そう、心理学では「トランスポーテーション理論」とかって言うんですけど、自分を村上春樹の世界にトランスポートして、そこで生きることができるような気になるんですよ。もちろん僕は、小学生の頃なら『太平記』[*8]とか『さらば宇宙戦艦ヤマト　愛の戦士たち』[*9]の特攻シーンにもトランスポートしたりするんですけど、いかんせん日常生活とかけ離れすぎてる。ところが、春樹

＊8　『太平記』一三一八年に第一巻が刊行、一三六七年まで全四十巻が刊行された。

＊9　『さらば宇宙戦艦ヤマト　愛の戦士たち』一九七八年公開のアニメ映画。

の描くジェイズ・バーの世界、後に「直子」と呼ばれる女の子、あるいは、四本指の女の子や、後に「ミドリ」と呼ばれるような鼻をくっつけて寝る女の子、あと『ねじまき鳥クロニクル』の世界で出てくる隣の女の子、ああいう女の子たちというのは、おそらく誰の人生の隣にもいるかもしれない女の子たちだし、実際に僕の現実世界のなかに、それぞれに思い当たる節があるんです。しかも、ジェイズ・バーのような空間で、大親友でもない鼠とひと夏しか一緒にいなかったりする関係もあり得たりする。

だから、この捕虜収容所のなかで、初めて人間として生きていくことが許された空間として、「村上春樹という空間」を与えられたように思うんです。だから初恋なんですよ。でも、そこにあるのは「気分」だけですから、そこにずっといることはできない。初恋は初恋であって、本当の恋愛じゃない。だから僕は、そこで「生き方」というものを学んだ後、この小さな部屋、村上春樹という小さな部屋から少しずつ出て行って、この世界に対するデタッチメントからコミットメントへと移っていく。つまり、大学の教授やったり、参与をやったり増税反対運動をやったりしながら、この世界に戻ってきているっていう感じがします。それが僕と村上春樹の関係なんですね。

浜崎　なるほど、藤井先生の青春には、「春樹の部屋」が必要だったということですね。

これは読者に対する補足で言うんですが、よく、編集委員四人で喋ってるときに、村上春樹に関する距離感だけが違っていて、藤井先生が一番近くて、僕とか柴山さんが少し遠いみたいなところがあったんですよね。他の話題では、ほとんど全て頷き合っているのに、こと春樹に関してだけ違うという（笑）。今日は、それを話すのを楽しみに来たんです。

村上春樹と「伝達」の問題　――都市生活者の自意識について

柴山　僕は、学生のときに村上春樹の『ねじまき鳥』が話題になっていて、読んでみたんですけどぴんとこなくて、以後、読まずに通り過ぎてきました。先ほどの話でいうと、クラスで人気の女の子に対して「俺はなびかないぞ」みたいな感じだった（笑）。でも、今回初めてじっくり読んでみて、印象が変わりましたね。まず、すごく凝った作りになっていますよね。前回取り上げた村上龍が無意識に物語を走らせているタイプだとすると、村上春樹はとても作為的というか、この作品も何度も書き直してこうなったんだろうと思えて仕方ない。そうやって独特の世界観を構築しているんだと思います。ここで描かれている世界は現実離れしているんだけど、妙にリアリティがある。現実であって現実ではない、「亜現実」みたいなものを言葉の力で作っているという印象です。これはすごいなと思いました。

もう一つ思ったのは、急に世界が変わったなということ。この座談会では太宰から時代順に読んできましたが、見えてくる風景がどこか古いというか、今と違うところがあった。前回の開高健を読んだときにはずいぶん古くさいなと感じたんですが、村上春樹で急に新しくなったというか、いきなり現代になったという感じがします。固定電話使ってたらいきなりｉＰｈｏｎｅが出てきたみたいな感じで（笑）、たぶん今の若者が読んでもこれは「今」だっていう感じがするんじゃないかな。

藤井　でも、時代的には、そんなに変わらないでしょ、開高健の小説と。

浜崎　『輝ける闇』が一九六八年で、『風の歌を聴け』の約十年前なんですが、続編の『夏の闇』[*10]は一九七二年発表ですから、たかだか春樹の七年前ですよ。

藤井　しかも、『風の歌を聴け』が舞台は一九七〇年ですよね、設定としては。

浜崎　そうですね。舞台は一九六八年の全共闘の騒動の直後です。

柴山　前回も言ったけど、村上龍の小説に出てきた女の子って「昭和」だったじゃないですか。でも春樹のこの小説に出てくる女の子って、今のおしゃれな雑誌にモデルで出てきてもおかしくないような、それくらい登場人物の見え方が一気に変わった気がします。当時はもっと画期的だったんだろうと思いますね。それとももう一つ、この小説のテーマを僕なりに読むと、これ結局「伝達」の物語なんですよね。

浜崎　おっしゃる通りです！　さすが鋭い（笑）。

柴山　伝えることの難しさをテーマにしている。一つは、小説家は読者に物語をどう伝えればいいのかという問題で、これは最初に

＊10　『夏の闇』一九七二年、新潮社より刊行。

ハートフィールドという架空の作家を持ち出して長々と書いている。この時代に小説を書くことの困難さというか、作者が読者に何かを伝えるにはどうすればいいんだ、みたいなことが出だしから綴られている。もう一つは、この小説に出てくる登場人物は、僕も、鼠も、小指のない女の子も、みんな喪失感を抱えていて、しかもその喪失感をうまく伝えることができない。この小説は会話が多く、しかも比喩とか譬《たと》え話がよく出てくる。みんな会話を通じて何かを言外に伝えようとしているけど、伝わっているかどうか分からないままに物語が進んでいくんです。登場人物の間に一定の距離が保たれていて、最後までなれ合わない。喪失や孤独を抱えた青年たちが、会話を繰り返すんだけど決して合一することなく、夏の二週間ぐらいですれ違って去っていく。変に分かり合わないというか、相手のことを分かったつもりにならないという距離感を保ったまま物語が進んでいくというところが、現代的だと感じる理由なんだと思います。

例えば、主人公の「僕」は三人目の彼女が自殺している。鼠はお父さんとの関係に何か問題がある。小指のない女の子も中絶するくらいだから相手の男と何かある——ちなみに、女の子がバーで倒れていて、その後鼠が「僕」をバーに呼び出したりしているところを見ると、相手の男は鼠なんじゃないかって気がする。いずれにせよ、皆、人に言えない何かを背負っていて、だけど抱えている問題は重すぎるから簡単に言葉にできないし、なめらかな物語にも転換できない。でも何かを伝えたいっていう思いはある。そういう若者たちのもどかしさを、洗練された会話のスタイルで書いていくのが面白いな、と。しかも、その「伝達」の難しさを、小説家になった八年後の「僕」がさらにメタレベルで振り返るという二重構造になっていて、とても実験的な作りになっている。

面白いのは、小説のなかに突然、Tシャツの絵が出てくるでしょ。好意的に解釈すると、これも伝えたいんだと思うんですよ、言葉にしにくいイメージを。「僕」の時代はこんな感じだった、と。

川端　ああ、突然しょうもない絵が出てきますね（笑）。びっくりしましたね。

柴山　あと、これまで読んできた過去の作家の要素がいろいろ入っていると感じましたね。この異様な構築性は三島っぽいし、自意識の問題をあれこれ書いてるのは「第三の新人」を思わせるし、謎を謎のまま話を進めていくところは太宰のようでもあって、全体のテイストはアメリカ小説のようでもある。だから、村上春樹って文学史をものすごく研究している人なんじゃないかという印象を持ちました。過去の要素を取り込みながら、独自の世界を作ろうとしているという。

浜崎　ものすごく褒めましたね（笑）。

柴山　最後にもう一つ言うと、これまでの文学って、インテリの自意識を描いてたように思うんですが、ここで描かれてるのはもっとはっきり、都市生活者の自意識ですよね。それぞれが自分の問題を抱えているんだけど、それをあけすけに語ったりせずに、それぞれがそれぞれの横を通り過ぎていくみたいな都市生活者の感覚を肯定的に描いている。そこが新しいと感じるゆえんなんだけど、こういうふうに肯定しちゃっていいのかなという疑問は残る。まあデビュー作だから、この先の展開もいろいろあるんでしょうけどね。

藤井　初恋な気分の僕に気を使わないで、ガンガン自由にディスってくださいね、今日は座談会ですから（笑）。

柴山　ではもう少し言うと（笑）、これって価値相対主義にかなり近いですよね。西部先生は絶対に認めないでしょうね、この世界は。弁証法がないというか、AとBで異なる見え方をしているのであれば、議論ですり合わせてお互いの納得を得るというふうに進まずに、ただすれ違って終わってしまうから。この小説は、鼠が持ってる世界と、僕が持ってる世界と、女の子が持ってる世界は、ライプニッツ[*11]の「窓のないモナド」[*12]のように互いに重ならないんですよね。それが物足りないと言えば物足りないし、これはこれで成立していると言えば成立している。

「破壊願望」からの解放　――〈諦め〉の受け入れ方

川端　僕も、印象は意外と良かったですね。村上春樹は本作を入れても三、四作ぐらいしか読んだことなくて、『ねじまき鳥クロニクル』とか『羊をめぐる冒険』[*13]とかタイトルは一応覚えてるんですが、ストーリーを思い出してみようとすると全く思い出せない。で、おそらく、今回の『風の歌を聴け』もそうなるような気がす

＊11　ライプニッツ　一六四六〜一七一六。ドイツの哲学者。
＊12　窓のないモナド　モナドはライプニッツの提唱した概念で、それ以上分割できず、即ち部分を持たない実体のこと。世界はモナドから構成されていると考えたが、モナド同士は部分を持たないので関係を持つことができない。その事態をライプニッツは「モナドには窓がない」と表現した。
＊13　『羊をめぐる冒険』　一九八二年、文芸誌『群像』に初出。同年に単行本が刊行。

るんです。ただ、春樹の場合、不思議なことに文体とか登場人物の持っている雰囲気みたいなものは時間が経っても思い出すことができます。そういう、スタイルだけが頭に残るってのは、やっぱり村上春樹の巧さなんでしょうね。

前回は村上龍の『限りなく透明に近いブルー』を取り上げましたが、あの作品はまだ、閉塞した世の中に対する「破壊願望」とか「脱出願望」みたいなものを描いていました。でも春樹になるとデタッチメントですから、そういうのを止めるわけですよね。別に何かを破壊したりしないし、脱出願望みたいなものはチラリとは出てきますけど、龍の作品ほど煮えたぎってはいない。破壊や脱出を止めてしまうっていうのは、もちろん方向としてはニヒリスト的ですから不健全であるとは言えるものの、なんかね、村上春樹のこの止め方には清々しいものを感じるところがあって、不思議と嫌な印象はないんです。なぜ嫌な感じがしないのかと考えてみると、たぶん、当時の若者が本当に持っていたのであろう気分を、正確に描いているように思えるからです。私は八〇年代には物心が付いてなかったので実際には知らないんですが、「確かにそういう気分になることはありそうだな」と思わせる迫真性がある。

もう一つは、さっき柴山さんが「伝達」つまり「コミュニケーション」の問題だと言われて気づいたことなんですが、確かに春樹の作品の登場人物たちの会話を読んでいると、微妙に噛み合わなくてすれ違っていますよね。うまく言えないんですけど、フワフワして、地に足が着かないような人間関係です。僕が春樹の小説を何作か読んでみて毎回感じるのは、変な喩えですけど、進学や就職がある四月頃の気分がずっと続いていくというような印象です。生活環境が変わったばかりで、深く噛み合った人間関係がまだないし、宙に浮いたような心地でダラダラと時間が流れていくんだけど、春らしくぽかぽか暖かくて不快ではない、というような。例えば十八、九歳で田舎から東京の大学に出てきて、とりあえずまだすることもはっきりせず、地に足が着いていない時期の若者の感覚みたいなものですが、これって人間が繰り返し経験する気分だよなっていうリアリティがあるんです。だから、そのボーッとした感覚に長く留まってしまうと気持ち悪いんですが、人生に付きもののよくある風景という印象だから、嫌な感じはしないんですよね。

そのこととも関係するんですが、春樹は登場人物一人ひとりの、人間としての全体像を描こうとしないイメージもあります。登場人物たちは盛んに何かを喋ってるんですけど、不思議と、その人物のバックグラウンドを読者に想像させないような力が働いていて、「いま喋っているこのセリフ」だけに注意が取られますよね。その背景でどんな人生を送ってきたのかというようなことはあまり考えさせないような誘導が行われていて、別に悪い意味じゃないんですけど、個々の人物が持っているであろう多面性や歴史性は犠牲にして、特定の側面だけをいくつも繋いでいく形でストーリーが進んでいく。なんか、会話の部分が多いですけど、いきなり話が飛ぶやつも多いじゃないですか。

柴山　そういう飛び方は、なかなかうまいなと思ったんですけど。

川端　これも一種のリアリティですよね。それから、さっきの自殺した彼女の話にしても、自殺の背景の描き込みは全然なくて、わずか数行で死んだ場面の説明が終わる。人物の全体像がないんです。一人の人間が持っている多面的な可能性を、わざわざまとめたりはせずに、一面だけを繋いだような人間関係が描かれているんですが、確かに現代はそういう社会です。

さっき柴山さんが「都市」とおっしゃいましたが、ジンメル[*14]の社会学で都市とは「日々出会う人々の大半が顔見知りではないような空間」であると定義されていたように、都市の生活というのは個々の他人の全体像を考えることがないものですよね。そういう意味での都市的な空間の雰囲気が正確に描かれていて、なんか「分かる分かる」って思うのが春樹の小説です。

「葛藤」を回避する文学 ――「近代」が終わった後の世界

浜崎　今日は、皆さん褒めるので、僕一人が孤立しそうですが（笑）、……ただ、先に言っておくと、僕の村上春樹評価というのも、藤井先生と同じで、完全に自分自身の「青春」と密着しているものなので、全く客観的な評価とは言えません。

だから、先に公平を期して言っておくと、皆さんがおっしゃるように、春樹の圧倒的な巧さには頷かざるを得ない。ものすごく

＊14　ゲオルク・ジンメル　一八五八〜一九一八。ドイツの哲学者、社会学者。

実験的なのに、おそらく一度読み出すと止まらないはずです。まさに「都市生活者の自意識」を梃子《てこ》にして読者を物語世界に攫《さら》っていく力は並じゃない。

ただ、僕がどこに違和感を持っているのかというと、先ほど言われた「相対主義」とも関係しますが、やっぱり、春樹が決定的な場面で「他者」あるいは「葛藤」を回避しているところなんです。

僕が春樹を読んだのって、中学から高校にかけてなんですが、その頃ってやっぱり思春期だから「葛藤」が多いですよね。その頃の僕は「いじめ」を受けて、勉強も学校も何もかも放棄していたんですが、でも、春樹のように「みんな分かり合えないよね」というふうには開き直る場所も、その余裕もなかった。なぜなら相手は、勝手に、こちらの心のなかに踏み込んでくるからです。そこでどう生きるのかというときに、僕は春樹の文学では心を支えることができなかった。つまり、他者が自分の心のなかに踏み込んできたり、自分が他者の心のなかに踏み込まなければならないときに生じる「葛藤」、その「葛藤」を強いられたときに、春樹のスタイリズムでは、自分の心を守れなかったということです。

例えば、そのとき、この一連の文学座談会でやった作品でいえば、大岡昇平の『俘虜記』とか、大江健三郎の「セヴンティーン」の方が僕にとっては支えになった。つまり、生きるか死ぬかの絶体絶命の瞬間における人間の「生き方」、その「倫理」の在り方を描き出すのが文学なら、当時の僕には、春樹の作品は、現状肯定的に見えたということです。あえて言えば、春樹が描くのは、全て「葛藤の世界」ではなく、「葛藤の終わった後の世界」なんです。もちろん、これは、春樹論として見れば、完全に「ないものねだり」なんですけど(笑)。

藤井　確かに、彼が描くのはおおよそ「世界の終わり」[*15]ですね。

浜崎　でも、春樹にも本当は「葛藤」はあったはずなんですよ。それは小説のなかでたびたび暗示される学生運動でしょう。でも、夏の一時だけこの「葛藤」から逃れて……。

柴山　故郷の街に帰ってビールを飲む、と。確かに新宿の騒乱とか出てきますからね。

浜崎　そう、新宿騒擾事件。[*16]その新宿騒擾事件だって、結局、全学

＊15　「世界の終わり」　村上春樹の小説『世界の終わりとハードボイルド・ワンダーランド』からの引用。

＊16　新宿騒擾事件　一九六八年に新宿駅周辺で新左翼系団体が起こした暴動事件。約二千人が集まり、駅施設への投石、南口を炎上させるなどして、七四三人が逮捕された。

連の学生が「米軍ジェット燃料輸送阻止」を叫んで新宿駅の線路を占拠した反米運動ですからね。でも、それには絶対に触れない。自殺してしまう女の子だって、ヒッピーの女の子だって、けっこう悲劇的な話なんですが、それもサラッと表層に触れるだけで決して深く入っていかない。

でも、逆に言えば、他者に踏み込んだり踏み込まれたりした時代、それが春樹にとっては否定すべき六〇年代なんでしょうね。要するに、マルクス主義という「大きな物語」があって、それを介して「お前はどうするのか」っていう踏み込みの「暴力」が許されていた時代、それが春樹の否定すべき「近代」だったということです。でも一方で、その「暴力」がなくなったせいで、誰とも絆を作ることができなくなった。その「喪失感」や「悲しみ」が、まず冒頭で徹底的に書かれているわけです。だから、どんな会話も絶対に正面からぶつからないし、誰も本気になることはない。会話は必ずはぐらかされるし、「何も考えるな。もう終わったことじゃないか」とか「それだけのことさ」とか「意味ないさ」とか「やれやれ」といった言葉もたびたび出てくる。

その意味では、冒頭で藤井先生が、破壊できないのだとしたら、逃げ場所として女の子が出てこざるを得ないじゃないかって言ったけど、まさにそうで、春樹は、この他者との距離感、「葛藤」をうまく回避しながらコミュニケーションを続けていく空間に居場所を求めようとするわけです。だから、問題は、これを良しとするのか、悪しとするのかですよね。

ただし、その「居場所」を書かせると、めちゃくちゃ巧いんですけど（笑）。

柴山　最後まで飽きさせないという意味で、読者サービスも徹底していますね。

浜崎　そうそう。でも、だから思春期に読んだときは、正直、怖かったですよ。こっちの方が無駄に傷つかなくてすむし、絶対カッコいいと。でも、こっちに行ってしまうと、まさしく「相対主義」を認めるようなことになるんではないかという怖さがありましたね。

柴山　その危険はよく分かるんですけど、今回読んでみてちょっと評価が変わったのが、そういう他者に踏み込まない形での倫理もありうるのかな、と。

藤井　そうなんですよ。

柴山　他者の人格を尊重するという意味での倫理は、普通は深い人間的な関わり合いのなかでしか成立しないはずなんですけど、村上春樹の小説は「デタッチメント」の世界を前提に、それでも倫理的に人は生きられるとしたら何があるんだろうってことを問おうとしているような気がします。

それで思い出したのが、ジェイン・ジェイコブズ[*17]っていう評論家が、ニューヨークの都市計画について書いた『大都市の死と生』[*18]です。昔読んで印象に残っているのは、優れた都市はどんなものかっていう問いの答えで、確か次のように書いていたんです。優れた都市とは、住民の誰かが旅行に行くときに、自分の家の前のお店に鍵を預けることができて、しかもその預けた主人がどこに行くかをいちいち聞いてこないような人間関係が成立している所だ、と。要するにお互いの存在を認めつつもプライベートには立ち入らない、微妙な信頼関係が成立している状態を、都市の理想だと考えたんです。村上春樹がここで書こうとしてるのも、そういう

＊17　ジェイン・ジェイコブス　一九一六～二〇〇六。アメリカのノンフィクション作家、ジャーナリスト。

＊18　『大都市の死と生』　一九六一年刊行。

関係性ではないかと思ったんです。

藤井　ほんとにそうですよね。僕が村上春樹を読んだのは十八くらいのときだったんですが、その前の十二、三歳くらいのときから十八になるくらいまでの間に、家族のことや学校のことでいろんな「葛藤」があったし、太宰治を読んでもう自殺しようと考えたこともあるし、なんだかよく分かんないからキリスト教に入信しようと思ったこともあるし、とにかく哲学を勉強しようとしたし、あるいはもうヤンキーの奴らと一緒に悪いことをしてるだけでいいやと思うこともあれば、いろんな恋愛もあったりだとか——たかだか十七、八年間の人生ですけど、浜崎さんがおっしゃっているように、ローティーンからハイティーンにかけて僕も僕なりに「葛藤」してたわけです。

でも、ずっと十五、六年、葛藤して、全てに敗北するんです。それで、その敗北のなかで、もう他者と「僕が望むレベル」で交流ができないことをだんだんと悟っていったわけです。だとしたら、交流できない前提で、そのなかで倫理的に正しく生きていく道を一応探るしかないじゃないか、だったらそうしよう、と思ったんです。そしてそう思えるきっかけは村上春樹の世界に触れたことだったたし、そういうふうな生きていく生き方があるってことを、僕は村上春樹に初めて教えてもらったんだと思うんです。

浜崎　そうか、僕がちゃんと「敗北」してなかっただけなのかもしれない（笑）。

柴山　主人公の「僕」は昔の彼女が自殺してしまって、もう人と深く関わるのが嫌なんでしょうね。

藤井　でも、これは『ノルウェイの森』[*19]の話になってしまいますが、ものすごい助けようとしてるじゃないですか、自殺してしまう「直子」のことだって。指が四つしかない女の子のことも、できるだけ誠実に助けようとして、一晩抱っこして寝るんですよね。自分の体に女の子の鼻がくっついているのを感じながら。

だから現代っていうのは、ここからしかもう始まらないと思うんですよ。こんな絶望的な状況からしか。

でもそれは、絶望的状況なんだけど、この村上春樹の『風の歌を聴け』は、絶望はしてない。人と人が分かり合うこともできないし、人が人を本当に助けることなんてこともできない。だけど、

＊19　『ノルウェイの森』一九八七年、講談社より刊行。

例えばジェイズ・バーで、おいしくビールを飲む、あるいはパスタを湯がく。たかだかパスタだけど、美味しく作る。なんかそこにね、ミクロな日常のなかに真実がある。その真実を誠実に一つずつ拾い集めて生きていくところからしか出発できないし、その真実がどれだけ小さなものであってもその真実は真実であって、そんな真実があるにもかかわらず絶望している暇なんてないはずなんだ、っていうことを僕は村上春樹に教えてもらったんです。そこから出発して今の僕があるんだと思うんです。

「相対主義」とは違う「無常」——ポストモダン的「冷笑」ではなく

川端　今の柴山さんと藤井先生の議論を聴きながら、はっきり分かってきたことがあります。さっき浜崎さんが、春樹の作品の登場人物は「葛藤」と直接向き合わないという話をされていて、確かに僕もそういう印象があったのですが、それって要するに一種のシニシズムですよね。で、僕は本を読みながらけっこうボールペンで書き込むんですけど、どっかに漢字で「冷笑」って書きかけて、なんか違うなと思って止めたんです。シニカルというのは冷笑的と訳されますが、春樹の小説の登場人物はシニカルで冷たいとは思うものの、「笑う」感じはないんですよ。ポストモダン的な「冷笑主義《シニシズム》」は、全てをネタにして笑い飛ばしてしまおうみたいなところがありますが、村上春樹のシニシズムはどうも「冷笑」とは違う。

藤井　ちなみにそれでいくと、僕が村上春樹に出会うまでの十七、八年間生きてきたなかのいろんな絶望のなかの一つに、もちろん、ポストモダン的絶望もあります（苦笑）。冷笑することによる、ある種の不誠実さが、心底嫌いだった。

川端　分かります。ポストモダン的な冷笑主義者の「笑い」って、嘘なんですよね。その、社会や世界を突き放したようなぬるい笑いは、お前の本当の感情じゃないだろうって思うから、すごく嫌いなんです。ところが春樹は冷笑の「笑」の方を描かないから、なんというか、同じシニシズムでも清潔で誠実な感じがするわけです。

藤井　一番重要なのは、誠実、真摯《しんし》であること。それが村上春樹の小説なんですよ。

川端　村上春樹はもちろん典型的な現代小説を書いているわけですけど、ある意味で日本の古典的な倫理を背負ってもいるのかもな、と思った箇所もあります。例えば第三十八節の最後に「あらゆるものは通り過ぎる。誰にもそれを捉えることはできない。僕たちはそんな風にして生きている」とあって、これはポストモダン的に読むこともできるんでしょうけど……。

藤井　日本の『方丈記』[*20]のような……。

川端　そうそう、鴨長明[*21]とかの、無常観に根ざした倫理が浮かび上がっているような気がするんです。シニシズムは「犬儒主義《けんじゅ》」とも訳すじゃないですか。もともと「シニック」の語源はギリシア語で「犬」を意味する言葉で、犬みたいに自然に身を任せて生きる主義をシニシズムと言ったようです。村上春樹はそれに近い意味で、日本的なシニシズムの現代的な顕《あらわ》れを描いている感じがします。

藤井　「風の歌」の「風」っていうのは、方丈記の「ゆく河の流れ」なんでしょうね。

川端　このタイトル、僕はめちゃくちゃ良いと思うんですよ。「風

＊20　『方丈記』　一二一二年に書かれたとされる随筆。
＊21　鴨長明（かものちょうめい）　一一五五〜一二一六。

の歌を聴け」って、一般的な村上春樹のイメージには反する解釈だと思いますが、よくよく考えるとすごく日本的な感性でしょ。

浜崎　ホントそうですね。その「日本的感性」っていうのは、今回、僕も読み返していて改めて感じました。その意味じゃ、ものすごく伝統的な日本文学だなぁと(笑)。もちろん、書き方はアメリカナイズされているし、オシャレで現代的なんですけどね。

でも、それで思い出したのが、実は、アレクサンドル・コジェーヴ[*22]の『ヘーゲル読解入門』[*23]っていう本だったんです。冷戦が終わったときに出たフランシス・フクヤマ[*24]の『歴史の終わり』[*25]の種本です。というのも、そのなかでコジェーヴは、「ポスト歴史の世界」、つまり「ポストモダンの世界」と「日本的スノビズム」とを重ねて論じていたからなんです。

コジェーヴによれば、「歴史」とは、所与の自然を否定する労働と闘争の時間なんですが、これ、要するに「葛藤」のことですよね。つまり、「葛藤」によって成長し、進歩する時間が「近代の歴史」だというわけです。だけど、その「歴史」が終わったとき、二つのバージョンが現れるんだともコジェーヴは言う。一つ

＊22　アレクサンドル・コジェーヴ　一九〇二～一九六八。ロシアで生まれフランスで活躍した哲学者。
＊23　『ヘーゲル読解入門』　一九四七年、刊行。
＊24　フランシス・フクヤマ　一九五二～。アメリカの政治学者。
＊25　『歴史の終わり』　一九九二年刊行。

が、「労働」（自然の否定）を必要としなくなった「動物」のような生活、要するに、大衆消費社会に現れる「アメリカ的生活様式」です。それと、もう一つが、実は「ポスト歴史の日本の文明」、つまり、「労働」しないのに、自然に対する否定性を失わない生活スタイルだと。で、コジェーヴは、これこそが「スノビズム」だと言うんですね。「労働」を通じて新たな「内容」を生み出していくような近代的生活ではなくて、「内容」の移りゆき（諸行無常）を、ある「形式」によって繋ぎ留めようとするような生活スタイル、それこそが日本的スノビズムなのだと。そして、「歴史」や「進歩」を締めて、なお「人間」であろうとすれば、これしかないとも言うんです。

それに絡めて言えば、村上春樹の世界って、まさに「ポスト歴史の世界」でしょう。つまり、そこで語られている「内容」に意味はないんです。問題なのは、その「語り方」なんですよ。スタイリズムと言えば「倫理」にもなるんですが、ただ、このスタイリズムは、同時に「スノビズム」でもあり、また「ポスト歴史の世界」の作法ということにもなる。

柴山　だけど、危険は危険ですよね。だって現実には歴史は終わっていないから。「葛藤」の世界は終わることなく続いていくわけですから。

「一人」であることの自覚　――村上春樹の「一匹と九十九匹」

藤井　だから僕は、三十一のときから村上春樹の世界を全く読まなくなったんですよ。今回二十年ぶりに読んで、やっぱり引きずられてしまう危険性がある。なんで僕は三十一のときに彼の世界を断ち切ったのかというと、この世界に立ち止まっていたら、人間でなくなってしまうような気がしたんです。

だけど、僕はやっぱり三十一までの間に村上春樹を読んでいたことには絶対意味があったと思う。なぜかっていうと、人生全体がそうだとは思うし、現代だからより一層そうだと思うんですけど、やっぱり他人とは分かり合えないという無常観をベースにはっきりと心に持ち続けていないと、そういう諦観がないと人生は生きられないし、時代を作っていくこともできないと思うんですよ。

ここまで深く村上春樹のことを論じたのは生まれて初めてです

が――なぜかというと、春樹って空気みたいな存在で、対象化できないくらい距離が近かったからで、だから、僕は一言一言かなり切実な言葉を僕なりに吐こうと思っていますが、その上で言えば、やっぱり捕虜収容所の世界の人間たちは無常観を持たずに生きているんですよ。

　でも、その捕虜収容所で生きることの孤独は、村上春樹も僕も、感じながら育っていった。この孤独を心のコアに据えた上で、この現実にコミットメントしていこう、嫁さんのことも子供のことも大事にしよう、自分の国のことも組織のことも、できるだけ誠実に自分の実力の限りを使って大切にしていこう――そんなふうに思えるのは、根本的に「無常」だからなんですよ。無常感もないくせに、なんか仕事しているとか――。

川端　それは気持ち悪い！（笑）

藤井　ほんとそうです（苦笑）。で、昔はそんな無常観を持たないで仕事している人の割合って六、七割くらいだったかもしれないけど、今やもう九九・九％じゃないかと。だから残念ながら、この村上春樹の世界くらいの超デタッチメント世界、つまり、柴山さんの言った、現実と違う「亜現実」に一回自分の身体を浸してからじゃないと、現代人はまともな無常観を持てないんじゃないかと。だからホント僕は、村上春樹ワールドに救われましたね（笑）。

浜崎　なるほど、藤井先生の言葉を聞いていて思い出しましたが、二〇〇九年に春樹がエルサレム賞授賞式で「壁と卵」のスピーチ[*26]をしましたよね。あれを聞いたとき、咄嗟《とっさ》に思い出したのが福田恆存の「一匹と九十九匹と」[*27]というエッセイだったんですよ。つまり、「九十九匹」っていうのが、春樹の言う「壁＝システム」で、「無常感」のない物差しの世界です。対して、「一匹」というのは、すぐに割れてしまう「卵＝弱い孤独な人間」で、要するに、物差しでは測ることのできない滅びゆく実存です。それで言うと、春樹はこの「一匹」の世界を徹底的に描くんですよ。だから「九十九匹」の世界に対してデタッチメントにもなる。

ただ、春樹と福田の違いを言えば、福田恆存の方は、実は「一匹と九十九匹」だけで終わらないんです。その後に、九十九匹から零《こぼ》れ落ちた一匹をこそ支える「全体」について語り出すことになる。つまり、どんなに孤独で、どんなに絶望してても私は生き

＊26　「壁と卵」のスピーチ　二〇〇九年。村上春樹がエルサレム賞を受賞した際のスピーチ。「もしここに硬い大きな壁があり、そこにぶつかって割れる卵があったとしたら、私は常に卵の側に立ちます。」

＊27　「一匹と九十九匹と」　一九四七年に発表された福田恆存のエッセイ。

ているわけで、生きている限りは世界に対してコミットメントするわけで、その能動性を与えているもの、孤独な私を支えているものについて、やっぱり福田は語らなければならなくなると。そこで福田恆存が語ったのが、「歴史」や「言葉」や「自然」などの手触りだったわけです。その意味で言えば、春樹が描くのは、未だ「全体性」に支えられる前の「一匹」の世界とも言えるかもしれません。

藤井　そうなんですよ！

浜崎　だから、その後の九五年あたりから、「一匹」を超える「歴史」を描き出すと。それが『ねじまき鳥クロニクル』あたりからということになるのかな。

藤井　僕にとっては、そのあたりから、村上春樹は甘い人物に見えるようになりましたね。僭越《せんえつ》ですが、今の僕の「世間とのコミットメント」する実力から言うと、村上春樹は「甘すぎ」であって、「なんなんやその、ぬるいコミットメントは!?」みたいになりました。もういい大人なんだから、タダ単に震災について取材したりすればええってもんとちゃうぞと（笑）。もうその頃から村上春樹さんは単なる凡庸な左翼に見えるようになりましたね。かつての初恋の人を久々に見てみたら、なんだかその辺の、ちょっとだけ自意識の高い普通の俗物オバサンになった、みたいな話です。

柴山　「全体性」に行くならそれなりのやり方があるだろうって。

藤井　そうなんですよ！

柴山　例えばオウム真理教を取材して現実にコミットするなら、文明論的な広がりを期待してしまうのはありますね。評論家と小説家の違いはあるにせよ、コミットするなら国際政治や宗教対立の現実にもちゃんとコミットしてほしい。

「ニヒリズム」との付き合い方 ──「無常」を表現するという「希望」

川端　でも、この作品の後半の方を読むと、「デタッチメント」って言ってしまうのは不正確な感じもするんですよね。それなりに、人間や社会に対するコミットメントがあると思うんですよ。例えば第三十一節の後ろの方ですけど、「人並外れた強さを持ったやつなんて誰もいないんだ。みんな同じさ。何かを持ってるやつはいつか失くすんじゃないかとビクついてるし、何も持ってないやつは永遠に何も持てないんじゃないかと心配してる。みんな同じさ。だから早くそれに気づいた人間がほんの少しでも強くなろうって努力するべきなんだ」と。

藤井　さっき僕が言ったことはまさにそう。

川端　その通りですよね。それに続けて、「振りをするだけでもいい。そうだろ？　強い人間なんてどこにも居やしない。強い振りのできる人間が居るだけさ」とあるのは、人間の本質を正確に描いているように思いますよ。その次の節でも、デレク・ハートフィールドという架空の小説家のセリフとして引用しているんですけど、「人生は空っぽである、と。しかし、もちろん救いもある。というのは、そもそもの始まりにおいては、それはまるっきりの空っぽではなかったからだ。私たちは実に苦労に苦労を重ね、一生懸命努力してそれをすり減らし、空っぽにしてしまったのだ」と書くわけです。これは明らかに、デタッチメントというよりは、コミットメントの対象が失われることに対する哀愁や郷愁でしょう。

柴山　なんというか「同志」に語りかけているんですね、同じ感覚を持った人に。ビールを飲みながらね。しかし、ビールを飲むことの楽しさをこれほど肯定的に描いているものも珍しい。ニヒリズムとスレスレなんですけどね。

藤井　そうなんですよ、ほんと、『方丈記』ですよね。

柴山　ただ無常を感じることと、無常を表現することは違うじゃないですか。無常に浸っていただけでは表現への意欲は出てこないわけで、表現するってことはやっぱり「伝達」を信じているからなんですよね。本物のニヒリストなら表現なんかしない。何か希望があるから書くんじゃないんですかね。

浜崎　その希望にどこまで村上春樹が正直になれたかっていう問題なんでしょうね。

藤井　「職業としての小説家」ってつらいですね。

柴山　それはありますね！　書くことがなくなっても書かないといけないから。

藤井　でも、書くことなんて青春時代で終わってしまうから――。

柴山　若いときの何か伝えたいけど伝えられないもどかしさって、年齢が上がってくるとなくなってくるというのはありますね。

田中康夫『なんとなく、クリスタル』

あらすじ

一九八〇年六月の東京。学生でモデルをやってる私（由利）は、同じく学生でミュージシャンをやっている淳一と同棲中。淳一はツアー中で一人退屈する私。午後には去年単位を落とした必修のフランス語の授業があるけれど、雨で気が滅入って大学は休むことにする。女友達に電話をかけるが誰も出ない。そこで男の子に電話をしようとするが、呼び出したいほどの男の子もいない。タバコに火をつけたとき、マッチの裏に男の子の名前と番号が書いてあることに気づく。昨日ディスコでナンパをしてきた男の子の番号だった。

私は彼と軽く食事をしてホテルへ行くが、「淳一との時には訪れるあの高圧電流がいつまでたっても流れて」こない。ことが終わると、二人はお互いに恋人がいることを告白する。「クリスタルなのよ、きっと生活が。なにも悩みなんて、ありゃしないし」と言う私。「本もあまり読んでないし、バカみたいになって一つのことに熱中することもない」けれど、「頭の中は空っぽでもないし、曇ってもいない」と語る男の子。

淳一がツアーから帰ってきて寝ると、私はやっぱり淳一とじゃなければ駄目だと思う。二人の関係を、私は「同棲」ではなく「共棲」、「従属」ではなく「所属」の関係だと思う。二人の周りには、いつも「クリスタルなアトモスフィア」が漂っていた。私は、三十代になっても、シャネルのスーツが似合うような女性でいたいと思う。

『なんとなく、クリスタル』は文学なのか？——全否定に次ぐ全否定

浜崎　では、次に『なんとなく、クリスタル』に話を移したいと思います。

柴山　まず、この小説を取り上げることの意味から伺いたいですね、これまでのものとはずいぶん違うから（笑）。

藤井　ずっと避けてきたのに、なんで俺はコレを読まなあかんのだろうかというのが、率直な感触でした（笑）。

浜崎　いきなり、なんか弁解しなきゃいけないみたいですが（笑）、まずは田中康夫[*28]の『なんとなく、クリスタル』の特徴についてまとめながら、少しずつ話していきますね。

さっきの村上春樹の『風の歌を聴け』が、一人の主人公の内面において「内容」と「形式」を分けようとするがゆえに、そこに「アイロニカルなスタイル」、つまり、文学的内面が見出されるのだとすれば、当時、一橋大学の四年生だった田中康夫が一九八〇年に書いた『なんとなく、クリスタル』は、「内容」は「内容」として右側ページに記しながら、それに対する「距離感」を左の

＊28　田中康夫（たなかやすお）一九五六～。一橋大学在学中に書いた『なんとなく、クリスタル』が文藝賞を受賞、100万部を超すベストセラーとなり一躍有名作家となった。以後、小説、エッセイ、社会評論など、幅広い分野の作家活動を行う。二〇〇〇年の長野県知事選を皮切りに政治家としても活動を始め、長野県知事（当選二回）、参議院議員（一期）、衆議院議員（一期）を歴任。

「四四二個の注」で示すという新手の手法を示しています。

柴山　ボケとツッコミなんだ。

浜崎　そういうことです。ただ、「内容」とそれへの「批判的距離」とを分離したこともあって、小説に深刻な「内面」が反映されることはなく、〈小説の内容＝時代の雰囲気〉に浸りたい読者にとっては、『なんとなく、クリスタル』はものすごく読みやすい「風俗小説」として読めることにもなります。実際、この小説はミリオンセラーを記録することになり、その後に「クリスタルブーム」などという、いかにもバブル的な社会現象まで引き起こすことになりますが、ただ、田中康夫の小説が話題になった理由は、実はもう一つあって、かつて、村上龍の『限りなく透明に近いブルー』をクソミソに批判していた保守派の文藝批評家である「文藝賞」選考委員の江藤淳が、なんと『なんとなく、クリスタル』を受賞作に推したんですよね。

柴山　そうなんですか。評価は逆になりそうなものですけどね。

浜崎　受賞理由の詳細は書いていないんですが、おそらく、いま言ったことが関係していて、村上龍の場合はベタな「反米小説」なんですが、『なんとなく、クリスタル』の方は、ボケとツッコミで、「対米従属している日本人」（内容）に対する「アイロニー」（注釈）として読めるのではないかと。そこが、当時、冷戦下で「親米」を言わざるを得なかった江藤にとっては、評価のポイントだったのかもしれませんが、例えば、批評家の加藤典洋という人が、それを後に『アメリカの影』のなかで論じ直したりします。

なかなか恥ずかしくなってくるような内容ですが（笑）、これはバブル世代から最も遠い川端さんから「客観的な意見」を聞くのがいいのかなと思うんですが。

川端　これはちょっとですね……（笑）。

柴山　これは難しいですよね（笑）。

川端　この作品、読んだことはないはずだと思って読み始めたら、一番最初の、主人公がダラダラとベッドから起き上がらずにいるシーンに見覚えがあったんですよね。要するにたぶん、学生時代に二、三ページ読んで止めたんでしょう（笑）。今回は仕事のためなので最後まで読みましたが、短いのに心理的に辛かったです。さっきも言ったように僕は本を読みながらボールペンで書き込みをするんですが、今回はですね、「気持ち悪い」って何度書き込んだか分かりません。

一同　（爆笑）。

柴山　めちゃくちゃ分かる。

川端　見直したらいろんなところに「キモイ」とか書いてるんですよ。「アトモスフィア」（雰囲気）みたいなカタカナ英語の出てき方とか、主人公の「男の子」「あの子」という「子」の使い方とか、とにかく気持ち悪いんです。私が言うのも何なんですけど、そもそもこれ、文章下手じゃないですか？

藤井　下手やね。

川端　村上春樹との落差が酷い。全くレトリックがうまくないし、描写も陳腐だし。

藤井　イケてる感じを出しているのが気持ち悪い。

柴山　女性の性感覚を描いているところがあるじゃないですか。これを読むのは厳しかった。

藤井　そこはさすがに仕事でも読めなかった。読み飛ばすというより、目をそらしてしまった。

柴山　しかも記号的な描写で。

川端　女の子が化粧する場面とかも、本当に単なる手順が書いてあるだけで、これで文学なのかと。まぁ話題になったのは分かるし、本文と注釈を往復していく表現は独特ですし、注釈もよく読んでみると少し捻った文章を一応書いてはいるんで、目新しさはあって、実験的な表現であることは分かる。でも、この実験をしなければならなかった理由が全く分からない（笑）。

浜崎　果たして「実験」の意識があったかさえも分からない（笑）。

川端　「それで？」って言いたくなります。これが大量に売れたっていうのは……。

柴山　社会現象として論じる意味はありそうだけど、文学としては正直小説かどうか怪しい。

藤井　現代の、平成のあるいは令和の今のどうしようもない空気と完全に繋がっている。

川端　先ほどの話に繋げると、ここまでくると「冷笑」的な感じがするんですよね。真面目なものごとに対する「そんなもの、適当に笑ってやり過ごせばいいじゃん」みたいな。

柴山　真面目な友達が英文学の講義を熱心に受けているのをバカにしているシーンがありますね、つまらん奴は授業にでも出てればいいって。この感じは分かるんですけど、ストレートに書くとすごくダサい。

川端　ダサいし、これが流行《はや》ったっていうのは何なんですかね。僕は世代が違うからなのか何なのか分かりませんが、読んでいていちいち同意できないんですよ。例えば、注釈のなかで突然、松山千春[*29]とさだまさし[*30]を口汚く罵っている箇所があります。でも僕、松山千春とかさだまさしの歌はけっこう好きなんですよ（笑）。今の学生に聴かせても「いいですね」っていう曲だってありますよ。何が悪いのかさっぱり。なのに、当時はこれ読んで「分かる分かる」ってみんな思ったんですか。

藤井　僕の世代とほぼ一緒なんですけど、ドンピシャでいうと、僕のお兄ちゃんとかの世代。彼らってほんとにコンナンなんですよ。で、僕の世代にもずいぶんこんな奴ばっかで、こんなんがエエってコトになってた。で、僕はそのなかで一人で絶望していた（苦笑）。これが僕にとって絶望空間の原体験。思い出ってだいたい美しい

＊29　松山千春（まつやまちはる）一九五五〜。ミュージシャン。
＊30　さだまさし　一九五二〜。ミュージシャン。

けど、この思い出だけはホントイヤ。めっちゃ嫌い！

「従属」ではなく「所属」――八〇年代の日米関係

浜崎　このままでは座談が終わりそうなんで（笑）、この作品を取り上げた理由を話しておきますね。『なんとなく、クリスタル』については、それこそ日本のバブルとは何だったのか、日本のエニウェアアーズとは何なのかとか、いろんな読み方があるとは思うんですが、加藤典洋が提示している仮説が、おそらく「対米従属文学論」の視点からは一番面白い。

加藤は、この主人公の由利を「日本」と置いて、恋人の淳一を「アメリカ」と置いたらどうかと言うんです。そうすると、例えば、「淳一（米国）と私（日本）には、お互いに仕事があった。経済的に自立している状態だった。だから私たちは一人前の社会人であるともいえた。とはいっても、同時に、学生という、社会に出る前の身分も持ち合わせていた。モデルの仕事は楽しいものだった」という箇所が俄かに不穏な意味を帯びてくる（笑）。日本は経済的には自立しているけれども、国際社会に出る前の身分（半人前）

で、しかもモデルとくる。つまり、日本は「平和憲法」を身につけた世界のモデルなんですね。それで、こんなセリフが出てくる、「でも……一人になると、急に、アイデンティティーを、一体、どこへ置いたらいいのか、わからなくなることがあった」、「お互いに、別々の世界を持ちながらも、一緒に住んでいる私たちには、共棲という言葉の方が似合っていた」、「淳一（米国）というコントローラーの下に、私（日本）は所属することになってしまった」、でも「お互いを、必要以上には束縛し合わずに一緒にいられるのも、考えてみれば、経済的な生活力をお互いに備えているからなのだった。淳一（米国）によってしか与えられない歓びを知った今でも、彼のコントロールの下に〝従属〟ではなく、〝所属〟していられるのも、ただ唯一、私がモデルをやっていたからかもしれない。だから、いつまでたっても私たちは、同棲でなく、共棲という雰囲気でいられるのだった。いつも、二人のまわりには、クリスタルなアトモスフィアが漂っていた」と（笑）。つまり、主人公の主観では、これは「従属」ではなく、「所属」なんですよ。しかも、当人には「おままごと遊びといわれようが、結婚ごっこといわれようが、一緒に住んでいるのだった」という自覚まであるというね。

柴山　日米関係が「共生」になった、と。最悪だな。

浜崎　「対米従属」が「日米同盟」になったと言ってもいい。それが全面化したのが八〇年代だったというわけです。実際、八〇年代に、七〇年代まであった「反米」が消えている。

柴山　そういう日本人の意識変化を形にしたところには、意味があるのかもしれない。

僕が思ったのは、これまで座談会で取り上げてきたなかで、初めて政治の臭いがしない小説だ、ということです。みんな無意識に「政治の季節」を引きずっている小説ばっかりだったけど、これはそうではない。七〇年代までの若者は、政治運動をすることで政治を変えようとしたと思うんです。だけど、八〇年代の田中康夫の小説から、主題が政治から消費に変わった。世界を変えようと思うなら消費すればいい。だって若者が消費すれば、大人たちはそちらになびくから。大人たちは若者の機嫌を取り始める。それで世界は変わるだろう、と。消費社会を全面的に肯定することで、政治的な運動なんてしなくても、大人は若者の方を向いてくれる。そう証明したかったんじゃないかな。

浜崎　しかも、若者たちを動かしているのは「気分」でしょ。

柴山　そう、「気分」。

藤井　それも、なんとなくの。

消費する若者たち　――「なんとなく、ネオリベ」の世代

柴山　確かにバブルの頃から社会が若者に媚びるようになったんですよ。ブランド品を身につける若者たちに合わせて、大人も若作りするようになるし、テレビ番組も若者向け、特に若い女性向けになっていく。この層が一番消費力持ってるから、広告もつきやすい。そういう意味ではガールズ・パワーというか、消費社会のなかで高まっていく若者のパワーを肯定しようとしているんだけど、何だろうな、この不愉快さ。

一同　（爆笑）。

柴山　結局これ、ネオリベ[*31]の走りなんですよ。この消費者主権を突き詰めていくと、必ずネオリベにいく。村上春樹の都市生活者像

＊31　ネオリベ　市場の自由を特別に重視する政治経済についての考え方で、理論的にはケインズ主義批判を源流とし、現実政治では一九八〇年代に英米を中心に勃興した。新自由主義。ネオリベラリズム。

にもそういうところがあるんだけど、一方でその危うさをどこか自覚しているところがあって一筋縄ではいかない。

浜崎　寂しさもある。

柴山　でもこちらはネオリベまで一直線なんじゃないかと。マーケティング、つまり市場の力を全面的に肯定しているわけだから。確かにこれは別種の政治ではあるんだけど、四十年経ってその政治は最悪なものに行き着いた。

浜崎　田中康夫って一九五六年生まれだから今は六十三歳で、ニューアカデミズム[*32]の浅田彰は一九五七年生まれで六十二歳。こんな感じの六十代が今の日本を引っ張ってるってことですよ。

柴山　でも、バブルのときは若者も景気が良かったけど、長引くデフレで今は消費どころじゃないですからね。バブル世代は確かに社会を変えたけど、その末路が今なわけで。

川端　田中康夫自身による解説で、「どういったブランドの洋服を着て、どういったレコードを聴き、どういったお店に、どういった車に乗って出かけているかで、その人物が、どういったタイプの人物かを、今の若者は判断することができるのです」とか、「若

＊32　ニューアカデミズム　一九八〇年代に浅田彰の『構造と力』『逃走論』、中沢新一の『チベットのモーツァルト』などがベストセラーとなり、新たな知的運動の潮流と捉えられた。主に構造主義、ポストモダン的な評論を特徴とした。

い人たちは、どこのブランドのバッグを持っているか、どこのディスコの常連か。こうしたことで、他の人を判断するのです」と言っている。八〇年代はそういう感じだったのかもしれないですが、九〇年代、二〇〇〇年代だとこれは全くリアリティを持たないですね。消費スタイルは人それぞれの好みが当然ありますが、それで人間を判断するというようなことはない。そういえば、その本人の解説でね、「今までの日本の小説に描かれている青春像とは違う、皮膚感覚を頼りに行動する、今の若者たちが登場する小説を書きたい」と思ったって言うんですけど、こういうのを「皮膚感覚」とは言わないでしょう。皮膚、ないじゃないですか。

浜崎　「生活感覚」って出てくるけど、これは「生活から遊離する感覚」ですよね。

川端　こんな現実感のないものを皮膚感覚って言われたくないですよね。

柴山　川端さんがここまで批判するのは初めてですね（笑）。今まではどんな小説でも擁護してたのに。

浜崎　どんな小説でも拾ってきたのに（笑）。

藤井　ところでね、この本のこと、昔から「嘔吐《おうと》」の対象としてしか見てなくて、一生触れないで死んでいこうと思っていたくらいものすごい嫌いなものなんですが、それくらい「嫌なモノだ」っていう前提で読んでみると、意外とエエとこあるやん、とも思ったんです。

柴山　逆に清々《すがすが》しい、と。

藤井　何がいいと思ったかっていうと、「めっちゃ嫌いなやつ」がいても、話の流れで飲まなしゃあないときになったら、一緒に飲むじゃないですか。で、せっかく一緒に飲むんやから、嫌いや嫌いやと思うんじゃなくて、何とか好きになろうとして喋ってたら、意外とエエとこあるな、と思うこともある、という話。

柴山　学生時代の藤井さんなら絶対友達にならないタイプですよね。

藤井　もちろん（笑）。でもまぁ、無理してエエとこ見つけようとすると、この本にもポツポツとエエことが書いてある。例えば、「まだまだおかしな西洋コンプレックスが残っているんだ」って西洋コンプレックスをディスるところなんかは、確かにその気持ちは僕も分かるっていう「あるある」ですよね。あるいは「生理的にラブホテルを受け付けなかった」とか、「おままごと遊びなのよね私たち世代の恋愛って」とか、「結婚ごっこしてるわけにもいかないじゃないいつまでも」とかってのは全部、「分かる分かる」、「あるある」っていう話です。そういう「プチあるある」は、方丈記の世界とも幾分繋がっていなくはない。ただ気持ち悪いのは、「私たちのこういうところろって素敵でしょ」って自分で言うてしもてるところの感じが、モロ嘔吐、なんですよ。

柴山　「言ってやったぞ」って感じで。

藤井　(笑)。きっとこの本、分かる分かる、っていうリアリティがゼロだったら、売れてないんですよ。二十ページか二十五ページに一個ずつくらい「分かる分かる」みたいなのがある。ホント、嫌な奴と飲んでいるときの感覚そのものなんですね。ホント、こういうのとは飲みたくないですね(笑)。

小説の終わりと、ポスト・モダン批評――高橋源一郎の酷さ

柴山　この小説を読んだときに、「何かが終わったな」って感じがしたんです。浜崎さんのお勧めに従って戦後文学を読んできて、

文学についてのイメージもそれなりにできてきたのに、一気に破壊されたというか（笑）。その意味ではインパクトがありました。あと、声を大にして言いたいのは、河出文庫版の高橋源一郎の解説が……。

浜崎　そう！　あれは、むちゃくちゃ、酷いですよね。

柴山　これは何なんだ、という（笑）。

藤井　「これまで、『なんとなく、クリスタル』を何度読んだだろうか」って、読むな！って思うし、「その度に最初に読んだ時のショックを思い出す」って、電流流れたんかお前！って思いますよね（笑）。

柴山　題名が「唯一無二」で、「マルクスの資本論を読んでいるような興奮」って、これ本気なんですかね。いくら何でも冗談でしょ。

藤井　何に興奮してんねんって話ですね（笑）。

柴山　冷静に突っ込んでも仕方ないけど、マルクスが読んだら怒り狂うんじゃないですか。こういうプチブル[*33]文化を最も嫌ってたわけだから。こんなピント外れの解説が堂々と載っているところを

＊33　プチブル　狭義には自作農や商店主、弁護士や医師などの専門家など生産手段を持つ、資本家階級と労働者階級の中間的な人々を指すマルクス主義の用語。

見ると、小説とか批評ってもう終わっちゃったんじゃないかと疑いたくなります。

浜崎　そうですね、「小説」が終わったということは、「批評」も終わったということなんでしょう。でも、この田中康夫とマルクスという、むしろ正反対のものを「思い付き」で繋げるというタイプの批評が、まさにニューアカデミズムとか称して大手を振った時代なんですよ、八〇年代って。中沢新一[*34]の『チベットのモーツァルト』[*35]なんかが、その典型でしょ。

柴山　この小説は最後に「少子化」の兆候を示す統計データが載っていますね。その部分を解釈すると、おそらくこの小説は社会問題を提起したかったんでしょう。なぜ少子化が進んだのかというと、女性たちがこの小説で描かれているような生き方を模索し始めたからだ、と。自分の楽しみを素直に追求し始めたことで、社会全体として見れば少子化が止めどなく進む、それを皆さんはどう考えますかという問題提起だと思うんです。本来、社会評論がやるべきことを小説でやった。だけど、やっぱり社会問題は評論でやった方が深く掘れますよね。この座談会で何度も言ったこと

＊34　中沢新一（なかざわしんいち）一九五〇〜。宗教史学者、文化人類学者。
＊35　『チベットのモーツァルト』一九八三年、せりか書房より刊行。

だけど、評論で書けることを小説で書かれても、やはり厳しい。そんなのは社会科学に任せておけばいいんで、小説は小説でしかできないことをやってほしいなぁ、と。村上春樹のように寓話の力で「亜現実」みたいなものを作って、読者を巻き込んでいくのが小説本来の役割なんじゃないか。もっとも田中康夫はこの後、評論家になって政治家になるわけで、最初から小説家を目指していなかったのかもしれないけど。

川端　だから、純粋な物質主義にも行ききらず、ちょっと人間的な感傷を混ぜてくるところに腹が立つわけですよ。しかもそれが実にありきたりな内容で、男女が「お互いに、一人では弱くて淋しいのだ、ということを充分に知り尽くしていた」とかって普通過ぎるじゃないですか。とりあえずこんな感じのことを言っとけばウケるかな？　みたいな、ラノベ的なものを感じます。ラノベとかトレンディードラマとかの、「このセリフ言うといたらとりあえず売れるんや」というような表現が適当に使われている。

柴山　この小説って、完全に「エニウェアーズ」の世界ですよね。庶民性を拒否していて、所々見下してさえいる。これまで取り上げてきた小説は、自分のなかの「サムウェアーズ」というか、庶民性を自覚してそれと向き合ってきた、そこに面白さがあったんだけど、ここにはその対立がない。浜崎さんがよくおっしゃっているけど、近代小説って都市と田舎のような文化的な「落差」を原動力としてきたわけですよね。

浜崎　おっしゃる通り。

柴山　しかしこれは、明らかに違いますよね。田舎が消去された世界というか。

浜崎　だからね、面白いのは、村上春樹のお父さんって戦中世代なんですよ。浄土宗の住職の息子として生まれて、戦争行って、国語の先生とかやってたんだけど、引退してからはずっと祈ってたみたいな人らしくて。しかも春樹自身は、兵庫の西宮から早稲田に行って、そこで政治運動に触れて、地方と都会の落差も見ている。でも、田中康夫って、東京で生まれて、育ちは長野の松本だけど、親が信州大学の心理学の教授なんですよ。つまり、基本、エニウェアーズなんです。その意味では、まさに「落差」がない人間なんですが、重要なのが、そんな「落差」のない奴が政治家になる時代が二〇〇〇年代に来るってことです。田中康夫も天然おバカ系の政治家ですが、しかし、このバカさ加減は一方で鳩山由紀夫[*36]にも通じるものがある。

柴山　なるほど。確かに自民党的なものを徹底的に拒否している。

川端　「脱ダム宣言」[*37]とかね。

『俘虜記』から『なんとなく、クリスタル』へ　――戦後三十年の断絶

浜崎　でもね、だから改めて思うのは、「対米従属」に無自覚なまま、国家意識のないまま経済成長しちゃうと、こういうことになってしまうんだという見本ではあるとは思うんですよ、この小説って。

柴山　大岡昇平から始まって田中康夫までの歩みを振り返ると、同じ小説というジャンルに括ってよいのだろうかと思いますね。大岡昇平からここまでどのぐらいですか。たかだか三十年か四十年でしょ。

浜崎　『俘虜記』が書かれたのが一九五〇年前後だから、たったの三十年ですよ。

藤井　ここまでくるんですね――。十歳の人間が四十歳になる間に

＊36　鳩山由紀夫（はとやまゆきお）一九四七〜。第九十三代内閣総理大臣（二〇〇九〜二〇一〇）。父方の祖父は一九五四年から一九五六年まで内閣総理大臣を務めた鳩山一郎、母方の祖父はブリヂストンの創業者であり、名門一家の毛並みの良い宰相と言われた。

＊37　脱ダム宣言　二〇〇一年二月に当時長野県知事だった田中康夫が知事として出した宣言。環境負荷等を理由に長野県にダムを造るべきでないとし、下諏訪ダムの建造計画を中止した。

こうなっているんだと思うと、ホント、恐ろしいですね。

柴山　小林秀雄は、この時代にはまだ存命なんですよね。

浜崎　当時、小林は七十八歳です。

柴山　すごいですね、昭和って。

浜崎　小林秀雄が『本居宣長』[*38]を出すのが一九七七年で、その「補記」[*39]を書くのが一九八〇年。八〇年代って全然違う二つの世界が、同在してるんですよ。

柴山　やっぱり戦前世代と戦後世代の断絶は凄まじかったんですね。座談会の前半でやった太宰や三島は、戦後世代とは明らかに違うものを抱えていた。

藤井　これとは全く違うものですよね。小説という枠でそれらを全て同じものとして一括りにできないですよね。

川端　最後に八〇年代の日本をよく知っている藤井先生に確認しておきたいことがあるんですが、例えばこの主人公が奈緒という名前の女友達について述べるときに、「奈緒は、日本に生まれて十七年になる。国籍も日本人だ。でも、キンダーガーテンの時から、日本の教育を受けていない」と言うんですが、こんなルー大柴[*40]み

＊38　『本居宣長』一九七七年刊行。
＊39　『本居宣長　補記』一九八二年刊行。
＊40　ルー大柴　一九五四〜。俳優、タレント。

たいな英語を使う奴、本当にいたんですか？

藤井　言わへん言わへん（笑）、幼稚園、です！

柴山　そんな言い方したら確実に周りからイジられてますよ。

藤井　雰囲気を「アトモスフィア」って言ってるのと一緒やね。

川端　文章がいちいち、笑わせにきてんのかなって思ってしまう。

柴山　八〇年代から、小説はそういうジャンルになったんですね。

川端　そういう時代なんですかね。分かんないですね。

藤井　もう笑うしかないですね（笑）。春樹の「おまけ」でちょうどよかったです。

一同　（笑）。

（表現者クライテリオン　二〇一九年七月号）

第七章

「国土の荒廃」を読む

戦後日本人は「国土」が大きく揺らぐ経験を二度持った。一つは高度経済成長時の「環境汚染」であり、もう一つはバブル景気による「土地開発」である。
資本によって「母なる自然」が揺るがされたとき、日本人はどう振る舞うことができたのか、あるいは振る舞えなかったのか。二つの女性文学作品を前に、
現在の福島原発事故にまで続く「自然の崩壊と受苦」、そして「日本人と国土」とを問う。

石牟礼道子『苦海浄土—わが水俣病』
富岡多恵子『波うつ土地』

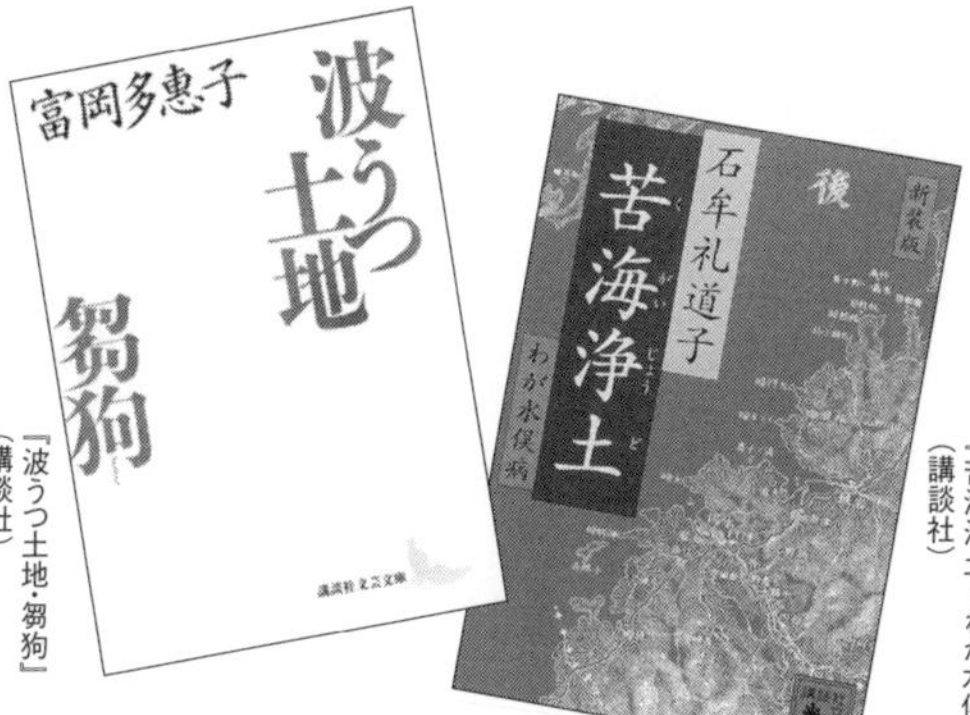

『波うつ土地・芻狗』（講談社）

『苦海浄土—わが水俣病』（講談社）

参加者
藤井聡
柴山桂太
浜崎洋介
川端祐一郎

石牟礼道子『苦界浄土――わが水俣病』

あらすじ

全七章からなる詩的ルポルタージュとも言うべき「記録文学」。

第一章「椿の海」では、病院行きを頑なに拒否する水俣病患者の山中九平少年の孤独や、水俣病で死んでいった姉・さつきの怨念、また、独立不羈《ふき》の「気位」を重んじる並崎仙助老人などの衰弱を通じて、水俣という土地とそこに生きる人々の表情が描かれる。第二章「不知火海沿岸漁民」では、水俣病患者の互助会と不知火海の漁協組合との微妙なズレや、水俣とチッソ株式会社との関係、国会議員団への陳情など、主に政治的風景が描かれる。第三章「ゆき女きき書」では、坂上ゆきという水俣病患者を中心に病院の様子が描かれ、第四章「天の魚」では、水俣病で働けなくなって後に妻を失った長男や、生まれつき障害を負って生まれてきた胎児性水俣病患者である杢太郎少年（当時九歳）などの運命が語られる。第五章「地の魚」では、アンポ指導者など「自称前衛」たちの生態と、彼らに対する違和感、そして物言わぬ「ミルクのみ人形」である患者ゆりの姿が描かれ、第六章「とんとん村」、第七章「昭和四十三年」では、石牟礼道子自身の故郷に対する記憶や、チッソに対する記憶、そして、水俣病発生から十五年経った昭和四十三年になって、ようやく結成された「水俣病対策市民会議」の活動などが、多視点的＝重層的な言葉によってポリフォニックに綴られる。

戦後日本における「母の崩壊」というモチーフ

浜崎　この対米従属座談会も、今回を含めて、いよいよ残るところ後二回となりましたが、今日は、「国土の荒廃」と題して、二人の女性作家によって書かれた作品を取り上げたいと思います。

一つは、昨年（二〇一八年）、九十歳で亡くなった石牟礼道子氏[*1]の『苦《く》界《がい》浄土《じょうど》――わが水俣《みなまた》病』、もう一つは、富岡《とみおか》多恵子《たえこ》氏の『波うつ土地』です。前者は、自身、天草で生まれ水俣で育った石牟礼道子が、一九五三年（昭和二十八年）頃から発生したメチル水銀中毒による「水俣病」[*2]についてルポルタージュ風に描いた記録文学（私小説）であり、後者は、高度成長後のニュータウン造成などの土地開発を背景に「女」たちの自己崩壊を内側から描いた小説となります。

この二つの小説を取り上げた理由を「対米従属文学論」の視点からまとめておくと、以前に「第三の新人」を取り上げたときにも言ったかもしれませんが、この二つの作品が、江藤淳の『成熟と喪失――〝母〟の崩壊』のモチーフを引き継いでいるということ

＊1　石牟礼道子（いしむれみちこ）一九二七〜二〇一八。熊本県天草生まれ。幼少期に水俣に移り住み、代用教員勤務や結婚を経て一九五六年、短歌研究五十首詠に入選したことをきっかけに、詩歌を中心として文学活動を開始。この頃から水俣病患者の存在を知り、患者一家への取材を重ね、彼らとその家族の苦しみを描いた作品を地元の雑誌に連載し、これをまとめた『苦海浄土　わが水俣病』（一九六九）を刊行。以降も詩人、作家の活動とともに公害被害の精神的支柱であり続け、二〇〇六年に『苦海浄土　第二部　神々の村』を刊行した。

＊2　水俣病　一九五四年頃から病気が広がり始め、一九六八年に厚生省が公害を認定。水俣湾での漁業を再開したのは一九九七年のことだった。

があります。江藤によれば、「母の崩壊」とは「自然の崩壊」を意味しますが、江藤は、そんな「父」もいなければ「母」もいない戦後、つまり、天皇などの「父なる導き手」もなければ、人々を抱きとる「母なる自然」もない戦後という時代に、人は、どのように「成熟」できるのか、あるいは「成熟」できないのかという問いを提示していました。とすれば、この対米従属文学論でも、一度、戦後における「母の崩壊」、「自然の崩壊」のあり方を内在的に、つまり「女の視点」を通じて見届けておくことも必要ではないかと考え、今回、二つの女性文学作品を取り上げたという次第です。

実際、読んでもらえば分かると思いますが、女性文学は、やはり男性文学とは違う手触りをもっています。男性の文学が、「父」、つまり「超越的なるもの」の喪失や、それゆえの「父なるもの」への渇望、あるいは理想と現実の葛藤を主題にしている作品が多いのに比べ、特に今回取り上げる二つの女性文学は、〈自分自身の崩壊に対する痛み、崩壊に対する鋭敏な察知能力〉とでもいったものに基づいて書かれています。後に、江藤淳の主題を引き継いで「波うつ土地」論を書いた加藤典洋は、それを「崩壊と受苦」[*3]と題しましたが、つまり、それらは、これまで私を取り巻いていた構成関係の崩壊、私自身がそのなかで生きていた「自然」の崩壊における「パッション（受苦）」に基づいて書かれているということです。

近代資本主義という名の「受苦」――「鎮魂」としての文学

浜崎　では、石牟礼道子『苦界浄土』（第一部）の方から見ていくことにしましょう。

石牟礼さんは、特異な土着的コミューン主義者である谷川雁[*4]の影響で、一度「日本共産党」に入党していることや、自身も「水俣病対策市民会議」[*5]に参加していた履歴などから、主に「公害企業告発」とか「被害者の怨念」といった左派の文脈で論じられることが多いのですが、しかし『苦界浄土』を一読すれば分かるように、そこには、粗雑な「政治的党派性」には還元できない文学的手触りが間違いなく存在しています。『苦界浄土』（講談社文庫）の「解説」を書かれている渡辺京二[*6]さんの言葉を借りれば、そこ

＊3　「崩壊と受苦―あるいはフロンティアの消滅」『アメリカの影』（一九八五）に所収。

＊4　谷川雁（たにがわがん）一九二三～一九九五。詩人、評論家。

＊5　水俣病対策市民会議　一九六八年、水俣市教育会館に三六人が集まり結成、後に水俣病市民会議と改称。

＊6　渡辺京二（わたなべきょうじ）一九三〇～二〇二二。評論家、歴史家。『逝きし世の面影』（一九九八）等。

に描かれているのは、近代以前の「人間の官能の共同的なあり方」と、明治以降に、この国に入ってくる近代個人主義、資本主義（交換原理）との葛藤であり、そこで分裂していく世界を目の当たりにして歌い上げられた「崩壊するひとつの世界へのパセティックな挽歌」とでもいったものです。その点、石牟礼道子の文学とは、「水俣病」という、近代文明によってもたらされた文字通りの「苦界」を前に、現在失われてしまった共同体の記憶、つまり、かつて人々が生きていた「浄土」の記憶を歌い上げた浄瑠璃の義太夫[*7]のようなものに近いと言えるかもしれません。

一義的な解釈が難しい作品ですが、率直な感想をお聞かせいただければと思います。

藤井　これは、今までの作品とは、その読後感が全然違うんですよね。

やっぱり、今までの男性作品というのは、自分のなかに作者と共有する部分があって、それに基づいて論じることができたんですけど、これはもう、日本の国土、風土の原風景というものが、資本主義というものによって蹂躙《じゅうりん》されていく姿、水俣病の残酷さ

＊7　義太夫　浄瑠璃の形態の一つで、三味線の演奏に合わせて太夫が「語る」という構成を特徴とする。

を描いた、そういう話としてそこに描かれていることをそのまま受け取らざるを得ない。今、中国の国土がこういう憂き目にあっているんでしょうが、そのことの怨念のようなものを、この石牟礼道子さんが、ほとんど三島由紀夫の『英霊の聲』みたいに、まさしくイタコのように憑依《ひょうい》されて語るんですよね。こちらとしては、その語りを、まさに歴史的な「受苦」として鑑賞するしかしょうがない。

その上で言えば、チッソ側[*8]の対応なんかというのは、おそらく戦後の対米従属空間とも無関係ではないとは思うんですが、ただ印象に残っているのは、やはり、戦前戦後を通じてある近代資本主義というもののある種の非情さと、それに対して「しょうがない」と思っている住民たちのつつましやかさとの対比ですね。自分が病気で苦しんでいて、家族がめちゃくちゃになっているのに、それでもまだ「こんなん言うたら人さまに迷惑かかってしまう」とか、「欲しがりません、勝つまでは」的な戦前のノリが昭和三十年頃までは残ってる。今だったら権利意識だとかすぐに言いだしそうですが、それが全然ない。ただただ目の前の「受苦」を受

＊8　チッソ　水俣病の原因となったメチル水銀を無処理で海に排出した。メチル水銀は塩化ビニール等の原料であるアセトアルデヒドの生成の際に発生する有機化合物。明治の終わりに水力発電の会社としてスタートし、やがて化学工業の大企業となった。

け止めていく。それは、もしかすると、イギリスの産業革命時の炭鉱労働者の姿とか、明治の足尾銅山鉱毒事件[*9]なんかの姿とも重なっているのかもしれません。

ただ一方で、この「欲しがりません、勝つまでは」という精神自体が「滅私奉公」というか、「国家のためには多少の犠牲が必要なんだ」とか、「高度成長を遂げないといけないじゃないか」とか、「チッソが日本経済を支えたんじゃないか」というような男どもの思いを支えていたものだというのも確かで、水俣病も含めて、近代資本主義の問題は、単なる加害者対被害者といったような単純な図式を超えているところにあるのではないかと。それを、まさに、資本主義によって汚された土地、つまり、女の視点から描き切ったところに『苦界浄土』のすごみや、にもかかわらずの「社会性」もあるのだろうなと。実際、石牟礼さんがいなかったら、ひょっとすると、この問題はもっと後手《ごて》に回っていた可能性はありますよね。

浜崎　そうですね、『苦界浄土』が「水俣病」の存在を広く世間に知らしめたということは確かです。ただ、ここから何らかの政治

＊9　足尾銅山鉱毒事件　主に明治時代初期に起きた日本近代史上初の公害事件として知られる。一八九〇年代に田中正造らが問題を訴えた。

的解決を直接導き出すことも難しいでしょうね。それが、『苦界浄土』が「文学」として提出されていることの意味なんだと思います。

藤井　導き出そうと思ったら出せるんだけど、出しても仕方がないといった感じですね。

浜崎　そうですね。まず「鎮魂」のために書かれているという感じですね。

藤井　とも言えるし、ただただ「受苦」する作品というか――憑依されたこの石牟礼さんに憑依されることを通して、その受苦されているその土地の人々の苦しみを、自分の心のなかで現象として再現する。そんな「体験」を強いてくる作品ですね。

「業」としての文学　――「水俣」を記憶する言葉

柴山　僕の感想も似ていて、この作品は「文学は何のためにあるのか」という問いに一つの答えを与えてくれるものだと感じました。

こういう言い方は良くないのかもしれないけど、もし水俣病が起こらず、これほどの社会的事件となっていなければ、ここで描かれた水俣の人々の生活は忘れられていったわけですよね。明治以後、日本が資本主義へと突き進んでいくなかで、記憶されることなく消えていった農村や漁村は無数にあった。ところが水俣では大きな公害が起きて、そこに石牟礼道子という才能ある詩人が現れて、これほど見事な言葉で記録したがゆえに、「水俣病」という事件だけでなく水俣の漁村を生きる人々の日常が、永遠に文字の世界に残ることになった。この「業」ですよね。水俣病が起きていなければ、水俣の人々の生は、他の多くの漁村や農村の人々の生と同じく、忘却の彼方だったかもしれない。柳田國男[*10]が民俗学でやったことにも似て、前近代から続く普通の人々の当たり前の暮らしが、それを暴力的に奪われた悲しみや苦しみとともに記録されることになった。

胎児性水俣病患者である杢太郎君の話は感動的ですよね。おじいさんが、この啞の男の子に対して「こやつぁ、ものをいいきらんばってん、人一倍、魂の深か子でござす」と言う。「魂の深か子」なんてなかなか出てこない言葉だと思うけど、こういう印象深い言葉が残ってしまうのは、やっぱり石牟礼道子の語りの力なんだ

＊10　柳田國男（やなぎたくにお）一八七五〜一九六二。民俗学者。『遠野物語』（一九一〇）等。

と思う。

公害という悲惨な事件が、普通の人々の普通の言葉に深い意味を与える。それがこういうふうに残ったのは素晴らしいことだと思うと同時に、こういう形でしか漁民の人々の記憶が残らなかったという日本近代の悲しみというか、やりきれなさも覚えます。そこに文学の意義というか、文学の凄みのようなものを感じざるを得ません。

藤井　これがなかったら、この現象は我々の心のなかにないわけですからね。

柴山　ないと思いますね。同時代にはイタイイタイ病[*11]もあったし、四日市ぜんそく[*12]もあったけど、今なお「水俣病」が人々の記憶に刻まれているのは、この作品のお陰というところも大きいのではないでしょうか。

川端　僕の場合は、左派が強い大阪という土地で教育を受けたからかもしれないですけど、公害の問題は学校でめっちゃ習いましたよ。反戦教育や同和教育とあわせて環境教育が盛んで、小四ぐらいからイタイイタイ病とか水俣病の話を聞いていた気がする。水

＊11　イタイイタイ病　一九一〇年代～一九七〇年代前半にかけて富山県富山市で多発した。鉱山から流れる未処理廃水に含まれていたカドミウムが原因。

＊12　四日市ぜんそく　一九五九年から三重県四日市市にあるコンビナート周辺で発生した集団喘息障害。原因はコンビナートから出ていた二酸化硫黄による大気汚染。発生当初は問題視されていなかったが、国会の議題に挙がり社会問題になった。

銀による水質汚染の嫌なイメージを、小学生のうちから叩き込まれるんです。ただ、僕はこの作品については、どこをめくっても絶望的な内容ですけど、不思議なことに吉田満[*13]の『戦艦大和ノ最期』[*14]に次ぐぐらい楽しく読めたんですよ。なんていうのかな、単に水俣病の悲劇だけが描かれているわけではなくて、病気に苦しむ人たちの記憶や、昔話なんかがものすごくリアルに語られるじゃないですか。

浜崎　「語りの力」が圧倒的ですよね。

川端　明治時代から戦後すぐくらいまでの日本の漁村に住む人たちが、どんな生活感覚を持って生きていたかというのを、迫力ある文章で、しかし素朴に描いている。個々の人物描写も秀逸で、「あ、こんなじいさんがいたんだな」とか「こういう少年だったのか」という実感が持てるし、しかも興味深い人物ばかりです。公害小説なのにおかしいんですけど、すごく居心地のよさを感じる世界なんで、引き込まれて夢中で読みましたね。

柴山　患者と石牟礼さんが、とても適切な距離感で向き合っている感じを受けるんですよね。過度に感情移入してない。医者がなじ

＊13　吉田満（よしだみつる）一九二三～一九七九。

＊14　『戦艦大和ノ最期』　連載ではこの回の前に「鹿児島特別編」として鹿児島にて座談会を行い、本書を扱った。

みの患者に数字を言わせて、うまく言えないと両者の間で少し笑いが起きる。「患者たちは、自分たちに表れている障害を、あの、ユーモアにさえ転じようとしている気配があるのだった」と書いていますが、そういう微妙な空気を表現するのがものすごくうまいですね。

川端　あと、恨み節ばかりではないのも、描き方として正確だと思う。近代化の過程で資本主義の装置を漁村に迎え入れて、そこである種の町おこしをしたわけですよね。チッソの工場ができたおかげでメシを食えている人がたくさんいるので、住民は、チッソに対してものすごいジレンマを抱えている。水俣市内でも、市民の多数派はチッソ支持なわけですよね、もうほとんど大半が。

柴山　水俣も、漁村だけではありませんからね。

川端　だから、いくら資本主義の残酷さだと言っても見方によっては、時代の変わり目に生じた小さな摩擦にすぎない、という面もある。でも一方で、これだけ非道なやり方で尊厳を蹂躙された村人の目線で語られると、やはり「拒絶する暇もなく近代に襲われてしまった人々」の哀しさや悔しさが如実に伝わってくる。そういう全体像が見通しよく描かれていて、ある種の「さわやかさ」さえ感じさせますね。

「魂」の実在を記録するということ ――「死者の民主主義」について

浜崎　確かにそうですね。この小説が決して暗くならないのは、さっきも「鎮魂」っていう言葉を使いましたが、まさに、人々の「魂」に焦点が当たっているからでしょう。

例えば、『苦界浄土』では、文字通り「苦海」と「浄土」がすごく対比的に描かれるじゃないですか。もちろん「苦海」の地獄ぶりは凄まじいんですが、しかし、そのなかで恨みを書き付けるのではなくて、むしろ、人々が「気位」を失わずに生きている姿を描き出している。

川端　独立自尊[*15]ですね。

浜崎　そう、独立自尊。例えば並崎仙助老人なんかは、「わが獲ったぞんぶんの魚で一日三合の焼酎を毎日飲む。人間栄華はいろいろあるが、漁師の栄華は、こるがほかにはあるめえが」とか言うし、杢太郎君のじいちゃぁんは、「東京の人間な、ぐらしか（か

＊15　独立自尊　福澤諭吉が好んで用いた言葉。

わいそうな）暮らしばしとるげなばい」などと言いつつ、鯛を食べられる暮らしを「殿さま」の栄華に比べたりする。どんだけ自信持ってんだと思いますが（笑）、これが、まさに「浄土」の記憶を私たちに蘇らせると同時に、それが決定的に失われてしまったことの圧倒的な哀切を呼び起こす。実際、この悲劇を、もう一度「交換原理」で、つまり「お金」で埋め合わそうと思っても、それはできない。一度罹れば、「水俣病」は進行こそすれ治りませんからね。

しかし、だからこそ、その取り返しようのない現実に対しては、魂の在り方を記録することしかできない。「南無阿弥陀仏」と唱えながら、その実在を記録するというか、存在肯定していくというか。「彼ら、彼女らがいた」という事実を刻み付けておくというか。

川端　チェスタトン[*16]の「死者の民主主義」[*17]ってこういうものですよね。彼ら彼女らの存在を「忘れてはならない」っていう。

柴山　だから、かわいそうな人たちを描いているっていう感じはしないですよね。対等な目線で、人間の尊厳を描こうとしている。

＊16　ギルバート・キース・チェスタトン　一八七四〜一九三六。イギリスの作家、批評家。

＊17　死者の民主主義　チェスタトンの『正統とは何か』のなかに「伝統とは、あらゆる階級のうちもっとも陽の目を見ぬ階級、われらが祖先に投票権を与えることを意味するのである。死者の民主主義なのだ。単にたまたま生きて動いているというだけで、今の人間が投票権を独占するなどということは、生者の傲慢な寡頭政治以外の何物でもない」とある。

公害被害者に対する左翼的な同情みたいなものとは、だいぶ違う印象を受けます。

藤井　小泉八雲[*18]なんかが、明治初期のある市井の老婆を描きながら「こんな美しいおばあちゃんは、人類にもう二度と生まれてこないだろう」って書いていましたけど、あれも、「二度と生まれないだろう」と言われて、初めてそれがイマジネーションの外側にあるものの面影を朧《おぼろ》げに浮かび上がらせてくるところがありますよね。宮本常一[*19]の『忘れられた日本人』[*20]もそうですが、やっぱり「会える」となると、今ここで会うモチベーションも低くなるけど、「会えない」っていうと、これは、どうしても会いたくなってくるというか。しかも、この場合、記憶のなかにあるかつての美しい「浄土」が蹂躙されまくっているので、まさにその衝動が、より鮮明に浮かび上がってくる。「死者の民主主義」というのは、そういう情念も含んでいるんでしょうね。

共同体の分裂と国家への情念 ――加害／被害を超えたものの手応え

柴山　繰り返しになるけど、公害がなければここまで深く記憶され

＊18　小泉八雲（こいずみやくも）一八五〇〜一九〇四。アイルランド生まれの新聞記者、随筆家。ラフカディオ・ハーン。『知られぬ日本の面影』（一八九四）等。

＊19　宮本常一（みやもとつねいち）一九〇七〜一九八一。民俗学者。

＊20　『忘れられた日本人』　一九六〇年、未來社より刊行。

なかったというのは、アイロニーですよね。明治の、例えば『遠野物語』[*21]や小泉八雲の作品には、失われゆくものへの健康的な哀惜感があるんだけど、この作品は公害のような凄まじい負の歴史の裏側にある民俗が描かれている。そこに、戦後という時代を象徴する何かがあるのかもしれません。

浜崎　その意味じゃ、戦後の民族誌は「解体」の感覚を伴っているんでしょうね。

ただ、そうなると逆に、今、私たちの「伝統」はどこにあるのかということが、今度は問題になってくるのかもしれません。こういう前近代的な土地や歴史的な流れのなかに自分たちがいるのだという「全体感」、自分たちが「全体のなかの部分である」といった感覚。それが水俣の人々の自信を支えていたのだとすれば、それを「解体」してしまったとき、僕らはどうやって自分を支えていくことができるのか？　どうやって「伝統」を生きることができるのかということが問題になってくる。後で扱う富岡多恵子の『波うつ土地』なんかは、完全に「解体」後の話なんですが、そうすると、戦後日本人の断片化現象というのは、もう、ほとん

＊21　『遠野物語』（柳田國男）一九一〇年に刊行。

ど「病気」の域に達しているようにさえ見える。

しかし、そう考えると、病院に隔離され、夫とも別れてしまった水俣病患者の「坂上ゆき」（離婚後・西方ゆき）が、視察に来た天草出身の「大臣殿」に向かって、全身を痙攣《けいれん》させながら「て、ん、のう、へい、か、ばんざい」って叫ぶでしょう。それで、戸惑う大臣を前にいきなり調子はずれの「君が代」を歌い出す。あれが、この小説に出てくる唯一の「国家」への回路なんですが、故郷を失い、家族を失い、人生を失ってしまったとき、そこに突然「天皇」というか、「国」への情念が立ち上がってくるという光景は、やはり印象的でしたね。

もちろん、それは、そのままでは「情念」に留まるしかないものなんですが、しかし、そこには、どんなに孤独でも、いや孤独であるからこそ、「ナショナルなもの」への欲望というか、共同性への渇望は出てくるんだという人間的事実が書き留められている気がします。

川端　この作品に出てくる被害者の人たちって、単に何かを恨んでいるだけではない感じがするんですよね。もちろん、チッソに対する批判はあるし、暴動も起こしたりしてるんですけど。政治家に対しても、もっと怒ってもよさそうなものですが、「大臣さま」とか言ってありがたがっている。左翼運動家的に企業や政治家を攻撃したいのではなくて、「自分たちはしがない漁民であって、チッソの会社勤めにも言い分はあるだろう。しかし、せめてこの程度のことは考えてくれてもいいんじゃないか」というぐらいの異議申し立てなんですよね。もっと憤ってもいいんでしょうけど、「近代化が多少の事故を引き起こすのは仕方がないから、せめて俺たちが死んだことを忘れないでくれ」と言っているようにも読める。

ある意味ではこの犠牲者たちから、生き残った我々が「赦《ゆる》されている」ようなところがあって、読んでいて重い負債感を覚えます。これだけの被害を受けながらなお「天皇陛下万歳」と叫ばれると、何かもうこちらは立つ瀬がないな、という負い目がある。

藤井　確かに。悪いことしたまんまで終わっている感じですね。

川端　償いのしようがないっていう感じがしますね。でも、だからこそでしょうか、この小説はそもそも「誰が加害者で、誰が被害者だ」という線を引き切らないという印象があります。

浜崎　あえて言えば、「突然、分裂そのものが来た」っていう感じですよね。

柴山　まさに「受苦」の体験ということなんでしょうね。それが水俣の人々にとっては、近代資本主義が生み出す化学物質だった。でも、腹立たしいのは腹立たしいですよね。チッソを恨めばそれで終わるような話じゃないことは分かるんですが、それでも、チッソ側の官僚主義的な対応は、人を人とも思っていないのではないかと怒りが湧いてくる。

藤井　そこはムカつきますよね。彼らにはビジネスの論理しかない。

柴山　補償金は一人三万円ですね、というふうな機械的な対応をされれば、誰だって反発したくなる。しかしそれは、さっき川端さんが言ったように、企業や国家を絶対的な「敵」として訴えるということではなく、あまりに酷いじゃないか、こんな扱いはないだろうという等身大の人間の怒りですよね。

浜崎　そうですね。そこに、石牟礼道子の語り口の二重性も出てくるんでしょう。一方では、確かに村人に憑依して語る「巫女《みこ》」的な要素もあるんですけど、その一方で、政治の論理というか、エゴとエゴとの対立を見逃さない冷徹な目もある。特に二章では、不知火海海区漁協と水俣病患者家庭互助会との微妙なズレ、地方行政と国家行政のズレ、県政と市政のズレ、厚生省と農林省と通産省とのズレなんかがものすごく細かく描かれている。これを書くときの彼女の眼差《まなざ》しは、非常に理知的で客観的なものです。つまり、彼女自身のなかに、近代的な人間と前近代的な人間とがいて、彼女は、その間に立って、時に分裂し、時にアンビバレントに揺れているんですよ。それが全部この文章のなかに出ている。

しかし、逆に言えば、こういう葛藤を抜きに、僕らは「近代」をやっていいんだろうか、という感じはしますね。この葛藤を抜いちゃうと、まさに記憶喪失のエニウェアーズになってしまう。

藤井　その感じ、なんとなく分かるのが、確かにこういう本が出て、運動が高まって、公害がどんどん少なくなっていってよかったなということなんですよ、まず一つはね。でも、なんか「ほんまに、それだけでよかったんやろうか？」という気もする。なんかこれで、「きれいになりました。安全です。クリーンです」ってやると、あらゆる葛藤が蒸発してしまっている。そうなると、確かに巨悪はなくなったのかもしれないけれど、薄く広く「悪」が広がっていくような気がする。公害がなくなっていくっていうことと、「母なるもの」がきれいになくなっていくのと、並行で進んで行ったように思う。

柴山　「自然破壊があることでかえって自然を感じられる」という逆説は確かにあって、それでいうと「自然破壊がなくなると、かえって自然を感じられなくなる」という危険があるのかもしれない。自然は無害な、単なる観光の素材になってしまうというね。

藤井　だからやっぱり、ここまで激烈でなかったとしても、これのプチバージョンをずっと悩み続けるような、ゆるやかにこの問題が進行していって、自然の回復力なるものと、拮抗するような感じで文明による自然破壊があればよかったのかもしれないですよね。そもそも文明の発展は多かれ少なかれ自然破壊をもたらすわけですから。

「民衆の生き方」――資本主義化＝世俗化する世界への抵抗

川端　同時にこの著者は、葬送の風習が変わってしまったことなんかに触れて、資本主義の拡大とともに昔の文化や生活習慣が廃《すた》れたことを嘆いているところもある。公害問題が解決されようが、「昔のような生活は、基本的には回復しないんだな」っていう寂しさですね。自然破壊は普遍性のあるテーマですが、具体的な習慣や文化の問題は、あんまり誰も引き継げないところです。

浜崎　だから、この「水俣病」というのは一回切りの事件なんでしょうね。

この憑依した「語り口」だって、相手が憑依できる人間、つまり、自分と同じ水俣で育った漁民だったからですよね。同じ生活基盤を持っていて、「そこで暮らすっていうことは、こういう感覚だろう」っていうことが素直に分かってしまうという。だからこそ、彼女自身の引き裂かれるような思いを、正直に漁民の言葉に乗せれば、それがそのまま異様な迫力を持ってしまう。その意味では、奇跡的な文学なのかもしれませんね。

柴山　なるほど、確かに、奇跡的な一瞬だったんでしょうね。この時期のこの状況じゃなかったら、書けなかったものなのかもしれない。

藤井　だから、福田恆存が言う保守としての「民衆の生き方」っていうことですよね。この保守としてのたたずまいというか、生がそこにあったわけですよね。ですから、我々もこの世に生きているということは、常に資本主義なるものに蹂躙され続けているわけですから、保守として生きていくということは、このプチ石牟礼道子として生きていくことが本当は必要なんですよね。実際、こういう感じありますよね？　なんか「近所の商店街なくなって嫌やなぁ」とか、「ああ、ここの川きれいやったのに、エラク汚くなってしもうたんやなぁ」っていうのは、ある種のプチ石牟礼道子体験ですよね。こういうところをクローズアップして、その上で「地元の商店街、大事にせなあかんよな」とか「やっぱ、川をきれいにせなあかん」っていう実践に結びつけていくっていうのも、とても大切なんだと思います。

浜崎　ホントそうですよね。だから石牟礼道子が描いている世界の感覚って、ほぼ「鐘楼のパトリオティズム」[*22]なんですけど（笑）、でも戦後は、基本的に、この「保守的感覚」がサヨクに取られちゃうんですね。しかも「生活（だけ）が大事！」的な色づけをされて。

藤井　そう、取られるんですよ。今は山本太郎[*23]が引き継ごうとしている感じがありますけど。

浜崎　だから、これを「保守」が引き受けられなかったってところに、戦後の保守政治の貧しさが表れていますよね。「生活」を守るためにこそ、安全保障や経済も含めた「ナショナリズム」の論理が必要なんだというロジックをうまく作ることができなかった。

柴山　保守の問題でいうと、やはり難しいのは資本主義との向き合い方ですね。資本主義を乗り越えれば真に人間的なユートピア社会が実現する、なんてことはない。ただ、それでも資本主義がこうやって漁村の慎ましい生活を根こそぎ破壊していくという現実があるわけで、そのことに対する哀惜というか怒りというか、そういう感情をどこかに持っていないと、結局、人間にとって大事なもの、守るべきものが見失われて、資本の論理が強いる現実に

＊22　鐘楼のパトリオティズム　ドイツの哲学者ミヘルスが提唱した言葉で、教会の鐘楼が聞こえる範囲のような地域に根差した郷土愛のこと。

＊23　山本太郎（やまもとたろう）一九七四〜。れいわ新選組代表。

ただ従うだけになってしまう。

保守主義の理想は、身の回りの小さな世界を守ることなんだけど、資本主義社会において、これは容易なことではない。その困難とどう向き合うか、どうやって折り合いをつけるかというのは、本当に難しい問題なんですよね。

藤井　少しフィールドは違うけど、やっぱり三島由紀夫が言った「菊と刀」[*24]の論理だと思うんですよ。この石牟礼道子的な生活を菊だとすると、この平時における刀っていうのは経済。菊は刀を動機づけ、刀は菊を守る、両者の無限の循環のなかで日本文化が発展してきたのだというのが『文化防衛論』で三島由紀夫が語ったことだと思うんですけど、その両者を繋げる糸が分断してしまっているところが、現代の保守と左翼の対立の問題で。一方はただ単に、経済のことだけを言い、一方はただ単に生活のことだけを言う。しかし、「生活を守るには刀、つまり経済がいる」というのは当たり前じゃないですか。しかも、「経済を発展させる根源的理由は菊、つまり生活を守るためじゃないか」というのも当たり前です。そういう両者の循環でしか、日本の社会、あるいは文化

＊24　菊と刀　三島は『文化防衛論』（一九六九）のなかで菊（美）と刀（武）の永遠の連環を絶って菊ばかりになって衰退した戦後文化を批判し、その連関を包括する文化の中心としての天皇の重要性を説いた。

の展開なんてできっこない、っていうの皆、忘れてるんでしょうね。

柴山　それでいうと、やっぱり「国民」という考え方が重要なんでしょうね。資本主義がもたらす公害は中国でもどこでも起きているんだけど、水俣で起きたらそれは我々の受苦なんですよ。水俣の苦しみは、日本人全体の苦しみでもある。資本主義の原罪を引き受ける単位は、まず「国民」ということになるんだと思う。日本人なら、水俣で起きたことは決して他人事じゃない。福島の原発事故[*25]もそうですよね。

川端　そうか、福島の原発事故と同じことですね。

柴山　あの事故もやはり資本主義の原罪とでも言うべきものですよね。この苦しみから逃れるために「原発なくせばいい」って言うのは簡単なんだけど、そう簡単にはいかない現実もある。実際、石牟礼も単純に「日チッ出ていけ」などとは書いていない。未だにあるんですよね、水俣に工場がね。

＊25　福島の原発事故　二〇一一年、東北地方太平洋沖地震とそれに伴う津波により東京電力福島第一原子力発電所が故障、核燃料から排出される放射性物質が周辺地域を汚染した事故。

「文学」の使命——「国民的受苦」を引き受けること

川端　その複雑な感覚は、いろんな仕方で描かれていますよね。例えばチッソ水俣工場の工場歌の話が出てくるじゃないですか。子供の頃は、工場の煙が町を流れていく様子を眺めて、むしろ新興のさわやかさや誇りを感じながら、チッソの工場歌を歌っていたんだと。その感覚もたぶん真実だと思う。

あと、杢太郎のおじいさんも、若い頃に天草から海を渡って水俣へ来て、最初はチッソの工場ができる前の港湾整備をやっていたのを、「この近代的な町を俺たち人夫が開発したんだ」っていう誇りとともに回顧しているわけでしょ。でも左翼の人たちは、こういう思いを無視して一方的な運動をやってしまうんですよね。

柴山　ここで描かれている人たちって、やっぱり強いなという感じがします。でも、今は、こういう強さを描けるのかな。例えば福島の問題でも、原発事故に遭った人々を、これほど強い魂として描くような文学者って出てきてるんでしょうか。これが描けないと何が起こるかというと、結局、大衆社会の波にのまれて、親原発派と反原発派の、あんまり地に足がついていない政策論争が延々と続いちゃうということになるわけで。この作品がすごいのは、ある意味では彼女は「赦して」いるわけでしょう。

浜崎　この複雑さを書いているわけですからね。左翼が、単純な「弱者擁護」みたいな論理に回収しようとするなかで、「いや、もっと複雑なんだ」って言っているわけで。

柴山　「赦す」というのは誤解を招く言い方かもしれない。どう言えばいいのかな、動かすことのできない現実として引き受けているところがあって……。

浜崎　まさに、歴史の「宿命」を引き受けようとしているんですよね。

柴山　まさにそう。そこに文学の使命があるんだと思います。戦後は敗戦に公害と、国民的な受苦の体験が様々にあった。そういうものを安易に肯定することなく、しかし目を背けることなく引き受けるというのは、やはり文学にしかできないことなんじゃないか。今、文学がその役割を果たせなくなったとすると、これはかなり危険なことなのかもしれないですね。個々の記録と即時的な感想がネット上に散らばるだけになってしまう。

浜崎　おっしゃる通りです。ということは、「宿命」とか「運命」が分からなくなったというのと同じですからね。人生、どうにかできると思っているわけでしょ？　でも、どうにもならないから「文学」があるわけで。この「鎮魂」の営みが奪われれば、後は「恨み」しか残らない。

藤井　そうですね。だから、我々がもう、ある種「ヴァーチャル・インサニティ」[*26]みたいなところで生きてるわけで、バーチャルな空間で生きていますと。でも、もともとこういう「浄土」の世界が確実にあって、現象があったわけですよね。でも、それが公害によって潰されていって、潰され終わった後の空間に、ある意味生きているんでしょうね、我々は。

＊26　「ヴァーチャル・インサニティ」　ジャミクロワイの楽曲。一九九六年リリース。

富岡多恵子『波うつ土地』

あらすじ

舞台は団地が並ぶ丘陵地帯（多摩ニュータウン？）。

ある日、共子（四十四歳）は、大男のカツミ（四十二歳）と、地域の文化会館のカフェテリアで出会う。共子は、若い頃は詩を作っていたが、今は子供のない既婚者として気ままな生活を送っている。共子は、若い頃は詩を作っていたが、今は子供のない既婚者として気ままな生活を送っている。ただ「アタマにはまった鉄製の輪をはずす」ため、ときどき男との情事を必要としていた。一方のカツミは、会話のない妻と「アンゼン」で「平和」な日々を送る退屈な男だった。カツミとの言葉によるコミュニケーションを諦めた共子は、道路沿いのホテルで「性的交流による会話」にふける。が、それにも飽きた共子は、突然、カツミを友人の組子（薬剤師・独身三十歳）に託して外国に旅立ってしまう。

その頃団地では、カツミの妻アヤコによって無農薬野菜を買う「野菜の会」が盛り上がりを見せていたが、それは崩壊していく「自然」に対する不安な反動のようでもあった。

ある日、ドライブをしているとき、突然、共子と組子とその友人の眼前に土地の造成が行われている「波うつ土地」が現れる。それを見た彼女たちは「しゃがみこんで泣きたいような」気分に襲われるが、その一週間後に組子は自殺してしまう。「ねえ、共子さん……どうして平気で一人でいられるの」という組子の言葉を思い出しながら、私は一人「おぼえてろ」とつぶやく。が、それが誰に対する言葉なのかは分からなかった。

「現代の男ども」に対する女の「復讐」

浜崎　では次に、まさに、そんな「ヴァーチャル・インサニティ」の世界を描いた、富岡多恵子[*27]の『波うつ土地』の方に移っていきましょうか（笑）。

富岡多恵子は、石牟礼道子（一九二七年生）と比べるとひと回り若い一九三五年の生まれなんですが、さらに石牟礼道子が前近代性が色濃く残る水俣出身なのに対して、富岡多恵子は都会である大阪の淀川出身です。父親は大阪で商人をやっていたようですが、母親が芸能好きで、小さい頃はよく連れられて、京都の南座で歌舞伎、文楽、新派、新国劇などに親しんでいたようです。そして、それらの経験が長じて、富岡多恵子を特異なフェミニストにしていくことにもなります。つまり、前近代的なもの、庶民的なるものへの愛着と、にもかかわらず、女性が「知性」を持つことに一貫して否定的だった両親に対する憎しみ、彼女の言葉を借りれば、「義理人情の世界、親子が深くかかわりあっている家族制度のなかの陰湿な世界」に対する愛と憎しみを、フェミニズムのなかに

＊27　富岡多恵子（とみおかたえこ）一九三五〜二〇二三。大学在学中に詩作を始め、『物語の明くる日』で室生犀星詩人賞を受賞。その後、小説を書き始め、『立切れ』（一九七七）で川端康成文学賞を受賞。人間の根底に迫ろうとする作品の他にも伝統芸能を題材にした作品を多く発表。映画や舞台の脚本も手掛けるなど活動は多岐にわたった。

育て上げていくということです。

　しかし、それを克服した先にあるものが、ほとんど「ニヒリズム」の世界であるということも、富岡多恵子自身が既に予感していたことなのかもしれません。というのも、そんな「家族制度のなかの陰湿な世界」が一掃された先にある世界を書いたのが、「土地バブル」が始まろうとしていた一九八三年、「ニュータウン開発」[*28]を背景に、まさに「土地」との繋がりを失った人々の「空虚さ」を描いた『波うつ土地』という小説だったからです。

柴山　率直に言って、非常に「不愉快」な小説ですよね。まず、このカツミという大男がどうしようもない。何が一番びっくりしたって、情事が終わった後に女の持っている紫のバッグを物欲しげに見て「欲しいならあげる」とか言われている。どんな男だよ、と(笑)。他にも読んでいてイライラすることばかりで、全く感情移入できない。ただ、この「不愉快」さは、前に取り上げた安岡章太郎の小説とは違って、明らかに読者をいらだたせるための仕掛けという感じがあって、その意味ではかなり戦略的なものなんだと思います。

＊28　ニュータウン開発　戦後の経済成長を背景に都市部の人口が増加し、極度の住宅不足に陥ったことから、一九六〇年代から八〇年代にかけて三大都市圏の郊外地区を中心に大規模な宅地を造成した。千里ニュータウン（後述）、多摩ニュータウン（一九六五年計画、一九七一年完成）、港北ニュータウン（一九六五年計画、一九八三年集合住宅入居開始）など。

あと、この小説に出てくる人たちはよく遺跡を見に行きますよね。団地を造成するときに縄文時代の遺跡があちこちで出てきて、それを見に行くのが楽しみになっている。これは、例えば京都の場合とは対照的だな、と。京都の場合、歴史のなかに街があるので、わざわざ遺跡なんか見に行かない。ほとんどの京都人は清水寺さえ小学校の遠足でしか行ったことがないわけです。だけど、ニュータウンの場合は違って、わざわざ遺跡を見に行って「縄文時代にもここで生活した人がいたんだ」と想像しないと、歴史との連続性が感じられないということなのでしょう。しかもこの主人公は、遺跡を見たいというより、ブルドーザーが大地をバリバリ壊している姿を見に行ってるんですよね。大男との逢瀬で「汚い」とか「不潔」とか心のなかで罵りながら、非常にサディスティックにいじめている姿と、ブルドーザーが土地をバリバリと掘り返している姿が、映像的に重なり合っているところがある。ニヒリズムと言えばニヒリズムなんだけど、なんと言うか……。

浜崎　「復讐心」ですよね。

柴山　そう、ひたすら「復讐」しているんです。

藤井　でも、実は僕、そこがすごい面白かったんですよ。なんでかっていうと、こういう「大男」、自分のことを「ドジ」と言ったり、二人の秘密を「ついペロっといいそうになっちゃう」と言ったり。もう、僕はこういう陳腐な男が、体中全部に虫唾《むしず》が激しく走り回るほど、だいっ嫌いなんですよ。で、現代の日本の男どもって、もうだいたいこんな奴なんで、僕は「この世の中地獄やな」と常々思ってます（苦笑）。

柴山　家族に何も言わず、いきなりフランスに行っちゃった男も出てきましたよね。残された奥さんはため息をつくだけ、という。

藤井　ああ、あのきったない奴ね。あの「大男」と「フランス行く男」。日本にはだいたい、あんな奴しかいないんですよ。おまけに何というか口臭もあったりする。僕、この本読みながら、ほんと「あ、僕この女性、主人公と一緒やわ」と思ったんです。僕の心のなかに、完全にこの主人公の女性の感覚があるんですよ。で、僕のなかに、そういう「きったなく」て「だっさい」男ども全員に対するものすごい復讐心があるんですよ。もう、業の塊みたいな話で恐縮ですが、その復讐心をものすごくサディスティックに加速して、その男どものみにくさを的確に評価しながら、しかも、性欲を満たした上で、さらにばかにするという、ものすごい復讐をこの女性は遂げるわけですよ。ホント、読んでて、爽快でした。「ざまあみろ、男ども！」って。

柴山　なるほど。そういう意味では、これは完璧な復讐ですね。ただ、男は負けたことに気づいてない。

藤井　そうなんですよ。どんなに完璧に勝っても、どうせ気づかないだろうと。で、それがさらに僕たちの復讐心をかり立てるんですよ。実際、僕自身、こういう不毛な「復讐」を二十代の頃、ずいぶんやっていたなっていうのを、すごく思い出しましたね（笑）。

ただ、さらにプライベートなことを言うと、僕、十代の頃からの長らく親交のある女性の友人がいるんですけど、それが、こんな奴なんですよ。僕は当時の彼女のような生き方を見て、「こういう生き方があるんだ」と感銘を受けたんですよ。それは、この世の中、「苦海」だ、生きてくのは地獄だと思ったけど、こういう女性がいるのを見て、「あ、なるほど、こういう生き方もあるんだ！」と感激したわけです。で、僕は一時期、意図的にその彼女の真似をしようと思ったんですよ。つまり、あまり縁遠い問題を考えず、ひたすらに自分の身の回りだけに注目して、楽しく生きていこう、おいしい食事を食べるとか、お芝居に行くとか、場合によってはつまらない凡庸な奴に、ほとんど何のエネルギーを使うことなく軽く復讐したりしつつ身の回りの物事に真剣に注力していけば、もうそれだけで満足できるんじゃないかと思ってトライしたんですよ。そういうことってかなりできるんですが、でも、やっぱりどこか無理だったんですよね。たぶん、男だから無理なんじゃないかと。どっかで、身の回りからは少々縁遠い、「抽象」的なものと関わろうとしてしまおうとする情念というか精神的傾向というか、あるいは、世間からの期待というか役割みたいなものがあって、結局は、身の回り以外のものを消し去ることはできなかったんですよね。だから、この女性の生き方がいくら素敵だからといっても、男はこのようにはやっぱり生きられない、っていうのを、三十前後でなんとなく気づいたんです。だから、結局僕は社会の戦いに身を投じるしかもうしょうがないなと、いうふうに思って、で、今の僕がある、っていうふうに思いますね。

「ニーチェ」みたいな女

川端　僕、この主人公の女は、「なんかニーチェみたいな奴だな」って思ったんですよね。その復讐心っていうのと近いんですけど、この人、通常の道徳を守る気が全然ないじゃないですか。性的に奔放だし。でも、それとの対比で浮かび上がるのが、このニュータウン生活に完全に順応しようとしている「大男」やその奥さんみたいな、要するに「畜群」です。
　同時にこの主人公って、畜群の道徳に合わせる気はない一方で、単にニヒリズム的に、いわゆる典型家族というか標準家族的な生き方から逃れているわけでもない。後半で、アミコさんが「私も恋愛（不倫）しちゃうかもね」みたいなことを言ったら、「私はとにかく、子供を持つ夫婦が別れるとかいうのには、絶対反対なんです」というありきたりな道徳を、特に理由もなく断言するんですよね。

藤井　そう、あそこはホントに気持ちよかった！

川端　これ、変に理由を付けずに価値判断を下そうとするところも含めて、ニーチェっぽいなと思ったんです。「不倫で子供に迷惑をかけるのはやめといた方がいいよ」っていうのを、単なる世間的な道徳として語っているんじゃなく、「とにかくそれは原理なんだ」みたいな感じで断定する。

藤井　本来すごいちゃんとした方なんですよ、この詩人の主人公の方は。ところが、彼女は大男とか汚いパリ行く男とかで、もう辟易しているんですよ、この世の中に。だから、もう不道徳なものをいじめることは、虐待することは、逆に道徳的だ、っていう側面があるんですよね。

川端　「ツァラトゥストラ」[*29]みたいに、超越的なところから我々に文句を言ってくる。

浜崎　ただ、これ、主人公の共子だけが「超人」[*30]なんですよね。他の女たちは、このどうしようもない男たちのなかで苦しんでいる。組子は結局、未婚の母として子供を産むって言い出すし、容子は夫を諦めていて老いぼれている。で、「大男」の妻で浮気されているアヤコは自然食品運動に行くし、テニス男と結婚しているアミコは、自由なニュータウン妻をずっと演じ続けるしかない。つ

＊29　ツァラトゥストラ　ニーチェの著書『ツァラトゥストラかく語りき』(一八八三〜八五年刊行)の主人公。本書は山にこもっていたツァラトゥストラが人民に間に下りてきて超人、永劫回帰について説くという形式で書かれている。

＊30　超人　永劫回帰という真理に耐え、ニヒリズムに陥った世界の実相を直視した上で、自ら新しい価値創造への道を開く人。『ツァラトゥストラかく語りき』で理想の人間像として説かれる。

まり、縄文遺跡とかパリなんかに夢中になっている男たちのなかで、女たちが、むしろ悲鳴を上げて苦しんでいるんですよ。そのなかで、主人公の共子だけが、女たちの「悲鳴」を一身に引き受けて、男たちに徹底的な復讐をなしていくっていう。

川端　なんというか、共子以外の女たちは、戦後的なニュータウンの空気のなかで、多少の悩みは持ちながらも、「じゃあどうする」っていう方針は立てずに、何となく翻弄されている感じですよね。一応、組子っていう人だけが、ちょっと主人公の共子さんに近い価値観を持っていて、だから「なんかおかしいな」と周囲に違和感を覚えつつ、でも共子ほどの強さは持てない。だから組子は死んでしまうわけですが、要するにこのニュータウン文化のなかでは、共子くらい超然として割り切るのでなければ、何も考えずに順応するか、もしくは身を滅ぼすかのどちらかしかない。

藤井　ただ、このニュータウン世界のなかで、かぎ括弧つきで「正しきもの」として描かれているのは共子と、もう一人「土建屋のおっさん」が出てきますよね。

浜崎　そうそう、唯一人、共子が好いている男ですね。

藤井　そう、あのおっさん。だから、やっぱりこの現代社会で生きていくのには、やっぱり「女」か「土木」が必要だという。ものすごく僕の直感と合うなっていう（笑）。

「女」に気が遣えない「日本の男」

柴山　少し話が逸れますけど、藤井先生がそこまで女性の方に感情移入するというのは、どこから来ているんでしょう？　普通はこれ、女性の方にはあまり入り込めないというか、特に男の読者は「この男、どうしようもねえな」というところで止まってしまうように思うんですけど。

藤井　たぶん女たちとよく喋ることがあったからだと思うんですが、彼女たちいわく、「やっぱり藤井ちゃん、おばあちゃんとお姉ちゃん好きやったからな」って、よく言われますね。幼少の頃の藤井家では、僕はおばあちゃんとお姉ちゃんが大好きでずーっと一緒にいましたね。

柴山　だから、女性たちが男に対して抱く不満が、瞬時に分かるところがある、と。

藤井　おおよそ瞬時に分かりますね（笑）。

浜崎　これ、けっこう大事なことだと思うのは、特に男の知識人によく見られる傾向ですが、女性に気遣えないじゃないですか？　日本の男の最低なところって、まずそこですよ。一人の女性が目の前に他者としているにもかかわらず、彼女が何を望んでいるのかについて、アンテナを全く伸ばせない。伸ばそうと努力するのならカワイイけど、その努力もない。

藤井　そうなんですよね。これ僕の陳腐なイメージですけど、イタリア人って絶対そんなことなくて、その正反対じゃないですか。やっぱりそれって、すごく大人だなって僕思うんですよ。だから、日本の男ってとめどなく幼稚なんですよね。これが戦後的現象なのか、戦前からそうなのかはちょっと分かんないですけど。もう、どうしようもなく幼稚です。

柴山　この小説でも、男に絶望した女はみんな家庭菜園にハマってますね。ほとんど宗教的な情熱を持って野菜を作っているという。

浜崎　女性って、男のナルシシズムを最も相対化してくれる生き物でしょ。生の条件が違うんだから。小林秀雄が「女は俺の成熟する場所だった。書物に傍点をほどこしてはこの世を理解して行こうとした俺の小癪《こしゃく》な夢を一挙に破ってくれた」（「Xへの手紙」）などと、ちょっとカッコイイことを言ってますけど（笑）、要するに、そういうことですよ。そんな女たちが、ものすごく気を遣って呼びかけているのに、男たちは、未だに「書物に傍点をほどこして」いる。この文脈の読解能力の差というか、人間力の差というのは決定的ですね。

ちなみに、この「大男」は「三波春夫[*31]みたい」って言われてますが、要するに、これって「人類の進歩と調和」を謳った大阪万博的なものだということでしょ。「親切で、礼儀正しく、健康で、ニコニコ顔」で、「コンニチハ！」みたいな（笑）。これこそ三島由紀夫の言った「プラザの噴水の如きもの」[*32]（「文化防衛論」）です。しかし、ここまで男がダメになる時代って、やっぱり「日本の男」が根扱《ねこ》ぎにされたんじゃないかと思わざるを得ない。

藤井　やっぱり僕思うのは、戦ってない男ってこうなるんかなってという。そういう意味ではやっぱり、これは、『俘虜記』から一貫して繋がるあの「植民地」、「捕虜収容所状況」の問題なんじゃやな

＊31　三波春夫（みなみはるお）一九二三～二〇〇一。歌手。一九七〇年の大阪万博のテーマソング『世界の国からこんにちは』を歌唱し「国民的歌手」と言われた。

＊32　「プラザの噴水の如きもの」三島由紀夫『文化防衛論（一九六九）』より「文化とは何か無害で美しい、人類の共有財産であり、プラザの噴水の如きものである。」

いかと。そういう意味で、武士、あるいは戦士たちっていうのは、ここまで酷いことにならなかったんじゃないかというふうにも思いますね。

柴山　この大男は自分の仕事に満足してない。仕事の関係で何かの署名活動をしているんだけど、それがくだらないって自分でも分かっているから恥ずかしそうにしている。フランスに行く男は遺跡発掘のバイトをする以外は、本屋で食い入るようにフランスのガイドブックを見て、ふらっとフランスに行ったと思ったらいつの間にか帰ってきて、親が死んだと泣いている。生きる上での足場を持っていないんですね。

藤井　それでいうと、戦前なのかどうかっていうのは置いとくとしても、前近代の男たちっていうのは、石牟礼道子の『苦界浄土』のなかで書かれてましたよね。

柴山　こうやって比べると、確かにえらい違いですね。

藤井　焼酎三杯飲んで魚食ってなんて、男としていいじゃないですか。あと、身体を引きずりながら野球やってたあの九平少年も。確かにイタリア人的に洗練された女性に対する気遣いってないのかもしれませんけど、たぶん、『波うつ土地』の主人公の女の人でも、あまり違和感なく彼らとは相容《あいい》れたんじゃないかと。だからやっぱり、資本主義によって国土が潰されて、社会が破壊されて、男が本格的にダメになって、女どもが悲鳴を上げてるっていうことじゃないかと。

柴山　これ、どうしたらいいんでしょうね（笑）。

藤井　最後に「もうとにかく、あの男に自分の怒りが全部向かう」って書いてあったじゃないですか。ただ、僕、自戒を込めて「こうなったらあかんな」とも思うんですよ。あいつをいじめたい衝動はすごくあるんですけど、それは不毛なので、いじめてもしょうがない。

それで、僕は彼女たちと違って、戦いのなかに自分の身を置こうとしたんです。政治的なものであったり、言論的なものであったり、そこで自分の男としての平衡を保とうっていう。石牟礼道子の世界でいうと、漁に出かけるみたいな感じですかね。現場に出かけて、そこの生きものと葛藤し、闘争していくというか、そこに身を置いて生きていくっていうふうにしようと思うんですよね。でも、それが、この大男とか汚い男にはないんですよね。

八〇年代消費文化とニュータウンの風景

川端　以前この座談会で、田中康夫の『なんとなく、クリスタル』を取り上げましたが、あれ八〇年代じゃないですか。それで、この『波うつ土地』も八〇年代の前半っていうことなんですよね。

それで気づいたんですが、八〇年代の気色悪さというか、弛緩した消費文化のなかに堕落していく感じって、ここに描かれているおじちゃん、おばちゃん世代にもあったんだなぁと。『なんクリ』は大学生の話で、八〇年代の文化は若者のものとして描かれることが多いと思いますけど、『波うつ土地』に出てくるような四十過ぎのおじちゃん、おばちゃんにも並行して堕落が生じているということに、妙なリアリティを覚えました。

柴山　なるほど、確かに四十代というのは、この小説の面白いところですよね。

川端　僕は大阪の千里ニュータウン[*33]で子供時代を過ごしたんですけど、ちょうどこの主人公の共子さんが僕の親より少し上ぐらいで、

＊33　千里ニュータウン　一九六一年に着工し一九七〇年に完成した大阪府北部の千里丘陵に建設された日本で最初の大規模なニュータウン。

組子さんとかが僕の親ぐらいの世代なんですよ。

　だから非常にこの空気感が分かるんですが、一方でニュータウンにもいろいろあって、僕がいた所は地方から就職で大阪に出てきた人が多かったんです。そうすると、コミュニティの作り方を一応は知ってる人が集まっていますから、夏祭りも盛り上がっていたし、見た目はすごく無機質な団地に住んでるんですけど、近所付き合いもちゃんとしていて、上の階、下の階で仲良くやっていました。生活のリアリティは、そこそこあるんです。だからさっきの『苦海浄土』でも、港湾整備のために船で水俣に渡ってきて、その工事現場付近に小さな家を建てて暮らしていた話が出てきますけど、あんな感じだったはずなんですよ、ニュータウンも最初は。

　ただ、全国から人が集まる東京のニュータウンは、おそらく大阪よりはもっとステージが進んでいて、本格的なニュータウン文化っていう感じなのかもしれないですね。

柴山　女性たちの会話がほとんど遺跡と野菜の話っていうのが、いかにもニュータウンな感じがしますね。もちろん、子供のことなど、他の会話もしているんでしょうけど、それは描かれない。それでも、共通の興味で繋がっている点で、女性たちの間にはぎりぎりコミュニティが成立しているように見えます。

浜崎　ただ、その女たちも、分かれ際だったんでしょうね。「土建屋の男」の方に行くのか、この退屈な「大男」の方に流れてバラバラになるのかっていう。

柴山　男の方はコミュニティが全く成立してないんですよね。

浜崎　男たちは、横の繋がりを作るのが苦手なんですよね。唯一の「横の繋がり」であるはずの妻に対してさえ気が遣えない。でも、その先には「濡れ落ち葉」というか、熟年離婚が待っているだけですよ。実は女は全部見てるし、全て分かってる。でも、男の方は、奥さんのことを「愚鈍だ」とか「鈍感だ」とか思い込んでいて、女を舐めている。

波うつ「大地」を安定させること、治めること――築土工木の思想

柴山　ところで、この小説のタイトルはなぜ「波うつ土地」なんでしょう？

浜崎　これは僕の解釈なんですが、つまり「宿命を失った土地」だということだと思うんですよ。「宿命」を持ってる土地っていうのは、水俣なんかもそうなんでしょうけど、そんなに波うたない。端的に言えば、そんなに造成できないはずなんですよ。

柴山　なるほど。京都なんかはまさにそうですね。

浜崎　そう、波うってるってことは、変えられる可能性が常にあるということでしょ。しかし、その可変性を前提にした土地には「宿命」が宿らない。そして「宿命を失った土地」のなかに生活すると、守るべきものを見失うので、こんな退屈な男どもになるんだと。さらにその横では、そんな糸の切れた風船のように漂う男たちを見ながら、女たちが悲鳴を上げている……、というのが「波うつ土地」というタイトルに仮託されたイメージではないかと。

柴山　そうか、大地が安定していないのか。

藤井　だから結局、「男が立派であれば、女どもは幸せなのに」っていう話でしょうね。

それでいうと、今、僕、連載はちょっとやめてますけれども、国土学で書きたいのは、そこなんですよ。国土学のいくつかの命題のなかの重要な命題は、国土の整備というものは、根を張る土地として整備というか空間を作ることが必要だということなんですよ。それが、実は精神を安定化させて、きちんとした精神を造成する環境というか、条件を作るはずなんですよね。そうすると、国家っていうのも安定するはずで。ですから、国土学っていうのは、実はそこを見ないといけないっていう命題が僕のなかにすごくあって。それは、この『波うつ土地』の主題とも、全く一致してますね。

柴山　ということは、やっぱり「ナマの自然」ではダメだということなんでしょうね。「築土工木」によって大地に手を加えて、安定した土地を作り出すことで初めて、家族なり共同体なりに安定した意味が宿る。でも、「波うつ土地」ではそれが作れない。

浜崎　安定した大地がないから、男どもは「可能性」を夢見ちゃうわけでしょ。パリ行っちゃったり、不倫しちゃったり、「ここではない、どこか」を期待しちゃう。

柴山　一方で、女たちは野菜を植えたりして、なんとか土地と繋がりを持ったり、遺跡を見に行ったりして、土地の記憶を想像しようとするんだけど、うまくいかない。それで病的になってしまう。

浜崎　そう、「自然」を取り戻そうとして、取り戻せない。

藤井　やっぱり、人間という精神的肉体的存在も、生き物なんですよ。例えば、蟻だったら蟻の棲《す》み処《か》があり、狼だったら狼の棲み処があるように、人間という精神的肉体的社会的存在に相応《ふさわ》しい棲み処の条件というか、形があるはずなんですよ。それがあれば、それこそ「浄土」になり、「苦海」が訪れる前の石牟礼道子が描いたような人々が生きることができる。そしてそこで育って初めて、かの地のような人々に成り果《おお》すことができる。

ところが、『波うつ土地』は、それが全部なくなってる。人間にとってきちんとした棲み処がどれほど重要かということを、実は暗示してるんですよね。

「土建屋の男」が象徴するもの　——ナショナリズムの回路

柴山　それでいうと、この土建屋の男って、何を象徴しているんでしょう。そこら辺で普通に立ちションしちゃう人でしょ。でも主人公は、「大男と比べるなら、存在としてこっちの方がはるかにいい」という感じで、ものすごく惹かれている。『チャタレイ夫人の恋人』[*34]のメラーズのような位置づけ、ということでもなさそうですが。

浜崎　この男だけがニュータウン的なものの外を生きてますよね。その外から「まれびと」[*35]のようにやって来て、そこが彼女にとっては一つの救いになってるような書き方です。

柴山　ただ、会話は特に面白くないですよね。先に情事の相手だった大男のことは、会話がつまらないとボロカスにけなしてたけど。

藤井　ただ、その会話にしても、ほんと自然な会話で、特に彼女は不満は感じてないんですよね。ウィットに富んだ会話っていうわけではないけど、特に違和感なくその会話を楽しんでる。『苦海浄土』に描かれてる男たちに、近い男なんですよね。

川端　しかも、自信を持って生きてる感じがありますよね。すごい小さなことなんだけど、「これに関しては俺の言うことをとにかく聞け」っていうふうに言ってくる、あの感じが。

柴山　ああ、確かに自信を持っていますね。危険な造成区域に立ち入った主人公に「危ないよ、そこ」とか言っていて。自分の仕事、

＊34　『チャタレイ夫人の恋人』一九二八年刊行。

＊35　まれびと　折口信夫の民俗学において、時を定めて他界から来訪する霊的な存在のこと。

縄張りにちゃんとした自負を持っている。この男だけは大地と繋がっている、と。

藤井　だから、男の構造を持っているんですよね。「女が安定できる構造」っていう。

浜崎　そう、土地が波うってなければ、自分の人生には自分で責任を取るみたいな仙助老人みたいな人が出てくるわけですよね。でも、そんな条件は全部なくなっちゃった。

柴山　ここにも、近代との向き合い方の難しさが現れていますね。「波うつ土地」をどうやって安定した大地へと変えていくか、という問題がここにはある。

浜崎　だから、これ藤井先生がおっしゃってたこととも重なるんですが、やっぱり「防壁としての国家」っていうのかな、そのリアリティを、近代社会を生きる私の身体に下ろしながら、ナショナリズムの回路を作っておくというのは大切なんですよ。でも戦後は、その回路が断たれているので、そうなると結局、「僕の生活、僕の安全、僕の平和」になるわけでしょう。

藤井　で、そういう回路を断たないためにも、国家の下部構造である国土をきちんとしておくんだと。そうすると回路は繫がりやすいんだと。それでも繫がらない馬鹿はいるでしょうけど、繫がる男どもも出てくるはずです。そうすると、女も安定してくるだろうと。

柴山　共同体をどう作り、どう守るかという問題は、精神的な面だけでなく、物理的な面でも問われている、ということですね。

藤井　実は僕、この『表現者クライテリオン』を立ち上げるときの一番の重要な命題を、そこに置いてたんですよ。特に戦後知識人、旧表現者も含めてですけれども、彼らは国土とか土地に対する志向性がほぼなかった。これが、結局「大男」だとか、そのパリに行っちゃうような男どもを作ってしまった原因であって、それは、旧表現者知識人たちの大きな問題なのではないかと本能的に直観してましたね。もちろん、だからといって、土地計画の話だけしときゃいいというわけじゃないけど、どこかで、この「波うつ土地」を安定させなければならないと言ってのけるような志向性、「土地」は治めなければならないのだという感覚は、男であろうが女であろうが、ほんと必要なんだと思います。

浜崎　ちょうど締まりましたね（笑）。

次回は、いよいよ最終回ですが、ポストモダン小説である、高橋源一郎『さようなら、ギャングたち』と、島田雅彦『優しいサヨクのための嬉遊曲』を取り上げたいと思っています。どうなることやら……と少し心配ですが（笑）、引き続きよろしくお願いします！

（表現者クライテリオン　二〇一九年十一月号）

第八章

「ポスト・モダン」の頽落を超えて

ジャパン・アズ・ナンバーワンが喧伝され始めた八〇年代、
政治の「大きな物語」から解き放たれた日本人は
「ポスト・モダン」の渦に巻き込まれていった。
が、それは同時に「物語（地）」なき「記号（図）」との戯れのなかに、
言葉の固有性とリアリティを散逸させていく過程でもあった。
後に失われた三十年を迎えることになる私たちは、そのとき何を得て、何を失ったのか。
二人のポストモダン作家を前に「戦後日本」の超克を問う、対米従属文学論・最終回。

高橋源一郎『さようなら、ギャングたち』
島田雅彦『優しいサヨクのための嬉遊曲』

『優しいサヨクのための嬉遊曲』（新潮社）

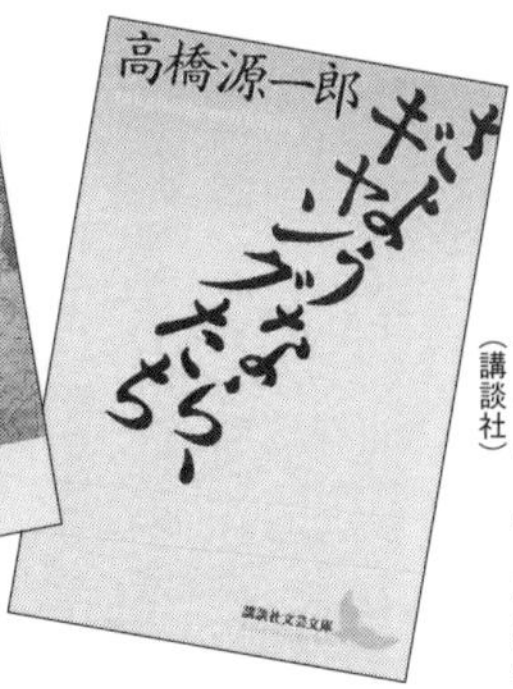

『さようなら、ギャングたち』（講談社）

参加者
富岡幸一郎
藤井聡
柴山桂太
浜崎洋介
川端祐一郎

高橋源一郎『さようなら、ギャングたち』

あらすじ

まずプロローグで、ギャングの一掃を誓う米国大統領の頭が吹き飛ばされるシーンが示される。その後、第一部の「『中島みゆきソング・ブック』を求めて」が始まり、「さようなら、ギャングたち」と名付けられた私と、「中島みゆきソング・ブック（S・B）」と呼ばれる恋人と、猫の「ヘンリー四世」との共同生活とともに、私の過去が描かれる。詩を書きながら自動車工場で働いた日々。一人の女との間に「キャラウェイ」という子をもうけながら、その子を四歳で亡くしてしまい、その子を探して、女が家出をしたことなどが回想される。

また、第二部「詩の学校」では、詩を教える私の仕事が紹介され、第三部の「さようなら、ギャングたち」では、四人のギャングに対する授業が語られる。その際、「美しいギャング」は、かつての仲間S・Bに「戻っておいで」と語りかけ、拒む彼女をピストルで撃って連れ去っていく。その後、機動隊に追い詰められて悲惨な死を遂げるギャングの姿をテレビで見た私は、そのなかに「美しいギャング」とともに自決するS・Bの姿を目にする。残された私は、トーマス・マンの本を探すが、それを頼んだ猫は縮んで死んでしまう。「自分は詩人だと思っていたが、本当はギャングなんだ」と考えた私は、様々な破壊活動に関わるが、最後は、詩人でもギャングでもなく「さようなら、ギャングたち」だったことを自覚する。

「近代文学の終わり」と「ポストモダニズム」

浜崎　これまで、この「対米従属文学論」では、一貫して敗戦後の小説から高度成長期に至るまでの戦後文学史、特にアメリカとの関係のなかで書かれてきた戦後文学の歴史を辿ってきましたが、ついに、今回が、その最終回です。扱うのは、日本のポストモダン文学として知られる高橋源一郎[*1]の『さようなら、ギャングたち』（一九八一年）と、島田雅彦の『優しいサヨクのための嬉遊曲』（一九八三年）です。

　これは、よく言われることですが、これらの小説が登場する八〇年代文学で、いよいよ日本の〈近代文学＝戦後文学〉の「終わり」が明らかになってきます。日本の近代文学は、前近代から続く「日本」という固有の文化が、西洋近代という「他者」、あるいはアメリカという「他者」と衝突するところに生じる内的葛藤や摩擦などを主題としてきました。が、八〇年代以降、この「葛藤」が消えていくことになります。それは、高度経済成長の終焉からバブル経済への流れ、米ソデタント[*2]による緊張緩和など左翼

＊1　高橋源一郎（たかはしげんいちろう）一九五一〜。広島県尾道市生まれ。『さようなら、ギャングたち』（一九八一）で第4回群像新人長篇小説賞優秀作を受賞し、デビュー。一九八八年には『優雅で感傷的な日本野球』で第1回三島由紀夫賞を、二〇〇二年には『日本文学盛衰史』で第13回伊藤整文学賞を受賞。前衛的で、散文詩的な文体で言語を異化し、幅広い文化要素を引用する作風で、ポストモダン文学の旗手として知られる。明治学院大学の名誉教授。

＊2　米ソデタント　一九六〇年代末〜一九七〇年代末の冷戦下においてアメリカとソ連の政治対話が行われるようになった期間のこと。デタントとは、戦争勃発までに切迫した二カ国間の緊張緩和の意。

（マルクス主義）の退潮とも関係していますが、要するに、アメリカなどの西洋先進諸国に日本が追いついたという意識とともに、アメリカに対する「従属意識」や「憧れ」、あるいは、アメリカ帝国主義に対する「反米感情」などが消え、逆に「アメリカ」を内面化した文学が登場してきたことを意味しています。それは、私たち自身の意識（読者の意識）が、「大衆消費社会」や「歴史なき個人」という「アメリカ的なるもの」に染め上げられてしまったことを示唆していますが、まさに、そんな時代に、文学は、次第に相手取る他者、戦うべき現実を見失って、狭い「趣味の世界」へと引き籠もっていくことになります。「文学のサブカルチャー化」（娯楽化）などという言葉が囁《ささや》かれ始めるのもこの時代のことですが、それがまた、政治的な「大きな物語」を失った後の「ポストモダン状況」とも相俟っていたことは見逃せません。

まず、それらのことを踏まえた上で、高橋源一郎の『さようなら、ギャングたち』から読んでいきたいと思います。

この奇妙な作品は、彼自身の履歴と切り離せません。高橋源一郎は、学生闘争の影響で東大の入試が行われなかった一九六九年に、横浜国立大学に入学することになりますが、その後「過激派」の活動家として運動に関わり、十八歳の頃から、逮捕と留置の日々を送ることになります。その後、大学を除籍された高橋は、七〇年代の十年間を、自動車工場や鉄工所の工員、建設現場の土方として働くことになります。が、その間、急激な時代の転回についていけなかった高橋は、世界と自分とを繋ぐ「言葉」を見失い、「失語症」に陥ってしまいます。そして、その後に「失語症患者のリハビリテーション」として書かれたのが、処女作である「すばらしい日本の戦争」（後に『ジョン・レノン対火星人』と改題）であり、それまでの十年間の体験を書いたと言われる『さようなら、ギャングたち』でした。

『さようなら、ギャングたち』は、全編、断片的なイメージが散りばめられているだけの小説なので、非常にまとめにくいので（笑）、「あらすじ」は多少暴力的に整理した形となりました。後で解釈も示したいと思っていますが、まずは高橋源一郎と同時代を歩まれてきた富岡先生、改めて読まれて、いかがでしたか。

『さようなら、ギャングたち』が書かれた時代

富岡　今日は、ちょうど『さようなら、ギャングたち』が発表された『群像』[*3]の一九八一年十二月号を持ってきました。当時は『群像』に新人文学賞があって、これは例えば一九七九年に村上春樹が『風の歌を聴け』で受賞しているんですが、その前後から、もう一つ長編小説賞を別個に設けたんですね。これはおそらく五、六年しか続かなかったと思いますが、枚数が四、五百枚くらいの賞なんです。高橋源一郎の『さようなら、ギャングたち』は、その新人長編小説賞の、受賞ではなくて優秀作、いわゆる佳作なんですね。

今の浜崎さんの要約でも分かる通り、事実上、ストーリーはほとんどないというか、むしろ物語性とか、ストーリーを解体している小説ですね。それから、時代的なことを言えば、一九八〇年代は日本はいわゆるポストモダンと言われている思想とか、文学が流行してきて、先ほど言ったように七九年が村上春樹の登場なんですけれども、いわゆる戦後文学が終わって、大岡昇平とか野

＊3　『群像』一九四六年創刊。講談社発行の月刊文芸雑誌。

間宏とか、武田泰淳とかの文学が、だいたい七〇年代半ばで終わってくるんですね。

また、一九七九年には、ちょうどフランスのジャン＝フランソワ・リオタールという哲学者が、「大きな物語の喪失（失墜）」ということを言い出した。絶対的な価値観が失われて、近代というものが相対的な、いわゆるポストモダンに入っていったという時代背景があって、ある意味では高橋源一郎の作品はそれを体現しているんだろうとは思います。ですから、ストーリーとか物語というものに収斂《しゅうれん》されないような言葉の乱反射みたいなものを記している。

だから、あまり作者の実生活とかに還元する必要はないんですが、それでも六〇年代後半の新左翼運動に作者自身が関わったことは、やはり無視はできないと思います。高橋さんは、横浜国大を中退してるんですが、横浜国大というのは政治的に過激なところで、そこでの左翼運動は京浜安保共闘[*4]とか、のちの連合赤軍、関西の赤軍派[*5]とかにも繋がってくるんですね。高橋さん自身がどれだけ運動に関わったかについては、よく知らないのですが、七

＊4　京浜安保共闘　日本共産党（革命左派）神奈川県常任委員会。一九六九年結成の新左翼系セクトで、当初は京浜工業地帯の労働者を中心とした組織だったがやがて学生運動出身者中心になり過激化、赤軍派と合流して連合赤軍を組織した。
＊5　赤軍派　共産主義者同盟赤軍派。一九六九年結成の新左翼系セクトで、大阪戦争、東京戦争、よど号ハイジャック事件等過激な運動を続け、京浜安保共闘との合流で連合赤軍を結成。

二年の連合赤軍事件、七四年の東アジア反日武装戦線「狼」による三菱重工爆破事件[*6]といった流れのなかで、日本の新左翼運動[*7]が、日本の民衆から乖離して、自壊していく。そういった時代を高橋源一郎は経験しているとは思うんです。

そのなかで、今、浜崎さんが言ったように「言葉」を失っていった。それまで語るべき近代なり、語るべき戦後思想なり、語るべき反体制なりといったものが全て失われていって、そういうなかで、もう一度「言葉」を紡ぎ出すとなると、こういう訳の分からない「言葉」、それを吃音、どもりの詩人のように絞り出すしかないんですね。そんなものを読まされる方が迷惑っていう話はあると思うんですが(笑)、いずれにしても、そういう意味では、『さようなら、ギャングたち』が、ある時代の狭間《はざま》から生まれてきたことは確かですね。

「政治と文学」という主題の終わり

柴山　僕はこれ、全部読めなかったんですよ。だいぶ飛ばして読んでいる。なので今の浜崎さんの要約を、なるほどそういうストー

＊6　三菱重工爆破事件　一九七四年、東京都千代田区丸の内に本社を置く三菱重工に時限爆弾が設置、爆破された事件。この事件による死者八名、重軽傷者三八〇名。犯行を行ったのは極左勢力である東アジア反日武装戦線「狼」で、その後も一九七五年までに十二件の連続企業爆破事件を起こした。

＊7　新左翼運動　既成左翼に対比する言葉で、日本においては一九五〇年代から起こった日本共産党や日本社会党とは異なる左翼活動のこと。また、武装闘争などの過激な路線を採用した「過激派」がテロ事件などを起こし、一九七〇年代以降は大衆の支持を失っていった。

リーだったのかと感心して聞いていました（笑）。読めないのは、筋が追いにくいというのもありますが、何より登場人物のセリフがあまりに非現実的というか、なんで大人の男女が「赤ちゃん言葉」ばっかり喋るのか、というのが気になって、全然小説に入っていけなかった。

第一部の、娘が亡くなるというようなところは、多少は感情移入できるんだけど、第二部の「詩の学校」になってからは、木星人の話はちょっと面白いにしても、それ以外は「何これ？」「コントの脚本？」みたいな疑問が湧いてきて、全然読めない。そして第三部になると、全く訳が分からなくなっていく（笑）。

ただ、あえて解釈すると、詩人とギャングは二つ対立軸になっていて、詩人は世界に名前を付ける人、要するに世界を言葉で表現しようとする人ということなんでしょう。一方、ギャングは、小説世界ではヒーローになっているんですが、行動によって世界を変えようとする人、たぶん革命家なんでしょうね。

浜崎さんの要約を聞いてようやく分かったのは、この小説は「政治と文学」を主題としているんですね。主人公は、詩人なんだけどたいした詩は書けない。で、昔ギャングだった女と暮らしているわけですが、彼女との子供が死に、彼女もどっかに行ってしまって、最後は死んでしまう。それで主人公も最後にはギャングになってみるんだけれど、結局死んじゃう。つまり、文学に挫折して政治に行ってみたけど、それもダメだったというような形で終わっていく。そうすると確かにポストモダン的というか、言葉の世界でも行動の世界でも、行き詰まらざるを得なかったという近代的理想の末路を象徴的に示しているようにも読める。その意味では実験的な精神に溢れた小説なのかもしれませんが、何もここまで長くしなくてもいいじゃないか、というのが私の感想ですね。

藤井　僕も、これ読んでいて、本当につらかったんですけど（笑）、途中で気づいたんですよ、どっかでこの嫌な思いをしたなと。で、思い出すと、これ、十五歳のときに読んだ太宰治『晩年』と似ているんですね。あったじゃないですか、短編がいっぱい入っていて、なんか水のなかでブクブクやるとか、訳の分からない断片が散りばめられていたり、全部カタカナで書いてたりするのがあったり。あのときに感じた感覚と近いものを感じたんですね。それで僕は「懐かしい」って思ったんですが、同時に、この人、気が触れてるんやなとも思ったんですね。

　僕の文学の読み方は、自分がそこにトランスポーテーション（感情移入）して、そこで、その登場人物と一緒になって、その世界を体験するという、まあ、当たり前と言えば当たり前のやり方なんですが、でも、そうすると、この『さようなら、ギャングたち』の世界はつらすぎる。おそらくこんな気が触れた小説でも、感情移入しようと思えば、実はできる。でも、それをやると僕が壊れちゃうので、ダメというか嫌なんです。

柴山　やろうと思ったら感情移入はできるんでしょうね。

藤井　そう、できるんですよ。でも、『さようなら、ギャングたち』の世界への移入は、「これはアカン」と思って本能的に拒絶しちゃう。それはたぶん十五のときに『晩年』を読んだときと一緒なんです。感情移入はできるけど、これはアカンなと。でも、感情移入しないで小説を読むっていうのは僕にとっては苦痛以外の何物でもない。だから、これは、単に苦行でしたね。

一同　（笑）。

藤井　ただ、僕は浜崎さんの説明を聞いていて、なるほどなと思ったのは、この作家の高橋源一郎は、実際の人生のなかでしっかり「生きていこう」としていた人だったんですね。政治運動して投獄もされて、この「戦後空間」のなかで戦ったわけですよね。村上春樹のように、現実を斜めから見て端っこで生きていくんじゃなくて、世の中のど真ん中で生きていこうとしたんだけど、挫折して失語していった。

でも、きっと、この世の中に真面目に向き合ったらこうなるんですよ。太宰治もそうだったじゃないですか。確か太宰も、政治運動に挫折してから『晩年』を書いたんでしたよね。

浜崎　そうですね、『晩年』が出るのは、昭和八年に左翼運動が壊滅して後に、保田與重郎なんかの「日本浪曼派」が立ち上がる昭和十年頃（正確には昭和十一年）です。

藤井　だから、もしかすると、その昭和の頃から日本の根幹での「腐敗」は始まっていて、非常にセンシティビティが高い太宰は、その頃から既にそんな僅かな腐臭を嗅ぎ取っただけで狂っていったんだと思いますが、高橋源一郎は、五十年後に、またその狂人化を反復しているのではないか、っていうふうに思いますね。

これは「追い詰められた結果」なのか、単なる「言葉遊び」なのか

川端　率直な感想から言うと、ここ数日、京都とか東京でイベントの運営をしていたり、大学の研究助成金の申し込みとかの時期でけっこう忙しかったんですよ。そんなときに「気狂いに付き合っている暇はない」っていうのが、まず僕の最初の感想ですね。

一同　（笑）。

川端　もちろん、この作品をセレクトした浜崎さんに文句を言う気は一切ないんですよ（笑）。

藤井　僕も、ない（笑）。

川端　でも、これは正直「付き合っている暇はない」タイプのテキストですよね（笑）。ただ、もちろん状況とかタイミングによっては、「気狂い」の言葉遊びが魅力を発することもあるにはある。だから、もの好きな人が学生時代とかの、暇でどうしようもないときにちょっと読んでみる分にはいいのかもしれない。

実際この作品を読んでいて、「いいこと言ってるな」ってところは何か所かあったんですよ。例えば第二部「詩の学校」では、生徒たちは主人公に詩を教わりにきてるはずなんですけど、主人公は詩の書き方も、詩の解釈も教えない。むしろ生徒たちの話を聴いて、彼らが詩を書き始める一歩手前まで一緒に進んでいくのが教師の役割だと言うんですが、なるほどこれは教育者としてのあるべき心構えの一つだろうと思う。

第三部では四人のギャングの一人が、「私たちは、行動の基準をいかなる意味においても正当性《ジャスティス》におこうとはしませんでした。私たちは、私たちの視野もまた視野である限り、さけがたい限界をもつものと考えましたが、同時にそのことが私たちの手を縛ることのないように心がけました」とか言うんですが、ギャングのくせにえらく立派な思想です。さっき、高橋源一郎が新左翼運動に身を投じていたという話がありましたが、そうだとすると、この言い方は連合赤軍的なカルト化した運動に対する、一種のアンチなんでしょうね。

しかし、やっぱりそれにしても、こういうナンセンス文学って、さっき柴山さんも言われましたが、「何も三百頁もやらなくていいじゃないか」とは言いたくなりますね。

藤井　そうなんだよなぁ。気ィ狂いまくっとる。

川端　先ほど浜崎さんに解説いただいたような高橋の暗い青年期の経験を考えると、この作品は「政治運動も含めて世の中に絶望し、気が狂うまで追い詰められて書いた」という見方と、「大きな物語を背負うことから逃げて、ナンセンスな言葉遊びで退屈をしのいでいる」というポストモダン的な見方の二つがあり得て、どちらで読むかでずいぶんと解釈が変わりますね。ちなみに、前者だったならまぁ理解はできますが、後者だったら、やっぱり僕は付き合いきれない。

ただ、こうも思いました。こんなナンセンスな言葉遊びが賞を取るほど人の目を引いたということは、逆に言えば、当時はまだ『さようなら、ギャングたち』の反対側に、言葉を真面目に使う空間が残っていたということですよね。だからこそ、こういう「ナンセンス」が問題提起たり得たんでしょう。そう考えると、当時の人が羨ましい。今はナンセンスな表現も普通になってしまいましたからね。

浜崎　確かに。このナンセンスが方法たり得たのは、八〇年代までですね。
川端　実は、あまりにアナーキーで意味が分からなかったので、巻末の解説を読んだんですが、佐々木基一[*8]さんという批評家が当時の文学賞の選評でこう言っている、「私は、お手上げだった」と。
一同　（笑）。
藤井　そう、僕もここに座るまで「お手上げだった」んですけど、ただ、今日さっき、浜崎さんのまとめを聞いていて「あっ」て思ったんですよ。「なるほど、そういうことか」ってことで、たった今、見方が百八十度変わりました。それはある意味、浜崎さんに誘導されたということでもあるんですが（笑）、結局、この話は長編である必然性は、実はあったんだ、と思ったんですね。最初に名前をなくして、次に、子供を亡くしてから、妻を失って猫も失う。つまり家族をなくした。その次に詩も失って、言葉もなくす。最後に暴力だけ残るんですが、その暴力もなくしてしまう。そして、ホントの最後の最後に「ナイス」だけ求めるようになるんですけど、その「ナイス」すらも、最後なくなるんです。これ

＊8　佐々木基一（ささききいち）一九一四〜一九九三。文芸評論家。『私のチェーホフ』（一九九〇）等。

って、戦後日本の歴史そのものじゃないですか！　今の日本は、あらゆるものをなくして「ナイス」だけを求める国になっていますよね。で、この小説が予言しているのは、早晩、それもなくしますよ、っていうことなんですよね。何もかもなくしてナイスをなくした主人公は最後自決するわけですが、それと同じように日本もこれから「自決」することになるんですよ。TPP[*9]や移民受け入れなんてまさにその過程です。だから「あー、そうなんだ」って、たった今、すっと納得しましたね。

川端　確かにこの作品、共同体を失い、暴力すらも何か抽象的なものとして相対化されたようになって、最後は「ベリナイス、ベリナイス」とだけ言って終わっていくんですよね。

柴山　最後は「最高にナイスな気持ち」と、軽い煙のような言葉だけ残して死んでいく。この「ナイス」っていうどうしようもない軽さね。長嶋茂雄[*10]か、村西とおる[*11]か、という（笑）。

富岡　戦後文学の、ある種の重さとか、政治と文学が孕んでいた文学的な力学がどんどん時代のなかで消えていく、蒸発していく。それを自分が体験して、その時代の最後にどうやって表現するか

＊9　TPP　環太平洋パートナーシップ協定（Trans-Pacific Partnership Agreement）。太平洋周辺の参加国間での経済的な連携を深めるための協定。二〇〇八年頃からアメリカを中心に合意に向けた交渉が始まり、二〇一六年に日本を含む十二カ国が署名。翌年トランプ政権となったアメリカは離脱した。

＊10　長嶋茂雄（ながしましげお）一九三六〜。元野球選手。

＊11　村西とおる　一九四八〜。AV監督。「ナイスですねー」が口癖であり、著書やウェブサイトのタイトルにもなっている。

っていうのはあったと思いますね。

「テクスト」だけで立っていない『さようなら、ギャングたち』

富岡　さっきの話で面白かったのは、太宰治と一緒で、これは確かに感情移入しようと思えばできるけど、したらまずいという話ですね。では、なぜ感情移入できないのかというと、これは、ものすごく本人にとっては切実なテーマ、時代と自分の物語なんだけれど、それをやっぱり、あるスタイルのなかでごまかしているからだと思う。その点、この小説は、自分に対して嘘をつくように書かれている。それは太宰にも共通するものですね。

浜崎　つまり、「仮面」をかぶってお道化《どけ》てるんですね。

柴山　ちゃんとした読みやすいストーリーで書こうと思えば書けたんじゃないかと。

浜崎　そうですね。ただ、逆に言うと、「嘘をつくしかないような切実な体験があるので、こういうポップ文学の仮面をかぶっているのではないか」と言うこともできますよね。

実際、文学史的に見ると、高橋源一郎の「嘘」の意味も見えてくると思うんですよ。例えば村上春樹の『風の歌を聴け』とか、田中康夫の『なんとなく、クリスタル』なんかも、書き方は断片的でしたよね。でも、それらは読めた。なぜ読めたのかと言えば、『風の歌を聴け』の場合には、その背後に時代のスタイリズムがあったし、『なんとなく、クリスタル』の場合は、その背後に時代の空気感があったからですよ。つまり、断片的な「図」を包み込む「地」が見えた。それゆえに、それらは今でも読めるものになっている。

だけど、『さようなら、ギャングたち』までいくと、断片的な「図」を包み込む「地」がないということ自体を表現しようとしているから、小説言語が完全に分裂病的な様相を呈してしまっている。「地」の見えない「図」だけで戯れると、離人症[*12]なんかと同じで、世界のリアリティは霧散せざるを得ません。ただ、ポストモダン的に言うと、その戯れ自体が、既存の「地」を解体・攪乱して、逆に、私たちに「新たな地」を描くことを促す――ドゥルーズ[*13]的に言えば、一つの「逃走線」[*14]（図の多義性・決定不可能性）によって「脱領土化」を促しながら、そこに新たな「リゾーム」[*15]状の関係、他

＊12　離人症　自分の身体や精神が自分から切り離されている様に感じ、現実感を喪失する状態が繰り返し訪れる状態。

＊13　ジル・ドゥルーズ　一九二五〜一九九五。フランスの哲学者。

＊14　逃走線　既存のルートや規範から逸脱する道筋。地図に逃走線を引くことによって地図がアップデートされる様に、既存の秩序に逃走線を引くことを創造的行為と捉えた。

＊15　リゾーム　木の根茎のように始まりや終わりがなくネットワーク上に複雑に繋がったり切れたりする状態。ドゥルーズによる現実の秩序のあり方の比喩的表現。

者との新たな接続可能性を作り出していく革新性があるんだ、と（笑）。

でも、やっぱり、川端さんも言うように、「暇人」でもない限り、人は、そんな断片には付き合いきれない。というより、人は誰も、単なる断片など求めていないんですよ。

実際、この『さようなら、ギャングたち』を「読む」ためには、どうしても私たちは、その背後に一定の「地」を用意するほかはないし、その「地」こそが、かつて過激派だったという高橋源一郎の「履歴」であり、また、八〇年代という「時代的枠組み」でしょう。ということは、「テクスト」の外部を消し去ったつもりのポストモダニズムは、しかし、その外部にある文脈（物語）を引き込まない限り読めないという逆説を孕み持っていることになります。その意味で、ポストモダン的なナンセンス文学というのはテクストの力だけで立っているとは到底言えない。

でも、それこそポストモダンの欺瞞であり、甘えでしょう。自分を支えている「地」を無視して、あるいは「読む」ことの条件も整えずに「分かってください」と言っているわけですから。

ただ、ここは仕事なのであえて「読み」ますが（笑）、すると『さようなら、ギャングたち』は、こう読めるはずなんです。

まず第一部は、固有名がない世界でしたね。そして、この固有性を失った世界で、そもそもS・Bとの出会いがそうでしたが、完全にディスコミュニケーションが全面化しています。全てが取り換え可能で、恣意的な記号、虚構の世界と化している。でも、唯一、他者と結んだ絆の感覚だけは忘れがたいんですよ。それが「キャラウェイ」「緑の小指ちゃん」と呼ばれる子供を失ったことへの痛覚として見出される。しかし、これは言葉にできない痛覚なんですが、その言語化できない痛覚が、実際に「女の家出」を促すことになると。

だから、この痛覚をどうすれば言葉で表現できるのかという問いをめぐって、第二部の「詩の学校」が書かれることになる。つまり、全てが虚構と化した世界で、詩の言葉、自分に固有で切実な体験の表現、言い換えれば、交換不可能な「私的言語」[*16]とでも言うようなものは表現可能なのかと問うているわけです。だから主人公は、自分や他人を「詩の一歩手前」に連れていくことしか

＊16　私的言語　ウィトゲンシュタインの用語。他人には分からないような内的体験を記述する、自分にしか理解不能で原理的に翻訳が不可能な言語。

できないのだし、それでいて、一番好きな言葉は何かというと、他者との絆を作っている、S・Bの「おかえりなさい」なんですよ。

柴山　なるほど、そうでした。

浜崎　そして、第三部に入っていくと、そこで登場するのが、言葉の葛藤を持っていない「おしのギャング」ですよね。これはまさに政治における実働部隊、肉体派〔行動〕ですよ。次に出てくるのが、言葉を流暢《りゅうちょう》に操る「デブのギャング」。これは、政治的な仮面をかぶることがうまい政党幹部〔知識人〕ですね。そして、最後に、この両者を繋ぐためには、ギャング〔政治＝行動〕にも詩〔文学＝言葉〕が必要であることを自覚している「美しいギャング」が出てくる。これは、改めて考えてみると、おそらく、三島由紀夫なんです。

柴山　なるほど。

浜崎　で、その「美しいギャング」が、「おかえりなさい」と語りかけてくれる女、つまり、詩と生活を繋いでくれている回路であるS・Bを、主人公から奪っていくわけです。しかし、政治と文学との合一の果てには「自死」、つまり現実否定（詩）そのものの現実化（死）という隘路しか待っていないことを知って、そこから主人公は、まさに「芸術家のアイロニー」を語ったトーマス・マン[*17]の「精神」のようなものに引き籠もっていこうとする。

だけど、二十世紀後半の大衆消費社会では、そんな「精神」は、もうどこにも見つけることができない。それを知った主人公は、仕方がなく「政治」に向かうんですが、しかし、もはや「政治」を動機づける他者との関係性は失われている。そして、ついに私は、詩人にも、ギャングにもなることもできずに死んでいくんです。つまり、この小説は、詩とギャング、個人と社会、文学と政治とを結ぶ交点がどうしても見出せない、っていう話なんですよ。だからこそ、言葉は千々《ちぢ》に乱れているし、分裂病的（妄想的）でもある。そして最後に、「そういえば」と気づくのは、私は〈さようなら、ギャングたち〉、つまり、〈さようなら、革命家たち〉でしかなかったではないかと。つまり、彼自身は完全に「空っぽ」なんです。

その意味で言えば、さっき藤井先生が、この小説は「日本その

＊17　トーマス・マン　一八七五～一九五五。ドイツの作家、評論家。

もの」だって言ったのは、大げさな解釈でも何でもなくて、至極まっとうな「読み」だと思いますね。

幼児退行する文学　——「政治」という「地」を失った文学

川端　今の話だけ聞くと無茶苦茶すごい作品のように思えてくる（笑）。

柴山　個人と社会、文学と政治を結ぶ交点がなくなった世界の話だと考えると、確かに面白い。つまりギャングと詩人は、この世界では交わりそうで交わらないんですね。

これまでの座談会で取り上げてきた作家は、三島であれ大江であれ、政治と文学は交わっていましたね。村上春樹も政治性を背景に隠し持った作家だったし、田中康夫でさえ、政治的なメッセージがあった。しかしこの小説まで来ると、政治はもう無効だと宣言している。「さようなら、ギャングたち」っていうのはそういうことですよね。

ただ、高橋源一郎は資質としては詩人の方ですよね。出てくる固有名詞は全部、過去の詩人とか文学者で、いわば革命家に憧れている文学者とも言える。だけど革命はもう起きないし、文学は政治に何の影響力もない。そう認めてしまった点では新しいのかもしれないけど、これはいつか行き詰まるでしょうね。

富岡　さっき川端さんが、佐々木基一の選評を紹介してたけど、佐々木基一は第一次戦後派の文芸批評家で、まさに政治と文学の人。そういう構図があったまさに戦後の時代の文学者から見れば、もうこれは「まったくついていけねえ」と。

だけど七〇年代後半からの日本は、文化も政治も社会もカラカラになっていくわけですよ。政治と文学との関係も、浜崎さんがおっしゃったように完全に「交点」を失くしていく。

それは世界的なポストモダン現象でもあるけれど、日本特有の干上がり方、みたいなものもあるんですよ。八〇年代前半にものすごい対米貿易黒字で、それで八五年にプラザ合意[*18]で、バブルでしょう。幻の「黄金の八〇年代」[*19]と言われるような時代でもある。でも、そのときにこそ「言葉」というか、「日本人の思想」は徹底的に枯れていったんですよ。そういう意味ではこの『さようなら、ギャングたち』は、八〇年代を予言する非常に示唆的な作品

＊18　プラザ合意　一九八五年。アメリカの対日貿易赤字縮小のために行った円高ドル安介入をする合意。

＊19　黄金の八〇年代　バブル経済、ジャパン・アズ・ナンバーワンともて囃された経済的成功、YMOなどニューミュージックやDCブランド等の文化の開花等から、経済的、文化的な黄金の時代と言われる。

です。

柴山　さっきの浜崎さんの話だと、戦後文学は、政治と無関係なことが書いてあるように見えても、実際には同時代の政治的状況を「地」としていたんですよね。直接、政治を主題とした小説でなくても、政治的な主題が隠喩的に語られてきた。でも、今や完全に「地」がなくなってしまった。

浜崎　でも、そうなると、もう誰も文学なんて読みませんよね。共有している「文脈」がないんだから。

川端　文学と政治の交わりがついに絶たれたとか、社会の統合的なイメージがいよいよ語り得なくなったとか、そういう悲しみや欠落感が執筆のコアに実はあるのだとして、だったら「もっと悲しく書いてくれよ」とも思いますね。つまり喪失の悲しみをこういうナンセンスなおちゃらけ文学にしてしまうのは、間違いなのではっていう気もするんです。

ただ、さらにもう一周回って言うと、先ほど浜崎さんが言った「分裂病的」という表現とも繋がるんですが、この小説、やたらとモノや概念を擬人化するじゃないですか。「夢」にすら人格が与えられていたり、観覧車が自殺したりとか。あらゆるものが擬人化されて、人間と人間以外のものの境界が失われていく、幼児退行のような世界観ですが、そこに悲しさはあるかもしれない。

柴山　幼児退行は感じましたね。最初に言いましたが、とにかく言葉が子供っぽい。政治という「地」を失った文学は、こうなるということなんでしょうね。文学は、幼児退行するんだと。

富岡　村上春樹なんかは、まだある種のセンチメンタリズムとか悲しみみたいなものがあったけど。そういう意味では、これは良くも悪くも「嘘」をついているんですよ。

藤井　実は、僕、この小説が本能的に嫌だと思ったのは、名前がないところから始まっているところなんですよ。それで言うと、ここでの「嘘」であったり、「政治」がなくなっていることの根源的な原因は、やっぱり名前を失っていることだと思うんですよ。

川端　僕も実はそうだったんです。最初の数頁で、名前が失われていたり、皆が勝手に無茶苦茶な名前を付けていたりすることが本当にストレスで苦痛だった。名前がないだけで、全ての構造が壊れてしまって、何も頭に入ってこないような感じです。逆に言えば、我々が世界を認識する上で、個人の「名前」がいかに大事かに気づかせてくれたとも言える。

藤井　なんかもう、名前が恣意的な時点で、既に僕が生きている、あるいは生きようとしている世界ではなくなってしまっている。僕は、痩せても枯れても僕の名前を引きずって生きていこうと思ってるし、それがなかったら僕は、責任も何も取らない、肉の塊だったり、性欲だったり、食欲だったりするだけですよ。『走れメロス』なんかにあった信頼も何もかも解体されて、僕たちは、僕たちの人生を支えている「地」を失っていかざるを得ない。「図」というのは、今日の感情だったり、今日の仕事だったりするけど、それも「地」がなければ単なる取り換え可能な断片でしかなくなってしまう。そして、その「地」を一人ひとりの個人に保証しているものこそ、人の名前でしょう。だから僕は、名前がないといった時点で、前に進んでいけないような嫌なものを本能的に感じたんですよ。

さらに言うと、日本も、戦後の日本と戦前の日本で、一言で「日本」と言えるほどの一貫性を失っていますが、それは日本が名前を失っていることに等しい。例えば西部邁は、漢字の「日本人」とカタカナの「ニホンジン」を書き分けますよね。あれなんかは、日本が名前を失っていることの表現だったりする。だから、「名を失う」ということの帰結は最終的に「ナイス」しか求めなくなって、自殺していくしかないんだろうと思うんですよ。

柴山　その通りですね。名前を失うとは、共同性を失うってことなんですよ。名前は親が与えるものですし、自分の肉体が滅びた後も名前だけは他者の記憶に残っていったりする。名前があること自体が、その人が社会的存在であったり、共同体的存在であることの証明ですからね。

浜崎　しかも、それが、取り換え不可能なその人の「宿命性」を担保している。

藤井　「名前を失う」イコール「社会の喪失」。ミクロとマクロで並行しているんですよね。

柴山　「さよならソング・ブック」とか、もう意味なんてないんですよね。名前は取り換え可能な、恋人が変われば変わる暫定的なものでしかない。いつでも張り替えられるラベルや、単なる識別記号のようなものになってしまう。

富岡　小島信夫の『抱擁家族』が一九六五年（昭和四十年）に出ますが、あれはいわゆる英文学者のエリートの家庭にアメリカ人の兵隊が入ってきて、妻が姦通するという話なんです。家は、アメリカ式のセントラルヒーティングで立派なものを建てるけれど、家族のなかはズブズブに崩壊していくという話なんですよ。それを三島由紀夫が読んで激怒して、これは要するに空白状態とか、空虚とか、崩壊していくことだけを書いている小説だと。小説というのは、医者と患者を兼ねなければいけないんだと。病気だけを延々と描いているというのは耐えられないと。それで三島は『英霊の聲』を書くんです。

それでも『抱擁家族』には、まだちゃんと妻の名前はあるんですよ。アメリカ兵と姦通する妻ですが、若い米兵の青年の名前も、ジョージという名前があるんですよ。でも、これが、七〇年代を経て、八〇年代に入ってくると……。

柴山　日本人が名前を失っていくんですね。

浜崎　そう。それによってまた、日本人が「抵抗の拠点」を失っていくんですよ。

富岡　あえて「対米従属」という視点で言えば、アメリカ兵は帰っても、逆に名前を失うことでより「対米従属」が深まっていくという、戦後日本の逆説的な事態を迎える。

ポストモダンの「左旋回」――「虚構」に逃げ込んでいく「サヨク」

浜崎　その意味で言えば、だから『さようなら、ギャングたち』が八〇年代に読まれていたというのは、それが「冷戦」と「バブル」という二つの「地」（と、それへの対抗）によって強力に支えられていたからですよね。でも、九〇年代以降、僕らは、もうこれを読めなくなっている。いや、「読める（楽しめる）」という奴がいたら、はっきりと軽蔑してやりますよ（笑）。

しかし、そうなると、九〇年代以降のポストモダンはどうなるんだって話になるんですが、結局「左旋回」していくしかなくなるんです。「大きな物語は終わった」と言って登場してきたはずのポストモダンが、しかし、結局、みんな旧態依然たる「左翼」に戻っていく。なぜかと言うと当然で、誰も「地なき図」なんかに長くは耐えられないからですよ。

藤井　そう、そんなの絶対無理なんですよー。

富岡　だからポストコロニアル[*20]とかカルチュラル・スタディーズ[*21]とか、ＬＧＢＴとか。

浜崎　そう、「アイデンティティ・ポリティクス」[*22]に逃げ込みながら、新たな「地」を作ろうとするんだけれど、それ自体が僕らの「宿命」を問わない「虚構」なので、そんなものを誰も信じやしない。だけどメディアやエリートたちは、そんな「虚構」で作られたポリコレで教育されているので、ますます生活感覚から遊離した「空虚なサヨク」になっていく。

富岡　実際、高橋さんは、九〇年代後半に『日本文学盛衰史』[*23]という長編を書くんですが、そこで明治以降の文学史のパロディを書くんです。つまり、『さようなら、ギャングたち』の路線で行けば発狂しかないんですよ。言葉が描けなくなる。その時に高橋源一郎はうまく、ずるく（笑）、今度は、文学史という歴史を「自分の小説」のなかに囲い込んでいく。

柴山　それは客観的な歴史というより、虚構の「私歴史」みたいな

＊20　ポストコロニアル　西洋の植民地主義的、帝国主義的な文化や政治経済的態度を批判的に研究する学問的潮流。

＊21　カルチュラル・スタディーズ　従来の正統的な文化だけでなく、ポップカルチャーやサブカルチャーなども含む文化を、伝統や権力との関係において捉えようとする学問的潮流。

＊22　アイデンティティ・ポリティクス　ジェンダー、人種、民族、障害等アイデンティティに関わる問題に関しての政治的な活動や思想。

＊23　『日本文学盛衰史』　一九九七～二〇〇一年に『群像』で連載。同年に書籍化。

ものですね。

富岡　文学史をサンプリングして、もう一度「歴史」のアンカーのようなものにして。それがなければ自殺しているか、発狂しているか。あるいは小説を書けなくなるという。そうやって、文学史を取り込んで、作家としては何とか巧みに生き延びてきた。

浜崎　ただ、それこそ、本当に高橋源一郎が誠実であれば、まさに「保守的な態度」を必要としていたはずなんですけどね。しかし彼は、「歴史」をパロディとして「虚構」しちゃう。「歴史」というのは、個人の意識を超えている最後の「地」なのに、彼は、それさえ信じてはいない。それが結局、「空虚なサヨク」でしかあり得ない高橋源一郎の限界なんでしょうね。

島田雅彦『優しいサヨクのための嬉遊曲』

あらすじ

「新興住宅地出身者」で「偉大なるオナニスト」である千鳥姫彦は、一目惚れしたオーケストラ団員の「みどり」を待ち伏せしている。デートの約束を取り付けた千鳥は、文部省の役人をしているみどりの父を、彼女の「自由」を縛る仮想敵と考え闘志を燃やす。

その一方で、ソ連の反体制運動を研究するサークルに所属している千鳥は、機関紙『カスチョール』を編集し、関連する講演会を企画するようなサヨク学生でもあった。仲間は、クレムリンに反発しながら、ソ連への憧れも捨てきれない学生たち。なかでも、無理、石切、田畑の三人は「社会主義道化団」と称し、「欺瞞的な社会主義や社会主義に泥を塗った権力者」を馬鹿にしながら、自分たちも痴漢や男色をして遊ぶような「ならず者」だった。

その後、様々なドタバタがありながら、最終的に、無理の思い付きで売ったバッジのお陰で、外池は国際的人権擁護集会に呼ばれフランスに留学することになり、サークルを引き継いだ無理は、新宿二丁目で体を売ったお金で、ますます羽振りがよくなっていく。そして、「みどり」と「赤い市民運動」の間で揺れる千鳥は、「正しいこと」に対する確信をなくしたという言い訳とともにサークルを辞め、みどりのいるオーケストラ団に入団する。千鳥は「モーツァルトの嬉遊曲」ように「終わりのないダンス」を踊り続けようと思うのだった。

凡庸すぎて、付き合っていられない「青春日記」

浜崎　では次に、そんな「空虚なサヨク」の姿を描いたと言われる島田雅彦[*24]・二十二歳のデビュー作『優しいサヨクのための嬉遊曲』（一九八三年）を読んでいくことにしましょう。一九五一年生まれの高橋源一郎に比べると、島田雅彦は一回り若い六一年生まれということになりますが、それもあって、この『優しいサヨクのための嬉遊曲』には、わざわざ「さようなら、ギャング（過激派）たち」と言わなければならない過去への感傷もなければ、自身の「サヨク体験」を「嘘」で包むという「トラウマ」的振る舞いもありません。もっとアッケラカンと、単に「大きな物語」を失った後の〈学生の生態〉、もっと言えば、資本主義に対する共産主義を「希望の原理」にすることもできなくなった八〇年代に「サヨク学生」であることの〈空虚さ〉と〈軽薄さ〉が、これまた「軽薄」な恋愛話と並行的に描かれることになります。

藤井　実は僕、この本をずーっと持っていたんですよ。恥ずかしながら、当時、僕は島田雅彦の本は何かサムシング・クール、つま

＊24　島田雅彦（しまだまさひこ）一九六一〜。東京生まれ。東京外国語大学外国語学部ロシア語学科を卒業し、一九八三年に『優しいサヨクのための嬉遊曲』で文壇デビュー。同作は芥川賞候補にもなり注目を浴びた。『夢遊王国のための音楽』（一九八四）で野間文芸新人賞、『彼岸先生』（一九九二）で泉鏡花文学賞、『退廃姉妹』（二〇〇六）で伊藤整文学賞など受賞多数。法政大学国際文化学部教授。

り「ちょっとカッコイイ」って思ってたんです（笑）。十八、十九、二十歳くらいの頃だったかな。何冊か買って、読んだんですけど、いま思い返すと、そこには何にもなかったんだと思います。さっきの高橋源一郎の『さようなら、ギャングたち』の最後に出てくる「ナイス」、それを求めてたんだと思います。

で、『優しいサヨクのための嬉遊曲』も持ってたんですが、結局ほとんど読まずに、ずーっと本棚に置いてあったように思います。だから、表紙とかめっちゃ知ってるんです。で、今回読んだら、さすがに何か思い出すかなと思ったけれど……、結局何一つ思い出さない。たぶん、……感想って、そのくらい……（笑）。

一同　（笑）。

藤井　ただ、何とか感想めいたことをひねり出すとするなら、描かれてる大学生の男の子たちの感覚って、あぁ、そういや学生のときって、僕にもこんな感じちょっとあったなぁ、っていうのは思いましたね。たぶん、島田雅彦っていうのは、僕の十個くらい上なんですよね。

浜崎　六一年生まれだから、藤井先生の七つ上ですね。

藤井　それって、ちょうど僕の兄と同じなんですよ。だから本当によく分かるんですよ。ただ、二十二歳の僕ならまぁ読んでみようかと思うこともあるかもしれませんが、五十も超えた今となっては、「もう、こんなガキには付き合ってられへんわ」という感じでしたね。まぁもちろん、これを書いたときの島田さんも当時の僕とほぼ同じ年ですから、そう思うのも当たり前とも言えますが。ただ高橋源一郎は、おかしな奴やなとは思いつつ、見てて面白いなとかは思ったんですよ。でも、島田雅彦は、自分の十八の頃のくだらない日常を書きなぐった日記を読んでいるみたいで、「これ、読んでどうすんねん？」、みたいな感じで、もうどうしようもないと思いました（笑）。

浜崎　その感想は、すごく分かりますね。いやらしい「インテリ臭」がないだけ、田中康夫の『なんとなく、クリスタル』の方が、まだ読めるかもしれない。

藤井　しかも、オチが酷い。なんだかんだ言いながら、最後、女性のなかの子宮に戻りたいなぁ、って話になってますよね……。知っとるわ、そんなもん！　男はそっからどう生きるかやろ！って言うしかない。もう、最低の日記です。恥ずかしくて読めない。ホント、昔の一番恥ずかしい頃の自分をみてるようで……。文学批評とは思えないような感想で申し訳ないんだけれど（笑）。

川端　そうですか。僕は順番としては『ギャング』の方を先に読んで、その後にこれを読んだんですよ。そのせいかもしれないですけれど、読み始めてすぐ、「やっぱり小説ってこうあるべきだよな」って（笑）。

藤井　えっ、感想はそっから!?

川端　『ギャング』のナンセンスがあまりにも耐え難かったので、こちらは気分よく読んでいたんです。登場人物の「名前」も普通だし。ところが読み終わると、「え、これで終わり？」という印象。政治運動小説として読むにも、大学生の風俗小説として読むにしても、あまりにも凡庸というか、何も物語が生まれていないという感じがします。

ただ、例えば第二回目に扱った安岡章太郎の「ガラスの靴」というのに印象が似てるんですが、あれは皆さんボロクソに言っていたし、僕自身も感情移入はできなかったんですけど、自分が生まれる前の時代を、一応、あるリアリティをもって描いてくれているというだけでも、僕は興味を持って読めてしまう方です。その点ではこの小説も、左翼運動の転換の様子を描いている一つの記録としては面白いんですよね。左翼の活動家たちが、連合赤軍を生んだ七〇年代と比べると「優しく」なっていて、もはや革命とは言わずに「市民の連帯」とか「人権擁護」ばかり言うようになるわけじゃないですか。それ以前なら「ブルジョワを倒せ！」とか叫んでいたはずの人たちが、「優しい運動家」になってしまっていて、千鳥っていう奴も、冒頭から「俺は暴力は嫌いなんだよね」みたいな話をしている。

このサークルのリーダーの外池って人も、すごく優しいリーダーじゃないですか。変な奴がいても追い出さないし、権威とか権力を使わずに、何となくみんなで仲良くやっていこうよと。「必要なのは組織の団結ではなく市民の連帯」っていうセリフが出てくるんですけれど、これはまさに左翼運動の変質を一言でよく表しているなって感じがします。

ただこの「締まりのなさ」っていうのは、今はもう左右も関係なく、どこへ行ったってこんな感じですよね。組織をガッチリ作り上げ、強いリーダーシップで全体を締めていくことに対して、嫌悪感が持たれる時代を我々は生きている。だから、政治運動の転換点を描いた意味はあるにしても、今の時代から見ればこれはもうありきたりな風景であって、物語作品としては「凡庸」に見えますね。

八〇年代サヨクの「虚構性」――生活と何の関係もない運動

柴山　僕も藤井先生と同じで、学生時代のときに島田雅彦はポストモダン文学の旗手だと言われていて……。

藤井　なんかちょっとカッコよかったですよね。

柴山　だから買って読んだ記憶はあるんだけれど、同じく何も覚えてない（笑）。

最初に思ったのは、僕の学生時代とずいぶん違うな、と。僕は島田さんの一回り下で、九〇年代に学生生活を送っているんですが、その頃にはもう左翼運動はなかった。あっても全く関わりがなかったので、ここに出てくる左翼用語がほとんど分からない。

そんな醒めた目から見ると、この小説で描かれる八〇年代前半の左翼運動の「虚構性」というか、どうしようもない堕落ぶりを感じざるを得ません。

小説に出てくるインテリサヨクは、ソ連の物理学者サハロフ[*25]の人権を守れとか言って、バッジを作ったりして解放運動をしているんだけど、いったいそれに何の意味があるのか。ソビエトの反体制派知識人が捕まったとか、彼を解放することが運動目標だと言われてもピンとこないというか、俺たちの生活に何の関係があるんだろうという感じがしてしまう。日本だってこの時代はバブル経済とはいえ貧富の格差はあったし、前回（第七章）の石牟礼道子が描いていたような公害問題だって続いていた。しかも、新自由主義が始まった時期でもあるわけでしょう。そういう国内の問題に何の批判意識もなく「サハロフさんを解放しよう」と言われても支持が集まるとは思えないし、そんな政治運動は滅びるわな、と。

面白いのは外池というリーダー格の男で、彼だけは社会主義の理想に真剣で、最後はフランスに留学するんですね。たぶんグロ

＊25　アンドレイ・サハロフ　一九二一〜一九八九。ソ連の核物理学者。ソ連で反体制活動を行い一九七五年にノーベル平和賞を受賞したが、七九年にアフガニスタン侵略を批判したことからゴーリキー市に追放された。

ーバリストになったんでしょう（笑）。他の奴らは身体を売ってカネを得たり、主人公の千鳥は女の子を選んで最後は子宮に帰りたいとか言い出す。物語の推進力はあるから最後まで読めるんだけど、読み終わって何かが残るということもない。結局、時代の風俗の一部を切ったというだけで、それ以上でも以下でもないというのが正直な感想です。実際、僕は読みながら「これは」というところに付箋を貼るんだけど、今回はゼロだった。

浜崎　そういえば、富岡先生は、かつて、『優しいサヨクのための嬉遊曲』を評価した加藤典洋の「君と世界の戦いでは、世界に支援せよ」[*26]を批判して、ちょっとした論争になったことがありましたよね。

富岡　僕が文芸評論を書き始めたのは一九七九年で、村上春樹と『群像』新人賞で同期なんですけど、自分はその後に、福武書店が出していた『海燕《かいえん》』[*27]という文芸雑誌で、戦後文学論を書き出しました。だから、僕は、どちらかというと、村上春樹があういう新しいポップなものを書き始めたときに、重厚長大な戦後文学を団塊の十年後の世代としては掘り起こしていたんですよ。『戦後文学

＊26　「君と世界の戦いでは、世界に支援せよ」　カフカの言葉であり、一九八八年に出版された加藤典洋の著書の題名。

＊27　『海燕』　一九八二〜一九九六年まで刊行されていた文芸雑誌。

のアルケオロジー』という評論集にまとめました。考古学、土方仕事です（笑）。
　ちょうど、その頃に島田雅彦が、同じ『海燕』に新人作家として書き始めることもあって、彼とはよく遊んでいたんです。当時『海燕』を出していた寺田博さん[*28]という戦後派や「第三の新人」たちを育てた名編集者がいたんですが、その寺田さんが島田雅彦のこの作品を発掘したんです。島田君が持ち込んで、これは面白いじゃないかと言って彼をデビューさせた。だから、当時から島田雅彦とか、海燕新人賞を取った小林恭二[*29]とか、今、私小説を書いている佐伯一麦[*30]とか、しょっちゅう一緒に飲んでいたんですよ、新宿のこの辺[*31]で（笑）。でも、今回改めて読んでみて、まあこんな感じだったのか（笑）。
一同　（笑）。
富岡　この『優しいサヨク』は、本当に話題になった作品で、さっき藤井編集長がおっしゃった島田君のルックスとかも相俟って、新しい青年の文学という感じだった。それでちょっと人気が出たんですよ。例えば、三島由紀夫論の名著もある文芸評論家の磯田

＊28　寺田博（てらだひろし）一九三三〜二〇一〇。
＊29　小林恭二（こばやしきょうじ）一九五七〜。
＊30　佐伯一麦（さえきかずみ）一九五九〜。
＊31　新宿のこの辺　この日の座談会は新宿にある啓文社の事務所にて行われた。

光一[*32]さんが、この作品に触れて『左翼がサヨクになるとき』[*33]っていう本を書いていますが、まさに漢字「左翼」が、カタカナ「サヨク」になったっていうので、これはつまり戦後の左翼を相対化した作品であると。その意味で言えば、エポックメイキングなデビューの仕方をしているんですね。でも、後で本人に聞くと、「別にそんなの意識していなかった」ようなことを言うんですよ。だから、時代の転形期にパッと出てきた作家だと言えるかもしれない。その才能はある。ただ、ここに来る前に蕎麦屋で読んでたんだけれど、このデビュー作はどうってことはないですね（笑）。

柴山　何も心に残らない（笑）。

藤井　それが「サムシング・クール だ」という空気があったってこと自体がね、とんでもない時代ですよ、八〇年代。

川端　漢字をカタカナにするだけで、何かそれが新しい感じを醸し出していたんですね。

浜崎　「大きな物語が終わった」という「大きな物語」に踊っていたんでしょうね、みんな。

＊32　磯田光一（いそだこういち）一九三一〜一九八七。
＊33　『左翼がサヨクになるとき』一九八六年、集英社より初版。

「ポストモダン」か「オウム」か、という二者択一のグロテスク

浜崎　『優しいサヨクのための嬉遊曲』を、今、小説として読んでも、おそらく、その程度の感想が限界だと思うので（笑）、ここも、あえて深掘りしてみます。

この小説の終わりで、主人公の千鳥が「みどり」と「赤い市民運動」の間で揺れ動くじゃないですか。つまり「政治」と「みどり」との回路を見出そうとしながら、しかし結局「政治」を捨てて「みどり」の方に流れていく。これも、おそらく、私的なものと公的なもの、社会的なものと個人的なものの「交点」がないという話なんですよ。〈帝国主義＝悪〉対〈共産主義＝善〉の物語が終わって、目の前にある「図」を理解する「地」を失くしてしまったインテリの卵たちの生態を描いた、ある種の時代小説＝パロディなんですね。

ただ、これを読んでいて、実は僕は『さようなら、ギャングたち』よりも不快だったんです。というのも、ここには絶対に登場しない人間的感情が二つあるでしょう。それが「本気」というも

のと、その「本気」が挫かれるがゆえに強いられる「悲しみ」という感情です。仲間から「みどり」の貞操をからかわれて千鳥が少し怒る程度が関の山で、後は、一切「本気の感情」というものが出てこない。つまり、全てがアイロニカルな戯れでしかなくて、登場人物はみな、どうやって、この日常を「やり過ごそうか」と考えているだけなんです。

これを少し文学史的に考えると、確かに「大きな物語（地）」の崩壊という主題は、七〇年代から現れているんですよ。大きな政治的主題を失ってしまった「内向の世代」の文学がそうだろうし、秋山駿の『内部の人間』なんかもそうだと。あと、柄谷行人の『意味という病』なんていう批評も、大きな「目的」や「意味」を失ったことの「悲劇」について論じていますが、それらは、あくまでも時代を「悲劇」として捉えているんですね。

だけど、島田雅彦は、それを「喜劇」（パロディ）として描いている。小説の最後で、「悲しみも不安もあってはならない、たとえあっても踊っていれば忘れてしまう」、「みどりとの恋愛も赤い市民運動も終わりのないダンスだ」なんていう言葉が出てきますが、やっぱりそれは、八〇年代の躁状態が背景になければ絶対に書けない言葉です。そして、この「ネタとしての政治」「敢えてする戯れ」という態度は、浅田彰の「シラケつつノリ、ノリつつシラケる」[*34]という言葉、宮台真司[*35]の「終わりなき日常」[*36]だの「まったり革命」[*37]だの「援交女子高生」だのという言葉、あるいは「アイロニカルな没入」[*38]といった言葉にまで引き継がれていく。

そう考えてみると、この高度成長の終わる頃にちょうど物心がつく世代、一九五七年生まれの浅田彰にしろ、一九五九年生まれの宮台真司にしろ、一九六〇年生まれの福田和也[*39]にしろ、一九六一年生まれの島田雅彦にしろ、みんながみんな「敢えて」（ネタ）の態度なんですよ。つまり、「信」とか「本気」といったものが消え去っているんです。

柴山　そのなかでは、島田雅彦が一番早かったってことかな。

浜崎　若い割にデビューが早かったという意味では、まさに、そうですね。

ただし一方で、この「地なき図」に「敢えて」戯れるという態度に耐えられないと思っていた人間もいたはずで、そんな彼らの

＊34　シラケつつノリ、ノリつつシラケる　浅田彰の『構造と力』（一九八三）の冒頭に出てくる言葉。

＊35　宮台真司（みやだいしんじ）一九五九〜。社会学者。評論家。

＊36　終わりなき日常　『終わりなき日常を生きろ――オウム完全克服マニュアル』（一九九五）

＊37　まったり革命　『終わりなき日常を生きろ』のなかで提唱される概念。ハルマゲドン的な非日常を夢想したオウム真理教に対比して、終わりなき日常に最適化した類型として「ブルセラ女子高生」を挙げ、彼女らのような生き方をまったり革命と名付けた。

＊38　アイロニカルな没入　大澤真幸の提唱する概念。意識の上で距離を取りつつ、行動の上では没入していること。

＊39　福田和也（ふくだかずや）一九六〇〜。文芸評論家。『日本の家郷』（一九九三）等。

なかの一部過激な連中がどこへ行ったのかと言うと、「強力な地が欲しい」という思いのなかで、例えば、オウム真理教に向かっていく。実際、オウムの科学技術省大臣だった村井秀夫が五八年生まれで、オウムの弁護士だった青山吉伸が六〇年生まれ、後は、麻原の主治医だった中川智正は六二年生まれで、上祐史浩も六二年生まれなんですね。彼らのほとんどは、島田雅彦なんかと同世代なんです。

つまり、この世代は、「地がなくなったんだから、図と自由に戯れよう」とするのか、「地がないことに耐えられないから、強力な地を人工的に作ろう」とするのか、ほとんど、そのどちらかしかないということです。しかし、僕の考えでは、人は「地」がないことに耐えられもしないけど、「地」を人工的に作ることもできません。でも、だからこそ人は、そこで初めて「歴史」とか「自然」の意味を真剣に考え直すようになるんだし、「保守思想」にも出会っていくことになる。でも、不真面目な彼らは、決してそこまで徹底して考えない。その悲劇的な結果が、まさに「ポストモダンの軽薄」か「オウムの狂気」かというグロテスクな二者択一の形で現れてくる。

「子宮回帰願望」から「オタク」へ――「反出生主義」のメンタリティ

藤井　なるほどなと思いましたが、そんな島田雅彦は何をしているかというと、最後の章の名前が「魔法の靴・聖母みどり」でしょ。そのなかで「千鳥の守護神、聖母、彼が入れるくらいの大きさの容器＝みどり」って言うんですよね。それで、こう締めくくられる、「それは千鳥だけではなく全人類をも救済しうる言葉だった」と。これは要するに子宮に戻るってことですよね。戻っていく「地」はもう「子宮」しかないんだと。でも、これって生まれる前なんですよ。だからね、「そこはまずは生まれようぜ、お前！」って思うわけです。っていうか、もう既に生まれてるし、って。

浜崎　今の藤井先生の言葉が本当に言い得ていると思うのは、実は今、「現代思想」で語られ始めているのが、実際に「反出生主義」[*40]っていう言葉なんですよ。

藤井　なんじゃそりゃ!!

浜崎　「生まれてくることは常に本人にとって災難であるがゆえに、

＊40　反出生主義　青土社発行の月刊誌『現代思想』の二〇一九年十一月号にて「反出生主義を考える」という特集が組まれた。

子供を生むことは反道徳的な行為であり、子供も生むべきではない」という主張なんですが（笑）、要するに「この世に、生まれてきたくなかった」というだけの話です。

藤井　いや、僕もそう思ってますよ。それは分かるんですよ。でも、それは、はっきり言って小学校低学年くらいのメンタリティですよ。「生まれてきたくなかった」「子宮に戻りたい」って思ってても、中学生くらいになったら思春期に入って、どうやって子宮から出ていくのか、子宮の記憶を持ちながら自分の「地」をどう作っていくかという闘争が始まるわけで、そこである種の真剣さだとか、喧嘩だとか、恋愛だとかを経験して、いろいろな文学とか哲学とかと出会っていって、虚栄心との付き合い方だとかを学んでいくんでしょ。

だからね、これは思春期以前なんですよ。ホンっと、カッコ悪い。

柴山　子供っぽさを端的に表していると思うのが会話で、この小説の男女の会話って絶望的につまらないじゃないですか。「森は静かだ」「どっちへ行こうか」……どうでもいい会話を延々とやっている。まあ男が女とうまく話せなくて焦っているという描写なんだけど、退屈ですよね。

川端　理屈っぽいし。さっきも言ったように、安岡の『ガラスの靴』とすごく似ているんですよね、登場人物のカッコ悪さの種類が。恋愛の描写にしても、頑張って攻めていっている割には、決定的なところで全部女の判断に任せるようなことをするとかね。

柴山　主人子の千鳥は、大学に入って初めて理想の女性に出会ったわけですよね。その姿に「聖母」を重ねたりしている。だけど、その子宮に戻りたいというのは、幼児退行そのものです。

浜崎　その意味じゃ、これは「オタク」の起源でもありますよね。

富岡　でも、それは言えている。『島田雅彦芥川賞落選作全集』[*41]というのがあって、その「解説」で、海猫沢めろん[*42]さんも、「サヨクをオタクに置き換えると、かなり違和感がないことに驚く」「自虐、諧謔《かいぎゃく》、反逆という三逆の精神が連綿と流れているが、ここに描かれている主人公にも共通している」なんて書いてますよ。

柴山　なるほど！　確かにこの左翼サークルを、例えば「エヴァンゲリオン研究会」[*43]と置き換えても成立する話なんですよね。

＊41　『島田雅彦芥川賞落選作全集』二〇一三年、河出文庫より初版。

＊42　海猫沢めろん（うみねこざわめろん）一九七五〜。作家、ライター。

＊43　『新世紀エヴァンゲリオン』庵野秀明監督のオリジナルアニメ。一九九五年から九六年までテレビで放送。

川端　なるほど、二十一世紀のオタクの世界の到来を正確に予言していると言われると、確かにそうでしょうね。ただ、おそらく皆さん、この作品を「大学生の風俗小説」として読まれたんだと思うんですけど、僕はどちらかというと「政治運動小説」として読んでしまったんです。するとこれは、二十一世紀の左翼運動の道筋も正確に描写しているように思える。

例えば、リーダーの外池はヨーロッパに留学するじゃないですか。その後は描かれてないですが、たぶんヨーロッパの最新の左派の理論を何となく学んできて、死ぬまで綺麗事を繰り返すタイプのインテリか運動家になるんだと思うんです。たまたまなんですが最近、ドイツに留学していて欧米のマルクス研究界隈でも評判になっているらしい、ある日本人の若い哲学者の対談集を読んだんです。めちゃめちゃ優秀な人らしくて、現代左派の最先端と言っていい欧米の理論家たちと議論してるんですけど、結局今の世界に必要なものは何かとなったら、「市民の自発的な連帯だ」みたいな、ぬるい話なんです。マイケル・ハート[*44]とアントニオ・ネグリ[*45]の『マルチチュード』[*46]なんかがまさにそうですけど、難し

＊44　マイケル・ハート　一九六〇〜。アメリカの哲学者。
＊45　アントニオ・ネグリ　一九三三〜二〇二三。イタリアの哲学者。ハートとの共著『帝国』や『マルチチュード』で左翼的な世界の連帯の新たな戦略を提言。
＊46　『マルチチュード――〈帝国〉時代の戦争と民主主義』　邦訳は二〇〇五年にＮＨＫブックスより刊行。

い理屈をこねくりまわしても結局辿り着くのはお花畑で、最先端の左派は島田が予言した通りに、「組織の団結よりも市民の連帯」と言い続けるだけの「優しいサヨク」になってしまってるんですよね。そのことと重なって見えたので、僕はある意味興味深く読めました。

浜崎　その通りですね。でも、それで言うと、あの痴漢したりなんだりしている「社会主義道化団」。あれ読んでて、僕なんかは、「女子大生淫行疑惑」で騒がれた鳥越俊太郎[*47]とか、あと、早稲田なんかにいたセクハラ大学教授（渡部直己）とかを思い出しましたよ（笑）。彼らも基本「優しいサヨク」ですからね。

藤井　実は、その話、気持ち悪すぎてネグってたんですけど。結局、こいつらセックスのことばっかり考えているんですよ。高橋源一郎も、島田雅彦も。だから結局人間って、意味がなくなって名前がなくなっても、勃起だけはできるんですよね。射精と勃起と。そこにしかもう、人間のリアリティはなくなってしまってるんですよ。これはもう、スーパーフリー[*48]と同じ構図にある。本当に気持ち悪い時代です。

＊47　鳥越俊太郎（とりごえしゅんたろう）一九四〇〜。ジャーナリスト。

＊48　スーパーフリー　組織的な輪姦事件を起こした早稲田のインカレサークル。

富岡　それは大江健三郎なんかと全然違うんだよね。

柴山　やはり大江健三郎は偉大ですね。

藤井　大江のときも勃起の話をしまくったけれど、そんな話をしても気持ち悪くなかった。でも、これで勃起の話をし始めたらちょっともう……。だから意図的にネグってたんですけど、一応言っておくと、そこはもうそういうことです。

果たして「文学」は再生するのか？ ——「ポスト・モダン」を超えて

柴山　前の座談会で大江を取り上げたときに「私の感覚を掘り下げることが政治性に繋がる」みたいな考え方は間違っているんじゃないかと発言した覚えがあるんですが、今日の議論で訂正したくなりました。今と比べれば、大江が追求した「私」の言葉ははるかに力強い。でも、この三十年で、深い内面を表す文学の言葉が崩壊してしまったんでしょうね。子供が喋るような言葉を、作家が何の衒《てら》いもなく書いちゃう時代になってきた。そしてそれが、若者の等身大の姿だ、みたいな評価を受けているのだとするとかなりまずいというか、文学が「極私」的な感情をただ垂れ流す装置になってしまう。

ただ、作家が悪いのか時代が悪いのかっていう問題があって、大江の時代はまだ「地」がはっきりあったわけですよね。だから「私」に閉じこもることが、逆説的に政治性を持つというか、みんなが熱い政治論争をしているから、それと一見離れた「私」の感覚を掘り下げることにかえって政治性が宿るみたいなことがあったんだと思うんです。しかし「地」がなくなると単に私的なこと、それも最も私的なセックスの話題くらいしか書くことがなくなってしまう。

富岡　その意味では、戦後における「表現の自由」が、真の表現を絶ったというところはありますね。それと、もう一つは、福田恆存の言う戦後の国語改革が、本当に日本語を破壊してしまった。その結果が、やっぱりここに至って、出てきたと。

浜崎　日本語って、究極の「地」ですからね。それとの緊張関係のなかで作家は成熟する。

藤井　そういう意味じゃ、「地」の解体が「表現の自由」ではなくて、むしろ「表現の解体」をもたらしているんですね。日本語の「地」

がなくなって、基底にあるところの「国土」もなくなって、精神世界における「名前」もなくなった。これはもう完全なるおぞましいアノミーです。

富岡　確かにそうで、平成という時代を、改めて文学から見てみると、平成にはほとんど見るべき作品がないんですよ。逆に言うと、昭和の作品とか戦後文学の大岡昇平とかを持ってきて、そこから映し出す平成の歪みとか浅さとか、そういうものを見るしかない。平成の内部にあって平成に対してある種のスタンスを取ったりしている文学作品のインパクトってないんですよ。

浜崎　その点、前回扱った石牟礼道子の『苦界浄土』と、富岡多恵子の『波うつ土地』についての議論は、面白かったですね。それは「国土」をめぐる議論が、期せずして平成における「故郷喪失」（ハイマート・ロス）の議論になり得ていたからです。まずは〈国土＝地〉を安定させない限り話は始まらないのだと。

藤井　生活のなかの「風景」みたいなものですね。

浜崎　そうです。そうすると、僕らのなかに連続性が生まれるから、それが大きな「地」になるし、そんな取り換え不可能な「地」によってこそ、ようやく、取り換え可能な「図」とは何かを問うこともできる。そして、そこに生まれてくる「地と図」の関係をめぐる問いや葛藤のなかに「私たちの文学」が生まれてくるのだと。だけど、今や「私たちの文学」なんて、どこにもない。「私の文学」「君の文学」「彼／彼女の文学」はあるけれど、「私たち」が巻き込まれていく文学なんて、もうどこにもありゃしない。だから僕は、もう現代文学を読まないし、それについて書く気もしないんですが、でも、文芸批評家を名乗っている以上は、やっぱり、どこかで、この問題に引っかかっているんですよ。どうしたら「私の言葉」は「私たちの言葉」になるのだろうか、どうしたら文学は、生気を取り戻すことができるんだろうかと。

藤井　でも、そういう「国土」に対する喪失感があるから、例えば新海誠[*49]の『君の名は。』[*50]とか『天気の子』[*51]でも、結局「土地」を描きますよね。新宿だったり、四ッ谷だったり、長野だったり。それで、うちの息子なんかも含めて、若い子たちがね、今、聖地巡りなんて言って電車に乗ったり、ポケモンGO[*52]のキャラ集めみたいなこともやっとるわけです。

＊49　新海誠（しんかいまこと）一九七三～。映画監督、アニメーター。
＊50　『君の名は。』二〇一六年。新海誠監督作。入れ替わる男女の心の機微や、都会と田舎の原風景を美しい映像で描き出すオリジナル長編アニメ。
＊51　『天気の子』二〇一九年。新海誠監督作。繊細な東京の風景が、天候を操る少女とともに描かれるオリジナル長編アニメ。
＊52　ポケモンGO　位置情報を活用することで、現実世界を舞台にゲームがプレイできるスマートフォン向けゲームアプリ。

だけど、結局、国土についての物語っていってももうその程度のまがい物みたいなものしかなくて、リアルな本当の「国土」っていうのがないから、そんなガス抜き程度のことでもヒット作が作れているんだろうなと思うんですよね。逆に言うと、我々の精神は常に「国土の物語」を本能的に求めているんだと思うんです。

富岡　文学は、場所がないと成り立たないんですよね。トポスがなければ時間が堆積しないし、時間が堆積しなければ、内発的な言葉も立ち上がらないんですよ。

浜崎　おっしゃる通りです。ただ、それで思うのは、今、日本はデフレと緊縮で沈没しているじゃないですか。実は、それに対する無意識の危機感が、ゼロ年代まではあった「ポストモダンの残り香」のようなものを一掃している気もするんです。実際、今、ポストモダンの「ポ」の字でも言うと、ちょっと恥ずかしいというような感覚が出ている。これは、日本の沈没によって「遊べなくなった」ことの皮肉な結果でもありますが、良くも悪くも、もう、ふざけてる余裕はない、と。

しかし、だったら、これをチャンスにするしかない。人々が、今、その存在に気が付き始めている「国土」や「国家」というものに対して、「嗤《わら》う日本のナショナリズム」（北田暁大[*53]）じゃなくてですね（笑）、事実として、その存在がどのように自分たちの生活や現実を支え、またそれに影響を与えているのか。あるいは、それがどのように私たちの「宿命」に関わっているのか、そういったことの自覚、落ち着いた常識を少しずつでも取り返していくしかないんでしょうね。

*53　北田暁大（きただあきひろ）一九七一〜。社会学者。著書『嗤う日本の「ナショナリズム」』はNHK出版より二〇〇五年刊行。

「自由」な文学論に向けて

浜崎　さて、『表現者クライテリオン』の立ち上げから一年半以上、東京、京都、鹿児島、果ては与那国島まで足をのばして議論してきた「対米従属文学論」[*54]ですが、今回が最終回になります。振り返ってみて、編集長、いかがでしたでしょうか。

藤井　そうですね、この座談会、一番最初が、今日と同じメンバーで、ＴＯＫＹＯ ＭＸのビルでやりましたよね。あのときも申し上げていたと思いますが、こういう座談会、もう高校生くらいからずーっとやってみたいと長年思ってきたんですよ。知性ある人

*54　鹿児島では特攻文学を、与那国では沖縄文学を特別編として論じていた。

たちと同じテキストを読んだ上で、それについて語り合う、これができると、文学の深み、思想哲学の深み、書物に対する理解が一気に立体化して、四次元化、五次元化、六次元化するに違いない、是非やってみたい、っていう欲望をずっと持っていたんですが、今回はまさに、そんな長年の夢が実現する企画になったわけです。しかも、文芸批評家の浜崎さんに全体をディレクトしていただけるわけですから、ホントに贅沢な話です（笑）。

この座談会シリーズをもう、一年半くらいやってきたんですかね。それを通して改めて思いましたけど、ホントに文学には力があるんだなと。で、その力っていうのは、その文学を解釈して、批評して、初めて取り出せるものですよね。で、その解釈や批評、あるいは、受け取り方によっては、毒にも薬にもならないこともあれば、時にすごい薬になったり、逆に、凄まじい毒になったりする。で、僕だけじゃないと思いますが、多くの人々は一つひとつの文学に一人で対峙して、一人で受け止めて、一人で解釈して、一人で自分なりの意味なり風景なり（あるいは現象なり）を取り出し、その意味や風景をずっと抱えながら携えながら生きていく、というもんなんだと思います。というか、そういうふうに文学に刺激を受けながら、僕自身が生きてきたんだなぁ、っていうことが、今回の座談会を通して、痛いほど分かりました。

僕自身は「文芸批評の世界」について詳しくはありませんが、それでもきっと、この座談会は、日本の文学の解釈や批評の在り方に一つの石を投じ「得る」ものになるのではないかという予感がします。八回の座談会を終えた今、そういう「手応え」みたいなものがあるように感じます。もちろん、これがどういう実質的意義をもたらすのか、それについてはさっぱり分かりませんが……。ここから注視したいと思います。

浜崎　本当にそう思いますね。こんな正直な文学談義は、ほぼ文芸誌には載りませんから（笑）。

富岡　本当に意味のあることだと思いますね。この三十年、文学史が書かれていなかったんですよ。

藤井　そうなんですか……？　それがホントだとしたら、こういうことを、みんな、もっと自由にやったらいいのにと思います。それは決してアノミーをもたらすもんじゃない。浜崎洋介というデイレクターにディレクトされているし、それこそクライテリオンをめぐってあれこれ議論を重ねてきた言論人が、文芸批評家ではないもののあくまでも一般の読者の目線で議論するっていうのは、読者各位に公表できる一つの表現の形になっているはずだと思います。もちろん、これ以外の形も当然あり得るわけですから、いろんな形で真摯《しんし》に文学と向き合いながら論じていけば、文学は復活することは僕は十分あり得ると思います。

浜崎　皆さん、本当に長い間、ありがとうございました！

藤井　ホンっと、面白かったー！　これがなくなるなんて、ホント残念!!

（表現者クライテリオン　二〇二〇年一月号）

第二部

観念的な、あまりに観念的な

戦後批評の弱さについて

浜崎洋介

I　内なる他者の発見

「第三の新人」の代表的作家である小島信夫は、占領が終了してから二年後の一九五四（昭和二十九）年九月、『アメリカン・スクール』という小説を発表していた。しかし不思議なのは、「第三の新人」という言葉とともに、占領後の新しい文学的感性（安岡章太郎、吉行淳之介、遠藤周作、庄野潤三）の登場が言われていたその時に、グループ最年長者の小島信夫が、なにゆえ「占領」を主題とした小説を書かなければならなかったのかということである。新時代の到来を目の前に、小島信夫をして「占領小説」を書かせねばならなかったものとは何だったのか。

『アメリカン・スクール』は、英語教育改善のため、アメリカン・スクールを実地に見学する敗戦国日本の英語教師たちの生態を描いた小説だったが、そのなかに次のような印象的な場面が登場する。ある因縁から、黒人兵に玩具のピストルを突き付けられ、「『お待たせして相すみませんでございました』ってもう一度いって見ろ」と脅された英語教師の伊佐は、アメリカ兵に言われたままに英語を繰り返し、そこから逃走して後にうずくまりながら、その屈辱感と解放感から涙を流すことになる。すると、その次の瞬間、聞こえてくるのは、「何かこの世のものとも思われな」いアメリカン・スクールの女生徒たちの会話なのである。そのとき、伊佐のなかに次のような思いが現れる。

彼はこのような美しい声の流れである話というものを、なぜおそれ、忌みきらってきたのかと思った。しかしこう思うとたんに、彼の中でささやくものがあった。

（日本人が外人みたいに英語を話すなんて、バカな。外人みたいに話せば外人になってしまう。そんな恥しいことが……）

彼は山田が会話をする時の身ぶりを思い出していたのだ。（完全な外人の調子で話すのは恥だ。不完全な調子で話すのも恥だ）

自分が不完全な調子で話しをさせられる立場になったら……

彼はグッド・モーニング、エブリボディと生徒に向って思いきって二、三回は授業の初めに云ったことはあった。血がすーとのぼってその時ほんとに彼は谷底へおちて行くような気がしたのだ。

（おれが別のにんげんになってしまう。おれはそれだけはいやだ！）


「日本人が外人みたいに英語を話すなんて、バカな」と思う伊佐は、戦前の記憶を引きずった旧い日本人として英語を話すことを頑なに拒み続ける。英語教師とは、自分が「外人みたいに英語を話す」人間ではなくて、飽くまで日本人に英語を教える者でなければならない（ここで小島信夫自身が、大正四年＝一九一五年生まれで従軍経験を持つ旧い日本人であることを想い出しておきたい。同世代の文学者は「第三の新人」ではなく、むしろ梅崎春生や野間宏などの「第一次戦後派」である)。その一方で、アメリカン・スクールを見学するもう一人の英語教師の山田は、伊佐とは逆に、新しい戦後日本に適応すべく率先して英語を話し、それどころかアメリカに留学したいという野心から、アメリカ人の前で「モデル・ティーチング」まで実演してみせようとする英語教師である。そして、そんな旧い日本人と新しい日本人のあいだに挟まって、戦争未亡人の女性英語教師であるミチ子の逡巡《しゅんじゅん》が描かれていた。

しかし、考えてみれば、この過去に囚われた社会不適応者と、未来に目を向けた過剰適応者とのあいだで、一人の女の戸惑いを描くという物語は近代日本文学ではお馴染みのものだろう。たとえば、内向的な内海文三と、外向的な本田昇のあいだに、明治の〈新しい女＝お勢〉を配置して描かれた二葉亭四迷の『浮雲』などはその典型である。あるいは、そこに鷗外の『舞姫』や、漱石の『それから』、『こころ』などを加えてもいいかもしれない(ただし、鷗外の『舞姫』の場合は、引き裂かれた豊太郎の内面を二重化する必要があるが)。

しかし、ここで注目したいのは、小島信夫が引きずっていた日本近代文学の伝統の方ではなくて、むしろ、戦後文学者＝小島信夫が生きはじめていた新しさの方である。たとえば、『浮雲』の内海文三が適応すべき〈西欧＝近代〉を、己の外に見出していたのに対して、『アメリカン・スクール』の伊佐は、その適応すべき〈アメリカ＝近代〉を、己の外のみならず、己の内側にも見出していたのである。だからこそ、英語を話すことを「恥」だと考えている伊佐自身が、ときに聞こえて来るアメリカ人の女生徒たちの会話を「美しい声の流れ」だと感じてしまうのだ。それは言ってみれば、「別のにんげん」になってしまうことを極度に恐れている伊佐自身のなかに、しかし、既に「別のにんげん」が生きはじめていることを物語っていた。果たして、この「戦後」という時代の分裂的な生の手触りこそ、冷戦の開始とともに「戦後体制」が固定化されはじめていた一九五四年に、小島信夫をして、あえて「占領小説」を書かせていた当のものではなかったか。

むろん、この「戦後」の内に入り込んだ〈アメリカ＝近代〉という主題は、それ自体としては殊更珍しいものではない。小島信夫と似た感性は、その他の「第三の新人」の作品（安岡章太郎『ガラスの靴』、『陰気な愉しみ』など）のなかにも、また、一部の三島由紀夫作品（『真夏の死』、『鏡子の家』、『美しい星』など）や、初期の大江健三郎作品（「人間の羊」、「後退青年研究所」など――後者については後に簡単に言及する）のなかにも容易に指摘することができる。あるいは、江藤淳から加藤典洋に至るまでの批評的言説の中心には、常に「戦後」を覆う「アメリカの影」についての問題意識が働いていたことは今更言うまでもあるまい。

だが、ここで私が問いたいのは、これまで論じられてきたような「アメリカの影」ではない。むしろ、その「アメリカの影」が退いていってしまったとき、私たちには一体どのような価値感情が残されているのか、あるいは残されていないのかといった問いである。なるほど、戦後の高度成長は、『アメリカン・スクール』の伊佐の「恥」をかき消し、むしろ日本を引きずっていることの方が「恥」だと思うほどに――村上春樹や田中康夫の一部の小説がそうであるように――日本人の意識を完全に「アメリカ」化することに成功したかのように見える。が、そんな「別のにんげん」になり切ったつもりの人間が、にもかかわらず、「別のにんげん」ではなかったことに改めて気づいたとき、彼はそこに、どのような自己を見出すことになるのか。あるいは、そこには見出すに足るほどの自己は存在しているのか。

むろん、この問いの背後には、加藤典洋が『アメリカの影』を書いた頃（一九八五年）に比べて、決定的に変容してしまった日米関係の問題が横たわっている。変容を促したものは二つある。冷戦の終結（一九八九年）と、グローバリズム（アメリカ一極支配による「帝国」）の終焉《しゅうえん》（二〇〇八年／二〇一六年）である。

冷戦の終わりは、米国の核の傘の下で、しかしソ連への同情を装いながら、米ソのエアポケットに入り込むことの不可能性――「優しいサヨク」として「非武装中立」を気取ることの不可能性――を日本人に告げるとともに、戦後日本人にとっての米国イメージを、〈庇護国アメリカ〉から、ときに無理難題を押し付けてくる〈脅迫国アメリカ〉へと書き換えることになった。しかも、そこにバブル経済の崩壊（一九九一年）が重なったことで、もはや経済的豊かさを己の支えとすることさえできなくなった日本人において、対米従属の意識はより前景化されることになったのだと言ってもいい。

しかし、日米関係において、より決定的だったのは、二〇〇八年のリーマン・ショックと、二〇一六年のトランプ大統領誕生に象徴されるアメリカの一極支配＝グローバリズムの終焉だろう。冷戦下のエアポケットが消えたとしても、未だ超大国アメリカの影に隠れていれば、少なくとも安全保障上の問題は回避できると思い込んでいた日本人は（経済政策上の追随＝新自由主義政策もそのためだった）、しかし、そのアメリカの経済的＝政治的後退と多極化する世界のなかで、改めて自らの「裸の王様」ぶりに気づかされることになるのである。その意味で言えば、「日米安保破棄」の可能性に触れたアメリカ大統領候補＝ドナルド・トランプが、その後に本当に大統領になってしまったということが孕むインパクトは、決して小さく見積もられるべきではない。

とすれば、今、改めて問うべきは「アメリカの影」であるより以上に、「アメリカの影」のなかにもはや居心地のよい場所を見出せなくなりつつある日本人の価値意識の方ではないのか。ほとんど自分自身であるかのように思い込まれてきたアメリカが、しかし次第に他者としての顔を露わにしはじめたとき、では、その他者を他者と見せている自己とは何なのかという問いが迫り出してくる。そしてそのとき思い出されるのは、あの「英語の会話をしたことはそれまで一度もなかった」と言われる伊佐が、その〈完全な外人の調子＝ヽヽヽ自然な話し方〉を自分のものにし得ないがゆえに「沈黙戦術」を採っていたという事実ではなかったか。その沈黙の事実が反射的に照らし出していたもの、それこそが、『アメリカン・スクール』という作品の価値感情、不自然な作為性を作為性として拒んでしまう伊佐＝小島信夫の〈自然＝自己〉だったのではないか。むろん、それは弱く小さい感覚として消極的にしか表出されることのないものである。が、それは確かに、少女たちの英会話を「美しい声の流れ」として感じながらも、それを「おそれ、忌みきら」うような伊佐の〈感じ方〉としても存在していたのである。

その点、『アメリカン・スクール』の結末は印象的である。女性英語教師のミチ子は、あるものを授業見学会に持ってくるのを忘れており、それを貸してくれるように伊佐に頼むのだが、その約束のものを伊佐から受け取ろうとしたとき、突然バランスを崩して顚倒《てんとう》し、その借りものを落としてしまうのである。果たして、そのときに投げ出され、露わになったものこそ、伊佐の「二本の黒い箸」であった。それは、新聞包みで隠し持ち運ばねばならぬような「日本的なわびしい道具」だったのである。

Ⅱ　隠された弱さ

しかし、『アメリカン・スクール』において、より注目すべきなのは、「必ずしも気の弱い男ではなかった」と言われる伊佐が、それでも真正面から——どんなに下手な英語でもいいから——アメリカ人たちに反論する勇気を持ち合わせてはいなかったという事実の方なのかもしれない。どれだけ、「日本人が外人みたいに英語を話すなんて、バカな」と思っていたのだとしても、敗戦国民の一人である伊佐は、正面からアメリカ人に抵抗できるような「自己」を、どうしても示すことができないのである。それは確かに、「おのれが優等生でなく、おのれの自我が平凡であり卑小であることを認めること」（服部達「劣等生・小不具者・そして市民」一九五五年九月）から歩きはじめた「第三の新人」には多かれ少なかれ当て嵌まる傾向だったが、この「卑小な自我」の感覚こそが、伊佐がアメリカ人に対して「沈黙戦術」を強いられなければならなかった理由であり、その頼りない〈感じ方〉によってしか己の価値感情の在処《ありか》を指し示せない『アメリカン・スクール』という小説の「弱さ」でもあった。

しかし、翻って考えてみれば、戦後文学を主導してきた理念は、そんな卑小で曖昧な〈感じ方〉ではなく、もっと明瞭で強い「自我」の観念ではなかったのか。後に「戦後文学」を牽引した『近代文学』の創刊号には、「今後の文学と、その指導理論は、何よりもまず青年の自我の中心を、前にもまして烈しく衝かねばならぬ」（本多秋五「芸術・歴史・人間」一九四六年一月）という言葉が巻頭に掲げられていたのだし、その同じ年に起こった「主体性論争」（『近代文学』派と『新日本文学』派＝旧プロレタリア文学派との間で為された戦後の文学論争）においても、論争の方向性を決めたのは「エゴイズムを拡充したところに展開する、眼もはるかなヒューマニズムの新世界、これをこそ希《こいねが》うのである」（「民衆とはたれか」同年二月）という荒正人の言葉だったのである。あるいは、それら文学者たちの言葉を、戦前の国家主義からの解放に引きつけて、「自由なる主体となった日本国民」（丸山眞男「超国家主義の論理と心理」同年五月）によって新しい社会を創り出そうという、丸山眞男や大塚久雄や川島武宜などの戦後の啓蒙主義者＝「戦後民主主義者」の言葉に重ね合わせてもいい。

さらに言えば、ここで重要なのは、そんな戦後文学者たちの「自己」の背後には、常に必ず、社会的大義名分（進歩への信憑）が貼り付いていたという事実である。たとえば、『近代文学』派の同人たちのほとんどが戦前のマルクス主義からの転向者だったことは知られているが、そこから彼らが打ち出した方向性こそ、公式主義的マルクス主義（政治の優位性）を批判する限りで見出される、「戦後民主主義」の理想だったのである。荒正人の言葉を借りれば、戦後的「自己」とは、「すぐれたたかい芸術が、しいられずともただしい政治に通いうるということ、さらに、政治が芸術にしたがうということ、この確信」（「第二の青春」一九四六年一月）によって支えられる「自己」であった。むろん、そこに示された「政治と文学」の交点は、戦前の国体思想を超え、いや戦前のマルクス主義や戦後のアメリカ式の民主主義をも超えて、独自に展開されるべき戦後日本の理想だった。

しかし、その理想が崩れるときがやってくる。その最初の予感が、「五五年体制」の成立の直前に表明された共産党の転向（六全協での共産党の暴力革命路線から議会主義への方針転換）であり、それを決定的にしたのが、その五年後の六〇年安保闘争の敗北だった。ここでその詳細を述べる余裕はないが、前者は、前衛的な「革命」の理念が戦後的現実の前に方針転換を余儀なくされたことの結果であり、後者は、それでもなお漠然と国民が抱いていた「戦後民主主義」の理想（平和主義・国民主権）が、やはり「日米同盟」（対米従属）という現実には勝てなかったことを明らかにした事件だった。そして、そのとき改めて見えてきたのが、あの小島信夫が描いていた、自らの理想を失って後退＝収縮していかざるを得ない戦後日本人の「弱さ」であり、その背後から、その卑小性を覆うようにして迫り出してきた「アメリカの影」だったのである。

そして、まさにそのとき、戦後日本人の自己収縮の感覚を、「あいまいで執拗な壁にとじこめられてしまっているというイメージ」（「徒弟修業中の作家」一九五八年）によって描き出そうとする若い戦後文学者が登場してくる。一九五七年に『奇妙な仕事』でデビューする大江健三郎である。新制中学校で「修身」の代わりに「新憲法」を学んだという大江健三郎（一九三五年＝昭和十年生まれ）は、新しい日本人のアイデンティティに「戦後民主主義」の理想を見出した最初の世代に属していたが、それゆえに、「日本は戦争を放棄したところの、選ばれた国」（「戦後世代と憲法」一九六四年）であるという思いを、一種のモラルの支えにもしていた文学者だった。しかし、この青年は、後に「日本がアメリカの支配下にあって、日本を動かすものが日本人の意志でないという事実」（「戦後青年の日本復帰」一九六〇年）に直面して、耐えがたい屈辱を覚えることにもなる――事実、初期から中期にかけての大江作品のほとんどが、「ぼくら戦後世代の《戦争放棄》のモラルがじつはいかにも脆いものなのではないかという、恥ずかしい不安」（「戦後世代と憲法」）を描いたものだった――。

その点、一九六〇年三月に発表された「後退青年研究所」は、そのおよそ三か月後に現実となる六〇年安保闘争の「敗北」を、ほぼ正確に先取っていたという意味で注目に値する。小説の内容は、日本人の研究調査のために本国から派遣されたアメリカ人社会心理学者ミスター・ゴルソンが、「政治的に、あるいは思想的に挫折を体験した青年たち、精神に傷をおっている青年たち」に聞き取り調査を行っている様子を、研究所のアルバイト学生の「ぼく」の目を通じて描き出すというものだった。それは「戦後民主主義」の理想が、アメリカによる現実の前に「後退」を余儀なくされていく様子を、自身も戦後的理想にシンパシーを持つ一人の若者の視点によって自虐的に描いた青春小説だと言えるが、そのクライマックスは、後退青年Ａの登場によって締め括られる。

ある日、本国から調査の貧弱さを責められたミスター・ゴルソンによって、調査能率向上の方策を問われた「ぼく」は、密かに「なにか傷ついて挫折したような告白をする青年をぼくらの手でつくりあげること、簡単にいえば、任意の学生たちを後退青年にしたててＧＩＯ〔ゴルソン・インタヴュー・オフィス〕へ贋《にせ》の告白をしにこさせるというプラン」を思いつく（〔　〕内引用者、以下同じ）。そして、実際に「気まぐれな告白遊び」（傍点原文）の幾つかをでっちあげることに成功するのだが、そのなかの一人、青年Ａの「告白遊び」が、思いもよらず「日本で最大の発行部数をほこる新聞紙上」に掲載されてしまうことになる。記事は「A君の後退青年となったいきさつ」を次のように紹介していた。

Aは日本共産党の東大細胞のメムバーであったが、仲間からスパイの嫌疑をかけられ、監禁されて拷問をうけ小指を第二関節から切りとられた。そして恋人から逃げられ、細胞を除名されたあと、自分からこころざして本富士署の某警官に情報提供をした。しかし、学生運動の外に出てしまったAの情報は有効でなかったためスパイにも不合格で、現在Aは孤独な学生生活をおくっている。かれは自分を挫折に追いこんだ唯一の原因として、かつての仲間を憎んでいるが、スパイ嫌疑のもとになったのは裏切った仲間の密告によるものであったらしい。ミスター・ゴルソンは、Aに日本の左翼学生の後退の一典型を見ている。

果たして、この青年Aの演技は、研究所の通訳兼タイピストだった女子大生に「あんな恥知らずな日本人青年を見たくない」という理由でGIOを辞めさせるほどに迫真的なものだった。が、それもそのはず、後に「ぼく」の前に出されたAの左手の小指は、実際に第二関節から先が切り取られていたのである。とすると、青年Aの告白は完全な演技だったのか、それとも、真実を孕《はら》むものだったのか。小説は、その後にヨーロッパの研究所への栄転が決まったミスター・ゴルソンの「このテープの学生こそ、典型的な後退青年でしたよ！」という妙に明るい言葉だけを残して、不気味な決定不可能性のなか閉じていく。

果たして、六〇年安保を前に大江健三郎が直感的に掴んでいた「後退青年」こそ、『アメリカン・スクール』の伊佐の「沈黙」が決壊した後に現れた日本人の姿ではなかったか。

それは、徹底的に「弱い」自己喪失者の造形だったが——ちなみに、この安保闘争における敗北者＝自己喪失者の造形は『万延元年のフットボール』では、「朱色の塗料で頭と顔をぬりつぶし、素裸で肛門に胡瓜をさしこみ、縊《い》死《し》した」精神異常者、あるいはその友人である「根所蜜三郎」に受け継がれることになる——、しかし、それは政治的に、あるいは思想的に挫折をしてしまったが故の「弱さ」ではない。むしろ、その挫折感があるのなら、それをひとまずの「自己」とすることもできよう。が、そんな挫折の有無を問わず、他者＝アメリカが求めさえすれば、それにどこまでも応じつつ、「気まぐれな告白遊び」を熱心に演じることができてしまうインテリ学生という存在が、どこまでも空虚かつ不気味なのだ。それはほとんど、自己の現実とは無関係に、その場に合わせて、どんな嘘も言い募ることのできる虚言癖を病んだ子供のように「弱い」のだと言ってもいい。

しかし、この「弱さ」は、ひとり大江健三郎だけのものではなかった。「後退青年研究所」が発表される二年前、大江健三郎らと共に「若い日本の会」（その他のメンバーは石原慎太郎、谷川俊太郎、開高健、羽仁進など）を結成した江藤淳もまた、同じ日本人の「弱さ」を切実に感受する文学者だった（江藤は大江より三歳上）。なるほど『奴隷の思想を排す』（一九五八年十一月）や、『作家は行動する』（一九五九年一月）を書く江藤淳のなかには、未だ「戦後民主主義」への信憑が生きていた。が、六〇年安保の敗北を機に書かれた「〝戦後〟知識人の破産」（一九六〇年十一月）をエポックとして、進歩派知識人の他者なき「自己満足」を批判しはじめた江藤淳は、アメリカ留学（一九六二―六四年）を経て、次第に戦後日本人を批判する保守派の文芸批評家としての顔を明らかにしはじめるのである。そして、まさに、そんなときに発表されたのが、「第三の新人」を中心に戦後文学の「弱さ」について書いた『成熟と喪失―〝母〟の崩壊』（一九六六年八月〜六七年三月連載、同年六月刊）だったのである。六〇年安保から六年後、東京オリンピックから二年後に書かれた江藤の言葉は、その歴史的なパースペクティブにおいて、小島が描いた伊佐の「弱さ」を、あるいは大江が描いた「後退青年」の「弱さ」を新たに照らし出すものとして読むことができる。

占領時代には彼ら〔アメリカ人＝マッカーサー〕が「父」であり、彼らが「天」であった。『アメリカン・スクール』の女教員ミチ子は、アメリカン・スクールで出逢った米人たちを「天国の住人のよう」だと感じ、男教員伊佐は、生徒たちが英語で話しているのをぬすみぎきしながら、「小川の囁きのような清潔で美しい言葉の流れ」が、「何かこの世のものとも思われない」と感じる。しかし占領が法的に終結したとき、日本人にはもう「父」はどこにもいなかった。そこには超越的なもの、「天」にかわるべきものはまったく不在であった。もしその残像があれば、それは「恥かしい」敗北の記憶として躍起になって否定された。この過程はまさしく農耕社会の「自然」＝「母性」が、「置き去りにされた」者の不安と恥辱感から懸命に破壊されたのと表裏一体をなしている。先ほどいったように、今や日本人には「父」もなければ「母」もいない。そこでは人工的な環境だけが日に日に拡大されて、人々を生きながら枯死させて行くだけである。

個人を包み込む「土着の農耕社会の母性原理」（自然神）は、既に明治以降の近代化＝産業化によって切り崩されていた。あるいは、それをより加速させた戦後の高度経済成長によって、ほとんど息の根を止められようとしていた。いや、だからこそ、近代日本はそれに代わる〈父＝天皇〉を強化することによって、みずからを吊り支えようとしたのだった。しかし、既に戦前の「父」は、第二次世界大戦の敗北とともに、否定されるべき「恥かしい」存在へと変貌してしまっていた。そこで戦後日本人は、「十二歳の少年」である自分たちに「民主主義」を教えてくれたアメリカ人（マッカーサー）を、戦後の新しい「父」としたのだった。だが、その仮の「父」もまた、占領の終了とともに故国に帰っていったのだった。とすれば、そのとき日本人は、「母」もなければ「父」もいない、そんな「人工的な環境」のなかで、ただひたすら弱くなっていく自らを、「生きながら枯死」していく自らを見つめざるを得ないのではないか。これが、一九六七年当時の江藤淳の時代認識だった。

いや、だからこそ江藤は「母」を喪失してしまった後の「成熟」を、つまり露出し裸となった弱き個人を、再び強き「治者」へと鍛え直すものとしての「自分を超えたなにものか」を呼び出さざるを得なかったのではないか。『成熟と喪失』の末尾、「治者」の在り方を、庄野潤三『夕べの雲』の主人公大浦に重ね合わせながら、江藤は次のように書いていた。

> 庄野潤三氏の課題としてみれば庄野氏は、大浦がなぜ「父」であるかのように生き得ているかについての積極的な理由をあきらかにするために、おそらく大浦の父を主人公とする小説を書かなければならないであろう。なにものかの崩壊や不在への「恐怖」のために、人は「治者」の責任を進んでになうことがある。しかし「治者」の、つまり「不寝番」の役割に耐えつづけるためには、彼はおそらく自分を超えたなにものかに支えられていなければならない。大浦があたかも「父」であるかのように耐えつづけられるのはなぜか。そのことを作者はいつかは語らなければならない。（傍点原文）

そして、後に江藤淳は、この「自分を超えたなにものか」を「国家」のなかに見出していくことになるだろう。江藤は言う、「私は父の姿の背後に想い描くことのできるあの衰弱した国家のイメイジを、あの耐えつづけている国家のイメイジを一度も裏切りはしなかったし、今後も裏切らないであろう。そのことによって私は耐えるであろう」（『戦後と私』一九六六年）と。そして、この「国家」の自覚こそが、江藤淳をして、日本を世界の現実から隔てているクッションとしてのアメリカを眼前に引きずり出し、そのアメリカへの暗黙の依存心によって「ごっこの世界」（『「ごっこ」の世界が終ったとき』一九七〇年）のなかで戯れ続ける戦後社会の虚構性を暴く仕事へと向かわせると同時に（『忘れたことと忘れさせられたこと』一九七九年／『閉された言語空間―占領軍の検閲と戦後日本』一九八九年）、憲法九条第二項の改正による「交戦権の回復」と、「自由なる主権国家」の回復というヴィジョン（『一九四六年憲法―その拘束』一九八〇年）を描かせることになるのである。

Ⅲ　自己を超えるものへの問い

しかし、皮肉なのは、この江藤淳の「国家」のヴィジョン自体が、次第に江藤淳自身を、身動きの取れないジレンマへと追い込んでいったという事実である。「生存の維持と【自己同一性／アイデンティティ】の回復という二つの要求をともに充足せさようとすれば」、経済面での日本の譲歩（米国資本に対して日本市場を開放する）によって、軍事面での米国の譲歩（在日米軍のグアムへの撤収）を引き出すしかないと語っていた江藤は（「『ごっこ』の世界が終ったとき」）、しかし、経済における譲歩によって、軍事面の譲歩を引き出せると考える甘さにおいて、あるいは、その軍事面での譲歩が、結局はアメリカの意志次第であるという点において、やはり対米依存の構図を破ることはできなかったのである。「国家」が、国民の「生存を維持する」責務を負っている限り、日本は、冷戦下の政治状況において、アメリカ（日米同盟）抜きではやっていけないのであり、そうである以上、「生存の維持と【自己同一性／アイデンティティ】の回復という二つの要求」そのものが、アメリカの都合を超えることはあり得ないのである。

いや、しかし、この議論自体が、江藤淳のより深い「弱さ」に根を持っていたものなのだとすればどうだろうか。ときに江藤淳は、「国家がちゃんとしていなければ、『私』というものも実は成立しないと思います」（『忘れたことと忘れさせられたこと』）と語っていたが、後に加藤典洋が指摘するように、ここに、「日本国家と日本国民（日本人）の間の差異を無視する」という江藤淳の「短絡」が、あるいは「『国』の自分らしさと『個人』の自分らしさの間の距離の感覚」に耐えることができないという江藤の「弱さ」があることは否定できない（『アメリカの影』一九八五年）。いや、さらに言えば、もし江藤淳の言葉が正しいのだとすれば、「国家がちゃんとして」いない戦後日本を生きてきた江藤淳自身の「私」は、「実は成立し」ていなかったのだということにもなりかねず、議論は自己矛盾の様相を呈してしまうことになる。

しかし、それなら戦後批判を用意する起点はどこに見出されるべきなのか、言い換えれば、「自分を超えたなにものか」は、どこに見出されるべきなのか。その問いを引き受けて、江藤淳の「国家」に代えて、日本の〈山河＝自然〉を対置したのが、『アメリカ』の影――高度成長下の文学」（一九八二年、八、九、十一月。以下副題省略）を書いた加藤典洋だった。

〔戦後に〕「国家」はなかった。しかし「日本人」はいた。敗戦は、ぼく達日本人が――民族としては――何によって自分をささえていたか、ぼく達の日本人としての自己同一性の根が何処にあるのかを示した、日本近代ではじめての機会だった筈だが、そこに示されたことは、あの個人においても示されたこと、つまり、ぼく達が兵士として死んでいく時、「天皇陛下万歳」と叫んで死ぬ兵士よりは、母親の名を呼んで死んでいく兵士の方が圧倒的に多かったという事実と、正確に照応するものだったように思われる。〔中略〕

敗戦の当時、「天皇」が死に、また「国」が破れたときそのむこうからやってきたもの、それは「山河」にほかならなかった。「国破れて」残り、戦に敗れても「何の異変もおこ」さなかった自然が、そのむこう、〝天皇〟の剥落したむこうから現われ、ぼく達をささえたのである。

加藤典洋は、柳田國男の議論（『先祖の話』）や、橋川文三の議論（「保守主義と転向」）を援用しながら、敗戦後の「国破れて山河あり」のリアリティを描き出そうとする。それはまた、敗戦直後（一九四七年）に、横光利一への「弔辞」として川端康成が語った覚悟、「横光君／僕は日本の山河を魂として君の後を生きていく」という言葉とも響き合いながら、日本人にとっての「自分を超えたなにもの」がどこに在るのかを指し示していた。川端康成のノーベル賞受賞講演「美しい日本の私」（一九六八年）の言葉を借りれば、それは、道元、明恵、西行、良寛、一休などの「やさしい日本人の心の歌」に通底する日本の「自然」であり、その限りで、「自分の死後も自然はなお美しい、これがただ自分のこの世に残す形見になってくれるだろう」という思いのなかに持続する「日本古来の心情」だった。

なるほど、その一方で、すでに江藤淳が指摘していたように、六〇年代の高度成長は、そんな「日本古来の心情」には目もくれず、ただひたすらに、日本人の感性的持続を支えてきた〈山河＝自然〉を破壊してきたのではなかったか。実際、加藤典洋も指摘するように、高度成長の終わり＝その完成が言われる一九七二年には、「自殺はさとりの姿ではない。いかに徳行高くとも、自殺者は大聖の域に遠い」（「末期の眼」一九三三年）と書いて、ただ一筋に日本の〈山河＝自然〉を支えとして生き延びてきた川端康成その人が自殺していたのである。それは、文字通り「父」もなければ「母」もいない、そんな「人工的な環境」

のなかで、一人の日本人が「生きながら枯死」していく姿そのものだった。

しかし、それでも「『アメリカ』の影」の加藤典洋は、その死にかけている「自然」の方に、言い換えれば、源泉は涸《か》れかかってはいるが、しかし「地中深いところにあって生きている」（傍点原文）はずの地下水の方に向かおうとするのである。たとえば、かつて『成熟と喪失』の江藤淳が、天にさらされて立つ「治者」を見出そうとしていた庄野潤三『夕べの雲』のなかに、加藤はそれとは逆の、庄野の「『自然』にたいする確信の深さ」を見出しながら、次のように書くのである。

> 江藤の「治者」が上方に自分を同定する対象を探し、小島〔信夫〕の「個人」が水平軸に関係をとって孤独な「個」を定立しているとすれば、庄野の小説は明らかに下方に自分を同定するものがあるという確信から、書かれている。それから彼はへだてられている。しかしたしかにそれは、「地中深く」隠れている。
>
> これを何といえばよいだろうか。
>
> 何よりも、庄野が江藤、小島から分かたれるのは、後の二人が、——それぞれ意味こそ違え——自然の死をいわば「運命」として受け入れ、自然が死んでしまうとたちまち、それを所与とした新たな問題に直面しているのにたいして、庄野が、その死んだ「自然」のまわりにとどまり、無力ながらも肩をなで、手をさすり、悲嘆にくれな

がらも愚かしいまでにその「蘇生」を試みようとする、そのしぐさに根拠をおいている。

そして、加藤は、この「蘇生」の試みの延長線上に、たとえば、「死にたえようとしているもの」との関係を描く石牟礼道子の「おだやかな努力」――『苦海浄土―わが水俣病』などの作品――を見出すのである。「それは、田畑の再生をつうじて『近代』を獲得する方向が、いまぼく達に差しだされているということなのに違いない。／それは、弱く、深いものに導かれて自ら強くなる自助的努力のかたちを教えている」と。

しかし、私の考えでは、六〇年代末から七〇年代の初頭にかけて、加藤の言う庄野潤三や石牟礼道子より以上にギリギリの場所＝最も抽象的な場所で「自然」を問うていたのは、小説家ではなく、批評家の柄谷行人である。もちろん、庄野潤三が描く丘の上の新しい家を囲む「自然」が嘘だと言うつもりはない。あるいは石牟礼道子が記憶する「近代以前の自然と意識が統一された世界」（渡辺京二「石牟礼道子の世界」／講談社文庫『苦海浄土』解説）が虚構であるなどと言うつもりもない。ただ、それらの言葉が一度思想的文脈に移し替えられてしまった瞬間、たとえば加藤典洋の「田畑の再生」という言葉が、容易に「農本主義」的な響きを帯びてしまうように、それら〈自然蘇生〉の努力は、国家＝現実政治抜きの土着主義、あるいは「自然に帰れ」の反近代主義のなかに、空想的で感傷的なエコロジー思想＝観念を招き寄せてしまいかねないのである。それなら、〈自然の観念化＝自然の目的化〉を避けるためにも、一度「自然」に対する問いを反転すべきではないのか。「自然」は私たちの外にある目的ではない。それはまず、私たちの内にあって、私たちを、今、ここで支えている手応えとしてある。とすれば、問いは外に向かって発せられるべきではなく、まず徹底的に「内向」させるべきではないのか。

一九六九年に発表された柄谷行人「意識と自然—漱石試論（I）」が示していた問いとは、そのようなものだった。そこで語られていたのは、「『戦後民主主義』という一種の合理的な体系の下」に、私たちが抑圧している「非合理で醜悪な『自然』の衝動」だったが、それはまた、「他者として対象化しえない『私』（内側からみた私）」としても語られなければならないものだった。それは、ときに「国家の要請などをこえた超越性への感覚」（「江藤淳論—超越性への感覚」一九六九年）、あるいは「孤独の極みに達した人間が他者を呼び求める声にならない『叫び』」（「閉ざされた熱狂—古井由吉論」一九七一年）などと言い換えられることもあったが、柄谷の「自然」において決定的に重要なのは、それが、私たちの「内向」の先で、私たちの「意識」を超えた生の謎として見出されていたことである。

しかし、だからこそ「自然」は、私の「意識」に対しては「不気味で醜悪で『寒天のようにぷり〳〵した』もの」（「意識と自然」）として現れるのだが、私の「存在」に対しては「自分を支えているもの」（小林秀雄）としても現れるのである。たとえば、小林秀雄と吉本隆明の文学に通底する「自然」を見つめながら、柄谷は次のように書いていた。

戦争期の小林秀雄は「持続」の観念に拠っていたが、もとよりそれはベルグソンとは異質のものだ。われわれはそれを「常民」の持続性、国家や知識人のイデオロギーが滅びたとしてもけっして滅びはしないような何かだと考えることができる。だから「国民の智慧」に対する小林秀雄の信頼は、ほとんど「自然」に対する信頼にひとしかった。同様に、吉本隆明が大衆の動向に基本的に従うといったとき、われわれはそれを大衆追随主義とか大衆聖化というような馬鹿げた批判で迎えてはならない。彼はそのとき、従うに足る、信ずるに足る何ものかをさしてのみ「大衆の動向」とよんでいるのだからである。（「心理を超えたものの影―小林秀雄と吉本隆明」一九七二年二月）

確かに小林秀雄の「自然」は、「心理を超えたものの影」として見出されていた。そのデビュー作「様々なる意匠」（一九二九年）の時点で、すでに自意識（反省）の限界に己の「宿命」を見出していた小林秀雄は、後に、その「宿命」を日本に生まれ落ちた自らの事実として引き受けながら、日中戦争が泥沼化していく一九四〇年には、「文学者の覚悟とは、自分を支えているものは、まさしく自然であり、或いは歴史とか伝統とか呼ぶ第二の自然であって、自然を宰領するとみえるどの様な観念でも思想でもないという徹底した自覚に他ならぬ事がお解りだろうと思う」（「文学と自分」）と語っていたのである。

　あるいは吉本隆明にしても、その「メタフィジカルな父親」であるところの高村光太郎に仮託して語られていたのは、「時代的な大衆の動向を、『自然』の運行のように必然とかんがえることによって、じぶん自身の『自然』法的な思想をすてることなしに庶民がえりする道」（『高村光太郎』一九五七年）であった。それは後に、具体的な他者関係――親子・兄弟・夫婦などの「対幻想」――を支えとして生きる「大衆」に像を結びながら、さらに「〈知〉の頂きを極めたところで、かぎりなく〈非知〉に近づいてゆく還相の〈知〉」を媒介するところの絶対他力の思想、一切のはからいを超えたところにある親鸞の「自然法《じねんほう》爾《に》」の思想として見出されていくのである（『最後の親鸞』一九八一年）。

　その限りで言えば、「心理を超えたものの影」を書いた一九七〇年代初頭までの柄谷行人は、小林秀雄や吉本隆明、あるいは江藤淳の「自然」への問いを引き受けながら、「自分を超えたなにものか」の在処を見定めようとする伝統的な文芸批評家だと見做すことができる――だから、絓秀実によれば、初期・柄谷は未だ「自然主義＝人間主義的なもの」に棹さす「疎外論」を引きずった批評家だったということになるのだろうが――。むろん、柄谷行人が語る「自然」は、その当初から、〈崇高〉と〈不気味なもの〉とのあいだに引き裂かれたアンビヴァレントな揺らぎがあった。が、自らの批評文の末尾に、「重要なのは、人間がこの世界で強いられてあるあり方からくる『促し』だけだ」と書き記すとき、柄谷が見ていたのが、日本人の「自然の恩寵に対する根本的な信頼感」だったことは間違いない。

しかし、どういうわけか、「心理を超えたものの影」からおよそ一年後の一九七三年、柄谷行人は突如、「自然」との親和性（自然との和解）を拒みはじめることになる。その決定的な転回点は、後に「連合赤軍事件」に触発されて書いたと言われる「マクベス論――意味に憑かれた人間」（一九七三年、以下副題省略）のなかに刻印されていた。

『マクベス』としばしば比較される『リチャード三世』では、主人公は明確で現実的な野心を抱き躊躇なく陰謀を実行する。しかし、マクベスは先ずぼんやりとしている。彼をこのように変化させたものは、彼の中にあった野心ではなく、むしろ彼の中には無いもの、いいかえれば彼の中には何も無いという発見にほかならないのである。〔中略〕

マクベス夫人には自然性がうしなわれていた。「夫婦」というものが、彼女には絶えず意識的に実現せねばならないもののようにみえたのである。彼女がマキャヴェリアンだとすればそれはまず人々が自然的な秩序の中で安らぎを見出す所に仮構的な意志を必要とする人間だったからである。そうして、彼女が自ら破れてしまうのは、かかる意識性がけっして明快なルネッサンス的精神ではなく、根拠をもたない人間の懸命な自己保持にほかならなかったからである。夫人はマクベスの内面的同類であって、当のマクベスがこのことをよくわかっていた。

自身の「根底で自らを支えているものの崩壊」を感じ取ってしまっているマクベスにとって、「自然」は圧倒的に不気味なものとして、「何やらわめき立ててきたが、結局なるようになっただけじゃないか」といった「悪夢」として到来する。なるほど、その意味で言えば、依然として「自然」は「心理を超えたもの」である。が、このとき世界への一切の信頼を失ってしまったマクベスの手元に残されたのは、「この悪夢〔自然〕に対して異和を感じつづけている自己意識」だけだった。柄谷は言う、マクベスに欠けていたのは「けっして言明されずまた言明しえないような暗黙の信念」なのだと。それゆえにマクベスが拒むのは、「自己と世界との間に見せかけの距離を設定した上で和解へと導くそのからくり」、つまり、「自然」との和解の劇＝意味づけることそれ自体の振る舞いなのだと。

しかし、それなら、柄谷行人は、「自分を支えているもの」（小林秀雄）への信頼の一切を諦めて、徹底的な自己不信に陥ってしまったということなのだろうか、あるいは自らの「弱さ」に開き直ってしまったということなのだろうか。果たして、その後に柄谷行人は、自らが抱えもつ「自然」への異和を、「あらゆる立場をつねに不安にし宙づりにする」（今井裕康「現代芸術の転換は可能か」――「第二版へのあとがき」中の引用。『意味という病』講談社文芸文庫）という戦略へと読み替えていくことになる。

Ⅳ　観念のカタストロフィ

では、このとき、柄谷行人を「自然」の拒絶へと向かわせたものとは何だったのか。

ここで注意したいのは、「マクベス論」が一九七二年に書かれていたという事実である（発表は『文藝』一九七三年三月号）。それは、既述したように、経済的には高度経済成長が終わり＝完成し、政治的には沖縄返還と、それに続く「列島改造論」（田中角栄）によって今ある日本の姿が確定的になりはじめた年だった。しかし、それは一方では、「アメリカの影」に守られた「ごっこの世界」で、「三島由紀夫の自裁」があり、「〝繁栄〟のなかに文学が陥没し、荒廃して行った」その時代でもあった（江藤淳『閉された言語空間』）。三島由紀夫自身の言葉を借りれば、それは、「日本はなくなって、その代わりに、無機的な、からっぽな、ニュートラルな、中間色の、富裕な、抜目がない、或る経済大国が極東の一角に」（「果たし得ていない約束」一九七〇年）現れ始めたそのときだったのである。

そして、それを最も象徴的に表していたのが、あの「連合赤軍事件」だった。その「事件」の中心には、浅間山荘での銃撃戦と、そこに至るまでの凄惨な内ゲバ劇が存在していたが、柄谷行人自身が「『支へるもの』がなくなったときにこそ、観念が要請される」（「ものと観念」一九七三年八月）と書く通り、それはまさに「もの」の手応えを失って加速する「観念」のカタストロフィとして出来《しゅったい》していた。かつてブントに所属し、後に「社会主義学生同盟」(社学同)の再建アピールを書いたこともある柄谷行人にとって、「連合赤軍事件」の影響が小さかったとは考えられない。が、それは同時に、小林秀雄や吉本隆明——彼らは戦前に自己形成している——が持っていた「もの」の手応えを失って、「革命ごっこ」に身を奪《やつ》さざるを得なかった自身の「抽象的貧しさ」を照らし出す事件でもあった。「マクベス論」を発表したのと同じ一九七三年、柄谷は、「彼の中には何も無いという発見」をしてしまった自分自身の背景を語るように、次のように記していた。

　私は、数年来見かけはいかに華々しくとも、その核心に稀薄な機械的なものしか感じられぬ事件を見聞してきた。そこには、「生きた時間」から遊離していてそれを必死に埋めようとするこわばり、自動現象があったのである。文学作品にも、それがいろんなかたちであらわれている。しかし、私はそれを「笑う」ことができなかった。なぜなら、私自身もそのなかに入っているような気がしたからである。〔中略〕
　具体的にいえば、われわれはここ十年ほどの間に生活形態に著しい変化を蒙っている。それ以前には、文学者は農耕と結びついたじめじめした停滞的な「時間」を眼の敵にしていた。しかし、現実に日本の農業人口が激減するような変化があってその問題は外から消滅してしまったのだが、かわりに得たのは「生きた時間」ではなく、計

量された時間である。〔中略〕

人間が自然との直接的な関係に従属している間は、精神の自由もまた存在しえない。これはいうまでもないことである。「自然へ帰れ」という発想は、それをとりちがえている。しかし、逆にいえば自然の直接的な脅威から解放されればされるほど、それが精神の自由をもたらすかわりに内的な自然に蹂躙される結果になる。（「生きた時間の回復」）

「生きた時間」の実感＝「もの」の手応えを失ってしまった柄谷行人の批評は、その後に「豊かさではなく、『貧しさ』を選択」（絓秀実『意味という病』解説）していくことになる。「幼年期の家庭にあった、古い家具のような臭い、死者がそのまま生きている漠とした雰囲気〔中略〕こういう手がかりなくして、われわれは『歴史』に触れることはできない」（「淋しい『昭和の精神』」一九七二年六月）と柄谷自身が書く通り、後に「歴史」ではなく「理論」――「形式化」を徹底することによって、逆に「形式化」されない「自然」をネガティブに見出そうとするディコンストラクションの「理論」――へと向かっていった柄谷行人は、八〇年代には、あの「マクベス論」で描いていた「あらゆる立場をつねに不安にし宙づりにする」態度を加速させていくことになるのだが、それも長くは続かなかった。グローバリズムが世界を席巻しはじめた九〇年代半ば辺りから、まさに、そんな自らの空虚――積極的価値を示さないこと自体を価値化するポストモダニズムの戦略——に耐えられなくなってしまったかのように、柄谷は己を支える新たな「観念」について語りはじめるのである。そして、二〇〇〇年代、ついに「コミュニズムという形而上学」（『トランスクリティーク—カントとマルクス』二〇〇一年）、あるいは、資本と国家を揚棄《ようき》する「アソシエーション」という「統整的理念」（カント）に向かって一歩を踏み出すことになるのである。

しかし、一度は見出そうとした〈自然＝もの〉の手応えを失い、「自分の立っている足場自体が崩壊しつつあるように感じ」（「ものと観念」）ながら、九〇年代以降に「観念」に向かっていった批評家は、柄谷行人一人ではなかった。それは、後に「歴史主体論争」において柄谷行人とは反対の立場に立つことになる加藤典洋にも見出せる転回だった。「『アメリカ』の影」において、江藤淳の「国家」に代えて「自然」を見出そうとしていたかに見えた加藤典洋だったが、しかし、その翌年に発表された「崩壊と受苦—あるいは『波うつ土地』」（一九八三年十一月、後に副題を「あるいはフロンティアの消滅」と改題）において早くも予感されていたのは、既に「崩壊」し切っているかもしれない「自然」を眼の前にした「よるべなさ」だったのである。それは、もはや「『帰属感（アイデンティティ）』の喪失」などという概念では覆いがたくなってきている「『崩壊』の、ぼく達の予想を遥かに越えたただならぬ深さ」として感じ取られていた。

加藤は、この「よるべなさ」の感覚について次のように書いていた。

> 『波うつ土地』の場所から振りかえると、あの、『成熟と喪失』に扱われた〔小島信夫の〕『抱擁家族』や〔庄野潤三の〕『夕べの雲』の世界が、たとえ、どのように深い内的危機の表白たりえていようと「牧歌的」なものと見えざるをえないのはなぜか。
>
> 　それは、彼らの小説世界が、よそからやってくる、他者である自然の崩壊に怯え、脅かされる自己の内面の不安をどのように深く描こうと、その自分である自然、おびえる主体としての自然は、何ら脅威にもさらされなければ崩壊の危機にも、さらされないからである。〔中略〕
>
> 〔『夕べの雲』の〕大浦が、一個の「自然」としてこの丘の上に立ち、そこに「崩壊した自然」を見出したように、彼女〔『波うつ土地』の主人公共子〕はここに、一個の「崩壊した自然」として立っている。そうであればこそ、その彼女の眼に、その同じ光景は、崩壊を受け、しかも「ずっと向うまで幾重にも重なりあってひろがる」、謎めいた表情を浮かべた自然として、見えているのである。（傍点原文）

加藤は、一九八三年に発表された富岡多恵子の『波うつ土地』――加藤の要約によれば「波うつ丘陵地帯で、終わることのない団地造成が行なわれ、山が崩れ、谷がうずめられ、赤土が掘り返され、またそのためにブルドーザー、トラック、ショベル・カーが呼び入れられる、そのように、彼女の内面に、『たんに性交をする』相手として、〔男が〕呼び入れられ」る物語——を読み進めながら、今、日本人が目の前にしている「自然の崩壊」が、もはや「むこうからやってくる」ものではなくて、「自己としての自然の崩壊」として立ち現れていることを指摘するのである。だから、それは「男」から見た他者としての〈女＝性＝自然〉の崩壊ではなく、〈女＝性＝自然〉の側から見た、それ自身の内なる「自己崩壊受容の姿」として描かれていたのだった。そこでは、もはや「自然ではないもの」と「残された自然」という区別自体が意味をなさない。いや、加藤によれば、それを区別しようとする意識自体が、今、現に「自然」と「もう自然ではないもの」との境界がなくなってしまっているという現実を覆い隠す「嘘」として機能してしまうのである。

このとき注意すべきなのは、「自然」と「自然ではないもの」との区別ができないという加藤の言葉が、「この役者にはいわば楽屋〔自然〕というものがない。『見かけの自己』と区別される『真の自己』というものがない」（「マクベス論」）と語る柄谷行人の言葉に限りなく近づいていたという事実だろう——また、それゆえに二人が立っていた場所が、本物とコピーの区別を排して、全てを記号の表層的戯れ（シミュレーショニズム）に還元する八〇年代ポストモダニズムの近傍であったことも指摘しておくべきかもしれない——。が、しかし、その最後の一点で、「大規模な土地造成のすさまじさ」を見つめる女たちの視線の向こう側から、それでも「まだヒトの手のとどかぬような、ゆるやかな丘陵」が現れてきたことの驚きを、加藤が「謎めいた表情を浮かべた自然」の出現として語っていたことは見落としてはなるまい。どれほど眼前の「自然」が、「傷つきながら、その傷を深々と抱きとって波うつ」のだとしても、加藤典洋は、「敗戦の当時、『天皇』が死に、また『国』が破れたときそのむこうからやってき」て「日本人」を支えたものの存在を、つまり、「日本人」を「日本人」にしているものの可能性を諦め切ることができないのである。

なるほど、女たちの「自己崩壊受容の姿」を見た後で、なお無垢な「自然」を語ることは、ほとんど自己陶酔的なナルシシズムにしかならないのかもしれない。しかし、それなら改めて、無垢を失っても、なおそれでも立っていられる私たちの存在の条件とは何なのか。敗戦において『『国家』はなかった。しかし『日本人』はいた」と言うのなら、これから先、「日本人」を支えていくであろうものを、右派と左派の政治的対立を超えた「国民国家」という枠組みのなかに描き出しておく必要があるのではないか。おそらく、後の「湾岸戦争に反対する文学者声明」（一九九一年、柄谷行人、高橋源一郎、田中康夫、島田雅彦、川村湊など）に対する批判から、『敗戦後論』（一九九七年）に至るまでの道のりにおいて、次第にその輪郭を顕にしていく加藤典洋の批評言語、戦前と戦後の〈分裂＝ねじれ〉を問うその言葉のなかに、「崩壊と受苦」以降の加藤の危機意識を読みとることは難しくない。

たとえば、『敗戦後論』のなかで加藤は次のように語っていた。

しかし、分裂した人格が、自分でその分裂を克服する。そんなことが可能だろうか。それはわからないが、ただ一つはっきりしていることがある。

もし、それが可能でないとしたら、侵略戦争を行い、敗れた国の国民であるわたし達に、ある種日本国民としての誇り、矜持が宿ることはない。あのジキル氏とハイド氏のいずれかでしかない分裂から、一人の人格に、立ちかえる方途は、ないことになる。

〔中略〕このこと〔分裂の克服〕なしに、わたし達に、逆に、ナショナルなものとしての国民という単位の解除の企ては、着手されえない。こう考えてみよう。そのことなしに、わたし達に他国への謝罪はできないが、そのことは、何を意味しているのだろうかと。国民をナショナルなものにするのも、その逆により開かれたものにするのも、わたし達である。そのわたし達という単位がいま、わたし達の手にない。わたし達はやがては、このわたし達という単位それ自体が不要になるまで、これを風通しのよいものにしていくことを要請されているが、しかし、そのゴールにいたる道の始点は、けっして、「われわれ」から発想しない、国民という枠組に立たない、ということではないのである。

しかし、それが一度失くしてしまったかもしれないものを、――昔のままの姿ではないにしろ――未来に取り戻そうとする意志として示される限り、加藤典洋の言葉が、文字通り「もの」を失って「観念」に向かう作為性を孕んでしまうことは、ほとんど不可避だったと言える。事実、その後に加藤が論じはじめることになる「日本人」のアイデンティティは、〈自然＝もの〉によって支えられたものではなくて、「日本の三百万の死者を悼むことを先に置いて、その哀悼をつうじてアジアの二千万の死者の哀悼」をすることによって見出される「平和」、あるいはまた、GHQから強制された日本国憲法を、「自発的に、もう一度、『選び直す』」ことによって、今後の時代に実現されるべき「平和」として語られ直すことになるのだった（『敗戦後論』）。

なるほど、それを加藤典洋の「観念」ではなく、一つの政策論として考えることも可能である。しかし、それなら、改憲派（右）と護憲派（左）を超えた「わたし達という単位」を強調する加藤において、一つの政治的決断がどうしようもなく強いてくる限定性、つまり、結局は改憲なのか護憲なのかといった政治的限定性を引き受けようとする覚悟は限りなく希薄だったと言わなければなるまい――ちなみに、この指摘は、左派からは「自分を『護憲派と改憲派双方の彼岸』に置き、その高みからあらゆる具体的な政治判断にあらかじめ否をいうことで、『かえって自らを政治的に無責任な主体としている』」（高橋哲哉『戦後責任論』一九九九年十二月）という批判として提示されていた――。

そして、この「政治的無責任性」は、おそらく「死者は『汚れている』、しかし、この自分たちの死者を、自分たちは深く弔う」だの、「悪から善をつくる」だの、「現行憲法を一度国民投票的手段で『選び直す』」だのといった加藤のレトリックのことごとくが、具体的な手続き論を欠いた文学的イメージでしかなかったこととも無縁ではない（実際、改正の必要がない憲法が国民投票にかけられるはずがない！）。こうして、戦後の日本国憲法の「価値観を否定できない、と自分で感じるようになった」という個人的感想を、そのままにして「わたし達という単位」にまで拡大しようとする加藤典洋において、平和憲法や、他国への無限の謝罪といった主題は、どこまでも（つまり、どのように政治状況が変わろうとも）、疑われることのない「国民」の超越点として語られ続けることになるのだった。

事実、加藤典洋は、後に憲法の「選び直し」について、その平和条項を空無化してしまう「日米同盟」に代えて、「国連」そのものを同盟先とする「国連中心主義」を掲げはじめることになる——「私の新憲法九条案」として加藤は「国の交戦権は、これを国連に移譲する」を提案する——。そして、その「平和主義」の理念について、それを、「現実とのせめぎあいのなかで実現不可能であっても揺らぐことのない理念、カントのいう統整的な理念」として語りはじめることになるのである（『戦後入門』二〇一五年）。

しかし、それなら、やはり『敗戦後論』の提案は、具体的な政策提言であるというよりも、加藤典洋の頭の中にだけある「観念」の提示だったと言うべきだろう。それは、「政治と文学」の境界を曖昧にすることによって、「すぐれたたかい芸術が、しいられずともただしい政治に通いうるということ、さらに、政治が芸術にしたがうということ」（荒正人「第二の青春」）を信じ続けようとする、あの「戦後民主主義」的態度そのものだった。

V　滅びぬ自然

ところで、「人格分裂」（加藤典洋）の一般的症状として、妄想や幻覚なども含めた広い意味の行動異常があることはよく知られている。他人からの孤立によって、あるいは周囲との不和によって、対人世界での自然さを失ってしまった個人は、そのどうしようもない現実を否定して、患者にとってまだしも適応しやすい非現実の対人関係（観念＝妄想・幻覚）を創り出してしまうのである。もちろん、だからといって私は、戦後的「観念」の全てが、妄想や幻覚であったとまで言うつもりはない。ただ、二〇一〇年代に語られた、「コミュニズム」（柄谷行人）や、「国連軍」（加藤典洋）といった言葉の響きが伝えるのは、どうあっても「現実」を否定しなければならないという彼ら自身の分裂的傾向である。

なるほど、それほどまでに戦後という時代は、つまり対米依存による高度成長という「欺瞞」の歴史は、日本人から「自然」の感覚を根こそぎ奪ってしまったということなのかもしれない。しかし、それなら、この「自然」の感覚なくして、どうやって、私たちが私たち自身の足で立っているという自信を養うことができるのだろうか。どうして、私たちは価値と無価値を批評（クリティーク＝境界確定）することができるのか。

たとえば、日本における「現象学的精神病理学」の草分けである木村敏は、臨床における正常と異常の判断の根拠にある感覚を述べて、次のように語っていた。

私たちが患者の治療を任されて、外来通院で十分か、それとも入院が必要かを判断する場合、あるいはいったん入院させた患者がよくなってきて、もうそろそろ開放病棟へ出してもいい、外泊させてもいい、退院させてもいい、というような方針を決定する場合、私たちはけっして個々の症状の量的な程度だけで決定を下しているわけではない。計量精神医学が測定しようとしている個別症状の強弱以上に私たちの道しるべになっているのは、全体としての患者のたちいふるまいの自然さ不自然さである。そして患者の行動がどの程度まで周囲の状況とフィットしているかということなのだ。そしてそれを「測定」するための「器具」は、私たちが素人の人たちと共有している「常識」以外のなにものでもありえない。（『心の病理を考える』岩波新書、一九九四年）

木村敏によれば、この「道しるべ」としての「自然さ」とは、もちろん自然科学の「自然」ではなくて、「おのずから／みずからそうであるありさま」の直感としての「自然」であった。「おのずから」とは、「おの（己＝自分自身）」と「から（柄＝それ自身の在り方）」の合成からなり、自分自身の本来の性格を指す「おのつから（己っ柄）」を語源とする。また、

「みずから」は「身つ柄」を語源とし、これもまた身体性に基づく「自分自身」の振る舞いを意味している。そして、木村によれば、この「おのずから」と「みずから」との適切な関係性＝相即のなかに、「自然さ」が宿るのだった。つまり、「おのずから」受動的に与えられる直感に基づいて、それを身体的な「みずから」の能動性へと転換する場所――「感性」と「悟性」を統一するものとしての「超越論的構想力」（カント）の場所――そこにこそ「自然」の秘密があるのだということである。

だから、この受動性において現れる「おのずから」とは、それが見透しの利かない生の「力」である限りで、「自然」の「衝動」（スピノザ『エチカ』）なのだと言い換えてもいい。それゆえに「衝動」は、事後的に整序された秩序の側から見れば、必ず「意識」を裏切るズレ＝異和として人間を襲うことになる。が、同時に、この「衝動」に耳を傾けて、それに沿って、身つ柄の「欲望」の形を整えることなしに、「自己」の「自然」もまたあり得ないのだった。あるいは、ときに木村敏も言及する『引き裂かれた自己――狂気の現象学』（原著は一九六〇年、初邦訳は一九七一年）のR・D・レインの言葉を借りれば、「内的自己」（精神的＝時間的自己）と「外的自己」（身体的＝空間的自己）とのあいだに相即的な回路を創り上げること、それを私たちは、「自然」な「自己」とみなしているのだということである。

おそらく、この「自然」と「自己」との関係を「思想」のレベルで直感していた批評家がいた。戦後において「自立の思想的拠点」について語っていた吉本隆明である。

たくさんのひとびとが記述の世界に、つまり幻想と観念を外化する世界にわずかでも爪をかけ、わずかでも登場したいとねがうことは、歴史のある時代のなかで〈時代〉性をこえたいという衝動ににている。そのために、かれは現実社会での生活をさえ祭壇の供物に供し、係累するひとびとに、とばっちりをあびせかける。これが人間をけっして愉しくするはずもないのに、この衝動はやめさせることができない。こういう人間の存在の性格のなかに、歴史のなかの知識のありかたがかくされている。しかしけっきょくは、こんな知識の行動は、欲望の衝動とおなじようにたいしたことではない。幻想と観念を表現したい衝動のおそろしさに目覚めることだけが、思想的になにごとかである。生まれ、婚姻し、子を生み、老いて死ぬという繰返しのおそろしさに目覚めることだけが、生活にとってなにごとかであるように。（「マルクス伝」一九六四年。傍点原文）

後に吉本は、この「幻想と観念を表現したい衝動のおそろしさに目覚めること」を、「大衆の原像をたえず自己思想のなかに繰り込む」こととして語り直すことになるが（「情況とはなにか2―戦後知識人の神話」一九六六年）、ここで注意すべきなのは、「衝動」という名の「自然」に目覚め、「生まれ、婚姻し、子を生み、老いて死ぬという繰返しのおそろしさ」を受け容れる以外に、「自立の思想的拠点」を創り出すこともまたあり得ないのだという吉本の認識である。もちろん、この「衝動」は、「幻想と観念」を超えているがゆえに、意識の見透しを超えた存在である。また、それゆえに「自然」の現れは、近代の理性主体にとっては、「狂気」の発現と見えることもあるだろう。が、吉本によれば、その「衝動」に対する自覚なくして、どんな知識も「たいしたこと」にはなり得ないのである。

では、「自然」は、具体的にどんな姿をしているのか。ここで私は、吉本のみならず、初期柄谷行人までが触れざるを得なかった一つの逸話を引いておきたい。柳田國男『山の人生』冒頭に掲げられた「山に埋もれたる人生あること」の一節である。

今では記憶している者が、私の外には一人もあるまい。三十年あまり前、世間のひどく不景気であった年に、西美濃の山の中で炭を焼く五十ばかりの男が、子供を二人まで、鉞《まさかり》で斫《き》り殺したことがあった。

女房はとくに死んで、あとには十三になる男の子が一人あった。そこへどうした事情であったか、同じ歳くらいの小娘を貰ってきて、山の炭焼小屋で一緒に育てていた。その子たちの名前はもう私も忘れてしまった。何としても炭は売れず、何度里へ降りても、いつも一合の米も手に入らなかった。最後の日にも空手で戻ってきて、飢えきっている小さい者の顔を見るのがつらさに、すっと小屋の奥へ入って昼寝をしてしまった。

眼がさめて見ると、小屋の口一ぱいに夕日がさしていた。秋の末の事であったという。二人の子供がその日当りのところにしゃがんで、頻りに何かしているので、傍へ行って見たら一生懸命に仕事に使う大きな斧を磨いでいた。阿爺、これでわしたちを殺してくれといったそうである。そうして入口の材木を枕にして、二人ながら仰向けに寝たそうである。それを見るとくらくらとして、前後の考えもなく二人の首を打ち落してしまった。それで自分は死ぬことができなくて、やがて捕えられて牢に入れられた。

ここで二人の子供を突き動かしているのも「衝動」なら、父親に斧を取らせているのも「衝動」だろう。が、それが大げさな悲劇性や悲惨さを感じさせないのは、それらの「衝動」がある流れのなかで、至って「自然」なかたちをとっているからにほかならない。理性的に考えれば、この三人の親子が生き延びるための道は他にもあったのかもしれない。しかし、ある時ある場所で、ある流れ=関係のなかに身を置いてしまったとき、私たちはいとも簡単に自らの命を差し出すことがあるということは、それこそ歴史=自然が幾度も示してきた事実である。後に吉本は、この「内部からの感覚をおぼえる」文体によって描かれた柳田國男の「記憶」について、それを『法』を超越するか、または『法』制度の枠外に逸脱する自然の無意識が露出されたもの」だと語り（「柳田国男論」一九八五年）、また柄谷行人は、「道徳とか法では律しえない『人間の条件』」、あるいは人間の「衝迫」の「不透過」性として語ることになる（「人間的なもの」一九七三年）。

が、おそらく、この「山に埋もれたる人生」に最も正確な言葉をあてがうことができたのは、私の考えでは、「信ずることと知ること」（一九七五年三月）を書いた小林秀雄である。

炭焼きの子供等の行為は、確信に満ちた、断乎たるものであって、子供染みた気紛れなど何処にも現れてはいない。それでいて、緊張した風もなければ、気負った様子も見せてはいない。純真に、率直に、われ知らずおこなっているような、その趣が、私達を驚かす。機械的な行為と発作的な感情との分裂の意識などに悩んでいるような現代の「平地人」を、もしわれわれに還るなら、「戦慄せしめる」に足るものが、話の背後に覗いている。みんなと一緒に生活して行く為には、先ず俺達が死ぬのが自然であろう。自然人の共同生活のうちで、幾万年の間磨かれて本能化したこのような知慧がないければ、人類はどうなったろう。そんなものまで感じられると言ったら、誇張になるだろうか。（傍点引用者）

ここで重要なのは、炭焼きの子供たちの行為が「確信に満ちた、断乎たるもの」であっ

た と指摘する小林秀雄の言葉である。そこには、「機械的な行為〔外的自己〕と発作的な感情〔内的自己〕との分裂の意識などに悩」む現代人の「弱さ」は微塵もない。ただ彼らは、めいめいに、そうすることが「みんなと一緒に生活して行く為には」至極自然なことであると直感している＝信じているだけである。もちろん、「信ずること」には一般性が欠けている。それは、こうすればああなる式の客観性（＝知ること）を超えて、一人一人の生き方として現れるほかはない。しかし、だからこそ、「信じること」においてのみ、「分裂の意識」が導く「観念」――正義がどうだとか、平和がどうだとかいう空疎なおしゃべり――の一切を蒸発させるような「断乎たるもの」の手応えが甦るのだ。

そして、その生き方における「確信に満ちた、断乎たるもの」を支えているものこそ、己の意識を超えて己の内に感じ取られている「もの」との親密で充実した関係以外のものではないのである。「もの」とは、炭焼きの子供たちにとっての父親であり、柳田國男自身が「ある神秘なる暗示」を受け取ったという小さな祠《ほこら》のなかにあった蠟石である（『故郷七十年』）。あるいは、ときにそれは母親の目に映る、苦しむ子供の姿そのものかもしれない。が、要するに、ここに現れているのは、自分たちの意志＝エゴを超えて襲ってくる計り知れぬ威力を内に感じながら、なお、それに従うことによって、その恐ろしさと共にその驚くほどの恵みをも、ある充実のうちに引き入れている「もの」への愛情にほかならない。

ところで、興味深いのは、この「信ずること」を語りはじめたとき、ようやく、あの江藤淳が戦後的「弱さ」から抜け出せたように見えることだった。かつて、「生存の維持」という国家的責務のために「アメリカの影」を払拭し切れずに、結局は「【自己同一性／アイデンテイテイ】」と「生存」とのあいだで身動きがとれなくなってしまったかに見えた江藤淳だったが、しかしその晩年、政治における計算を超えて、「失敗を選ぶ」ことを語り出したとき、その言葉から「観念」の響きが消え去っていたことは、おそらく偶然ではあるまい。

私は、西南戦争を起した西郷南洲と彼に殉じた人々に深く感謝したい気持を持っている。この壮絶な失敗は、絶対に日本国民の記憶から拭い去ることはできない。平家の滅亡と同様に、西郷の滅亡は忘れることのできるものではない。人間は不幸でちっともかまわない。失敗して何が悪いのか。それを直視するところからこそ勇気が出てくるからである。〔中略〕

成功だけが目的の国家は卑しい国家である。（「失敗を選ぶ」一九九八年五月）

かつて、「国家」という〈目的＝観念〉によって「開かれたナショナリズム」を成功させた勝海舟に比して、「盲目的な閉ざされたナショナリズム」を生きた西郷隆盛を批判的に論じたこともあった江藤淳は（「二つのナショナリズム―国家理性と民族感情」一九六八年三月）、しかし、一九九〇年代の末、その言葉を反転させることになる。江藤は、西郷南洲の「失敗への情熱」とでもいうべきものを、日本人の価値感情の源泉として語り直そうとするのである。それは、生き延びるための見透しを超えて、「先ず俺達が死ぬのが自然であろう」という西郷の、ほとんど本能と化したような信念と愛情を、人間の「衝動」として認めるということでもあった。

なるほど柄谷行人や加藤典洋が言うように、そんな「自然」の「衝動」は、「アメリカの影」を帯びた消費社会によって疾《と》うの昔に滅び去ってしまったのかもしれない。が、これまでも述べてきたように、日本人が「もの」への愛着と、それを守ろうとする「自立」への意志を捨てようとしない限り、いつか私たちが私たちの「自然」に突き当たる日が来ることもまた確かなのである。言い換えれば、生き延びるのではなく、生きようとする限り、いつか必ず私たちは、「死んでもなお持続させるべきものへの衝動」に突き当たらざるを得ないのだということである。

むろん、この「自分を超えたなにものか」を一般化して語ることはできない。とすれば、あとは一人一人の道があるだけである。ただ、それでも言えるのは、だからこそ、その一人一人の道を照らし出すことができるのは、一般化された「観念」などではないということだ。道は、その人が身をもって交わってきた「もの」との関係、その履歴が強いてくる歩みの先にしか見えてこない。それは、「前近代」と「近代」、あるいは「戦前」と「戦後」の区別を超えて、私たちの生を押し出してくる私たち自身の力なのである。

（『すばる』二〇一八年一月号初出）

あとがき

藤井聡

あくまでも個人的な話で恐縮ではありますが、少なくとも当方の人生を振り返ってみた時、「文学」は決定的に重要な意味を持つものでした。当方に対するその直接的な影響だけを取り上げたとしても、人生のそれぞれの局面においてもしあの時、あの文学に触れていなかったら当方の人生はまるっきり違っていたものとなっていたであろう、と思い当たる事例が実に多くあります。これに、当方に影響を与えた様々な他者を介した間接的影響に思いを馳せれば、当方に対する文学の影響の甚大さは想像を絶するものとなります。

だからなのだろうと思いますが、当方は、子供の頃から「良質な文学体験を重ねねばならぬ」という根深い焦燥感を持っていました。いわば「立派な人」は例外なく、良質な文学体験を持つ人々であるに違いないという予期の下、人として真面目に生きていくためには、多様な文学に我が精神を浸さねばならぬと思い続けたわけです。

そんな思いを持ち続けた当方は、幼年期から青年期にかけて様々な書物を読む中で常に、一冊か二冊は文学を含めておくという習慣を持っていました。

おそらくそうしたかたちで文学と付き合ってこられた方も多数おられるかと思いますが、そうした文学との付き合いは本質的に「自分一人」に関わる徹頭徹尾「孤独」なものである、という点についてはあらかたの皆様が賛同されるものと思います。

しかし、当方は様々な文学に触れ、様々なかたちで心が揺さぶれるたびに、その文学について語りあいたいという願望を長い間持ち続けてきました。それはちょうど、とても良い映画を見た時、その鑑賞体験はあくまでも個人的なものであったとしてもやはりその映画について誰かと語りあいたいと思ってしまう、というのと同じ話です。ところが映画と違い、文学を読む人は圧倒的に少なく、そうした当方の願望が満たされることが全くないままに、今日まで一人で文学と付き合ってきてしまいました。

そんな中、今回の『表現者クライテリオン』の連載企画「対米従属文学論」によって、浜崎洋介さんという最善のコンダクターとクライテリオン編集委員という一流の「読者」と共に、筆者の長年の願いであった「文学作品に真面目に向き合った方々と、その文学について語りあう」という、幸運に恵まれることになったのです。

そしてその機会を通して、これまでとはまた一つ次元の異なるより深く、より豊かな文学体験を得ることができました。私個人の人生はいかなる時代の中の人生なのか、そしてその時代は如何なるものであり、その時代を包摂《ほうせつ》する我が国の歴史は一体《いったい》如何なるものであったのか——そんな人生と時代、そして国家の歴史を如何なる物語の下で了解し解釈するのかについてのその物語の輪郭が、今回の「対米従属文学論」の連載を通した文学体験を通して、より鮮明にくっきりと浮かび上がることとなったのです。

煎じ詰めて言うなら、私達の精神は日本国家の共同精神と同時相即的に存立しているのであり、そして日本国家の共同精神は今、米国に対する隷属的関係によって根本的に制約され規制され、創出されてしまっているのです。この認識を持たずして、我々の精神が、そして人生が、真の自由を得、真の幸福に辿り着くことなど未来永劫、絶対に訪れ得ない——そういう物語がより濃密な重量感をもって精神の内に去来し、沈殿し、精神の血肉となったわけです。

以上はもちろんあくまでも私個人の内的な体験の話ではありますが、これと基本的な構図を完全に共有する体験は、その人物が「生きている」限りにおいて誰の身の上にも起こるものであるに違いありません。

なぜなら人生はそもそも、物語で構成されているものだからです。

そして、同じように時代も、そして国も歴史も伝統も全て、物語で構成されるものなのです。

全く同じ世界線（時間と空間の軌跡）を辿る二つの人生があったとしても、その背後にある物語が異なれば、その人生は全く異質なるものとなるのです。そして異なる物語を持つ二つの精神に全く同じ状況が与えられた時、彼らがその後に辿ることになる世界線は全く異なるものとなっていくのです。

だから、我々が豊かな人生を生きんとするのならば、豊かな物語を生きねばならず、そして、我々が豊かな国家の民として生きんとするなら、我々は国民として豊かな物語を共有せねばならないのです。

この「対米従属文学論」は、そんな豊かな人生、豊かな国家の建設に向けて、重要な貢献をなし得る力を秘めた作品となっているものと、その参加者の一人として強く確信しています。


本書には、太宰治、小島信夫、安岡章太郎、三島由紀夫、大江健三郎、開高健、村上龍、村上春樹、田中康夫、石牟礼道子、高橋源一郎、島田雅彦らの作品についての批評を巡る座談会が納められています。その作品を読んだことのある方やない方、それぞれの作家の作品が好きな方や嫌いな方や知らない方等、本書読者には様々な方々がおられると思いますが、本書はそれらの個々の文学作品とは別次元の一個の独立した作品として鑑賞いただけるものとなっています。
「この作家はこんなに素晴らしい作品を残していたのか」「この作品はこんなにつまらないものだったのか」という印象を持たれる方も「こんなにつまらない／こんなに素晴らしい作品があったのか」という感想を持たれる方も様々おられるものと思いますが、本書はそれらの個々の作品を通して「米国に対する隷属関係に関する戦後日本人の共同意識」を読み解くものでありますから、現代日本人である限りにおいて本書はどなた様でも鑑賞いただける作品となっているわけです。

そして筆者は、本書で論じられている、戦後日本人の対米従属精神の展開を過不足なく認識された現代日本人が増えれば増えるほどに（たとえそれら文学作品の一部が愚にも付かぬくだらないものだとお感じになる方がおられたとしても）、我が国はより豊かな国になり、我々日本人がより自由に、そして幸福に成り果《おお》すことができるに違いないと感じています。本書が描きだす戦後日本人の精神史は、そういう種類の力を秘めたものであることを深く確信しているからです。

とりわけ本書には、「対米従属文学論」での座談会をさらに俯瞰《ふかん》的に眺めるにあたって貴重な視点を与える浜崎氏の『観念的な、あまりに観念的な――戦後批評の「弱さ」について』も第二部として収録されています。これをご一読いただければ、座談会企画で数か年にわたって辿っていった戦後日本人の精神史が、すなわち、米国に敗れ、米国の意図によって、そして時に米国の意図とは全く無縁の所で心身共に隷属化していき、日本の精神性や身体性、そして誇りの全てが「国土」もろとも失われていった様相と経緯をより鮮明にご理解いただけるものと思います。そしてそれが理解できてはじめて、そんな絶望的と言わざるを得ない日本の中に生まれ落ち、そして日々生きているが、今を生きる我々日本人なのだということを過不足なく理解することができ、その理解があってはじめて、この腐敗した日本の中で、そして世界の中で、力強く生きていく力を僅かなりとも得ることができるのだと、改めて感じています。

是非とも一人でも多くの方にこうした文学体験を経験していただきたいと願っています。

そして言うまでもなく、本書がそれだけ大きな潜在的な力を持ち得るものとして仕上がったのは偏《ひとえ》に、文芸批評家である浜崎洋介さんの書籍選定を中心としたコンダクトがあったればこそ、であります。そんな機会を作り、そしてこうして一冊の書物に纏《まと》められた浜崎さんに改めて心から深く御礼申し上げたいと思います。本書作成にあたってご協力いただいた皆様方に、そして、本書を最後までお読みいただいた読者各位に、一参加者として改めて深謝申し上げたいと思います。ありがとうございました。

令和六年（二〇二四年）四月八日

絶望《ぜつぼう》の果《は》ての戦後論《せんごろん》
文学《ぶんがく》から読《よ》み解《と》く日本精神《にほんせいしん》のゆくえ

発行日　令和6年 6月6日　初版第一刷発行

編著者　浜崎洋介《はまさきようすけ》

発行者　漆原亮太

発行所　啓文社書房
〒160-0022　東京都新宿区新宿 5丁目7番8号ランザン5ビル5階
電話 03-6709-8872　FAX 03-6709-8873

発売所　啓文社

装幀　五十嵐 徹（芦澤泰偉事務所）

DTP　株式会社三協美術

印刷・製本　株式会社光邦

ISBN 978-4-89992-089-2　C0095　Printed in Japan

クライテリオン叢書　創刊の辞

表現者クライテリオン編集長　藤井　聡

　グローバリゼーションに伴う世界的な国家の溶解と各地の戦争とテロの拡大、国内では20年を超えるデフレとそれに伴う格差・貧困の拡大と、あらゆる伝統文化の蒸発、それらに伴う急激な国力低迷とそれを背景とする周辺領土問題の深刻化、そして追い打ちをかけるように我が国に襲いかかるパンデミックと巨大自然災害――どれ一つとってみても我が国は今、20世紀にはほとんど想像もできなかった深刻な数々の危機に直面している。

『クライテリオン叢書』はまさに、こうした数々の現実の深刻なる危機と対峙し、乗り越えんことを企図して刊行されるものである。

　危機無き時代には昨日行ってきたものを今日そのまま行ったとしても大過はない。しかし危機の時代には、一人一人の国民、一つ一つの地域、そしてこの日本国家が如何に判断し、振る舞うべきかを考え成すべきを成さねば、瞬く間にその精神は溶解し滅び去る。

　かくして我々は今、それぞれの状況に相応しき判断と実践のための「クライテリオン」(規準)を考え、探し続ける実践的なる思想、ならびにそれを踏まえて展開される思想的なる実践を循環させ続けねばならぬ事態に至っている。

　本叢書は、今日的なあらゆる危機(cri-sis)を乗り越えるためのクライテリオン(cri-terion、規準)を探し求める実践的なる批評(cri-tique)を全面展開するという大方針の下創刊された保守思想雑誌『表現者クライテリオン』の思想的実践的運動の一環として、その思想をより幅広く、そしてより長期にわたって国民に共有せんことを企図して刊行されるものである。もちろん、こうした社会的、実践的かつ思想的な批評活動によって何がどう変わるのかを推し測ることなど誰にもできない。しかし我々が誇り高く生きんとする心がある限り、「逆境であればこそ希望の炎が立ち上がる」との逆理が誰の内にも立ち現れることだけは確かである。であるなら我々はその炎をいかにして重ね合わせ、灯し続けることができるかを思想的かつ実践的に考え続けねばなるまい。そして、時宜を得た時には一気呵成に大きな火炎を巻き起こし、それぞれの危機を乗り越える生の実践を全力で模索せねばなるまい。繰り返すが、もちろんその帰結がいかなるものとなるのかは分からない。しかしだからこそ、その思想と実践を駆動する「希望の炎はより大きく立ち上がる」のである。

　こうした思想的実践運動、実践的思想運動の試みが僅かなりとも奏功することを心から祈念したい。そしてそのためにも読者各位におかれては本叢書を末永くご支援頂き、ここに企図する運動にご参画賜らんことを平に御願い申し上げる次第である。